三藐三菩提故知般若波
羅蜜多是大神咒是大明
咒是無上咒是無等等咒
能除一切苦真實不虛故
說般若波羅蜜多咒即說
咒曰揭諦揭諦波羅揭諦
波羅僧揭諦菩提薩婆訶

歲次癸酉質平居士慈母謝世為寫心經一卷
冀業障消滅往生安養者 尊勝院沙門善[illegible]

）八月
，歷時十七年餘
蘭州
秦州
長安
取經去程
取經回程

玄奘西行路線圖

公元六二七年（唐太宗貞觀元年

至六四五年（貞觀十九年）正月

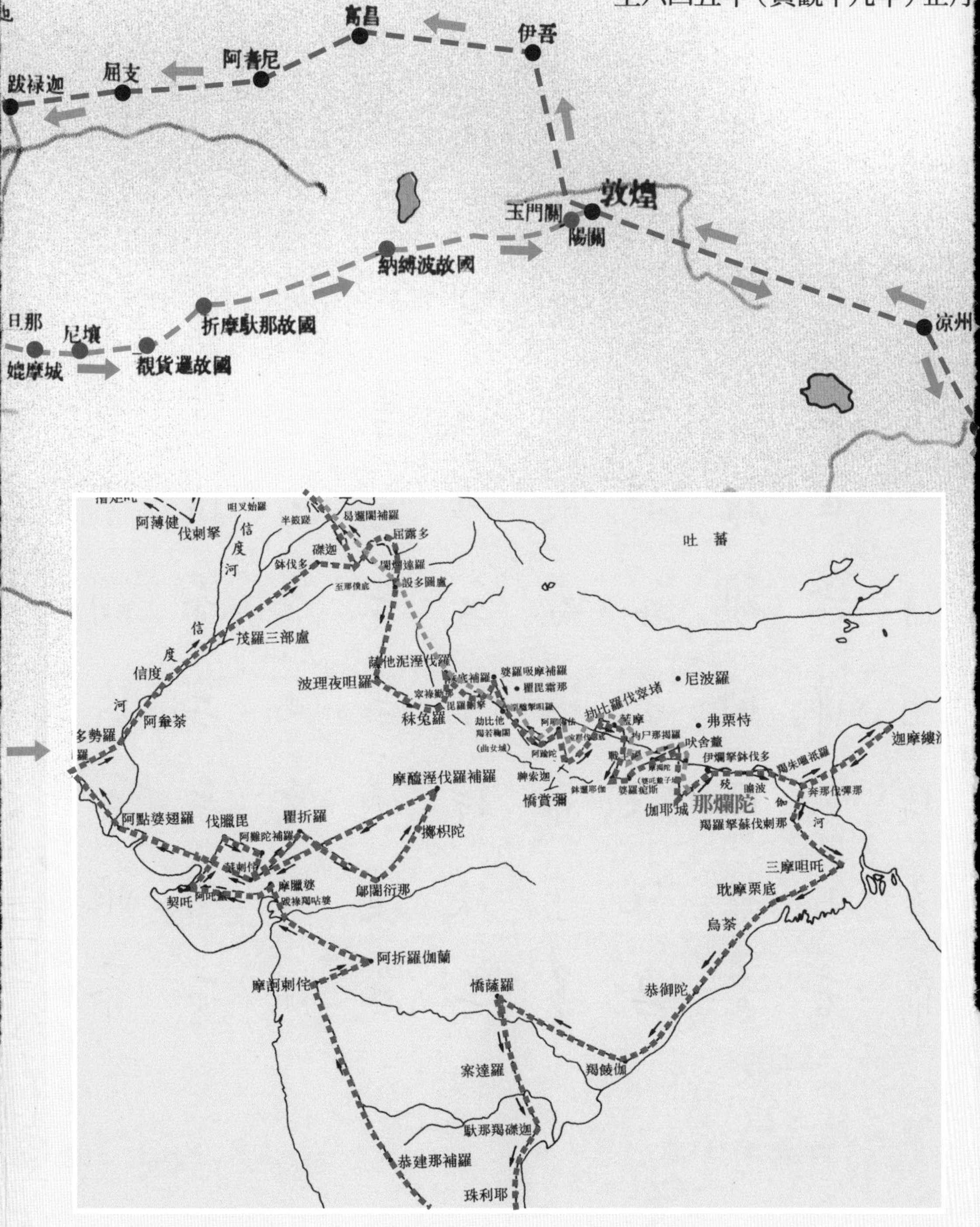

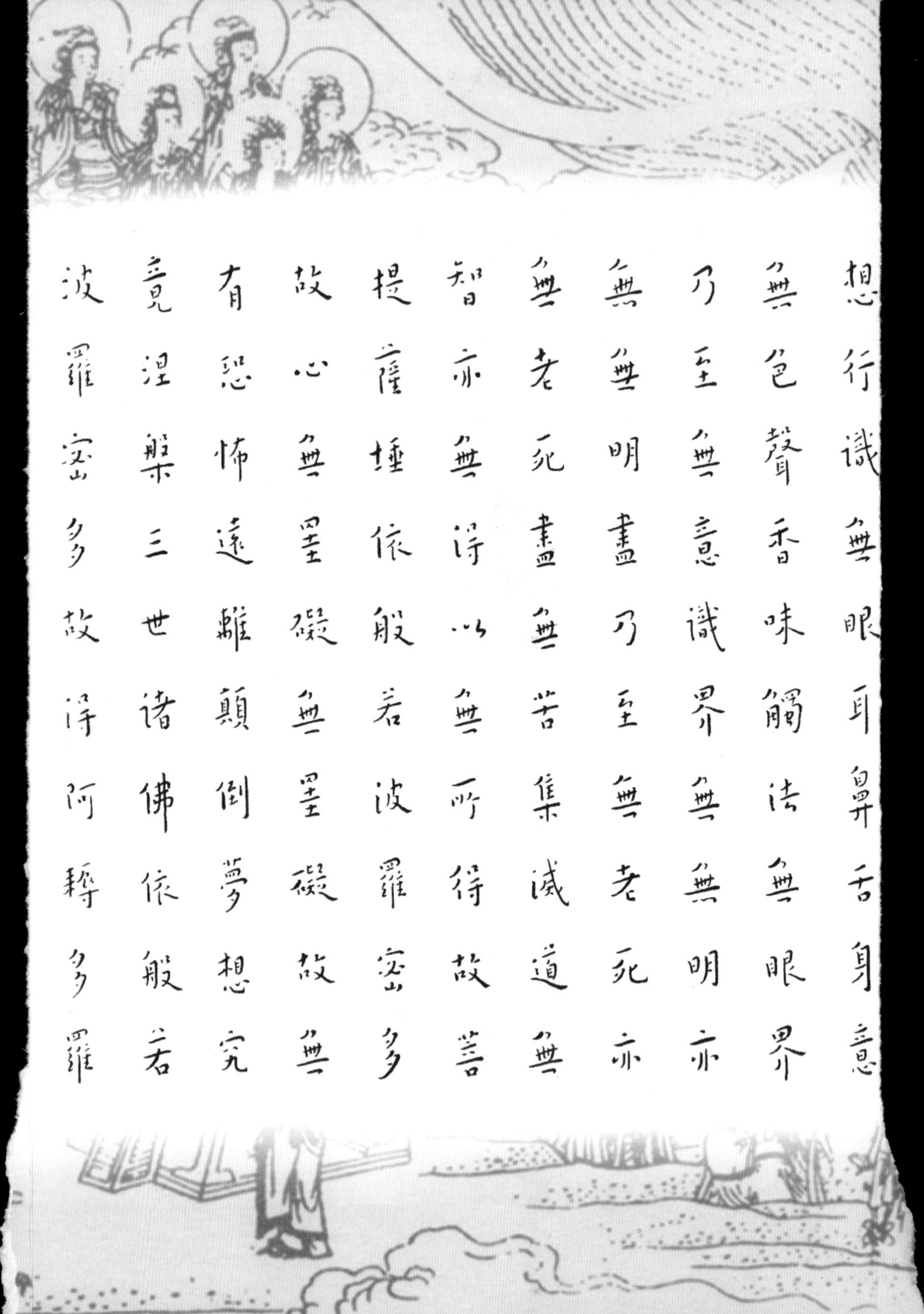

想行識無眼耳鼻舌身意
無色聲香味觸法無眼界
乃至無意識界無無明亦
無無明盡乃至無老死亦
無老死盡無苦集滅道無
智亦無得以無所得故菩
提薩埵依般若波羅蜜多
故心無罣礙無罣礙故無
有恐怖遠離顛倒夢想究
竟涅槃三世諸佛依般若
波羅蜜多故得阿耨多羅

般若波羅蜜多心經

觀自在菩薩行深般若波
羅蜜多時照見五蘊皆空
度一切苦厄舍利子色不
異空空不異色色即是空
空即是色受想行識亦復
如是舍利子是諸法空相
不生不滅不垢不淨不增
不減是故空中無色無受

（唐）玄奘譯
（民國）弘一法師（李叔同）手書·一九三三年

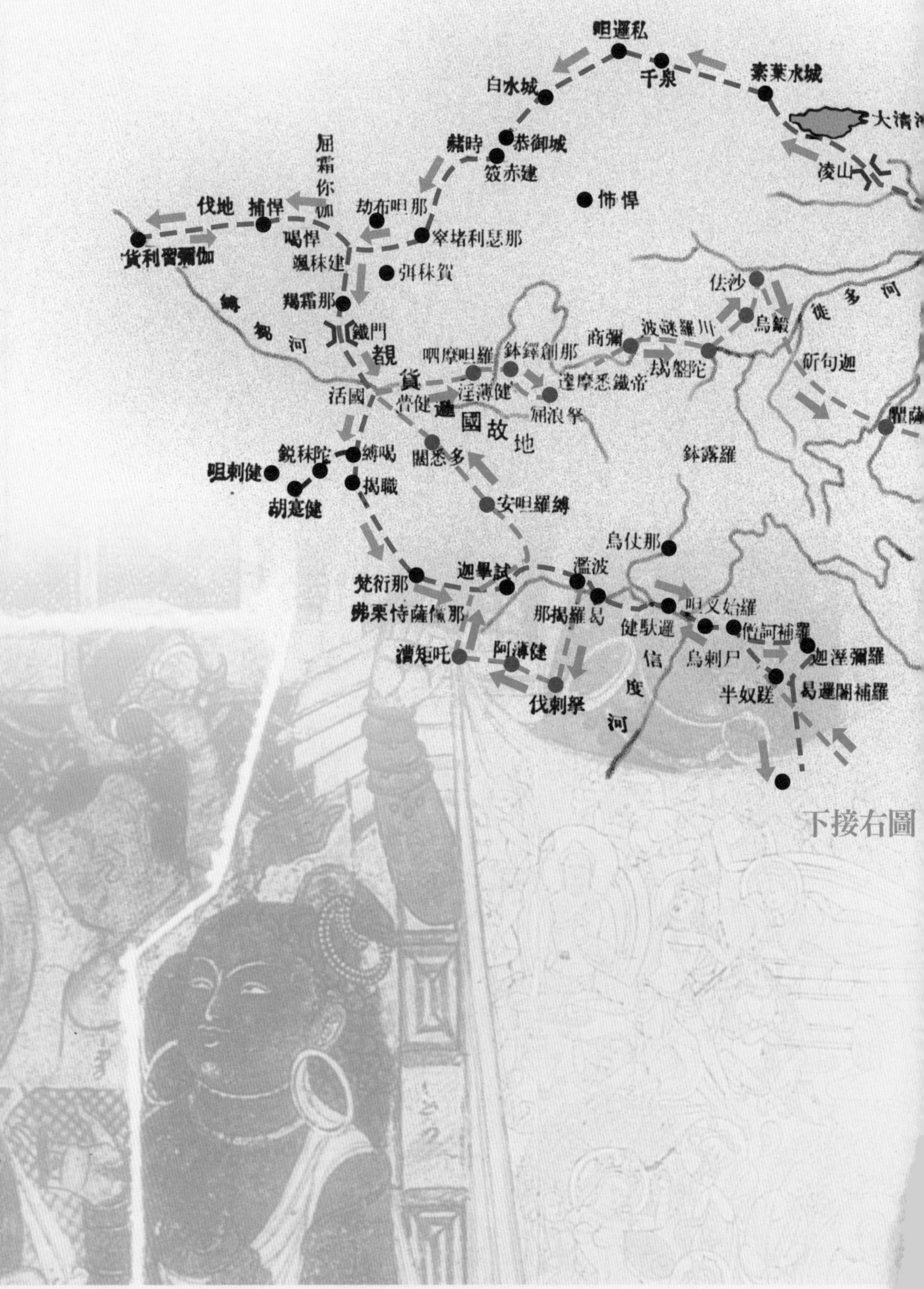

呾邏私
千泉
素葉水城
大清
白水城
凌山
恭御城
赭時
笯赤建
怖悍
屈霜你迦
伐地
捕悍
劫布呾那
喝悍
窣堵利瑟那
貨利習彌伽
颯秣建
弭秣賀
羯霜那
縛芻河
鐵門
覩貨邏國故地
呬摩呾羅
鉢鐸創那
商彌
波謎羅川
佉沙
烏鎩
徙多河
斫句迦
活國
瞢健
淫薄健
達摩悉鐵帝
朅盤陀
屈浪拏
鉢露羅
闊悉多
銳秣陀
縛喝
呾剌健
胡寔健
揭職
安呾羅縛
烏仗那
梵衍那
迦畢試
濫波
弗栗恃薩儻那
那揭羅曷
呾叉始羅
健馱邏
僧訶補羅
迦溼彌羅
信度河
烏剌尸
漕矩吒
阿薄健
伐剌拏
半奴蹉
曷邏闍補羅
下接右圖

從前 1

玄奘西遊記

錢文忠——著

推薦序

一步的慈悲

隨所遊至，略書梗概，舉其聞見，記諸慕化。——唐．玄奘《大唐西域記》書末〈自贊〉

星雲

有句老生常談「一步一腳印」，這是表示每走一步，就有一步的成績，無論多遠，只要一步一步地走，總會走到目的地。一個艱困的目標，能夠「一步一腳印」到達，這是何等雄壯豪邁的事。

古往今來，多少探險者、發明家、自然觀察家，乃至軍人、商人、僧人，他們在世界上「一步一腳印」，爲人類找出新知識，走出新天地，他們所付出的辛苦，萬千年後的人們，還是會遵循這偉大的「一步一腳印」。

唐代玄奘大師，就有這樣的腳印：他以二十六歲青壯之齡到印度留學，成爲中國第一位留學僧。他途經八百里流沙，歷七十餘國，經十七年後學成歸國，取回佛經數千卷，翻譯成中文者有千餘卷，成爲中國四大譯經家之一。他把到印度歷經各國的所見所聞，口述成《大唐西域記》，至今全世界有多種譯本流傳，影響極爲深遠。今日印度與中亞很多文化史蹟與中世紀時期的風土民情，當時皈化佛教的狀況，就是靠著《大唐西域記》的指引，而能重現於世。

另外，玄奘大師還把中國的老子《道德經》譯成梵文，對於中印文化的溝通，貢獻巨大。尤其玄奘大師曾在戒日王主持下舉行弘法大會，五印度十八國的國王、官員僧眾六千餘人都拜倒在法座前，玄奘大師更獲得「大乘天」尊號。這是中國人的腳印，在域外留下一次無比光榮的紀錄，歷史也永遠不會遺忘他。

然而，長久以來，玄奘大師這位在中國兩千年佛教傳播史中盛德最著的人物，在大眾當中的深刻印象卻主要是被一部文學作品限制了，扭曲了；這就是被讚爲中國小說四大奇書之一的《西遊記》。雖然這部小說充滿虛構的奇趣，但與正史中大唐三藏玄奘法師的壯志苦行，與犧牲爲眾的慈悲精神，相去幾千萬里。這種情況，也提醒了我們有心推動佛法人間化、將佛理從僧眾與知識階級中釋放出來的工作者，大眾化的讀物確實有其魅力與驚人影響效果，但若不是秉持正知正見進行創作，那麼大眾化就會成爲我們立刻要面對的新挑戰與難關。

因此，來自對岸的這位優秀青年學者錢文忠教授，也是國學大師季羨林先生的高足，他的新作《玄奘西遊記》，就做了一個良好的示範：他巧妙地結合了講學和講書一莊一諧兩種傳遞知識的形式，還原玄奘大師的眞實事蹟，生動、活潑的描述和開闊的世界觀，宛如置身大師身側，親自聞聽高僧們說法辯法，或是爲幾度遭遇險境的玄奘大師緊張。

錢教授除了以玄奘大師的《大唐西域記》內容作爲主要的引證依據，也廣泛地取材，以玄奘徒弟親聞師說錄成的《大慈恩寺三藏法師傳》來補充前書僅記述見聞，較少涉及個人遭遇的缺憾；另方面，他也不拘一格跨越各種知識領域提供許多「知識點」作爲穿插，或偶爾對照檢證小說《西遊記》中的情節，讓讀者在開眼之餘，增添了許多會心的趣味。

在此基礎上，錢教授的著作把佛家所謂「勝者」——擁有積極正確追求生活，勇於面對考驗，隨時隨地發現新的自我，不爲生死、不安、恐怖所敗的正念精神的人——與玄奘大師捨身求法的使命感、理想色彩與實踐過程，結合得淋漓盡致。這同時對照出我們現在置身的這個時代，實在是混亂到極點，群魔亂舞，邪說風行，世情澆薄；人心沒有皈依，精神沒有寄託。在書中，錢教授帶領我們經歷玄奘大師每個求法階段之餘，也從各種角度設問、回顧他踏出漫長征途第一步的初衷：苦海茫茫，人生歸宿在那裏？天災人禍，如何才能解脫？

這是蘊藏在每個人心頭的問題，也是將玄奘大師與作者，以及所有具有佛心佛性的讀者們，連結在一起的慈悲情懷，更是我們追隨前賢所能獲得的最珍貴的寶藏。

值此時代，充滿試煉但仍有光明希望、最壞也是最好的時代，我們閱讀《玄奘西遊記》，必定能得到許多重要收穫：

讀此書，乃是讀可比《西遊記》更精采的小說；

讀此書，乃是讀一本風俗人物皆栩栩如生的遊記；

讀此書，乃是讀一本有豐富歷史文化的書籍；

讀此書，乃是讀一本有深厚思想哲學的書籍——與吳承恩《西遊記》相比只有超越；與玄奘《大唐西域記》可以媲美；

讀此書，乃是讀一本將文學、哲學、歷史、宗教靈活融會的綜合好書，把過去艱深之文學、地理轉化成活生生的內容，彷彿人親臨此境。

在此與讀者諸君分享：願大家都能時常思憶玄奘大師那因一念之慈悲，改變自己人生與世界的「重要的一步」，皆能法喜盈滿。

目錄

台灣版自序

和很多人一樣，我是喜愛台灣版的學術書的。單從外觀而論，它們的裝幀設計、印刷紙張、排版風格，就夠誘人目睛了。但是，我卻從來沒有認眞想過，自己的書也能夠出台灣版。《玄奘西遊記》能夠有緣登陸美麗的寶島，實在是拜諸多師友的善心願力所賜。我在大陸版的前言和後記裡，已經對其中的很多位表達了我由衷的謝意和感恩之情。這次，我更是要特別感謝印刻文學生活雜誌社總編輯初安民先生，以及上海世紀出版集團所屬上海書店出版社社長王爲松先生，正是他們兩位的合力，使我的原本是虛無縹緲的夢想在很短的時間內成爲了觸手可及的現實。

對於出版台灣版，作爲書的作者，我反覆強調了一個願望，那就是，我堅持要求《玄奘西遊記》的台灣版必須直排。這個要求裡面當然隱含著我對中國文化傳統的珍愛和追慕，我想，這是兩岸的讀書人都不難理解的。同時，卻也還有一點小小的原因，我願意在這裡寫出來，與大家分享。

同樣由上海書店出版社出版的「十力叢書」前附有德高望重的王元化先生的〈序：讀熊十力劄記〉，這是一篇精彩的大文章。王元化先生特別標舉出熊十力先生讀書方法的精要，凡十六字：「沉潛往復，從容含玩」、「必謹缺疑，而無放失」。這對我發生了震撼，令我反思自己乃至當代人的讀書態度和方法。我還想起一件依然和熊十力先生有關的逸事。一位後來也卓然成家的大學者，早年向熊十力先生請教。他對著熊十力先生，滔滔不絕地批評自己所讀過的一部古書。不料，熊十力先生拍案大怒：你讀書應該先讀出書的好來，還沒有讀透就肆意批評，難道這算是讀書嗎?!這位學者受此棒喝，若受電然，由此幡然醒悟。

王元化先生的文章和熊十力先生的逸事，說明的都是大道理。我在堅持直排的時候，想的卻是一個小問題。讀直排的書，腦袋是上下移動的，似先表敬畏之心；讀橫排的書，腦袋是左右晃動的，似先露輕蔑之意。哪種比較接近于熊十力先生的心意呢？竊以爲，應該是前一種。說出來，或許有點小題大作的可笑，卻是我內心眞實的想法和考慮。

我平素和佛教界的高僧大德就比較親近。然而，就在準備《玄奘西遊記》台灣版的短短一兩個月的時間裏，我和高僧大德的緣分就特別殊勝。我先後有緣在南京拜見了棲霞寺方丈隆相大和尚、玄奘寺方丈傳眞大和尚，在普陀山又有幸拜見了普陀山全上總方丈戒忍大和尚。尤其是就在前幾天，我在自己家鄉無錫宜興的大覺寺拜見了多年未能見到的星雲大師，得知大師是在我家鄉的寺院出家，而我的家鄉由此有幸成爲大師的祖庭之地，更是心生歡喜。日後若有機會，也希望能走訪台灣，瞻仰印順法師的陵園精舍，並且拜見悟明、惟覺、聖嚴、證嚴等有道大師們。

高僧大德所體現和傳達的慈悲情懷，是生活在當今世界的人們的寶貴財富，願我們珍惜守護，永不墮失。

南無釋迦牟尼佛。

南無觀自在菩薩。

南無彌勒菩薩。

二〇〇七年十一月廿四日於上海

前言

我謹將在《百家講壇》上爲大家講述的三十六集《玄奘西遊記》，以書的形式奉獻給大家。我的心情是喜悅和惶恐交加。節目講完了，書也出版了，那麼，我所能做的就是恭候大家的批評和指教了。

現在回想起來，我和《百家講壇》實在可以說是一場美麗的邂逅。二〇〇六年十月的一天，我接到《百家講壇》執行主編王詠琴女士的電話。她語氣優雅，問我是否可以到《百家講壇》講一次，題目是否可以和《西遊記》有關。

我和王詠琴女士素不相識，接到這個電話確實有點意外。雖然我平時很少看電視讀報紙，也基本不上網，但是，對《百家講壇》的盛況，對主講人閻崇年、易中天、王立群、于丹等先生的大名以及著作，卻總還是知道的；他們的著作，有的還購藏拜讀過。不過，我無論如何都沒有想到過，自己也會登上《百家講壇》，成爲又一名主講人。我並沒有問王詠琴女士，她是怎麼會找到我的。

十一月間，我略微做了一些準備，利用一次赴京探友的機會，來到國宏賓館參加試講拍攝。結束後就返回上海，並沒有過多地在意結果。很快，我又接到王詠琴女士的電話，希望我再次赴京，具體商量拍攝事宜。這多少讓我有點驚訝，但還是沒有多問什麼，遵囑趕到北京，蒙《百家講壇》

製片人萬衛先生、總策畫解如光先生接談，從此開始了我和《百家講壇》的這一份因緣。

準備、拍攝、製作的過程並不是一帆風順的，《百家講壇》對主講人的講稿思路、環節設置、敘述風格都有獨特而嚴格的要求。儘管不用等到事後就已經證明，《百家講壇》的這些似乎很苛刻的要求，絕對是有的放矢的，也是非常有效的。但是，我想，沒有哪一位主講人會從一開始就感到習慣。感謝《百家講壇》的主創人員，他們以高超的專業素養、高度的敬業精神，指點我、幫助我克服了一個接一個的困難。終於，《玄奘西遊記》循著上升的軌跡，畫上了大致可以說是圓滿的句號。我固然有一種如釋重負的感覺，卻更多地感受到了《百家講壇》主創人員給我的教益和情誼的沉重。我由衷地感謝他們。

如今，我可以毫不猶豫地說，我認同《百家講壇》的基本理念。根據我自己的感受，我將它總結爲：爲電視觀眾提供親近文化精神的平台，爲學院教師提供傳播文化精神的講台。《百家講壇》的全體創作人員和主講人共同努力，正在嘗試並且成就著一項卓有成效的文化事業。或許，這還是一個美麗的夢想。然而，卻絕不會永遠只是一個夢想。

《論語．雍也》裡有一句話，是我們都耳熟能詳的：「知之者不如好之者，好之者不如樂之者。」楊伯峻先生的權威譯文是：「（對於任何學問和事業，）懂得它的人不如喜愛它的人，喜愛它的人又不如以它爲樂的人。」意思很清楚。倒過來看也同樣清楚：「以它爲樂」和「喜愛它」乃是「懂得它」的前提或必經之路。那麼，雖說當下正在進入網路時代，但是，恐怕誰都不能否認，電視仍然是解決「如何以它爲樂」、「如何使人喜歡它」這些問題的最爲直接有效的手段和媒介。學者是已經「懂得它」，更多的是正在努力「懂得它」的專業人員，如果有意或立志使非專業人員

「喜愛它」、「以它爲樂」，迄今爲止，電視終究還是最接近於理想的平台。從這個意義上講，我贊同易中天先生的意見，他認爲，倘若春秋時代就有電視，那麼，孔子也應該不會拒絕的。

使更多的人「以它爲樂」、「喜愛它」，本身就是一種傳播和普及的努力過程。傳播且不論，普及又豈是一件容易的工作？「深入淺出」也是大家所熟悉的話了，「深入」正是對「淺出」的要求、希望，或許也可以說，「深入」正是「淺出」的門檻和資格。我們經常掛在嘴邊的，要給人一碗水，自己最好有一桶水，無非也就是這個意思而已。正因爲如此，在我看來，普及不僅絕不意味著輕鬆，相反，它是一項非常艱巨的工作。

所有這一切，都讓我在《百家講壇》這個中央電視台的欄目上講《玄奘西遊記》的時候，有一種戰戰兢兢、如履薄冰的心情。雖說這個題目處於我本人的專業領域之內，但是，我卻沒有把握說，自己對這個題目已經足夠「深入」了。因此，在努力「淺出」的時候，我只能老老實實地恪守有來歷、不妄語、不做無根遊談、不爲懸想虛語。我努力了，可是，我究竟做到了多少呢？那只有恭候大家的評判了。

本書是在《百家講壇》的《玄奘西遊記》講稿的基礎上，加以增補而成的。增補的部分主要是由於時間和電視節目特點的限制而沒有完全講述出來的內容，此外還增加了一些珍貴的圖版。書後所附「參考書目」，意在爲有進一步興趣的讀者提供最初步的導引。

錢文忠

二〇〇七年八月二十日

第一講
玄奘身世

古典小說《西遊記》中，對玄奘身世的描寫充滿了傳奇色彩——玄奘的父親經歷了金榜題名、洞房花燭的喜悅，又遭遇了月黑風高、拋屍江底的慘劇，使玄奘尚未出生就開始經受磨難。但歷史上真實的玄奘有著怎樣的身世呢？小說中的描寫是憑空杜撰，還是有所依據？是什麼樣的人生經歷，使他敢於跋涉往返十七年，遠去西天取經？

唐僧師徒四人西天取經的故事幾乎人人都知道，但與孫悟空、豬八戒、沙和尚這三個徒弟不同的是，唐僧在歷史上確有其人。他是唐朝一個偉大的僧人，俗名陳禕（也有作「褘」的），法號玄奘法師。他曾跋涉十多萬里，歷時十七年，遠赴印度取經，並著有《大唐西域記》，是中國乃至世界歷史上一位偉大的旅行家、翻譯家和佛學家。

按照歷史記載，在一千四百年前的唐朝，玄奘孤身一人遠行萬里，翻過雪山，穿過沙漠，到了遙遠的印度，九死一生，說他是偉大的旅行家那是毫無疑問的。

說他是偉大的翻譯家呢，那就更沒有爭議，因爲他一個人翻譯或者主持翻譯的佛典達到了一千三百餘卷。而且翻譯佛典是一項非常艱難的工作，因爲他是將其從梵文——現在公認最複雜、最困難的一種語言——翻譯成中文，由金陵刻經處（今南京市內）彙集出版的玄奘譯著全集多達四百冊，那就遠遠不是著作等身，而是超身了。同時玄奘還做過一件不同凡響的事，按照記載，他不僅把佛典從梵文翻譯成中文，還把老子的《道德經》和一部極可能是中國僧人用漢語撰寫的佛學著作《大乘起信論》翻譯成梵文。很可惜，這兩部譯著我們現在無緣得見，但是有記載表明玄奘曾翻譯過。

說他是偉大的佛學家，那也沒有什麼好爭議的。他創立了法相唯識宗，是開宗立派的一位佛學大師，更不必說他從遙遠的印度，當時佛教的中心，帶回了很多新的佛教理論、佛教思想。

但是很少有人稱玄奘爲偉大的文學家。且不論他是不是偉大的文學家，有一點是非常明確的——如果沒有玄奘，沒有玄奘西行的激發，我們今天所擁有的四大古典小說名著中，大概不會有《西遊記》。所以即使我們不能說玄奘是一個偉大的文學家，他也是一個對中國文學史有著非常重大影響的人物。

也正因爲如此，古往今來，古今中外，很多人都對玄奘有著極高的評價。傑出帝王唐太宗曾經說

「有玄奘法師者，法門之領袖也」，並形容他爲「只千古而無對」，也就是說千古無雙，像他這樣的人物千年只有這麼一個。魯迅先生在〈中國人失掉自信力了嗎〉這篇重要的文章當中也曾經說過：「我們從古以來，就有埋頭苦幹的人，有拚命硬幹的人，有爲民請命的人，有捨身求法的人，……雖是等於爲帝王將相作家譜的所謂『正史』，也往往掩不住他們的光耀，這就是中國的脊樑。」這「從古以來」的這些人中，毫無疑問包括玄奘在內。在國際上，對玄奘的評價同樣也是非常崇高的。有些學者說，印度歷史欠玄奘的帳，是怎麼算、怎麼估量都不會過分的；有些學者更明確表示，如果沒有晉代的法顯、唐代的玄奘、明代的馬歡，印度的歷史是無法重建的。因爲印度這個民族的文化與我們的漢民族、漢文化不太一樣，它的歷史觀念和時間觀念都和我們有很大的區別。

〔玄奘俗名陳禕，又稱唐僧，他跋涉十多萬里，歷時十七年，遠赴印度取經，並著有《大唐西域記》。玄奘的西行之路，被現代人認為是一條由信念、堅韌和智慧澆鑄而成的求知之路，是一個民族胸襟開放、海納百川的真實寫照。享有如此讚譽的玄奘，到底是一個什麼樣的人呢？〕

這樣一個偉大的人物，我們要講述他的身世，不妨將膾炙人口的小說《西遊記》和大量關於玄奘的歷史記載結合起來，一起神遊千年之前，萬里之外，追隨他的西遊歷程。

在小說《西遊記》中，孫悟空也好、豬八戒也好、沙和尚也好，連唐僧騎的這匹白龍馬，來歷都交代得非常清楚，唯獨這個表面上的主要人物玄奘，他的身世和出身卻沒有什麼交代。直到《西遊記》

第十一回，講到有三個大臣奉唐太宗之命，在全國挑選一名有德行的高僧擔任當時中土的佛教統領，最終選定了玄奘，此時《西遊記》中才非常突兀地出現一段話：

轉托塵凡苦受磨，降生世俗遭羅網。
投胎落地就逢凶，未出之前臨惡黨。
父是海州陳狀元，外公總管當朝長。

作爲詩歌來講這不是一首很高明的詩，但是它傳達了幾點關於玄奘身世的資訊。第一，玄奘多災多難，從降生開始就蒙難逢凶，歷經磨難，遭受了很多常人不能想像的苦難。第二，玄奘的父親是海州陳狀元，而他的外公總管朝政，是相當於丞相一級的人物。

《西遊記》只在第十一回，才出現這麼一段關於玄奘身世的非常突兀的話。讀者諸君也許會以爲，自己看書不仔細，漏了前因，再翻回到前頁，欲查明因果，但又遍查不著，因爲書中原本就沒有交代。而只有在人民文學出版社的《西遊記》裡，在第八回「我佛造經傳極樂　觀音奉旨上長安」和第九回「袁守誠妙算無私曲　老龍王拙計犯天條」之間，非常獨特地插進了一個附錄。這是當時整理此書的幾位學者別具匠心的安排，因爲他們發現，在《西遊記》裡對玄奘的身世和家世都沒有交代，而突然在第十一回出現了這麼一段話，令人無法理解，所以就把另外一個版本的西遊取經小說中的一大段內容插進來作爲附錄。

這個附錄也有一個標題，叫「陳光蕊赴任逢災　江流僧復仇報本」。標題中出現了兩個人物，一個是陳光蕊，一個是名叫「江流」的僧人。這個附錄恰恰是非常完整地記述了玄奘的父母、玄奘的出身和他所遭受的磨難，以及他報仇的整個歷程。毫無疑問這是民間傳說，與歷史的眞實記載有很大差距，但我們不妨以此爲發端，再結合歷史記載，來了解玄奘的身世。

這個附錄中提到，貞觀十三年（西元六三九年），唐太宗李世民接受魏徵提議張榜招賢，遍求天下賢才，輔佐他創建大唐的基業。招賢的消息傳到海州。海州這個地方有一個年輕的讀書人，叫陳蕚，字光蕊，就是玄奘的生身父親。海州這位陳先生看到了唐太宗招賢的榜文，回家以後就對他的母親說，兒是讀書人，想去應考，如果僥倖考中了，可以光大門楣，封妻蔭子。這是中國傳統讀書人非常典型的一種信念，出身書香門第的陳母張氏當然非常支持兒子的遠大理想，於是陳光蕊就趕到長安參加了這次考試。

按照傳統民間傳說的套路，不難想見，第一，陳光蕊百分之百地考中了；第二，他一定是中的狀元，一定由唐太宗御筆欽點，這就有了第十一回所謂「海州陳狀元」。按照中國的科舉制度，第一名叫狀元，第二名叫榜眼，第三名叫探花，依禮節他們要騎著高頭大馬，披紅掛綠遊街，接受眾人的祝賀。海州陳狀元，也就是玄奘的生身父親，便照例騎著高頭大馬，在樂隊的伴奏之下遊街。當時他還是未婚之人，年輕才俊，這一遊，就遊出一段美好的姻緣來。

一般來說，陳狀元這一路不會無目的地亂遊，他走著走著就來到了當朝丞相殷開山的相府樓下。殷丞相家有位小姐，名叫溫嬌，據《西遊記》裡講，生得「面如滿月，眼似秋波，櫻桃小口，綠柳蠻腰」，眞所謂「沉魚落雁之容，閉月羞花之貌」。這位小姐還有個小名叫「滿堂嬌」，也就是濟濟一堂的人就屬她嬌美。倘若這位小姐如平素一般身處深宅大院，陳狀元再怎麼遛馬遊街也見她不著。但那天恰好這位殷小姐在拋繡球招親，而狀元遊街的消息，身為當朝丞相的父親想必已經通知了小姐，因此當日溫嬌小姐正站在彩樓上等著狀元郎騎馬到來。

在眞實的歷史當中，玄奘父親是品貌非常端正的一個人，據《大慈恩寺三藏法師傳》記載，他「形長八尺，美眉明目」。如果按三尺為一米推算，玄奘的父親幾乎要達到兩米六七，比現在的籃球運動員還要高，當然這不能當眞，因為古代尺的長度與現在的不同，但是個子高大是一定的。見到這樣俊美的狀元郎，殷小姐當然內心竊喜，就瞄準陳光蕊把繡球拋了下去，陳光蕊抬頭一見是殷小姐，這樁姻緣便成了。接著就從相府樓上下來幾十個丫鬟，拉住陳光蕊的馬頭，將他連人帶馬牽到府裡去，當即拜堂成婚。洞房花燭夜，新科狀元娶了丞相之女，成就一段完美的傳說。

到此為止，與玄奘身世相關的資訊已經出現了四個：第一，玄奘出生的年份，有說為貞觀十三年，即玄奘父母成婚之年；第二，玄奘有個奶奶，即陳光蕊之母，姓張；第三，玄奘的外公是當朝殷丞相；第四，玄奘的母親叫殷溫嬌。

〔《西遊記》中描寫玄奘的父親是個「美眉明目」的狀元郎，母親是位「綠柳蠻腰」的丞相之女，那麼歷史上真實的玄奘又是怎樣的出身呢？玄奘的身世與傳說中是完全不同，還是有著某些相似之處呢？〕

但是根據歷史上的眞實記載，玄奘的身世與上面所說的傳說有點差距。

首先，玄奘的確是出生於一個名門望族，祖籍潁川，也就是今天的河南許昌。而且玄奘也的的確確是個高官子弟，在歷史記載中存有他家的世系——穎川陳家是漢末太丘令陳仲弓之後，玄奘的高祖是北魏清河太守陳湛；他的曾祖陳欽，也叫陳山，是北魏的上黨太守、征東將軍，封南陽郡開國公；他的祖父陳康因爲學業優秀出仕北齊，官至國子博士、國子司業和禮部侍郎，相當於國立大學的副校長或教務長，雖然不能與明清時期的禮部侍郎相提並論，但也是一個非常有名望的官員。

而就在陳康這一代，陳家從祖籍許昌遷徙到偃師緱氏縣，玄奘就出生在當地，就位於現在緱氏鎮鳳凰河谷東的陳河村。玄奘的父親叫陳慧，並不是狀元，但也是一個學業非常出眾的人，曾經被舉孝廉，當過江陵陳留的縣令。也就是到了玄奘父親這一輩，陳家實際上已經從高級幹部降到了中層幹部，家道開始中落。玄奘的外公也遠非當朝丞相，而是洛州長史，也屬於地方政府官員。玄奘的母親即是長史之女宋氏，雖不是丞相之女，也是官宦人家的小姐。至於玄奘的祖母，則未有記載，不知是否張太夫人。

這就是歷史上關於玄奘家世的眞實記載。

〔看來《西遊記》中對玄奘父母的描寫還是有點依據的，只是進行了藝術的誇張。但是《西遊記》中所說的玄奘出生的年份，卻是完全錯誤的，那麼歷史上真實的玄奘究竟出生在哪一年呢？〕

海州陳光蕊中狀元之後娶了殷小姐，按當年懷孕當年生子算，玄奘應該生在貞觀十三年。民間傳說歷來如此，可以將拋繡球招親記載得非常詳盡，在需要精確的地方卻往往大而化之。其實這種說法肯定是錯誤的，歷史上玄奘的出生年月，在此需要作一番考證。

他出生在哪年，我們不得而知，因爲當時他還只不過是一個縣令之子，並且他的父親很早就去世了。但是當玄奘去世的時候，他已經是一個名滿天下的人物，在唐朝受萬眾敬仰，所以他去世的年份我們是知道的，除了《舊唐書》本傳以外，都說他是圓寂於唐高宗的麟德元年（六六四年）。如果我們知道玄奘活了多少歲，做一個減法就可以倒推出玄奘的生年。但是很不幸，雖然有大量關於玄奘的歷史記載，但是對於他的享年居然有四種說法，分別是五十六歲、六十三歲、六十五歲和六十九歲，每一種說法背後都有一定的文獻依據，也都有像梁啓超這樣非常著名學者的支持，這就使問題變得複雜起來。現在學術界一般認爲玄奘在人間生活了六十五個春秋，這樣一倒推，他的出生年份應該是六〇〇年。這個年份不是貞觀十三年，更不是什麼唐朝的年份，而是隋朝開國皇帝文帝的開皇二十年。

玄奘的生父陳慧因爲隋朝的政治腐敗，很早就辭官在家。由於他對儒家的經典都非常熟悉，因此親自教育玄奘，給他講授儒家的經典。玄奘從小就非常聰明好學，有一天父親給他講《孝經》（當時很多名門望族教育孩子的啓蒙讀物是《孝經》），講到開始第一章「開宗明義章」中曾子「避席」回答老師提問：

> 仲尼居，曾子侍。子曰：「先王有至德要道以順天下，民用和睦，上下無怨，汝知之乎？」曾子避席，曰：「參不敏，何足以知之。」

曾子是孔子的學生之一，古人都席地而坐，避席就是站起身來，不坐在席子上。按照禮儀，「師有問」，弟子應當「避席起答」。當聽完父親解釋這一段意思時，年方七八歲的小陳褘突然也站起身來避席，他的父親覺得非常詫異，玄奘便答道：「曾子聞師命避席，某今奉慈訓，豈宜安坐？」（老師發問，曾子避席站起來回答，現在我受父親教誨，又怎麼能安然坐著呢？）這段話被史籍記載下來，證明玄奘能聞一知十，「早慧如此」。

〔回到《西遊記》第十一回，為什麼會突然講到玄奘歷經磨難，又用如此悲切甚至令人不安的詩句來描寫玄奘的降生呢？這在真實的歷史之中沒有記載，但記載民間傳說的《西遊記》第八、第九回間的附錄中卻有提到。〕

《西遊記》第八、第九回間的附錄中寫道，玄奘的父親中了狀元，又被當朝丞相之女殷小姐的繡球拋中，金榜題名，洞房花燭，正是得意之時。次日一早，唐太宗即召集官員開會，授予狀元郎江州州主之職，令他即刻上任。陳狀元接到聖旨後便帶著新婚的殷小姐回老家海州去接張太夫人。張太夫人見到兒子娶了一個美貌的相府千金，還高中了狀元回來光大門楣，自然非常高興，便跟著夫妻二人和一眾僕從到江州去上任。而玄奘父母的磨難、玄奘降生的磨難，在民間傳說當中也就從這一刻開始了。

話說張老夫人隨著她的兒子與兒媳千里趕路，途經一個地方叫萬花店，在當地一家客棧住下，客棧的主人叫劉小二。老太太由於旅途勞累而染病，暫歇在客棧。陳狀元是個孝子，見母親生病非常著急，就趕到市場上，用一貫錢買了一條金色的鯉魚，準備熬湯給老太太補補身子好接著趕路。正要把魚殺了拿去熬湯的時候，突然發現這條金色鯉魚直衝他叭嗒叭嗒地眨眼，陳狀元見多識廣，馬上想起當時有句話，叫「魚蛇眨眼，必非等閒之物」，覺得這條魚非同一般，於是趕緊問那個賣魚的人，這條魚從何而來。漁夫答說是從附近的洪江捕上來的，陳狀元便趕到洪江江邊把這條鯉魚放生了。稍後回到劉小二的店中回稟給老太太聽，老太太見兒子有慈悲心，也非常欣慰。又跟陳光蕊商量說，不要誤了去到江州赴任的日程，還是帶著溫嬌先走，留下點盤纏讓她在劉小二的店裡安心養病，待二人到得任上安頓好之後，再派人來接她不遲。陳光蕊一想，這也不失爲一個妥當的處置辦法，便按照老太太說的，留下盤纏安頓好她之後，帶著自己新婚的妻子溫嬌先行到江州上任去了。

誰知道，這一走就走出一段天大的禍事來。

陳光蕊帶著夫人到了洪江口渡江，正好遇見兩個船公，一個叫劉洪，一個叫李彪，二人靠擺渡爲生。看到非常美麗的殷小姐，劉洪就動了歹心，在月黑風高之夜，船擺渡到江心的時候，這兩個人就先把陳光蕊的僕人殺了，然後把陳光蕊也打死，將兩個人的屍首拋進了洪江。眼見丈夫被賊人謀害，殷小姐就要跳江隨夫而去。劉洪的目的在於殷小姐，當然不會讓殷小姐跳江，遂一把將她抱住，說：「你若從我，萬事皆休。若不從時，一刀兩斷！」這段話按現在的語言習慣乍聽起來有點奇怪，事實上是威脅殷小姐如果不從將會身首異處。殷小姐當時已經有了身孕，無奈之下，只能假意順從了劉洪。

兩個船公之中，李彪是一個正常路數的賊，把陳光蕊和他的僕人殺了以後，分了點財寶，扒了幾件衣服，然後等著下一個作案物件。而劉洪則是個很另類的賊，居然穿戴好陳光蕊的衣冠，拿了他的官憑文書，帶了他懷孕的妻子，冒充陳光蕊的名字到江州去上任，當了陳狀元該當的江州州主。

〔掉到洪江裡的陳光蕊是不是就此死了？殷小姐能不能順利地生下玄奘？玄奘又是如何為父母報仇的？請看下一講「皈依佛門」。〕

第二講
皈依佛門

《西遊記》第十一回中說玄奘「轉托塵凡苦受磨，降生世俗遭羅網。投胎落地就逢凶，未出之前臨惡黨」，也許這一切坎坷遭遇都是小說中的杜撰，但有一點是接近歷史真實的——玄奘確實是在年少之時就剃度出家了。玄奘出身官宦家庭，他為什麼會年少出家？是什麼樣的機緣，使他執著於佛門求學？他又是在怎樣的情景下剃度的呢？

話說陳光蕊和僕人的屍體被賊人拋入洪江後，僕人是很平凡的人，因此屍體拋下去之後便隨江水漂走了；而陳光蕊是當朝狀元，又是未來玄奘的父親，非同尋常，所以他的屍體一掉進江裡就沉在水中不動，也不隨江水漂走。按照中國的傳統民俗，無論是天上、地上，還是地下、水底，都有一套政府體系，基本上是人間的翻版。洪江底下最高的首長就是龍王，龍王手底下又有很多替他維持秩序的，有一個巡海夜叉，聽聞噗通聲響，見水上掉下個人來沉在那裡不動，就回去報告龍王，龍王吩咐把屍體移來，一看之下，便認出他是新科狀元陳光蕊。

事情發展至此，讀者諸君想必已經猜到，龍王就是那條金色的鯉魚，不知怎麼被一個無知的漁夫弄上岸來差點給熬成魚湯。現在龍王一見眼前是救命恩人，趕緊發正規文書，到洪州的城隍和土地那兒問城隍老爺和土地爺取陳光蕊的魂魄。待魂歸原體之後，龍王問起事情的原委，陳光蕊便把被害的過程說了一遍。龍王聽後，遂讓他服下海底的頂級美容產品——定顏珠，屍身留在水底幾十年，可保容貌不變，以待來日還魂報仇。同時陳光蕊的魂魄既已歸來，龍王便又就地安排給他一個水府督領之職，負責管理夜叉。

此時在岸上，劉洪已經帶著殷小姐到江州去上任。看來這劉洪還眞不是一般的賊，因爲在《西遊記》的這段記載中完全沒有反映他當官不稱職的文字，反而留給大家一個印象，就是他非常勤勉，勤於公事，酷愛出差。經常動不動就出差，而每逢他出差的時候，就會有很多事情發生。

一天，劉洪因公出差，殷小姐正逢臨盆生產，疼暈了過去。在她暈倒在地的時候，突然耳邊傳來一個聲音，直呼其小名「滿堂嬌」，自稱是南極星君，是觀音菩薩派來報信的，說她腹中的孩子乃是觀音送子，來日必定聲名非凡，絕非等閒，令她好好地把這個孩子養大。千萬不要讓賊人劉洪知道，否則他一定會殺害這個孩子。至於陳狀元則已被龍王救了，將來一定有夫妻團圓、父子同聚的一天，切記切記。

溫嬌清醒之後，牢牢記下這些話，並生下了腹中的孩子，即未來的玄奘。玄奘出生後，劉洪出差歸來，一看孩子相貌堂堂，自己賊眉鼠目，必非己出，便想把他淹死。殷小姐連聲允諾，只道劉洪遠行方歸，暫歇一日，明天再淹死不遲。劉洪素來對殷小姐百依百順，便也不反對。次日一早，按照殷小姐說的應該把玄奘淹死，但是劉洪又有個公差，火急火燎地跑了。殷小姐無奈之下，便找了一件衣衫，把剛生一天的小玄奘包起來，咬破手指寫了一封血書，將嬰兒父母的姓名和被逼送走孩子的緣由寫在其中。寫完以後，殷小姐又做了一件常人想不到的事情——她居然忍著巨大的悲痛，把玄奘左腳的小腳趾一口咬了下來，怕的是將來血書一旦被水沖走，孩子會杳無蹤跡，咬下左腳的小趾，好留下一個印記，方便將來找尋。做完這些以後，溫嬌就帶著心腹丫鬟來到洪江江邊，要把小玄奘拋到江中。玄奘畢竟不是一般的孩子，所以將要拋的時候，江面上遠遠地漂過來一塊木板，殷小姐便把玄奘綁在木板上，讓他順流而下。

玄奘在江中漂流，最後漂到了金山寺，這是如今鎮江一個非常著名的寺廟。金山寺有一位長老，叫法明和尚，正在那裡打坐禪定。練禪之人到了最高境界，外面發生天大的事也與他無關。但是因為漂來的是玄奘，非同一般，玄奘漂到金山寺腳下，就在那裡停下哇哇大哭。這個入定的法明和尚，居然在離江岸還有相當距離的方丈室裡就聽到了嬰兒的哭聲，一時心動，趕過去把這個孩子抱起來，收養在寺裡，給他取了個名字叫江流，長大後還在寺中將他剃度為僧，取法名玄奘。

玄奘在這個寺廟裡非常勤奮，學業精進，佛學修養大長。古代寺廟裡有辯論的傳統，雖然在如今漢地的寺廟中並不典型，但在藏傳佛教中，如今的青海甚至內蒙古的喇嘛教寺廟裡還保留有這種辯經的傳統（北京的雍和宮也有），大家把彼此理解的佛法拿出來辯論，形成一種交鋒，然後達到一個共同的理解。玄奘在寺廟裡的辯論會中當然是常勝將軍，一般人辯不過他。這個時候，寺裡有一個酒肉和尚，平時也不好好讀書，估計也是魯智深之流，辯不過玄奘，發急了之後破口大罵，說玄奘是「業畜」，父母也不知，姓名也不知，就來寺裡搗亂。

這裡的「業」，是由一個梵文詞 karma 而來，指個人的行爲，尤其是前世的行爲。罵人爲「業畜」，就是說你是個前世沒有做過善事的畜生，將有惡報。這話罵得非常下流也非常粗魯，純粹是因爲辯不過玄奘而耍賴，但是這句話無意之間把玄奘的身世這層紙給捅破了。玄奘當然非常驚訝，就哭著去找他的老師法明和尚，那個得道高僧居然也還健在，無奈之下，就把血書拿給玄奘看了，也告訴了玄奘他的身世。

〔玄奘知道了自己的身世後，決心為父母報仇，但劉洪當時已經當上了江州州主，有權有勢，而玄奘只是一個小和尚，他該怎麼做，才能為自己的父母報仇呢？〕

玄奘知道自己的身世以後，就離開了金山寺，悄悄地去到江州衙門，找他的生身母親溫嬌。這一天說來也巧，劉洪又出差去了，家裡只有他母親一人。溫嬌一看來人，簡直就是一個再生的陳光蕊，一下就覺得這是自己的骨肉。玄奘又把血書給母親看了，溫嬌便基本認定，這就是她當年所生的孩子，母子先抱頭痛哭了一番。之後溫嬌又把玄奘左腳的襪子脫了，一看少一個小腳趾，便更是百分之百地確認了。她對玄奘說，我這裡給你兩樣東西，一個是一只香環（古人戴的一種裝飾物），你帶著它到離這兒一千多里的洪州那邊，去看當年留在那裡的你的祖母，不知道還在不在人間，要趕快去接她回來。另外，我這兒寫了一封信，你趕緊到長安皇城裡，金鑾殿西邊你外公殷開山丞相家，讓他稟明唐王，發兵來擒殺劉洪，爲你的父親報仇，把你老娘救出虎口。這裡原文是用了一個「老娘」，當然溫嬌那個時候應該是三十六、七歲，還不是老娘，但是她自稱「老娘」。

玄奘得了母親的囑託，日夜兼程往北趕，先趕到洪州萬花店，客棧的劉小二還在。問起當年是不是有這麼一個老太太，劉小二答說，當年有一個狀元郎帶著新婚娘子當官去了，當時說好把老太太留在這裡一段時間，由他代爲照看，誰想過了那麼久都沒人回來。老太太後來盤纏也沒了，付不起店錢，現在她就住在一口破窯裡。玄奘聞聽此言，趕緊找到他的祖母。他祖母因爲日夜思念兒子，眼睛已經哭瞎了，一聽到玄奘的聲音，馬上就覺得好像是兒子光蕊，伸手把玄奘再摸一遍，也覺五官很像。玄奘當即把事情的來龍去脈全告訴了祖母，並當場發願，念經誦咒（古印度有很多這樣的咒，可使眼睛復明），還用自己的舌尖去舔祖母瞎了的眼睛（按照傳統說法，由孝子賢孫去舔瞎了的眼睛往往有奇效），將祖母的眼睛舔得復明。老太太見是自己的孫子，高興極了，玄奘把她安頓好之後，便馬不停蹄地直奔京城。

到了京城相府，溫嬌當年拋繡球的地方還在，外公也仍然位極人臣。相府門口有警衛守候，不若萬花店來去自如。玄奘遂將母親交託的信文呈上，說有一個和尚親戚，要拜見丞相。殷開山正在府中，自忖家裡並沒有和尚親戚。說來也巧，溫嬌的母親，也就是玄奘的外祖母，前天夜裡正巧夢見自己朝思暮想的女兒和女婿託人送信來（在古代，僧人因要雲遊四方，往往會充當郵差的角色，背著很多信，一路送過去，收信的人家常常會布施一點東西表示謝意，僧人便可以一路求學雲遊，物質上也有所保障），這時便趕緊請玄奘進來。玄奘把母親溫嬌給他外公殷丞相的信呈上。老人家讀罷此信，想到自己乃是堂堂的當朝丞相，把女兒嫁給了一個新科狀元去當官，天下居然有膽子那麼大的賊，把我女婿殺了拋屍不說，搶了我的女兒，去當我女婿的官，還一當就是十八年！丞相勃然大怒，第二天就稟明唐王，發兵六萬直奔江州去擒拿劉洪。那麼喜歡出差的劉洪，這天倒楣不出差，正在家待著，被裡應外合抓了個正著，之後又順帶著把李彪也一併擒拿了。

接下來的一段當然也是民間傳說，完全不符合一個高僧應該有的修養和胸懷。劉洪和李彪被擒後，先各打一百大棍，打個半死，再把李彪先釘在木驢上（木驢是中國古代一種非常殘酷的刑具）千刀萬剮處死了。對劉洪當然不會那麼輕易讓他死，就押到洪江江邊當年他作案的現場，活剖心肝，祭奠陳光蕊。老龍王獲悉後，趕快派夜叉把陳狀元送回人間。服過定顏珠的陳狀元的屍首被送出水面，慢慢漂浮過來。溫嬌一看是具浮屍，嚎啕大哭又要投江，被玄奘一把扯住。再一看，陳狀元的手腳開始動彈，因爲魂魄已經歸體，不久便活了過來，一家團圓，皆大歡喜。

小說《西遊記》中的這篇附錄講到這裡，還留下一句很殘酷的話，因爲無論如何溫嬌是「失節」了，按照中國傳統倫理，溫嬌幾次三番要死，沒死成，但最終還是「從容自盡」了，這是附錄中非常殘酷的一條。在民間傳說中，在《西遊記》的整個附錄當中，這就是玄奘受難的整個過程。

〔小說《西遊記》中的玄奘剛出生就被母親無奈地拋入江中，被金山寺的長老收養，從小就當了和尚。但歷史記載中的玄奘出身官宦家庭，他又為什麼要剃度出家呢？〕

根據史料記載，玄奘走上學佛之路，是因爲受他的第二個哥哥長捷法師的影響。玄奘的父母大概在玄奘十歲左右時就已雙雙因病去世，玄奘便跟著他的哥哥到洛陽的淨土寺開始學佛。

剛進寺的時候，玄奘還不是正式的僧人，只能做一個童子，但是他學習非常非常勤奮。在他十三歲的那一年，正好碰到歷史上以荒淫驕奢著稱的隋煬帝突發善心。隋煬帝信佛，當時派了一個名叫鄭善果的大理寺卿到洛陽去剃度僧人，一共只剃度十四位。在隋朝乃至隋唐時期，僧人的數量是受嚴格控制的，否則種田當兵的男丁都會缺乏，交糧納稅得不到保障，因此選拔僧人都要經過嚴格的考試。這個鄭善果素以「有知士之鑒」著名，非常會鑒定人才。小玄奘當時才十三歲，據《大慈恩寺三藏法師傳》的記載，當時他就磨磨蹭蹭，一直傍在考場的門口不肯走。鄭善果主持完考試出門，看見一個相貌非常好的小孩，便問是誰家的孩子。依古時的習慣，自報家門要報足曾祖、祖、父三代，玄奘遂自呈爲潁川陳氏之後。鄭善果聞聽，知他乃是名門之後，便問他是否想要出家爲僧。玄奘答說願意出家爲僧，但是「習近業微，不蒙比預」，意思是說我學習佛法的時間很短，功力還很淺（這裡的「業」並非惡業之「業」，而是指功力的意思），沒有資格去考試，因爲當時的考試有年齡限制。玄奘從小就很聰明，他不說自己歲數不夠，而說自己是學佛日子短，功力淺，所以「不蒙比預」。

鄭善果覺得這個孩子非同一般，便又問他爲什麼要剃度出家，剃度出家想幹什麼？玄奘的回答又是出乎意料的非同凡響：「意欲遠紹如來，近光遺法。」意思是說，從遠的來講，我要把如來即釋迦牟尼的佛法繼承下來；從近的來講，我要把佛教發揚光大。鄭善果素以善於鑒別人才著名，記載上也講到，玄奘是非常漂亮偉岸的，在這樣的情況下，鄭善果既賞識玄奘的佛學修養，又「賢其相貌」，就破格開了一個公開的後門，准許他免考入圍。當然考試委員會的其他人對此提出了抨擊，因爲整個洛陽只有珍貴的十四個名額，而鄭善果卻把其中的一個給了孩子，於是鄭善果解釋說：「誦業易成，風骨難得。若度此子，必爲釋門偉器。」

古代考和尚分爲兩種，一種是看被考者能夠默寫多少紙佛經，當時的佛經是抄寫在紙卷上的，能夠默寫多少紙佛經，這是一個標準。另一種是考能抄寫多少卷佛經，也就是看識字多少，到底是不是讀得懂佛經上的文字。鄭善果說這句話的意思便是：文字記誦的工夫容易練成，但是天生的風骨難得，如果剃度這個孩子，將來他必然會成爲佛門一個非常偉大的人物。這也證明鄭善果確實有知士之鑒、知人之明，絕非浪得虛名。

〔剃去三千煩惱絲，了卻凡塵入佛門。但玄奘剃度時只有十三歲，正是男孩子頑皮之時，少年玄奘和普通的男孩有什麼不同之處呢？〕

玄奘在洛陽剃度以後，按照眞實的歷史經歷，他當然沒有在金山寺修行，也沒有去找他的母親，更沒有一個位極人臣的外公，而是隨著他的哥哥，在十九歲以前，一直在洛陽修習佛經。當時洛陽的寺廟極多，經常有一些高僧在這座寺廟開一個講座，在那座寺廟講一部經，所以玄奘就往來聽講，在洛陽非常濃厚的佛教氛圍當中，飛速集聚著自己的佛學修養，完善佛學方面的基礎。歷史上同時記載下來的還有對少年玄奘的一段評價：「備通經典，而愛古尚賢，非雅正之籍不觀，非聖哲之風不習；不交童幼之黨，無涉闤闠之門……少知色養，溫清淳謹。」也就是說他從小就讀了很多的經典，非儒家雅正之書不看，而且從小就有一種非常有志向、非常成熟的表現，不交童幼之黨，也不去那種熱鬧的地方瞎看，並且性格非常溫和、純樸、謹慎。

很快，少年玄奘在洛陽的佛學圈裡聲名大起，整個洛陽都知道有這麼一個非常年少、由鄭善果破格剃度的僧人，佛學上的確是有天才。

〔小小年紀的玄奘，後來是怎樣通過自己的努力成為一代高僧？他又是怎樣在心中醞釀起西行求法的念頭呢？請看下一講「求學之路」。〕

第三講 求學之路

剃度後的少年玄奘刻苦好學，十幾歲時就在佛學上取得了顯著的成就。當時正值隋末唐初的動盪年代，但為了求得佛學的真諦，玄奘下四川，上長安，輾轉求學。當時的長安是怎樣的景象？玄奘在長安又遇到了什麼人，使他下定決心要去西天取經呢？

玄奘十三歲時，因非常偶然的機會剃度出家，隨後，非常好學的他便把全部精力都投入到佛典的學習上。按照已有的記載，他先從景法師那裡學習了一部《大般涅槃經》。這部經現在有梵文本，名字叫 **Mahāparinirvāṇasūtra**，主要討論佛性問題，講的是涅槃。「涅槃」這個概念並不陌生，例如我們知道有「鳳凰涅槃」這樣的說法。所謂「涅槃」，梵文叫作 **nirvāṇa**，意即大滅度、大圓寂，是指人的整個生命歷程中，在世俗間所受的苦難像油盡的燈草一樣熄滅，並隨之得度，到達另外一個世界，擺脫了次生的苦難，達到一種非常圓滿、內心非常平靜的境界。

這部《大般涅槃經》便是討論佛應該具備哪些品質，什麼樣的人才能具備成佛的品質。它是玄奘正式拜師學習的第一部經，因此對他的影響非常之大。玄奘後來西遊的目的之一，就是探究佛性問題、探究涅槃的可能性，也就是說，他出家之後正式從師學習的第一部經典，就為他日後西遊種下了一顆求知的種子。

緊接著，玄奘又跟從嚴法師學習了第二部經——《攝大乘論》，這是一部把大乘佛教所有經義彙集起來的重要佛典，也就是通過這部佛典，玄奘開始初步而又比較全面地學習了大乘經義。而他在佛學領域正式拜師獲得開蒙，也恰是通過景法師與嚴法師。

寺廟在如今的概念當中功能似乎比較單一，若非善男信女或佛教信徒初一、十五燒香之地，便為民俗方面辦喪事做道場所用。而在隋唐時期，佛寺的功能要遠比現在豐富，它可以是某一個社區的精神生活中心、文化生活中心，甚至娛樂生活中心。中國現存最古老的劇本，恰恰是部佛教劇本。而且寺廟在當時還充當著許多別的角色，現在看起來可能有點匪夷所思——例如它還從事典當業務，設有長生庫，誰家有些用不著的東西，可以典當到佛寺裡換取金錢。

東都洛陽佛寺眾多，所以據歷史記載，玄奘十三歲出家，一直到十九歲之前，都完全生活在洛陽非常濃郁的佛教氛圍中，沒有離開過一步。當時洛陽每個寺廟都有不同的著名法師登壇講法，玄奘便涵泳其間，往來求學，到十九歲時已經小有名聲。

〔也許是玄奘的悟性高，也許是玄奘的佛心誠，年僅十九歲的他已經在佛教上取得了顯著的成就。但是大家都知道，玄奘取經是從長安出發的，是什麼原因，使在洛陽已經小有名聲的玄奘要奔赴長安呢？〕

在玄奘十九歲的時候，也就是六一八至六一九年間，隋朝的暴政引發了大規模農民起義，東都洛陽及其周圍的一些地方成為戰場。由於戰亂，玄奘在洛陽是待不下去了，便與他的二哥長捷法師一起西奔長安。

根據記載，當時玄奘勸他哥哥前往長安時曾說：「聽說有唐王愛民如子，除暴安良，雖然洛陽是我們的父母之邦，但我們還是應該去追隨唐王。」這種說法可能是後人增補進去的，因為他們到達長安後並沒有停留很久。但後來唐太宗對玄奘非常推崇，按照《西遊記》的說法，唐太宗還和玄奘「拜為兄弟」，此後玄奘便以「御弟」自稱，這雖然與歷史未必相符，但唐太宗非常推崇玄奘是確定無疑的。

玄奘與他哥哥一起西奔長安後，由於中原擾亂，「京師未有講席」，缺乏修業的條件，所以他們沒有在長安停留太長的時間。當時大量的高僧紛紛進入四川，來到相對安寧的蜀地，因此在隋唐之交，四川這個當時還並不十分發達的地區，一躍成為佛教學術的中心，眾多名僧大德都在那裡講學、授徒，住持寺廟。

經過長途跋涉，在大約二十歲時，玄奘也到達了成都。根據記載，在這段旅程中，玄奘也是一路求學，這種好學的精神，在他身上得到了充分的體現。到了成都以後，玄奘更是如飢似渴地學習佛典。他的聲名原本只在洛陽傳揚，而當四川形成一個佛教中心，全國各地的名僧都從四面八方匯集而來時，玄奘的聲名又進一步在佛教界內傳揚開來，並得到一些高僧的高度讚揚和認可。當時四川有一位非常著名的高僧道基法師，曾稱讚玄奘說，我講學多年，「未見少年神悟若斯人」，一個少年僧人能得到高僧如此稱讚，應該是不多見的。

〔玄奘十三歲剃度，但那只是走入佛門的第一步，要成為一個高僧，還有更重要、更難過的第二關：受戒。那麼受戒都有著哪些嚴格的要求和複雜的程序呢？〕

玄奘出家八年以後，到了二十一歲才正式受戒，受「具足戒」。如果打個不恰當的比喻，只有到那個時候，才是大學本科畢業，才算成爲一個非常正式的僧人。所謂「具足戒」，是指使一個人完全具備成爲「比丘」的資格和條件，這是一個非常繁複的戒律，有一定的儀式。

離江流和尚漂流而至的金山寺不遠，在鎭江寶華山上有一個寺廟叫隆昌寺，可能是中國唯一沒有佛像的寺廟，而且也沒有山門，只有一扇非常小的偏門。小到什麼地步呢？現代社會裡吃得太胖的人恐怕過不去。這個寺廟在當時好比是佛教的哈佛，中國乃至東南亞的好多方丈、住持，都是在這裡受具足戒而正式成爲僧人的。如果去隆昌寺看一下就可以知道，受具足戒這一關並不是那麼好過的，不像想像中那樣僅僅把頭髮剃掉，或在頭上燙幾個香疤，只是疼一下，憑一點毅力就可以做到；而是設計有一條非常長的過道，過道內光線並不充足，或明或暗，一直延續幾百米長。穿越過道時，各人必須在其中默念，是否還隱瞞了一些虧心事，是否具備了成爲一個僧人的條件，是否已經準備好去承擔弘揚佛法的職責……就這樣緩慢行進，一直走到過道盡頭的戒壇處。戒壇是漢白玉所造，體積很大，按照授具足戒的規矩，上有三位法師，一位負責授戒，叫「戒和尚」；一位指導在場做法，叫「教授師」；還有一位具體負責剃髮燃香，叫「羯磨師」，同時還有七個證人在場。讀者諸君可以想像一下，你經過長長的忽明忽暗的過道，突然一冒頭，見到一個非常莊嚴的漢白玉戒壇，上面坐著一些非常嚴肅的老法師和給你授戒的和尚，有的手上還拿著明晃晃的剃刀，你會有什麼感覺？還有各種誦經的儀式，是一種非常莊嚴肅穆、直接震撼內心的場面。這套儀式一直到今天都沒有太大的改變。

具足戒對於比丘而言，一共有二百五十條戒律；對比丘尼則更爲嚴酷，有三百多條戒律；而對一般居士來講，則有受五戒或八戒之別。在《西遊記》中，只有唐僧是受過具足戒的，具備成爲一個眞正大法師的資格。至於豬八戒，之所以叫「八戒」，據唐僧說：「你既是不吃五葷三厭，我再與你起個別名，喚爲八戒。」可見那不是嚴格意義上的受戒稱呼。

如今如果諸位到哪座寺廟去參觀或到某個法物流通處，想要請兩部佛經帶回家去閱讀修行，便會發現有些書是不能「請」的，這些不能「請」的佛經就是「戒」。各種戒本下面都會註明「在家人勿看」五個字。也就是如果你不出家，這個戒律是不能「請」回家去看的。因爲我的專業是佛學研究，所以我雖然沒有出家，這些戒本還是近水樓台都讀過，其中有些戒條之嚴酷、對僧人的要求之高、對他修行的規定之嚴格，是匪夷所思的。尤其對比丘尼而言，戒律規定之嚴密，完全不是我們所能想像的。

這些戒律從佛教學養、僧人間的日常團體生活、個人修行、生活細節，乃至於細到如何喝水，都一一作了嚴格規定。

玄奘在二十一歲的時候受了具足戒，便也從那一刻開始，發誓遵守二百五十條戒律。直到這一天，他才被國家作爲僧人登記在冊，獲發正式的度牒（即當和尚的憑證），成爲一個官方認可的僧人。在唐代的均田制沒有崩毀之前，每個登記在冊的僧人，還可以獲得國家分配的三十畝地。

〔受戒之後的玄奘，佛學的道行更加高深，在四川也更有名望。此時，他完全可以繼續在四川研究佛學，享受一個高僧的待遇，可是是什麼樣的機緣，使他一定要再赴長安呢？〕

玄奘在四川期間，一直與他的哥哥長捷法師齊頭並進（當然長捷法師後來的聲望遠不如玄奘），當地的官員都非常器重這對兄弟，稱之爲「陳門雙驥」，當時留下的記載之中，評價兄弟二人爲「吳、蜀、荊楚無不知聞」。玄奘在四川時，也完成了他作爲一個僧人生命歷程之中非常重要的幾件事情：第一，他最終在四川受戒，獲得了官方承認的僧人資格；第二，他與他的哥哥一起，在一個非常大的佛教學術中心範圍內，得到了眾人的認可，完成了自己的一次飛躍。

如果玄奘滿足於此，他完全可以就此在這個天府之國安居下來，但玄奘畢竟是玄奘，他不甘心於此，決定離開四川重返長安。這其中想必也有幾重考慮：第一，長安畢竟還是唐王朝的國都，於政治、文化乃至佛教，都具有不可替代的地位；第二，要成爲一個具有全國性影響力的僧人，僅僅揚名在吳、蜀、荊楚這些南方之地，肯定是遠遠不夠的。

這也可反映出玄奘兄弟二人氣度上的不同。他的哥哥在四川當地聲名鵲起之後非常滿足，不打算再回長安，並屢次勸阻玄奘，讓他安心留在四川。但玄奘在二十四歲那一年，終於不顧兄長的勸阻，與商人結伴，泛舟而行，繞道往長安方向走去。

在歷史上，佛教與商人的關係是非常微妙和複雜的，這不僅限於中國。首先，佛教基本上是依循商路傳播的；其次，佛教徒也非常願意和商人結伴而行，因爲商人往往是以商隊方式行進，在長途跋涉中，不但帶有較爲充足的給養，例如糧食、水、錢財等，還會帶有一定的自衛武裝，所以佛教徒出於便利和安全的考慮，往往喜歡與商隊結伴而行。

我的老師季羡林先生曾經寫過一篇非常有意思的文章，叫《商人與佛教》，有十餘萬字之長，恰恰是從佛教的律藏中找到很多記載，揭示了僧人與商人之間非常微妙的關係。論地位，僧人是精神導師，地位自然比商人要高，但是實際上佛教戒律中有許多規定大家可能想像不到。譬如當僧人和商人一起出行的時候，僧人去取水必須後於商人；僧人方便之時必須處在商人的下風口，甚至僧人要「縱氣」——當然這是一種文雅的說法，俗話就是放屁——爲了防止熏到商人，也必須站在下風，僧人實在憋不住要縱氣，還得先看看風向。

在佛教的律藏當中，還留下了許多類似的記載。例如因爲僧人享有免稅指標，所以結伴旅行的時候，僧人甚至會幫著商人來做一些越關的事，比如過關的時候將兩匹緞子交給僧人來背，算是僧人自用的，便可免去關稅。總之，從佛教史來看，僧人和商人的關係是非常複雜的，與我們日常的想像迥然不同。

當時，玄奘便是和商人結伴，泛舟離開了四川。先到達荊州的天皇寺，在當地受到一個王爵的贊助，設壇開講，講授他從前所習得的《攝大乘論》和《阿毗曇論》等佛經，連講三遍，聽者如雲，奠定了他作爲一個講經師的聲望。

在二十五歲這一年，玄奘還得到了當時中土一位頂尖大師智琰法師的極高評價，對於年輕的他來說尤其顯得重要。當時他見到了德高年劭的智琰法師，當時智琰法師已年逾六旬，在那時算是高壽，見到玄奘之後，據記載稱「執禮甚恭」，即非常地恭敬。在與玄奘討論佛法後，他感慨地泣歎道：「豈期以桑榆末光，得遇太陽初運暉。」意思是說，以我六十多歲的桑榆晚景、風燭殘年，居然還有幸遇到初次散發萬丈光芒的太陽。年輕的玄奘獲得高僧這樣崇高的讚譽之詞，自然立刻就在佛教界傳播開了。

很快，玄奘進入了長安，在那裡，他並沒有滿足於自己在佛教界已經得到的崇高聲望，而是繼續學習佛典。根據當時留傳下來的記載，玄奘在二十六七歲時已經獲得一片讚譽之詞，憑苦學成爲了一個「釋門偉器」，當年鄭善果對他的預言已經成爲一個不可否認的事實。

唐朝時候的長安，它的國際化程度，老實說是我們今天的北京、上海，甚至香港都無法比擬的。長安完全是一個多民族、多國籍遊子的雲集之所，是當時世界上最爲國際化的大都市。不僅有突厥人、鮮卑人和印歐白人的存在，而且還有黑人。例如在陝西出土的許多唐代墓葬可以證明，當時的好多官家小姐，例如裴氏小娘子，也就是裴家大官的女兒，身邊就用了大量的黑奴。當時酒店的女服務員，也有大量來自中亞的，有句著名的詩就叫「胡姬年十五，春日獨當壚」。當時所奏的音樂，也有很多是來自新疆甚或境外更遠地區的。

玄奘來到長安時，恰逢一位名叫波羅頻迦羅蜜多羅的印度名僧在當地講經，好學如玄奘者，當然馬上前去聽講。唐代時候的印度佛教雖不能算處於完全的高峰，已經有點衰落，但瘦死的駱駝比馬大，還是有很多佛教的精微學說，由印度的僧人帶進中國。玄奘的這次聽講，用一個不那麼恰當的比喻來說，就是「放眼看世界」，從佛教發源地的名僧那裡，一下子感受到了印度作爲宗教聖地的魅力，拓寬了自己的視野，令眼前敞開了一片新的佛學園地。於是他結侶陳表，召集一些志同道合之人，準備結伴向西方印度而行，並立即遞上申請表——但是，「有詔不許」。

〔在《西遊記》中我們看到，唐僧是受到唐太宗的賞識被特意派往西天去取經的，而歷史上的真實情況卻是，玄奘根本得不到西行的批准，當時的唐王朝為什麼不允許一個僧人西行取經呢？〕

玄奘最初準備西行求法之時，正是唐朝剛開基沒多久，國基未定，國政新開，是禁止國民出境的。雖然唐朝的許多高官實際上都是胡人或非漢族人，譬如眾所周知，李世民的家族恐怕就並非漢族；安祿山是「雜種胡」，他的名字「祿山」本就是外文，意爲「光明」；高仙芝是高麗人，其他如史思明、長孫無忌、尉遲敬德等也都不是漢族人。雖則如此，在國基未定之時仍然禁止國民越境，所以「有詔不許」。玄奘西行求法的請求沒有得到官方的許可，也沒有得到「過所」（即今日之護照，古稱「過所」，在敦煌、吐魯番等地均有實物出土）。當時沒有官家公文出境就等於是偷渡，因此在得不到「過所」的情況下，玄奘的旅伴都退縮了，惟獨他不屈不撓，仍然準備西行求法，到遙遠的印度去探求佛學的眞諦。

玄奘開始有意識地到處去找老師學習梵文。當時從長安去印度，途徑我國新疆及中亞、西亞。途中的于闐（今新疆和田縣）有于闐語，焉耆（今新疆焉耆）有焉耆語，樓蘭尼雅（今新疆巴音郭楞蒙古自治州境內）講的又是另外一種語言，無法溝通，而當時的梵文則有點像後來中世紀歐洲的拉丁文，實際上是某種通行語言。所以玄奘在長安四處找梵文老師學習梵文。

與此同時，玄奘也非常清楚，西行之路充滿艱險，對西行者的體力乃至精神都有嚴酷的考驗，因此他也開始有意識地加強體力上的鍛鍊，跑步、登高、騎馬。其次，還要儘量開始少喝水，因爲他知道，西行一路都是沙漠，找水非常困難，必須要事先調整好自己的身體狀況。我們現在所見到的玄奘西行的形象，大多是他身背一個類似登山包的形象，而並非手持錫杖。那個登山包中便存放著他沿途的生活必需品，包括露營用具和種種瑣碎的東西。例如僧人爲了防止喝水時將水中微生物一併喝進肚子造成無意間的殺生，必須隨身攜帶過濾網，按佛教戒律，僧人不帶濾網不得離開居住地超過二十里。而這樣的濾網製作起來也並不簡單，要用五尺的絹，將兩頭摺疊，再在中間加上撐架。——無論精神還是肉體，玄奘都開始做各種各樣的準備，下定決心，即使「有詔不許」，沒有同行的旅伴，孤身一人也要遠行萬里到印度去，只苦於一直找不到合適的機會離開長安。

終於，在玄奘二十八歲那年（唐太宗貞觀元年，六二七年），農曆八月，長安周圍霜降秋害，莊稼歉收。眼看明年首都便將有饑荒發生，皇帝便下了一道詔令，讓聚集首都的眾多人口四散各地就食，「隨豐四出」，自由行走。玄奘慶幸自己遇上了這場霜降，便混在了成群結隊離開長安四處就食的隊伍之中，走上了他的西行求法之路。

〔玄奘到底能不能順利地離開長安？在他離開長安以後，一路上又遇到了哪些困難？經歷了哪些風波？請看下一講「潛往邊關」。〕

第四講
潛往邊關

在《西遊記》中，唐僧是唐太宗的「御弟」奉旨前去西天取經。然而，在真實歷史中，玄奘卻是偷偷從長安出發的，但剛到荊州就被勒令返回。一心求法的他竟冒生命危險，繼續西行，準備偷渡邊關。

當時唐朝開國不久，局勢並不那麼穩定，用史籍上記載的話來講，是「國政尚新，疆界不寧」。首先，唐朝和吐蕃（大致相當於今西藏）的關係相當緊張，吐蕃的軍力非常強，控制面也非常大，曾經一度攻陷過長安。其次，唐朝和北部突厥的關係也非常微妙，突厥部落經常入塞攻略城池，掠奪人口，唐朝正準備向突厥用兵。同時，新開國的統治者往往擔心國內的勞動人口或可以充當兵源的壯丁人口會流失到域外去，在王朝新成立的時候都會發布「禁邊令」。因此唐朝出於多種考慮，三令五申禁止國民出境。所以玄奘剛走到涼州，就遇到了一場非常嚴峻的考驗。

當時涼州的最高軍政長官——都督李大亮，自然也接到了禁止國民出境的命令，而就在這個節骨眼上，還有人向李大亮密報了玄奘到達涼州的消息，並稱他有出境意圖，史籍上記載的原話是：「有僧從長安來，欲向西國，不知何意。」可見當時有很多人對玄奘西行出國的眞正意圖是不了解的。而當時玄奘身處涼州，正在李大亮的管轄範圍之內，如若失職，唐王朝對於地方官員的問責和處罰都是非常嚴厲的。因此，在得到這個消息以後，李大亮不敢掉以輕心，立刻派人找來玄奘，明確要求他打消西去的念頭，並強令他往東返回長安。

〔返回長安就無法求得真經，而繼續西行，一旦被捉，必受重罪嚴懲。在這種情況下，玄奘會如何抉擇呢？〕

玄奘仍然堅信佛祖會保佑他這個虔誠的佛家弟子完成西行求法的偉業，決計不聽從李大都督的擺布，下定決心潛往邊關，從涼州再向西行，想辦法找機會偷渡出境。

這樣的念頭想想都覺不易，要付諸實施更是談何容易。在眞實的歷史之中，在這個關口，眞正幫上玄奘忙的有兩個人。第一個仍然是涼州都督李大亮，他雖然官職顯赫，但因爲政務軍務實在過於繁忙，因此在勒令玄奘東返之後，並沒有派人將他強行押解回長安，這就給了玄奘一個喘息的機會，在客觀上起到了相助的作用，否則他西行求法的進程必將延後。

第二個就是當時河西佛教的領袖慧威法師。慧威法師當時的地位相當於涼州地區的佛教協會主席，非常能夠體諒玄奘一定要西行求法的決心。他不方便親自出面，便派了兩個自己的親信弟子——慧琳和道整，給玄奘帶路，悄悄護送他離開涼州。在這個當口，有人做嚮導是最重要的，有了慧威法師的關心和暗中的幫助，玄奘便悄悄地往西走，離開了涼州。由於在涼州剛剛露出一點口風，就被李大都督勒令返回，玄奘再也不敢再堂而皇之地往西走，改爲晝伏夜行，白天休息，夜間趕路，在兩個同伴的掩護之下，一路向西而去，小心翼翼地來到了瓜州（今甘肅安西縣）。

不幸的是，在千餘年前的唐朝，政府機關已經非常有行政效率，玄奘一到瓜州，就被瓜州刺史獨孤達發現了。

獨孤達發現有外來僧人到了瓜州境內，幸而他並不知道來者何人以及事情原委，也不清楚玄奘的西行打算，只把他當作一位從首都長安雲遊至此的高僧，歡天喜地以地方長官的身分予以接待，並布施給他許多東西。

玄奘吃一塹長一智，不明說自己將往西行，而是在瓜州向當地人打聽，切實了解往西走的路。但是他很快就明白過來，要潛往邊關偷越出境，實在是太困難的事情。

再往前走，首先就是一條大河，湍急無比，絕不可渡。這條河就是今天的葫蘆河，現在的水流不那麼大，當年應該非常充足，回族人稱它爲布隆吉河，是疏勒河的一條支流，也是西北的一條大河。這條河首先就過不去，就算能過去，前頭還有一個玉門關，類似於現在的海關，沒有官方證件肯定出不去。就算能出去，前頭還有「五烽」，即五個以烽火台爲核心的邊防站，裡面駐有守邊將士，張弓搭箭，日夜值班，隨時會捉拿偷渡出關的人，或者索性將來人亂箭射死。並且這五烽之間各相距百里，途中絕無水草。就算玄奘每次都偷水成功，連過五烽都沒有被人發現而葬身箭下，前面還有八百里莫賀延磧。「磧」就是戈壁沙漠，一直要出八百里沙漠才能到達伊吾國（伊吾相當於現在的哈密，位於新疆東部）。玄奘一聽到這樣的消息，不免心中涼透，只覺前路茫茫，不知何時才能走到印度。

在唐朝，中外交通有著各種各樣的通道，經西藏而行的叫「麝香之路」，主要運送的貨物是麝香；也有「海上絲綢之路」，以運送瓷器爲主；還有最重要也是最著名的「絲綢之路」。絲綢之路在唐朝分爲三條，分別是北道、中道和南道，北道的行經路線爲：伊吾——蒲類海（今新疆哈密地區巴里坤哈薩克自治縣西北）——鐵勒部——突厥可汗庭；中道的行經路線爲：高昌——焉耆——龜茲（今新疆庫車縣）——疏勒（今新疆疏勒縣）——蔥嶺；南道的行經路線爲：鄯善——于闐——朱俱波——喝槃陀——蔥嶺，光聽這些名字就瘆得慌。玄奘當時西行不比我們現在，我本人參加絲綢之路考察的時候後勤補給完善，有四輪驅動車，遇到危險可以隨時救助，而即便這樣，我們也是一路沿著邊緣有路基的地方而行，都覺十分難走，對於當時的玄奘而言，就更加難不可當。

玄奘西行的時候，爲了躲避關卡，是沿北道和中道交叉而行的，回程則差不多是沿南道而歸，因此實際上是將絲綢之路的三條道都走到了，還捎帶了一點「草原之路」（也是當時中外交通的主要管道之一），其中的困難和艱辛，我們不難想像。

就在這個當口，天雨偏逢屋漏，玄奘的馬又死了。他屢受打擊，束手無策，極其鬱悶。據歷史記載，當時他在瓜州逗留月餘，無計可施，又絕不願往東歸去，便逗留在當地。但就在他停留瓜州期間，又遇到了更大的麻煩事。

〔讓玄奘意想不到的是，曾在不經意間幫過他的都督李大亮，這時卻成了他西行最大的攔路虎。他是怎樣對待玄奘的呢？玄奘又能否脫離危境到達邊關呢？〕

涼州都督李大亮突然想到，不知玄奘是否聽從他的勒令回到長安，便派人打聽玄奘的下落。一打聽之下，才發現玄奘非但沒有往東回到長安，還悄悄向西而行，李大亮顧及自己可能要擔負的責任，一氣之下，立刻發下訪牒，也就是現在所謂的通緝令，稱：

有僧字玄奘，欲入西蕃，所在州縣宜嚴候捉。

李都督不清楚情況，還以為玄奘想要到西蕃（吐蕃）去，便下令各地守株待兔，嚴厲候捉。

讀者諸君不要認為古代江山阻隔通訊很慢，其實唐朝的通訊系統很發達，楊貴妃想吃荔枝還有人給送，也就靠快馬加鞭，荔枝就被新鮮地運抵長安了，可見官方驛道的交通速度其實是非常快的。這個通緝玄奘的訪牒一路發下來，玄奘還未及得知，就先傳到了瓜州刺史獨孤達手中，所謂「縣官不如現管」，獨孤達先不看，訪牒文書又落到「現管」的州吏李昌手中。李昌是個虔誠的佛教徒，雖然文書上沒有玄奘的畫像，他心裡也隱約感覺到瓜州境內的這個僧人就是通緝令上的玄奘，便拿著通緝令去找他了。

〔李昌是地方官員，捉拿玄奘是他職責所在；而他又是佛教徒，覺得西行求法是件好事。李昌是會秉公處置、逮捕玄奘，還是會放玄奘繼續西行求法呢？〕

李昌見到玄奘後，按《大慈恩寺三藏法師傳》記載，問道：「師不是此耶？」這句話翻譯成白話，可以有兩種理解：一是說：「師父，您不是吧？」二是說：「師父，您不是嗎？」若按後一種翻譯方式理解，幾乎等於說玄奘就是通緝令上的人；而按前一種方式理解，則是比較善意的。這句問話語帶雙關又滴水不漏，足見李昌這人了不得，當個中層幹部是屈了他的才。

玄奘自然聽出其中的話外之意，心中不由得怦然打鼓。假如照實作答，便會被作爲通緝犯遣返長安；如若不承認，又將違背「出家人不打誑語」的戒律。身處兩難境地，不敢貿然作答，只好瞪著李昌，閉口不言。

李昌這句問話如此巧妙，卻得不到玄奘的回答，等於白問，一急之下，又道出一句：「師須實語。必是，弟子爲師圖之。」李昌眞是厲害之人，這句話又擊中了玄奘的要害，所謂「必是」，既可以理解爲「您肯定是訪牒上通緝的人」，也可以理解爲「您假如眞是訪牒上通緝的人」。

玄奘一看事已至此，便實話實說，說明自己違背李大都督的意思，並未東回長安，而是一路西行至瓜州，決心西去求法，不改初衷，向李昌表明了態度。

李昌本是一個虔誠的佛教徒，一聽之下，對玄奘當然非常欽佩，便又對他說：「師實能爾者，為師毀卻文書。」若從行政執法來看，真不好說李昌是個好幹部還是壞幹部，通緝令說撕就撕了；但從玄奘法師西行求法的角度來看，他無疑是個大好人。當時他對玄奘所說的話，幾乎全被史料保存下來，在我閱讀古漢語文獻的經歷當中，這種一語雙關、相互照應又滴水不漏的說法，實屬罕見。李昌被玄奘的人格和西行求法的決心打動，確信他眼前所見的這位法師，是肩負著重大使命，能夠西行萬里去佛祖的故鄉求得佛法的，因此將他力所能及的對玄奘的幫助，都做到了極致——縱之不擒，善意提醒，當面撕毀訪牒。

再者，按唐朝時期的制度，訪牒下發一次後抓不到人，還會一直不停地繼續下發，始終算是懸案未決。因此，如果玄奘不儘快離開瓜州，刺史獨孤達遲早會將他緝拿歸案，押回給涼州都督李大亮，而如果落到李大亮的手上，敬酒不吃吃罰酒，必將被遣回長安甚或就地關押。身為一級政府的行政官員，李昌很清楚這其中的輕重利害，於是又對玄奘說了四個字：「師須早去。」

玄奘從前一直在長安、洛陽、四川、荊州等地活動，都屬於當時中國經濟比較繁華、文化比較發達的地區，此次他真正從偏僻的路途往西行，又打聽到如此險惡的前景，馬也死了，慧威法師派來陪伴他的道整又到敦煌去了，只剩下一個慧琳。而這個慧琳大概是名如其人，非常秀氣和懦弱，玄奘看他不像能夠結伴長途跋涉之人，便也不強求他隨自己去渡過馬上就要面臨的艱難險阻，乾脆把他放回去，孤身一人上路。

此時，兩個嚮導一個走了、一個辭了，身後又有緝捕他的都督李大亮，如果在城市的範圍內活動，被緝拿歸案是早晚的事。玄奘已經沒有選擇，只能繼續向前，而他恐怕連在瓜州就地買馬、準備糧草的可能都沒有了。他之後將要面臨的，除了來自政府緝拿的壓力，還有更多比無人區更嚴酷的自然環境的艱險。

〔玄奘就是在這樣危急的情況下，倉促地開始了偷越國境的冒險，他還會遇到哪些難題呢？請看下一講「偷渡國境」。〕

第五講 偷渡國境

玄奘雖然為瓜州官員李昌所救，但必須馬上西行，否則仍有被緝捕的危險。此時玄奘的馬死了，兩位陪行的僧人也離開了，孤身一人的玄奘只能到一座廟裡去求佛保佑，而這一求，竟遭逢到一段離奇的際遇。

玄奘在瓜州被李昌救下，不便久留，又前途未卜，在萬般無奈的情況下，出於僧人的精神信仰，他便來到當地的一座寺廟，在彌勒佛的像前祈請，希望彌勒佛能夠幫他解除苦難。彌勒佛大家都知道，我們現在漢譯的「彌勒」二字，其實是來自一種印歐語言，這種語言在歐洲早就沒有了，但在中國的新疆卻有考古出土。而彌勒本是一個梵文詞，玄奘到印度留學後發現許多漢譯的佛學辭彙都存在一定問題，因此他把彌勒翻譯為「梅呾利耶」。

事有湊巧——而這裡所說的巧合，在歷史典籍上都有確鑿的記載，並非如《西遊記》般多為想像的產物——玄奘祈求彌勒佛的時候，廟裡面有個胡僧，名叫達摩（這也是一個梵文詞，直譯為漢語就是「眞理」）。這達摩在前天晚上作了一個夢，夢見一個長得非常白淨的漢族僧人，騎在一朵蓮花上翩然西去。

所謂「胡僧」，其實就是異域僧人。現在我們的日常生活當中，有帶「胡」字的物品，多為外來之物，例如胡蘿蔔、胡瓜、胡琴等等。漢族人最早是盤腿席地而坐，好像今天的日本人和韓國人，直到胡床（即折疊椅）出現，漢族人才把兩腿搭拉（垂）下來，像現在這樣坐在椅子上。包括現在被我們認為是「國粹」的京戲，它所用到的胡琴也是外來的樂器，是一種中外文化交流的結晶和體現。我的老師是季羨林先生，季羨林先生的老師陳寅恪先生曾經專門寫過一篇非常有名的學術文章，講狐臭。狐臭中醫原來叫它「腋氣」，就是腋下有味道，而最早卻是稱為「胡臭」（音嗅），指的即是胡人的氣味，還分傳染與不傳染兩種。由於飲食習慣和生活環境的問題，這種氣味漢族人不太會有，而多發生於胡人。

胡僧達摩並不知道玄奘會到廟裡來拜彌勒佛，但夢醒之後，第二天一早便在廟裡到處尋找昨夜夢中所見、騎蓮花翩然西去的漢族僧人。一見玄奘法師，立刻覺得就是夢中之人，便把這夢對他說了。玄奘到得此地已是驚弓之鳥，但聽得此夢仍然非常高興，相信這是一個吉兆，可在嘴上卻一點不敢流露，只說：「夢爲虛妄，何足涉言。」但內心則竊喜不已，扭頭回廟，再度禮佛祈請。

正在他拜佛的當口，突然又進來一個胡人（當時涼州、瓜州一帶胡漢雜居，胡人的數量恐怕比漢人還多），明顯也是一個佛教徒，也是來禮佛的。他看見玄奘也在禮佛，便圍著玄奘轉了兩三圈（遶法師行二三匝）。玄奘覺得這個胡人奇怪得很，便問貴姓，胡人答說名叫石槃陀。玄奘又問，爲何繞他三圈，石槃陀便稱，自己信佛，希望能成爲居士，需要有僧人爲他授戒。玄奘一聽他有向善之心，便答應爲他授成爲居士最基礎的五條戒律，稱爲「五戒」，是在家的佛教徒所應遵守的最基本的戒律，分別是：

一、不殺生；

二、不偷盜；

三、不邪淫；

四、不妄語；

五、不飲酒。

「不殺生」，即不能殺害生靈。「不偷盜」，即不能去偷東西或搶東西，古代偷和盜是兩個概念，偷者偷，盜者盜，偷是在對方不知道的情況下悄悄拿取，盜則是用武力搶奪。「不邪淫」，即不能有不正當的性關係，當然並不排除居士與其配偶甚或妾室的正當性關係。「不妄語」，也叫「不二舌」，即不可以胡說八道。「不飲酒」，便是居士必須戒酒。

這五條戒律看起來簡單，實際上並不簡單，在佛學中自有它的考慮，例如《大乘義章》中便對此有過專門的解釋：「前三防身，次一防口，後之一種通防身、口，護前四戒。」前三條「不殺生」、「不偷盜」、「不邪淫」，是爲了防身，防止身體做出違戒的事情；第四條「不妄語」是防口，以免汙言穢語導致禍從口出，對佛不敬、對人不敬；最後一條「不飲酒」，則是防前面四條的，佛教認爲喝酒會使人亂性，亂性以後便難保不違反前四條戒律。因此五戒都有它各自的道理在，並不是任意安的。

這個繞玄奘走三圈的胡人石槃陀，在玄奘法師的授戒下成了居士，歡天喜地告辭玄奘而去。不一會兒又回來，帶來餅和果子，把玄奘法師作爲自己的師父一般供養。玄奘察言觀色，覺得石槃陀這個人身體非常健壯，頭腦聰明，又的確是有心向善，剛剛受戒成了一個居士，是個信仰佛教的人，而他自己又正好需要嚮導。一般胡人從西邊而來，多少都比漢人更爲了解西行之路，於是玄奘便把自己要西行求法的意圖，直言不諱地對石槃陀說了。

〔玄奘大膽地把自己意欲西行求法、必須偷渡國境的想法告訴了石槃陀。當時唐朝的法律非常嚴厲，如果偷渡國境，一旦被捉住必定是死罪，協助偷渡者也將一併處死。在這種情況下，石槃陀會是怎樣的態度呢？〕

想不到石槃陀竟是一口答應，對師父有這樣的弘願大爲歡喜，彷佛自己身爲徒弟也與有榮焉，一口答應幫助玄奘來解決這個問題，並表示願意護送他出關闖過五烽。禮佛禮來這麼一個非常合適的嚮導，玄奘自然非常高興，馬上與石槃陀約定時間，請他快去準備。

隨後，玄奘利用自己在瓜州的最後一點時間買馬買糧，準備飲用水。到了第二天，按歷史記載，他沒有敢在白天與石槃陀接頭，而是很機警地選擇在晚上，牽著馬躲在草叢裡，等待石槃陀的到來。

當天日落西山之後，石槃陀果然來了，還帶了一個同行的老年胡人，牽了一匹馬。按典籍記載，乃「瘦老赤馬」，是一匹又老又瘦的紅色馬。玄奘一看自然很不高興，說好是石槃陀自己帶路的，如今又找來這麼一個老胡人，憑他的身體情況肯定不能長途跋涉，豈非平添麻煩？再加上這匹又老又瘦的馬又能頂何用？石槃陀會意，便趕緊向玄奘解釋說，這個胡人年紀雖大，但是來往於伊吾和瓜州之間已有三十餘回，對道路瞭若指掌，而他本人雖然健壯，卻帶不得路，只能由老胡人相伴西行。而老胡人卻勸玄奘說，西去之路太過艱險，他又不如做絲綢生意的商人，沒有一個成群的隊伍相伴，「願自料量，勿輕身命」。他當然是出於好意，但是玄奘當時的一段回答，卻完全當得起「擲地有聲」四個字：

> 貧道爲求大法，發趣西方，若不至婆羅門國，終不東歸。縱死中途，非所悔也。

意即我爲了求大法，發願向西而行，無論途中有多少艱難險阻，如果不到婆羅門國（即印度），我絕不東歸，就是死在半路也絕不後悔。

老胡人聽後非常欽佩，但考慮到自己年邁，雖然已經成功地往返了三十餘次，這一回卻未必成功，不願捨命，便對玄奘說：「師必去，可乘我馬，此馬往返伊吾已有十五度，健而知道。師馬少，不堪遠涉。」意思是由他的馬相伴玄奘而去，這匹馬雖然又老又瘦，但已經往來伊吾十五次，老馬識途，而玄奘的馬徒有其表，走不了遠路。

玄奘聞聽此言，自然對這匹又老又瘦的馬刮目相看，又想起自己在西行求法之前，曾在長安求教過當地一個名叫何弘達的術士（當時玄奘因一直未能確定西行之路有多少把握，便也不顧自己佛教徒的身分，前去請教這位頗有名聲的術士），術士給他算卦的結果是：「師得去。去狀似乘一老赤瘦馬，漆鞍橋前有鐵。」也就是說玄奘應是騎著一匹老瘦赤馬向西而行，而在馬背上油漆刷過的鞍橋前還有一塊鐵。玄奘想起這句話，便趕快把那匹老馬拉過來一看，漆鞍前果然有鐵，於是便把自己完全託付給這匹老馬，帶著他新收的在家弟子，一起往西而去。

趁著夜色，玄奘和石槃陀踏上了偷越國境的道路，三更時分，到了葫蘆河邊，遙遙可以望見玉門關。當時那裡並非是如今的不毛之地，還長有許多樹木，於是健壯的石槃陀便斬木爲橋，布草塡沙，驅馬前行。

從前聽說水流湍急絕不可渡的這麼一條大河，一下子就被渡過了，玄奘當然又喜又累，又驚又怕，當夜鋪好被褥便露天而睡，石槃陀也在離開玄奘五十多步的地方鋪著被褥睡了。玄奘睡覺半寐半醒，突然發現石槃陀正拔了刀一步一步往自己的方向走來，走了十幾步又折回去，折回去又再走過來，甚爲納悶，不解其意。

〔石槃陀是玄奘授戒的居士，而五戒之中第一條就是「不殺生」，他又是自願幫助玄奘偷渡國境的，為什麼會在夜裡拔刀相向呢？石槃陀是想謀財害命，還是另有隱情？〕

有的記載非常直截了當地指出，石槃陀意欲屠害玄奘法師，有的記載則並未直言，但所有的記載都涉及到了玄奘渡過葫蘆河那一夜的驚險——被自己授戒成爲居士的一位佛門弟子，突然在半夜拔刀相向。玄奘一看不對，立刻坐起，念誦觀音菩薩名號。

石槃陀一看玄奘醒了，就把刀塞回去折返又睡。玄奘便一直靠著念觀音菩薩度過了第一個晚上，勢必非常不安穩，天快亮的時候就起身，非常鎮靜地喝令石槃陀取水盥洗，完全沒有表露出一個手無縛雞之力的法師可能會有的恐慌，反而一改從前自己作爲一位高僧大德對石槃陀的謙和態度，如看穿他心中的惡念般，喝令他去取水供自己漱洗飲用。

石槃陀知道昨天晚上他拔刀動惡念的事情已經被法師發現，便說：「弟子將前途險遠，又無水草，唯五烽下有水，必須夜到偷水而過，但一處被覺，即是死人。不如歸還，用爲安穩。」意即他憚於前途險遠，又沒有水和糧草，必須繞過玉門關，到五烽下去偷水，只要在一處被人發覺，便立馬是死。不如還是回去，才安穩一點。也就是說在關鍵的時刻，剛跨出第一步，石槃陀就開始動搖了。但他爲什麼不撇下玄奘自己折返便罷，而要半夜拔刀相向呢？這理由似乎又不足道。

玄奘知道他還沒有說眞話，便稱自己還要向西而行。於是石槃陀默不作聲，採取了一個非常惡毒的辦法，據記載，是「露刀張弓，命法師前行」，把刀拔出來，取出弓箭，自己留後，讓玄奘走在前面。玄奘非常機警，執意不肯，二人便僵持在當地。石槃陀一看沒辦法，又勉強向前走了幾里地，不得已道出了實情：「師必不達，如被擒捉，相引奈何？」原來他是怕玄奘過五烽時被抓，相互牽連，將他供出來作爲同謀一併處死，因此打算殺人滅口。玄奘聞聽此言，當即發下重誓，說：「縱使切割此身如微塵者，終不相引。」意即縱然我被抓去，剁成像微塵那麼小，我也絕不揭發牽連你。

石槃陀雖曾動過惡念，但心中可能仍有向善之心，聽到如此重誓，便也不再去動傷害玄奘的腦筋。而玄奘此時也顯示出一個高僧大德的宏大胸懷，放石槃陀歸去，還將自己在瓜州所買的馬送給了他，自己便騎著那匹「瘦老赤馬」孤身而行。

〔到了這個節骨眼上，玄奘前方面臨虎狼一般的五烽守邊將士，身邊又連個嚮導也沒有，孤身一人。他是怎樣度過非常危險的五烽，又是怎樣避過飢渴的威脅、躲過守關將士的擒拿射殺呢？請看下一講「邊關被擒」。〕

玄奘負笈像

玄奘故里

新疆克孜爾石窟二〇五窟「阿闍世王靈夢故事」壁畫（局部）。左上有行雨大臣向王講述佛涅槃事，右上有「佛四相圖」（四種形象）畫布，下方則呈現佛涅槃後天地為之崩絕的景象

《西遊記》主角唐僧師徒四人。清代小說刊本插圖

四川綿竹戲齣年畫「高老莊」，敷衍《西遊記》唐僧偕孫悟空收伏豬八戒故事

大圖為甘肅安西榆林窟第三窟「普賢變」壁畫。此壁畫左側（左頁小圖）一隅即為知名的「玄奘西行求法圖」（西夏時期作品，唐僧隨從已具有猴行者／孫悟空樣貌，可見唐僧取經故事流傳之廣）

玉門關遺址。當年從絲路進入西域的咽喉關隘，如今僅餘斷垣殘壁

位於絲路北道上最末端，今天庫車縣城西北的克孜爾尕哈烽火台。它也是新疆境內目前發現規模最大、歷史最久、保存最好的烽火台（經典雜誌提供，蕭耀華攝）

西行之初，偷渡出境的玄奘沒有選擇，只能繼續向前。
他不只要面臨來自政府緝拿的壓力，
還有更多比無人區更嚴酷的自然環境的艱險。

陳毓芳攝

敦煌壁畫中描繪的于闐都城

位於吐魯番的高昌古城遺址

高昌古城遺址外城西南角有座大型寺院遺蹟，據說玄奘當年西行時逗留高昌講經月餘的地點，就在此處。（經典雜誌提供，蕭耀華攝）

新疆克孜爾石窟二〇五窟「爭分舍利圖」。描繪信眾爭奪佛舍利回去供養，竟至兵戎相見的情景。此圖具有相當明顯的龜茲佛教藝術風格

第六講 邊關被擒

玄奘雖然渡過了水流湍急的葫蘆河，但為了繞過玉門關，他還必須通過沙漠，偷越重兵把守的邊關五烽。孤身一人的玄奘在沙漠中出現了幻覺，依靠堅強的意志，終於走到了第一烽，卻幾乎被守關將士一箭射中，當場被擒。玄奘會不會再次引來殺身之禍？他的命運又將會如何？

胡人石槃陀認定西去之路過於危險，恐受牽連，企圖半夜殺玄奘滅口，保障自己的安全。玄奘在這危急的情況下，賭咒發誓，隨機應變度過了難關，也便從此獨自一人帶著一匹識途老馬走上了西行之路。

由於沒有通關文書，玄奘只能繞玉門關而行，擺在他面前是艱難的五烽。按照小說《西遊記》的說法，西行一路對玄奘的威脅主要在於形形色色的各種妖魔鬼怪，懷揣著同一個目的就是要吃又香又嫩的唐僧肉。而在眞實的歷史當中，他所面臨的險阻主要在於非常嚴酷的沿途自然環境。

五烽是唐朝禁止國民出關的境界點，那裡長年累月地駐守著具有高度警惕性、日夜枕戈以待的守關將士。這些將士平日裡幾乎見不到什麼生人，一旦遇見偷渡邊關者，必定抓捕起來遣送回長安，甚或當即一箭射死，也是很平常的。因此玄奘要潛過五烽，不僅要戰勝自然環境，還要應對人爲因素的威脅，必須面對許多未知因素。但此時，他已經沒有別的選擇，擺在他面前只有西去求法這一條路，而這也是符合他自己心願的事業。

〔玄奘要繼續西行，唯一的選擇就是穿越邊關五烽，而五烽之間則是荒寂無人的大沙漠。此時孤身一人的玄奘，首先要面對的，就是那片吞噬過無數生命的大沙漠，玄奘要怎樣才能走過這片沙漠呢？〕

玄奘孤身一人朝五烽去，先要經過一大段的沙漠。在這個沙漠中，他只能望著前人留下來的痕跡——駝馬的糞堆，還有一些馬骨、駱駝骨、死人骨——向前行進。我自己也參加過沙漠地區的一些考察工作，在沙漠裡經常會堆著一些骨頭，有些一看就是動物殘骸，有些則是人骨，有時候還會發現古代留下來的乾屍，表明該人在沙漠裡走著走著就倒地而亡，屍體經過長年累月的風化便成了乾屍，還保留著死時的樣子。玄奘便是跟著這些前人（主要是失敗者）留下的痕跡，繼續向前走。

據歷史的記載，玄奘在這一段路上，由於勞累、飢渴、缺水，以及精神高度緊張，曾一度出現嚴重的幻覺，在荒無人煙的沙漠裡，感覺到身邊不斷出現一些莫名其妙的東西，例如一支軍隊，隨風飄揚的旌旗，甚至聽到號角、軍樂等各種各樣的聲音。在典籍中曾用十六個字來描寫玄奘當時所感受到的這些驚心動魄的幻象：「易貌移質，倏忽千變，遙瞻極著，漸近而微。」也就是說，非但出現幻象，還會不斷飄移，轉眼之間發生千百種變化，遠看非常清楚，一接近就非常模糊。

我們根據現代常識就能知道，玄奘遇見的很可能就是沙漠裡經常會出現的海市蜃樓，是一種因氣候異常導致的自然景觀，在今天的青島、大連等沿海城市也還可以見到。但是玄奘當時沒有這種科學知識，因此不得不將其作爲妖魔鬼怪記載下來。我們今天看到這樣的記載，也不要輕易認爲是子虛烏有，純屬人爲編造，而應想到，這很可能就是當時玄奘眞實經歷的幻覺。

沿途遇到這樣的幻境，玄奘心中自然感到恐懼，幸而他的耳鼓裡還不斷出現另一種聲音，對他說「勿怖，勿怖」，玄奘當然認定這是佛祖傳達給他的資訊，於是便在這兩種幻覺的交相作用下，忍受著巨大的心理壓力，穿過這一段約八十餘里的沙漠，望見第一烽就在眼前。

玄奘怕被守關的將士發現，不敢大搖大擺地走，只能偷偷摸摸地，先捱過漫長的白天。沙漠並不如我們想像的一馬平川，而是常年有風侵襲，會形成流沙和沙溝地帶，玄奘白天便躲在沙溝裡，等待夜幕的降臨，試圖利用夜色的掩護穿越第一烽。入夜，他從烽台東面悄悄潛行到烽台西面，且沒有被人發現，但這並不意味著他可以就此順利地越過第一烽。

〔玄奘克服了幻覺帶來的心理壓力，成功走出沙漠，來到五烽中的第一烽，但他為何不趁夜色趕緊越過第一烽呢？是什麼原因使他必須停留下來，並因此被守關的將士捉拿呢？〕

原來玄奘必須去取水。

五烽之間一共有六百里戈壁沙漠，這段漫長的道路間，水源只存在於五個烽台警戒點內（設置烽火台的主要目的之一，也是爲了控制住過關者必需的水源）。穿越沙漠的人，最難抗拒的誘惑和最大的需要，就是水。玄奘雖然成功地在夜間摸過了烽火台，但他必須就地補充他的飲用水。佛教徒對於水的使用又非常講究——按照佛教戒律，對於僧人來講，水分爲三種，一種叫「時水」，即當時就可以取用的水，必須經過嚴格的過濾（所謂「僧帶六物」，這六件東西之中就有濾水器）；另一種叫「非時水」，即並非當場飲用之水，但也必須濾過，放在備用的容器中，預備將來需要的時候喝；第三種叫「觸用水」，即是一般認定爲乾淨的水，用來洗濯一些東西，例如缽盂、手和臉等。這些按照佛教戒律都有極其嚴格的規定，因此像玄奘這樣一位持律非常謹嚴的高僧，即便在沒有人看到的情況下，仍然會遵循戒律取水，動靜相對比較大。他飲完「時水」，還需準備「非時水」，當時不比現在有行軍水壺可以用，玄奘是用皮囊或經過處理後的動物內臟來儲水，爲向第二烽行進做準備。

正當他站起來解下馬背上的皮囊的時候，突然遠處就有一箭飛來，幾乎射中玄奘的膝蓋，緊接著又是一箭，瞄準玄奘的腿腳而來。依照古代守關將士的精湛箭法，若非亂射，便是警告玄奘，他已經被發現了，如果繼續前行，必將被亂箭射死。

玄奘一看如此情形，便大叫道：「我是僧，從京師來。汝莫射我！」隨後老老實實地牽著他的馬，往烽火台走去。此時天剛濛濛亮，駐守烽火台的校尉王祥令士卒點火，欲查來者何人。一看是個半夜偷越國境的京師僧人（玄奘的打扮、相貌或者氣度，可能讓王祥覺得這不是一個河西本地僧），便仔細端詳起他來。玄奘一路遭遇李大亮、獨孤達與石槃陀等人，已經經過了許多風浪，此時便非常鎮靜，顯示出一種獨到的應變能力。他並未做任何徒勞無益的掩飾，也沒有苦苦哀求校尉王祥放他過關，反而直截了當地向他提出一個問題：「校尉頗聞涼州人說有僧玄奘欲向婆羅門國求法不？」這句問話，語氣中隱然有一絲不敬，表示自己並非乞求，而是不卑不亢地提出問題，翻譯成白話便是：「校尉最近是不是經常從涼州人那裡聽說，有一個名叫玄奘的僧人要到婆羅門國去求法？」

王祥聽罷不由得一愣，接著的回答也非常有意思：「聞承奘師已東還，何因到此？」意即聽說這個玄奘師父已經往東回去了，怎麼會到這裡來呢？這句話也隱約傳達了一層不信任之意，可能在當時流傳的消息中，多稱玄奘已爲涼州都督李大亮勒令東返。

玄奘聽出王祥話中有話，便趕快出示一些證據證明自己的身分。他雖然沒有「過所」，但有僧人隨身攜帶的度牒。當時的度牒有嚴格的防僞措施，不單蓋有各級主管單位的印章，還有防僞的浮水印，後來更是用一種印有獨特花紋的豪華織錦緞來製作度牒，因此不易僞造。

王祥一看玄奘的度牒，便確信了他的身分和來歷。接下來的處理方法，讀者不難想見，一是如涼州都督李大亮一般，按規定勒令玄奘東歸；另一則是如瓜州刺史獨孤達一般，眼開眼閉，不聞不問，放任自流。但王祥的處理卻與這兩種殊異，提出了一個令人匪夷所思的建議。

王祥是敦煌人，敦煌在當時是一個非常繁華的都市，也是一個極其重要的佛教藝術中心。王祥從敦煌到河西一帶來當守關將領，卻仍然滿懷鄉愁，非常關心自己的故鄉。於是他對玄奘說：

西路艱遠，師終不達，今亦不與師罪，弟子敦煌人，欲送師向敦煌。彼有張皎法師，欽賢尚德，見師必喜，請就之。

意思是西天婆羅門國太遙遠了，師父您是一定到達不了的，我現在也不來追究你的罪，我是敦煌人，打算將您送到敦煌去，那裡有一位名叫張皎的法師，非常敬慕賢才，見到師父必定大爲高興。

這王祥也是個有趣之人，他看中玄奘相貌堂堂又有佛學修養，竟立刻想到要爲家鄉的佛教事業做點貢獻，我看他做第一烽的守將並不合適，應該調任到敦煌人才引進辦公室當主任。

他提出這樣一個非常出人意料的建議，不難想見，玄奘必定滯留在當地。按照他原本的想法，此次被捕無非兩種下場，一是他能說服王祥，正如之前說服李昌，令他體諒自己求法的決心，放他西去；另一是說服不成，被押解回長安。萬不曾料到還有這第三種結局：王祥這位第一烽的守將竟然與他這個偷渡者談起了條件。

當時的敦煌對於佛教徒來說並非是一個不理想的居所，反而是很多僧人內心嚮往的佛學聖地，慧威法師派去伴隨玄奘西行的道整，當初也就是去了敦煌。一般人到了這個時候，便很可能順著王祥的意思，答應去敦煌了。況且去敦煌並不是回長安，敦煌位於今甘肅省內，離當時的涼州並不太遠，即便作爲脫身之計，玄奘也完全可以先順著他的意思，到敦煌待個一年半載，再找機會西行。

但玄奘畢竟非同一般，他當時回答王祥校尉的話，被完完整整地留在歷史記載中，這段答話不僅沒有一絲一毫的哀求，反而是繼續不卑不亢地堅持自己的信仰和西行求法的意願。

〔這段答話說出來之後，對校尉王祥產生了怎樣的影響？他又會作何反應？請看下一講「險象環生」。〕

第七講 險象環生

玄奘剛到第一烽，就在取水時被守關的將士捉拿，校尉王祥發現玄奘是一個不可多得的高僧，提出只要玄奘答應到他的家鄉敦煌去弘法，就可以不追究他的罪名。此時的玄奘面臨兩種選擇，他是怎麼回答王祥的？對於玄奘的回答王祥又做出了什麼樣的反應？

上一講我們講到，玄奘在第一烽旁邊取水時被發現了。第一關還沒過，就被守關的士兵帶到了校尉王祥的面前。王祥向玄奘開出了一個非常奇怪的條件：只要玄奘法師願意到他的家鄉敦煌去從事佛教工作，就不治玄奘偷越國境之罪，還可以專門派人把他送到敦煌。然而玄奘對於他的建議根本不予理睬，直截了當地回答了王祥校尉這麼一段話：

> 奘桑梓洛陽，少而慕道。兩京知法之匠，吳、蜀一藝之僧，無不負笈從之，窮其所解，對揚談說，亦忝爲時宗。欲養己修名，豈劣檀越敦煌耶？

這段話大致的意思是：你說你叫我到你老家敦煌去，行，那我先告訴你：第一，我出家的地方是首都洛陽（唐朝有兩個首都，西都爲長安，東都爲洛陽）。第二，兩京的名僧大德以及吳、蜀這些地方凡是有一藝之長的僧人我都求教過，他們對經典的闡釋我也都掌握了，現在的我已經能與他們平起平坐地談說，因此也算是當今的知名人士了。如果僅僅是爲了自己的名聲考慮，我又何必去敦煌？只要待在洛陽或長安不就行了嗎？敦煌雖然也是一個郡，但是與兩個首都相比，畢竟差遠了。

把玄奘這段話來跟歷史的事實進行核對的話，他並沒有言過其實，沒有打誑語。只不過從史料上來看，王祥大概是一個自我感覺比較良好的人。因此玄奘的這段大白話一說出來，他的臉上當然掛不住了，別看他官不大，但是第一烽這個地方離玉門關還有近百里地呢，那可是天高皇帝遠，他要判你死罪是很方便的事情。

玄奘在這麼直截了當地把話說出去之後，大概也覺得自己說得有點太實了，於是趁著王祥還沒有反應過來，趕緊補了下面這段話：

然恨佛化，經有不周，義有所闕，故無貪性命，不憚艱危，誓往西方遵求遺法。檀越不相勵勉，專勸退還，豈謂同厭塵勞，共樹涅槃之因也？

這段話的意思是說：儘管如此，但我內心感到遺憾，我們所聞見到的教義還有不周全的地方，有些經典好像還有些殘缺。所以我不貪戀自己的性命，不害怕艱難危險，發願要往西方（即印度）去尋求這些缺失的佛法。你不但不鼓勵我，還一個勁地勸我退還，難道這是厭倦了塵世，而想和我一起追求涅槃嗎？

玄奘的心理動態在一千四百多年以後的今天，我們也完全能理解：反正我也到這兒了，被你王校尉逮了個現行，我也不存僥倖之心。但是與此同時，玄奘也看出來王祥恐怕是一個信佛之人，不然怎麼會打算把自己送到張皎法師那兒去呢？所以玄奘心裡多少是有點底的。最後，他打算置之死地而後生，撂下來這麼一句毫無商量餘地的話：

必欲拘留，任即刑罰，玄奘終不東移一步以負先心。

意思是說：你一定想要拘留我的話，隨便你，你愛怎麼著怎麼著。按現在說法，就是按國法辦吧，但是我玄奘絕對不會往東移動一步，違背我先前的心願。

玄奘的這些話說明，在他的腦海當中，「東」與「西」的概念非常強，而且對於一個虔誠的佛教徒來講，誓言是不能亂發的，既然曾經發過願要去西天取經，那就一定要達到自己的目的。

這一下果然把王校尉給震住了，然而他終究是一個信佛之人，平日裡一心向善，於是他就回答說：「弟子多幸，得逢遇師，敢不隨喜。」（弟子實在是幸運，有這個機會碰到師父您，我怎麼敢不共襄您的盛舉呢？）話說到這個份兒上之後，他馬上又接著表態：「師疲倦且臥，待明自送，指示途路。」（師父您也累了，先睡吧，明天我親自送您走，給您指路。）

這個忙可幫大了，相當於一個邊防指揮官告訴你怎麼偷越國境方便。這是玄奘作夢都想不到的，所以他大爲高興，那天晚上一定是睡了一個安穩覺。

王校尉沒有食言，在第一烽裡面設宴招待玄奘。第二天一大早，等玄奘用過早飯，王校尉就叫人替他準備好麨餅（相當於今天的饢餅），另外再派人把水裝好，親自送出十幾里外之後，給玄奘指了一條路，這條路可以直接到第四烽，這樣的話，可以少走兩百多里地，躲過兩次被射殺的危險。玄奘內心當然是非常感激。這種事大家都可以理解，因爲這個忙幫得是太大了，它遠比給你準備點乾糧和水、請你吃頓飯或是給你提供一個安穩舒適的睡覺地方，重要得多。

玄奘得到王祥的全力相助當然非常高興，但即使繞過第二烽和第三烽，也還有第四烽和第五烽擋在前面，玄奘在途中不能不取水，但取水就可能被捉，此時，王祥又給玄奘提供了一條重要信息，他對玄奘說：「第四烽有個校尉，也有善心，是個好人，而且是我一個拐彎抹角的宗親，他也姓王，叫王伯隴，你到那兒就跟他說，是我讓您過去的。」

這樣一來，就等於把邊境的通道祕密向玄奘公開了。這實際上也等於把自己徹徹底底地放在了玄奘偷越國境的同謀犯的位置上。玄奘當時的感激之情是難以用語言來形容的，歷史上記載他們兩人「泣拜而別」。

玄奘拜別王祥校尉後接著往西走，在夜幕降臨時，到達了第四烽。玄奘是個有心眼的人，而且膽大心細。他並沒有直接去找王伯隴，怕惹是生非，萬一生出什麼枝節來，再把他送去敦煌。但是他沒法不取水，這是個老問題，在西行出境這一關，最大的問題就是水。古時候不像今天，可以弄個大水罐車後面跟著，水罐車不喝水只喝油，那時候馱水的東西是馬，牠也要喝水，而且馱的東西越多喝水也越多，因此玄奘到了那裡還是得去取水。

前面我們已經說過，西北邊境上的烽火台，除了具有一般烽火台有事舉火的功能之外，還有一個很重要的任務，就是看著水源。實際上由於他們離沙漠很近，水對於他們來說異常重要，因此即使在夜裡，值班的人一直瞄著的就是水源。看住了水源，等於是看住了過往的人。可能是王祥沒有對玄奘交代清楚，而玄奘也沒有吸取前一次被發現的教訓，所以當他再去取水的時候，當然又被發現了，而且又是飛箭伺候。

此時玄奘也沒辦法了，不得不牽著馬去找王伯隴。這一找王伯隴，事情就比較好辦了，因為畢竟有王祥這層關係在，而且他也確實如王祥所說，是個信佛之人，又沒有王祥那麼強烈的家鄉觀念，壓根兒沒有跟玄奘提敦煌的事情，而是非常歡喜地照料玄奘，讓他休息，給他補充了很多給養，比如乾糧之類的，最重要是，還施捨給他一個大皮囊。玄奘原來的皮囊比較小，存水量不夠大，有了這個大皮囊就可以裝更多的水。

除此之外，王伯隴也像他的親戚王祥一樣，對玄奘透露了一條極其珍貴的信息。他告訴玄奘：

「師不須向第五烽。彼人疏率，恐生異圖。可於此去百里許，有野馬泉，更取水。」意思就是：法師您不要去第五烽了，第五烽的那個校尉平時辦事大大咧咧，爲人很粗魯，您到了那裡，沒準他會有別的想法。乾脆別過第五烽了，您從我這裡再走百來里地，有一個野馬泉（大概因爲有野馬經常聚集在那裡飲水而得名），您可以到那裡去取水。

就是在這兩個王校尉的幫助之下，五烽中玄奘實際上只過了第一、第四兩個烽，不知道免除了多少危險，少吃了多少苦。當然，這絕對不意味著玄奘前面將要面臨的就是一馬平川，就是水草豐美的旅途。事實上，他即將要面臨的就是莫賀延磧。它是五烽以外的一片大戈壁沙漠，方圓八百里。大家知道，五烽總共加起來才五六百里，而且不管怎麼樣，五烽最起碼是有水可以取的，而到了莫賀延磧之後是否能找到水源，只有天曉得。

〔玄奘在兩位王校尉的幫助下，終於越過了邊關五烽，然而，他將面臨的是更為險惡的莫賀延磧大沙漠，莫賀延磧到底是一個什麼樣的地方？為什麼說莫賀延磧比邊關五烽更為險惡呢？〕

莫賀延磧在古籍當中有很多記載，是一個讓人聞名喪膽、膽戰心驚的地方，就像「塔克拉瑪干」的意思是「進得去出不來」一樣，「莫賀延磧」這個名字肯定也有它的含義。單從組成這個詞的幾個音來看，以我非常淺薄的語言學知識，它應該蘊含著「大，廣袤，開闊」這些意思，但是到底它精確的意思是什麼，我就不得而知了。莫賀延磧在唐朝以前叫沙河。這個名字有一半是眞的，一半是假的。眞的是什麼呢？是「沙」，它有流沙，而且它只有沙，「河」是假的，沒有水，它是灌滿流沙之河。在那裡「上無飛鳥，下無走獸」，幾乎是死寂一片，完全沒有生氣。史書記載上曾經用四個字來形容玄奘剛進莫賀延磧時的情況——「顧影唯一」。就是孤苦伶仃，叫天天不應，叫地地不靈，只有玄奘和他自己的影子（當然應該還有一匹「瘦老赤馬」跟著）。

在莫賀延磧八百里死寂的沙漠中，玄奘出現了幻覺，好像有無數妖魔鬼怪向他襲來，也許《西遊記》中的妖魔鬼怪正是源自於這片死亡之地的感受吧？作爲一名虔誠的僧人，玄奘能做的，就是不停地念誦《心經》來支撐自己不斷往前走。大概他感到《心經》非常有效力，念完以後不僅能使心靈非常寧靜，而且心中也不再感到畏懼，敢於面對一切當時他認爲的妖魔鬼怪。爲什麼念誦《心經》可以使心靈不再畏懼呢？

《心經》也叫《般若心經》，是一部非常重要的佛經，梵文叫「Prajñāpāramitāhṛdayasūtra」，全稱《般若波羅蜜多心經》。「心」的意思在這裡是「核心、精華、綱要」。經很短，只有一卷，一般認爲它是《般若經》類的提要。由於它一共只有二百來個漢字，非常短小精悍，所以很多佛教徒或者居士都喜歡記誦。這部經在中國歷史上一共有過七個譯本，南京金陵刻經處曾經把七部《心經》印成一本線裝本，叫《般若心經七譯》，閱讀非常方便。「七譯」中最通行的一個譯本，就是玄奘從印度回來以後翻譯的。而玄奘本人同這部非常重要的《般若心經》之間，還有一段非常獨特的因緣。

玄奘在四川求學的時候，有一天看到一個渾身長滿了惡瘡的病人僵臥在路邊，奄奄一息，於是玄奘大生慈悲之心，把他抬到了廟裡，幫他治病，並且悉心照料他。這個病人會念《心經》，他病好了之後，就把這部《心經》教給了玄奘。不曾料想，就是這部《心經》，在玄奘的旅途中發揮了巨大的作用，幫他驅除了心靈上的畏懼。

〔走入莫賀延磧大沙漠的玄奘，雖然面臨更險惡的環境，但他到底是不是已經成功地偷越國境了呢？〕

古代的國境、邊境以及國界線的概念，沒有今天那麼嚴格，唐朝的版圖又是非常遼闊，我們講玄奘偷越國境，那麼算哪兒才到頭呢？到哪兒才能說是偷越國境成功了呢？這個很難講，你說玄奘要眞的逃出唐朝的實際控制區域之外的話，那還早著呢，起碼要到了貝加爾湖才算完，所以我以爲只要到了沒有人來管他是否偷越國境的地方，就應該算他偷越成功吧。大概也只能這麼說，唐朝的疆域實在太大了，那麼實際上，玄奘越過邊關五烽，進入莫賀延磧這個無人區，應該算是偷越國境成功。當然，請大家千萬記住，這是一種非常粗略的說法，不是一個學術上較眞的說法。

〔然而，即使玄奘已經算是成功地越過了國境，險惡的自然環境還是不能讓玄奘產生哪怕一絲一毫的輕鬆感，而且就是這個莫賀延磧大沙漠幾乎奪去了玄奘的生命。在這片不毛之地裡面發生了什麼？請看下一講「身臨絕境」。〕

第八講
身臨絕境

玄奘進入莫賀延磧大沙漠不久就迷路了，他找不到野馬泉的方向。在沙漠中迷路已經是非常危險的事情，而玄奘恰恰在飲水時又失手打翻了水囊，在這樣走投無路的情況下，他仍然毫不動搖地繼續西行。幾天幾夜之後，滴水未進的玄奘再也走不動了，他躺倒在沙漠上，等待著死亡的來臨……

玄奘成功地進入了莫賀延磧大沙漠，沙漠裡沒有人守衛，也不可能有人去捉拿玄奘，但是這個環境卻更加險惡。根據史書記載，玄奘在走了一百多里以後，忽然發覺迷路了。在沙漠裡迷路是很正常的，因爲沒有沿途參照物，唯有仰觀星象，靠天吃飯。沙漠的氣候又是多變的，經常會看不到天上的星辰。再加上沙漠的地貌變幻不定，一陣狂風就會把原來的沙丘變成平地，或者把原來一個坑坑窪窪的谷地變成幾十公尺高的沙丘。所以玄奘在這裡迷了路之後，心裡非常急躁。然而禍不單行，正當他火急火燎，準備從馬背上解下皮囊喝水的時候，一失手把整個皮囊都打翻了。

發生這樣的意外，原因可能有三：首先是急躁；第二，很可能這個皮囊太大，比較沉，拿起來不方便；最後也許是因爲戒律的原因。據我推測，皮囊裡的水，是佛教戒律界定的三種水裡面的第二類，屬於「非時水」。「非時水」不是當場飲用的，是儲存起來，在需要的時候喝的水。按戒律規定，需要經過過濾才能飲用。也就是說，玄奘要喝水，還得用隨身攜帶的濾水網過濾。這麼一折騰，再加上前述原因，玄奘就把皮囊裡的水打翻了。

這個結果可想而知，皮囊裡的水打翻在乾旱無比的沙漠裡之後，流失的速度肯定比水銀瀉地還快，一下子就被沙子給吸乾了。在沙漠中水是最珍貴的，沒有水，根本過不了八百里莫賀延磧大沙漠。玄奘在沙漠中迷路了，找不到野馬泉補充水源，這本來已經非常危險，而他又失手把裝水的大皮囊掉到地上，結果會怎麼樣呢？在玄奘傳記當中，非常冷靜、非常客觀，但極其悲愴地用了八個字來描摹他此時此刻所面臨的困境：「千里之資，一朝斯罄。」

野馬泉找不到，隨身攜帶的水全打翻了，又在沙漠中迷失了方向，這種種情況加在一起，玄奘應該只剩下一個活命的辦法了，那就是「原路返回」。他只能回到離這裡一百多里遠的第四烽，再去找王伯隴幫忙。如果佛祖保佑一切順利，不再出現任何意外情況的話，那就是一天一夜或者兩天的路程。能走回去，總比渴死在沙漠裡強。而根據歷史的記載，玄奘也的確在這個時候違背了他「終不東移一步，以負先心」的誓言，決定往東走了。然而玄奘對於佛教的虔誠畢竟不是普通人能比擬的。就在他向著東方走出十多里地以後，又後悔了，他想到了自己曾經立下的誓言，不斷地問自己：「今何故來？」（我是因爲什麼來到這兒的？）想著想著，履行誓言的念頭逐漸占了上風，他再次下定決心：寧願向西而死，絕不往東而生！（寧可就西而死，豈歸東而生！）於是玄奘在往東折返了十多里以後，又掉轉馬頭，繼續堅定地往西走去。有過沙漠行走經歷的人都知道，在既找不到水源又迷了路的情況下，如果還要繼續往沙漠深處走的話，基本上就等於把自己的性命託付給了上天。玄奘此刻已經把生死置之度外，準備憑著自己的一腔誠心，闖過這一難關，萬一失敗，求仁得仁，也毫無所怨。

〔在一滴水都沒有，又完全不知道何處能找到水源的情況下，玄奘選擇了繼續西行，走進莫賀延磧大沙漠的深處，這就幾乎等於是選擇了死亡。那麼，他又是怎樣走出這片大沙漠的呢？〕

佛教僧人在遇到苦難的時候，往往會念誦觀音名號，玄奘當然也不例外。根據史書記載，當時周圍全是一眼望不到頭的黃色流沙，人鳥俱絕，更可怕的是「夜則妖魑舉火，爛若繁星，晝則驚風擁沙，散如時雨」，意思就是白天常常會遇到沙塵暴，這個時候，被狂風席捲的黃沙就會像下雨一樣漫天飛舞，讓人無法喘息。而到了晚上，烏黑一片的沙漠裡面，好像有很多妖魔鬼怪在舉火點燈，這些燈火就像清晨的星空一樣燦爛。這裡所說的「火」應該是磷火，就是人或者動物死去以後，屍體腐爛時分解出磷化氫，並自動燃燒的現象。這種現象不只是古代才有，今天仍然存在，民間所謂的「鬼火」就是這東西。然而獨自一人處在這樣恐怖而惡劣的環境之下的玄奘，心中並無恐懼之感，他可能已經清楚地知道，自己是徹底「身臨絕境」了。

如果根據史書的記載推斷一下的話，此時的玄奘起碼有四天五夜滴水未盡，他的生命到達了極限。雖然我們知道唐山大地震的時候，有很多人被埋在礦井裡，或樓房底下十幾天，依然能生還，但是這是需要條件的，這個條件就是不能斷水。而玄奘在極度乾燥的沙漠中斷水四天五夜，與一般人在正常的環境當中斷水，更不可以相提並論。因此在這個時候，玄奘感到自己的生命大概就快要結束了。極度困乏、再也走不動的他，只能任憑自己躺倒在沙地裡，默默地念誦救苦救難觀世音的名號……

其實此時玄奘的心情是極其複雜的，他一方面覺得生命正在漸漸地離自己遠去，另一方面人本身的求生欲望又讓他無法徹底放棄。於是，根據史書的記載，虔誠的他對菩薩做了一番特別的稟告：

> 玄奘此行不求財利，無冀名譽，但為無上正法來耳。仰惟菩薩慈念群生，以救苦為務，此為苦矣，寧不知耶？

這段話的意思就是：玄奘我此行不求名聲，更不考慮財寶利益，我只是為了追求無上的佛法，菩薩您是應該救苦救難、佑護眾生的，我如此艱難困苦，難道菩薩您不知道嗎？

我們為什麼要說這段祈請詞很特別呢？因為這裡面隱隱含著對菩薩的指責和對菩薩法力的質疑。表面上看來很哀怨，但事實上這是玄奘作為一個虔誠的佛教徒所表明的態度：他把自己完完全全地交付給了佛祖和菩薩。

玄奘就這樣一遍又一遍不停地向菩薩訴說著。到了第五天的夜裡，氣候出現了變化（沙漠裡的氣候是極其複雜多變的，有一句俗話叫做：「早穿皮襖午穿紗，圍著火爐吃西瓜。」意思就是早晨你還穿著皮襖，中午就得穿薄紗了，而你吃西瓜的時候，也許正圍著火爐。這句話主要是描寫吐魯番的，但是實際上吐魯番離玄奘被困的莫賀延磧並不是很遠。由此可見沙漠中一天之內的氣候溫差變化之大）。原本沙漠裡悶熱得像蒸籠一樣的天氣突然出現了轉機，吹來了陣陣涼風。我不說大家也一定知道，涼風在炎熱的沙漠中有多珍貴，它不僅能使人清醒，還能使疲憊不堪的精神得到改善。當時的玄奘本來已經由於嚴重缺水，眼睛幾乎看不出東西。但是這陣涼風吹到身上，讓他頓時感到清涼爽快，簡直如沐寒冰，視力也漸漸恢復。而一直跟隨著他的那匹久經嚴酷環境考驗的識途老馬，原本一直奄奄一息地趴在他旁邊，這個時候居然也站了起來。

此時此刻，沐浴在陣陣涼風中的玄奘覺得自己終於可以安靜地睡一會兒了。據說在他睡得正香的時候作了一個夢，夢見了一位身長數丈的大神，表情凶惡，手裡拿著一把長戟，一邊揮舞，一邊對他說：「何不強行，而更臥也？」（你幹麼不勉強地再走幾步呢，你怎麼還睡著？）玄奘一下就被驚醒了，他以前作的夢裡面，不是慈眉善目的佛或者菩薩，就是非常美麗的景物，比如大海、須彌山或者蓮花之類的，因此，他感到非常奇怪。僧人一般都是比較相信夢境的。於是奇怪之餘，玄奘還是照著夢裡那位大神的指示，勉強站起來向前走。

然而就在他掙扎著走了差不多十里地的時候，他的那匹又瘦又老的馬突然像煥發了青春一樣，撒腿朝著別的方向飛馳，不知是牠馱著玄奘，還是玄奘被牠拖著，反正就是一口氣奔出了幾里地，把玄奘帶到了一片非常豐滿的水草地，而在這片草地的不遠處，還有一個小池塘，池水甘甜，平靜得就像一面鏡子。史書中雖然沒有提到這塊地方是否就是王伯隴所說的野馬泉，但是玄奘和他的馬在這裡又是喝水，又是沐浴，非常安穩地休息了兩天的記載是非常明確的。玄奘認為，這片水草地和小池塘是神佛對他的眷顧，是佛祖救了他的命。休息完了以後，慈悲為懷的他還專門割了一些青草給瘦老赤馬帶上，作為牠日後在路上的食糧。

就這樣又走了幾天，玄奘終於成功地穿越了莫賀延磧大沙漠，來到一個名叫伊吾的地方。它位於新疆東部，就是今天新疆的哈密一帶。伊吾在當時究竟能不能算外國？這實在不太好說。它原來一度臣服於東突厥，隋唐之際，東突厥經常侵擾中土疆界，唐高祖武德九年（六二六年）一度深入到首都長安附近。貞觀二年（六二八年）東突厥發生內亂，部眾分裂，有的部眾向唐稱臣，請求唐朝派兵援助，唐太宗抓住這一良機，於貞觀三年（六二九年）派大將率領十幾萬大軍分道出擊，俘獲其首領頡利可汗，東突厥就此滅亡。在這之後，伊吾才歸屬唐朝版圖。玄奘西行求法的起始時間有兩種說法，一種是貞觀元年說，如果按照這個時間，那麼玄奘走到伊吾的時候，它還沒有歸屬唐朝，因此把它看作玄奘出國後抵達的第一個外國，自然不會有什麼錯。我本人也贊同這種看法。如果按照第二種玄奘從貞觀三年開始西行求法的說法來推算，那麼他也應該是趕在伊吾歸屬唐朝之前不久就到達了。即使晚，也晚不了多久。因此，我們完全有理由把伊吾看作是玄奘成功走出唐朝國境後到達的第一個外國。

〔那麼，伊吾是個怎麼樣的國家呢？玄奘會在伊吾遇見什麼樣的情況呢？他是否一切順利呢？〕

伊吾是一個介於獨立和依附之間的彈丸小國。在上文中我已經提到過它曾經臣服於東突厥，這只不過是簡單言之，實際上，它上頭還不止一個婆婆呢。這樣的小國，地處中西交通的咽喉要道，想要生存下來，其實是非常不容易的，必須在夾縫裡求生存，做到左右逢源，不能得罪周圍虎視眈眈的比它強大的國家。因此，像伊吾這樣的國家往往會給人一種靠不住、不穩定的感覺。而事實上，伊吾所顧忌的不僅是大國，只要是比它大的國家，它都不敢輕易得罪。

玄奘到達了伊吾的一座規模很小的寺廟，廟裡只有三個僧人，而且都是漢人。這三個漢僧中，有一個上了年紀的聽說從漢地來了一位法師，悲喜交集，根據史籍中的記載，他「衣不及帶，跣足出迎，抱法師哭，哀號哽咽不能已已」。也就是說他還來不及把衣服、鞋子什麼的穿戴整齊，就迫不及待地出來迎接玄奘，抱著他痛哭流涕。這位老僧人還哭著對玄奘說：「豈期今日重見鄉人！」（眞沒有想到今天還能遇到家鄉人！）因爲伊吾離開漢地本來就遙遠而多險阻，況且唐朝還禁止國民出境，要在這裡看到一個家鄉人是非常不容易的。玄奘看見漢僧，自然也是百感交集，於是和他相對哭泣。此外，伊吾的胡僧、胡王都來拜見玄奘，還把他請到王宮裡盛情款待。可見，當地還是信仰佛教的，不然不會對玄奘如此重視。

照理講，玄奘經過九死一生、長途跋涉，好不容易到了伊吾，伊吾的國王又對他非常尊敬，以禮相待。他應該在這裡好好調整休息一番了，但是事實卻並非如此。這是爲什麼呢？

我們上面說過，像伊吾這樣的西域小國，對比它大的國家都不敢得罪。玄奘到達的那天，也確實是巧，當時西域東部有個比較大的國家高昌（轄境大致相當於今新疆的吐魯番地區），正由麴氏統治著，這個時候的國王是麴文泰。當他派去伊吾的使者要回去的時候，正好玄奘到了。當時信仰佛教的國家，對有名望的法師高僧都極其重視，都會想方設法請他們蒞臨自己的國家，甚至有不惜爲了一位名僧大德發動戰爭的，這樣的情況在歷史上都屢見不鮮。這位使者回去就把玄奘到訪伊吾的事報告了麴文泰。麴文泰一聽，即刻再次向伊吾派出使者，不客氣地命令伊吾王把玄奘送來。同時也安排了幾十四好馬，和一干貴族大臣沿路迎候。

其實本來玄奘是打算在伊吾休整完畢之後，略向北取道可汗浮圖（當時屬於西突厥轄境，西突厥滅亡後歸屬唐朝版圖，約在今新疆昌吉回族自治州吉木薩爾縣的北庭附近）繼續西行的。無奈高昌國王的一番盛情辭謝不得，也就只能聽從安排，折向南行，過了一個沙漠，花了六天時間，到達了高昌的白力城。這段旅途由於麴文泰安排妥帖，派人馬相迎，也就沒有留下什麼危險的記載。

白力是今天的什麼地方？我們已經無從確知了（據馮承鈞《西域地名》的考訂，認爲是今新疆鄯善縣治）。玄奘到白力時正好天色已晚，原來打算停留的，但是城中的官員和使者說，其實王城離開白力已經不遠，請法師「數換良馬前去，法師先所乘赤馬留使後來」。大家還記得這匹一直跟隨著玄奘的「瘦老赤馬」吧？雖說牠曾經來往伊吾十五回，但是離開了伊吾就未必識途了，可是玄奘還是帶著牠，只是到了要趕時間的關鍵時刻，才換上麴文泰爲他準備的好馬。從這件小事看，玄奘確實是一個滿懷慈悲、內心充滿愛的得道高僧。

玄奘到達王城時已經是半夜了，王城的門當然已經關閉了。守門官稟告後，麴文泰下令馬上開門，隨即和隨從列燭出宮，將玄奘恭恭敬敬迎接到後院。麴文泰將玄奘安置在「重閣寶帳」中之後，對他備致敬仰之情：「弟子自聞師名，喜忘寢食。量準途路，知師今夜必至，與妻子皆未眠，讀經敬待。」（弟子自從聽說了法師的大名之後，歡喜得忘記了吃飯和睡覺。我算準了法師您今天晚上一定能到達這裡，所以和妻子兒女們都沒有睡，我們一邊讀著佛經，一邊等待著您的大駕光臨。）到這裡，大家可以明白為什麼那些使者不讓玄奘在白力稍事休息了，王城就在附近並不是主要原因，眞正的原因是麴文泰還沒有睡呢，還在那裡等著呢！

在麴文泰之後，又是王妃和幾十名侍女來禮拜。這一通折騰，天也快亮了，玄奘實在是支援不住，昏昏欲睡。麴文泰只得回宮，留下了幾個太監伺候玄奘。

第二天，玄奘因為過於勞累，多睡了一會。麴文泰卻又率領妃子等人來禮拜問候了。如此循環往復，目的其實只有一個，請他留在高昌。麴文泰除了自己每天對玄奘殷勤問候之外，還派了一個曾經去長安學習過的彖法師去見他。這位彖法師佛學修養了得，麴文泰一直很看重他。然而他和玄奘談了沒多久就出來了，看來是話不投機。麴文泰一看用這個辦法不行，又派了年過八十的國統王法師，並且乾脆讓他和玄奘同吃同住，朝夕相處，勸玄奘放棄西行求法的念頭，但是依然遭到了拒絕。

玄奘就這樣在高昌停留了十幾天之後，想繼續西行，於是就向麴文泰辭行。麴文泰這下只能親自把話挑明了：「已令統師咨請，師意何如？」玄奘的回答是很明白的：「留住實是王恩，但於來心不可。」麴文泰接著做他的工作了：

> 朕與先王遊大國，從隋帝歷東西二京及燕、代、汾、晉之間，多見名僧，心無所慕。自承法師名，身心歡喜，手舞足蹈，擬師至止，受弟子供養以終一身。令一國人皆為師弟子，望師講授，僧徒雖少，亦有數千，並使執經充師聽眾。伏願察納微心，不以西遊為念。

意思是說：「法師您可別以爲我是邊鄙小國的一個土王啊，我見過大世面，我和先王到過上國的好多發達地區呢，名僧大德也見多了，我都沒有怎麼瞧得上的。自從聽到您的大名，我就滿懷歡喜，盼著您到，能讓我來供養您終身。我不僅可以供養您，還可以讓一個國家的人都做您的弟子。您別看不上高昌，僧徒再少，也有幾千人，我讓他們全都手捧經卷，當您的聽眾！希望您體察我的誠心，別再想著西行啦！」這段話乍一聽很是謙卑，麴文泰的內心可能也的確如此，但仔細品味起來，就不那麼簡單。作爲信仰佛教的國王，這段話是很體現了身分的，可謂軟中帶硬。高昌本來就是西域各國中漢化程度最高的，這位高昌王麴文泰看來也頗得辭令三昧。

然而玄奘的回答也是有理有節，不卑不亢，毫不讓步：

王之厚意，豈貧道寡德所當。但此行不爲供養而來，所悲本國法義未周，經教少闕，懷疑蘊惑，啓訪莫從，以是畢命西方，請未聞之旨，欲令方等甘露不但獨灑於迦維，抉擇微言庶得盡沾於東國，波侖問道之志，善財求友之心，只可日日堅強，豈使中途而止。願王收意，勿以泛養爲懷。

這段話很文雅，但意思很清楚，可以分爲三層：一，您的好意我心領了；二，我此行只爲求法，不爲供養；三，我西行之志只會一天比一天更堅定，所以還是請國王您改變主意吧！

〔玄奘的回答會使高昌王麴文泰改變主意嗎？這段話發生了什麼意料不到的效果呢？玄奘又是怎麼應對的呢？請看下一講「被困高昌」。〕

第九講 被困高昌

玄奘九死一生才走出八百里大沙漠來到高昌，高昌王卻一心想把玄奘留下，做高昌國的大法師。但玄奘表示，絕不會改變西行的初衷。高昌王會不會放過玄奘？高昌王和玄奘之間後來又發生了什麼故事？

玄奘到達了高昌以後，高昌王麴文泰通過各種各樣的方式想讓玄奘留在高昌，充當高昌這個在西域地位非常重要的佛教國家的大法師。而玄奘也明確表達了自己不會改變西行求法意志的態度。此時，麴文泰的反應非常有意思，作爲一個國王，他大概很難相信有誰能抗拒得了他所開出的條件的誘惑，所以他以爲，玄奘的表白無非是想進一步試探他的誠心，於是他態度更爲堅決地說了下面一段話：

弟子慕樂法師，必留供養，雖蔥山可轉，此意無移。乞信愚誠，勿疑不實。

意思是說：弟子我非常敬仰法師，即使蔥山可以移動，我留您的心意也絕對不會有任何改變。

玄奘聽了這番話後，依然毫不動搖，他回答說：

王之深心，豈待屢言然後知也？但玄奘西來爲法，法既未得，不可中停。以是敬辭，願王相體。

意思是說：您的心意我早就明白了，您不必這麼賭咒發誓，也不必再三聲明。但是我從中土西行是爲了求法，現在佛法還沒有求得，目的還沒有達到，所以不能中途停下來。我沒有辦法接受您的這個要求，希望國王能夠體諒我的心情。

由此看來，玄奘確實是非常了不得的一個人。既不像《西遊記》裡面這麼窩囊，也不像《大話西遊》裡面那麼嘮叨。他在關鍵時刻往往言辭犀利，態度明確，而且很會根據不同的場合用不同的語氣，從不同的角度來和對方進行溝通和交流。他接下來的話就首先從大義上占據有理地位：

大王曩修勝福，位爲人主，非唯蒼生恃仰，固亦釋教攸憑，理在助揚，豈宜爲礙。

意思是說：因爲大王過去世世代代修福，所以今天當了國王。但是，難道僅僅是老百姓依靠您這個國王嗎？不，其實連佛祖的教化都要憑藉您啊！所以，您聽到我西行求法的心願，理應支持啊，怎麼能阻礙我呢？

玄奘的這段話表面上看很謙恭，但是實際上是在批評麴文泰只顧自己，不考慮別人。

麴文泰當然也不是個一般的國王，他一聽玄奘的話開始犀利起來，就再一次從弘法的角度來說服他：

弟子亦不敢障礙，直以國無導師，故屈留法師以引迷愚耳。

意思是說：弟子我原本也不敢阻礙您西行求法，確實是因爲我這個高昌國沒有大法師來教導，所以才委屈法師您留下來指引在迷茫愚昧狀態下的國民。

玄奘一看話都說到這份兒上了，索性就來了一個充耳不聞。無論你怎麼說，反正我就是不答應。但是麴文泰畢竟是一個國王，有權勢者的耐性總是有限的，最後他終於發火了，而且這個發火還發得很大，連臉色都變了，提起衣襟（這是一般人準備動手動腳前的樣子），大聲吼道（王乃動色攘袂大言曰）：

弟子有異途處師，師安能自去。或定相留，或送師歸國，請自思之，相順猶勝。

意思是說：您可別不識抬舉，弟子我還有別的辦法處置您，您怎麼能想走就走呢？什麼辦法呢？兩條。第一條，留在高昌，充當高昌的國師；第二條，我把您遣送回唐朝。這兩條路就擺在您面前了，請您自己想一想，其實還是順從我更好一點。

〔此時此刻，麴文泰把底牌全亮出來了。玄奘要是不答應留下，他就把玄奘送回國。這肯定是玄奘不能接受的。且不說這違背他西行求法的初衷，要知道玄奘是偷渡出關的，在唐朝那麼嚴厲的禁邊令的情況下，送回去肯定要接受國法的制裁，最糟糕的是，無論答應或不答應，都將無法再繼續西行了，玄奘會怎麼辦呢？〕

面對麴文泰氣勢洶洶的威脅，玄奘做出了一個大家意想不到的舉動。在做這個舉動之前，他先撂下了這麼兩句話：

玄奘來者爲乎大法，今逢爲障，只可骨被王留，識神未必留也。

意思是說：玄奘我來到這裡是爲了弘揚大法，現在遇見國王您給我設置障礙，不讓我實現我的目標，那好吧，我的骨頭可以被您留在高昌，但是我的意識卻未必能留下。換句大白話說也就是：您留得住我的人，卻留不了我的心。

玄奘的這段話可以說是又哀又絕，而其中透露出的意思就是他其實已經做好被強留在高昌的準備。說完以後，玄奘就一直哭，哭得上氣不接下氣。但是麴文泰卻毫不動容，他認爲玄奘這只是苦肉計而已。因此，他也不再多說什麼，只是依然每天加倍盛情地款待玄奘。甚至玄奘每進一次餐，麴文泰都親自托著盤子侍奉在旁。

玄奘一看，自己已經把話都說絕了，還痛哭了一場，這些都沒用，於是他就只能想出一個更絕的辦法——絕食。

玄奘決定絕食之後，連續端坐了三天，水漿不進口。到第四天已經是氣息微弱，奄奄一息了。麴文泰認爲，自己軟硬兼施，玄奘早晚會接受他的條件。但他沒想到的是，玄奘竟會用絕食來表明自己西行求法的決心，這下可把他嚇壞了。我們在前面已經提到過，高昌是一個篤信佛教的國家，如果玄奘這麼一個高僧在他手裡被活活逼死的話，是於理不容的。所以麴文泰趕緊叩頭謝罪，明確表示：

「任法師西行，乞垂早食。」

兩人經過一番較量之後，麴文泰終於在精神上輸給了玄奘，完全同意了他繼續西行的要求，懇求他趕快結束絕食。

〔玄奘捨棄性命也要西行求法的堅定信念，終於使高昌王麴文泰答應放玄奘西行，但麴文泰是真心答應玄奘西行了，還是只是一個緩兵之計呢？〕

雖然麴文泰明確表示同意玄奘繼續西行的要求，但是玄奘是個謹愼的人，他怕自己一旦恢復飮食之後，麴文泰又會反悔。於是他要求麴文泰指日發誓。

麴文泰是個直性爽快之人，玄奘讓他指日發誓，他索性提議兩人一起到佛祖面前去禮佛。當然，對於佛教信徒來講，在佛祖面前發誓顯然比指日發誓要鄭重其事得多。不僅如此，還當著太妃（相當於皇太后）張氏的面，與玄奘結拜成爲兄弟，再次確認「任師求法」。

我們馬上就可以想到，在《西遊記》裡面，玄奘有一個非常尊貴的身分——御弟，這個「御弟」是指玄奘是唐太宗李世民的異姓兄弟。但是在眞實的歷史當中，唐太宗跟玄奘到底有沒有結成兄弟關係，無從考證。而且我們知道，唐朝政府認可的第一宗教是道教，並不是佛教。雖然唐朝佛教很興盛（當然也有很短的反佛的時間），但是因爲唐朝的皇帝姓李，所以爲了表明自己出身高貴，就說自己是老子的後代，而老子所代表的道教也名正言順地成了唐朝的第一宗教。因此，我以爲，《西遊記》當中，玄奘這個「御弟」身分的原型，或者說這個故事的來源，應該是在這裡。玄奘不管是不是唐太宗李世民的「御弟」，但他的確是高昌王麴文泰的結拜兄弟。

玄奘通過自己不屈不撓的鬥爭，在高昌國爭取到了一個出人意料的好結果，不光沒有被迫留在高昌，反而多了一個國王哥哥，眞是滿心歡喜。然而就在此時，麴文泰又對他提出了一個附加條件。這個條件絕對不是限制玄奘西行，而是一個很感人的條件，就是弟弟你去西天求法，我全力支持，唯一的一個願望，就是你取經回來之後，請務必再取道高昌，到時候在高昌停留三年，接受我的供養。至於玄奘回來的時候有沒有經過高昌，這我們以後再講。

既然麴文泰同意玄奘西行，那麼這個做哥哥的就開始爲他進行許多準備工作，包括縫製一些衣服等等。西行的一路非常艱險，如果沒有足夠的支持是很難想像的。與此同時，玄奘在麴文泰爲他準備行裝的這一個月期間，就接受他的邀請，在高昌講《仁王般若經》。這部經爲什麼這麼重要呢？因爲在漢族的佛教傳統當中，普遍相信《仁王般若經》有消災祛難之功效。

根據史書的記載，玄奘每次開講之前，麴文泰都親自手執香爐，在前導引。玄奘講經需要升座，所謂「升座」就是要到一個高座上去跏趺（盤腿坐著），這時麴文泰就會跪下，讓玄奘踩著他上座（每到講時，王躬執香爐自來迎引，將升法座，王又低跪爲蹬，令法師躡上，日日如此）。這是一個非常崇高的禮節，在東土並不多見，但是在印度卻有此種禮節的記載，可見高昌國在當時也頗受西域文化的影響。

一個月過去之後，經講完了，玄奘長途旅行的東西也給準備好了。麴文泰還專門爲玄奘剃度了四個沙彌來伺候和照顧他，我們前面也提到過沙彌，但是沒有做過詳細的介紹。「沙彌」這個詞當然是個外來語，它應該是來自於梵文 **Śramāṇera** 。沙彌有很多不同的種類，比如有一種叫「行慈」和「勤策男」，是指七歲到二十歲之間受過十戒，但還沒受過具足戒的一種見習僧人。前面我們曾經介紹過五戒，是指不殺生、不偷盜、不邪淫、不妄語、不飲酒。沙彌所受的十戒中，前五戒跟這個完全一樣，就少了一個字，「不邪淫」的「邪」字沒有了，也就是說他完全不能夠有兩性的性關係，居士是可以有正當的兩性關係的，所以它禁止的是「邪淫」，而沙彌連性關係都不可以。此外還添加了五戒，即：

六、不塗飾香蔓；

七、不聽視歌舞；

八、不坐高廣大床；

九、不非時食；
十、不蓄金銀財寶。

「不塗飾香蔓」指不在身上塗抹或者裝飾有香味的花環，這完全是印度的習慣。「不聽視歌舞」指不聽、不看歌舞，也就是說不能看綜藝節目。「不坐高廣大床」裡的「床」不是現代意義上的床，是指禪床，有點像今天我們家裡的靠背椅，因此這一條戒律的意思是不能坐又高又大、非常講究的椅子。「不非時食」指必須嚴格遵守「過午不食」的戒律。這一條後來到了漢地佛教當中就不那麼嚴格了，因爲後來中土好多僧人是自己種地的，一日不做一日不食，如果每天只吃一頓的話，體力上支撐不住。「不蓄金銀財寶」的意思很明確，這裡就不多解釋了。

〔除了沙彌之外，麴文泰當然還為他的弟弟玄奘準備了大量的東西，這些都如實地留在了歷史記載當中。這些東西究竟是什麼呢？玄奘又是怎樣從高昌繼續西行的呢？請看下一講「異國傳奇」。〕

第十講　異國傳奇

玄奘西行求法的堅決態度深深打動了高昌王麴文泰，他不僅同意了玄奘繼續西行的要求，而且還和他結為兄弟，為他以後的行程準備了大量的東西。玄奘在高昌停留了一段時間之後，終於重新踏上的西行的征途。

上一講我們講到高昌王麴文泰終於接受了玄奘繼續西行的要求，並爲他準備了大量的物資，以資助他西行求法的偉業。據記載，麴文泰爲玄奘準備的東西有：「法服三十具」，即三十套法衣，也就是包括裡裡外外的整套衣服；「手衣」，那就是手套；「襪」，這不是普通的襪子，而是準備在沙漠長途跋涉用的襪子，它第一要保暖，第二要防沙漠蠍，因爲沙漠蠍非常之毒，一旦被咬往往可以致人於死；「面衣」，專門用來保護臉部，抵禦沙漠風沙的。另外還有「黃金一百兩、銀錢三萬、綾及絹等五百匹」，作爲玄奘來回二十年的盤費。此外還準備了「馬三十匹、手力二十五人」，所謂「手力」，基本上就是幹苦力活的人。總之，麴文泰爲玄奘考慮得非常周到，即使是親兄弟，要能做到這樣也不容易。可見他是眞心眞意要成爲一個修成護法正果的佛教聖王。然而，麴文泰所做的還遠遠不止這些，他還派出一個名叫歡信的殿中侍御史，護送玄奘到葉護可汗衙（大家應該還記得，玄奘原來就是計畫取道西突厥的可汗浮圖繼續西行的，麴文泰現在是把他送回了計畫中的路線）。另外還寫了二十四封書信，給玄奘西行路途中要經過的二十四個國家的國王，信的內容當然是請求各國國王給他的弟弟玄奘西行求法提供必要的協助。每一封信都附「大綾」（高級絲織品）一匹作爲信物。現在我們寫信已經沒有這個規矩了，古時候的人送一封信是要附帶一樣東西的，叫「押書信」。

高昌王麴文泰當然比玄奘更了解當時西域的政治、軍事形勢。別看他對伊吾可以呼來喝去，隨便指揮，但是他也有惹不起的人，比如突厥可汗。所以他的二十四封信裡邊，還不包括專門寫給突厥葉護可汗的一封信，這封信被記錄在《大慈恩寺三藏法師傳》中，其中的一段原文是這樣的：

法師者是奴弟，欲求法於婆羅門國，願可汗憐師如憐奴，仍請敕以西諸國給鄔落馬遞送出境。

意思是說：玄奘法師是奴僕我的弟弟，想要到婆羅門國去求法。希望可汗可憐這位法師就像可憐奴僕我一樣，並請您下令給西面的諸國，讓他們給我這個弟弟馬匹，送他出境。這段話非常感人，幾乎已經到了聲淚俱下的程度。雖然得道高僧是應該心如止水，對外界無動於心，所謂「風動簾動而心不動」，然而玄奘卻是一個感情非常豐富的人，此時此刻，他再也沒有辦法遏制心中的感激之情，寫了一封文辭華美的信給麴文泰，以表達對他的感謝（這封信很長，也記錄在《大慈恩寺三藏法師傳》中），麴文泰收到信之後的回答就更感人了：「法師既許爲兄弟，則國家所畜，共師同有，何因謝也。」（法師您既然已經和我結爲兄弟了，那麼這個國家所擁有的東西當然是兄長我和法師您共同所有的，爲什麼還要謝我呢？）

玄奘啓程離開高昌的情景，自然也是非常感人。據記載，當時麴文泰與玄奘兩人抱頭痛哭，大家也跟著一起放聲大哭，一時間，「傷離之聲振動郊邑」。

（由於高昌王麴文泰周到而極其細緻的安排，玄奘順利地經過了一些小國之後，不知不覺間就到達了阿耆尼國。這個國家非常重要，因為它是《大唐西域記》這部舉世聞名著作的起首第一國。為什麼玄奘要把阿耆尼國作為自己這部著作的起首第一國？這是一個什麼樣的國家？玄奘在這裡有什麼樣的特殊經歷呢？）

這個阿耆尼國，就是今天中國新疆的焉耆回族自治縣。而阿耆尼這個名字來源於梵文的 Agni，意思是火，火焰。今天的現代維吾爾語稱爲 qarašähr，意思是黑城。自兩漢到唐，這個地方在史籍中一般的名字是「焉耆」。在早於玄奘約二百年西行的晉代高僧法顯的求法旅行記《法顯傳》（亦稱《佛國記》）則稱之爲「焉夷」。這些都是古代焉耆語的音譯。

玄奘在這裡得到了國王和大臣們的熱烈歡迎，於是他出示了高昌王麴文泰爲他準備的二十四封信裡的一封。豈料阿耆尼國的國王看過信之後臉色大變，連馬都不肯給玄奘了（這裡所謂「給」，應該就是換馬，因爲玄奘帶了很多馬，馬走到這裡已經很疲勞了，需要把馬留在這裡，然後再換幾十匹精力充沛的馬）。爲什麼會這樣呢？原來麴文泰在寫信的時候，一心一意要爲玄奘開路，根本就忘了他自己的高昌國經常去侵擾阿耆尼國，動不動就派兵去這個國家搶東西。所以當阿耆尼國王看到信之後當然氣憤異常，而玄奘也因爲沒有辦法應付阿耆尼國跟高昌國之間的種種恩怨，只停留了一天就離開了。

即使是這樣短暫的停留，玄奘依然給我們留下了關於阿耆尼國的極其珍貴的記載。從這一點可以充分說明，眞實的玄奘是一個非常聰明、有觀察力和判斷力的人，不像《西遊記》裡的唐僧，連白骨精是誰都分辨不出來。《大唐西域記》關於阿耆尼國的記載不足三百字，但是資訊含量很大，內容囊括了國土大小、風俗、水文、地理、土特產等等，在此擇要介紹其中的幾條。

第一條，「文字取則印度，微有增損」。這是說阿耆尼國的文字是仿照印度的，略微有一些改動，這個觀察非常細緻。大家知道，《大唐西域記》是玄奘從印度回來之後寫的，因此這條記載是很可信的。

第二條，「貨用金錢、銀錢、小銅錢」。玄奘在進入阿耆尼國轄境後曾經過一座銀山，裡面全是銀礦，而西域各國銀幣的原料基本是從這座山開採出來的。那一帶受羅馬、波斯等西方文化的影響，很早就使用銀幣，現在有許多出土文物都能證明這一點的準確性。

第三條，「王，其國人也，勇而寡略，好自稱伐。國無綱紀，法不整肅」。這絕對不是因爲阿耆尼王不肯給馬，玄奘就故意寫下幾句負面報導。事實上，那裡的治安情況確實非常糟糕。大家知道，玄奘在這裡是匆匆而過的，可是入境不久居然遇到了山賊，於是玄奘給了他們一點東西，賊就跑了。當晚，他們就睡在了王城附近的山谷裡面。與玄奘他們結伴同行的還有幾十個做生意的胡人，爲了貪圖早點趕到市場去做生意，半夜時悄悄先走了，等玄奘他們醒過來再走了十幾里之後，發現他們全部都被殺了，財物也都沒了。在這個離王城很近的山谷尚且如此，其餘地方的治安就更不用說了。因此，玄奘的記載還是很客觀的。

第四條，「伽藍十餘所，僧徒二千餘人，習學小乘教說一切有部」。也就是說這裡的兩千多僧徒是學習小乘佛教的。小乘佛教和大乘佛教的區別大家也許都知道，大乘佛教是要普度眾生的，只要有一個人還沒上天堂，我絕不先上天堂，這是大乘佛教的精神。小乘佛教的精神是修成阿羅漢就算了，阿羅漢也叫「自了漢」，就是我只管我自己涅槃升天，別的我不管了。玄奘接著記載說：「戒行律儀潔清勤勵，然食雜三淨，滯於漸教矣。」這裡所謂的「三淨」是指三種肉，按照原始小乘佛教的戒律，僧人是可以吃肉的，但是戒律規定只有三種肉可以吃：第一種，我沒有親眼看到是爲我殺的動物的肉；第二種，我沒有親耳聽見是爲款待我而殺的，或者我沒聽見殺的時候嗷嗷叫的動物的肉；第三種，不用懷疑它是爲我而殺的動物的肉。但是到了大乘佛教裡就堅決斷肉了，尤其在漢地，僧徒是絕對不能碰肉的。所以，玄奘認爲阿耆尼國的僧徒還停留在教法的初淺階段（滯於漸教）。

玄奘離開了阿耆尼國之後，接著往西方前進，渡過一條大河，再向前行進了幾百里，來到了一個在今天依然是非常神祕和吸引人的地方——龜茲（今新疆阿克蘇地區庫車縣）。

〔龜茲是當時絲綢之路上的重鎮，受印度影響，異域風情濃厚，這裡雖然很神祕誘人，但玄奘有了在阿耆尼國的遭遇後，始終提心吊膽。龜茲國會如何對待玄奘，他又會遇到什麼離奇的事情呢？〕

龜茲這個國家比阿耆尼大，它的都城方圓十七八里。玄奘到達的時候，龜茲的國王、大臣，還有一些高僧都來迎接他。值得注意的是，在這一行人中有一個非常重要的人物，他是龜茲的第一高僧，也是當時在西域非常著名的佛教領袖式人物，名叫木叉毱多。這個僧人以後還會牽扯出一段非常精采的故事，容我以後再慢慢細講。

先說龜茲歡迎玄奘的儀式。這個儀式與高昌歡迎玄奘的方法相比，有其獨特之處。首先當然照規矩要搭起帳篷，然後把龜茲一些比較漂亮而且非常重要的佛像搬過來，還要奏起音樂。等玄奘到達以後，這些歡迎的人都一一起立（他們原來都應該鋪個毯子坐著或者坐在草地上），並且向玄奘獻花。大家注意，一到獻花的場合，這異國的氛圍就馬上出來了。因爲當時西域的人獻花不像今天這樣，獻一束鮮花或者一朵鮮花，它是一盤一盤的。玄奘接收下鮮花之後，也不能自己拿著走，他得端著這盤鮮花非常恭敬地到佛像前去散花，表示他對佛祖的尊崇。散完花以後，玄奘就和歡迎他的大臣們坐到一起。我們知道，以前玄奘做客時，一直是被推爲上座的，因爲大家都很尊敬他這樣一位高僧，但是在龜茲國，他的座位卻被安排在了木叉毱多之下。他們爲何要這樣安排呢？其實這反映出兩個清楚無誤的事實：首先，木叉毱多在當地的威望和地位至高無上；其次，龜茲國人對自己國家佛學的造詣和對自己國家所擁有的佛學人才充滿了自信。

第二天，按照規矩，國王把玄奘請到自己的王宮裡，進行非常豐盛的款待。但是玄奘卻對他們的款待感到有點不舒服。道理很簡單，龜茲是盛行小乘佛教的，所以那裡的僧人包括木叉毱多肯定是吃肉的，而玄奘信仰的是大乘佛教，他是不吃肉的。於是就這件事情，玄奘向龜茲國王進行了一番解釋。從中我們也可以明顯地看出，龜茲跟漢地文化的差別要遠遠大於高昌和漢地文化的差別。但是與此同時，這也給玄奘提供了一個解釋漢地文化和龜茲文化差別的機會。

見完了世俗的最高領袖國王，玄奘當然還要去拜訪那位龜茲當地最高的佛教領袖——木叉毱多。他住在國都西北的一座寺廟裡面，這座寺廟在當地非常著名，名叫阿奢理兒（亦作「阿奢理貳」），「阿奢理兒」是當地的方言，意思就是「奇特」。

〔玄奘去拜訪木叉毱多時，那座奇特廟引起了玄奘的好奇。在這裡，玄奘聽到了一段有關這個國家和奇特廟的傳奇故事，如果不是玄奘把這個傳說記載下來，這段傳奇也就注定湮滅了。那麼，這到底是怎樣的一個傳說呢？〕

原來龜茲曾經有個國王，篤信佛教。按照佛教的規矩，到了一定的時間，國王就要出去巡禮佛跡，也就是說，國王要離開現在居住的地方，到遠方去瞻仰佛的遺跡。國王在準備離開自己國家的時候，把他的同胞弟弟叫到跟前，請他代管這個國家。這原本是最正常不過的事情了，但是弟弟在哥哥臨行前，交給他一個黃金匣子，並且告訴他，這個匣子一定要等到他瞻仰佛跡回來之後才能打開。對於弟弟的這個奇怪舉動，國王當時也沒多想，一路帶著匣子就巡禮佛跡去了。誰知等國王回來以後，朝中的一些大臣就向國王揭發，說是他的弟弟趁他不在的時候穢亂中宮。這是很嚴重的罪行，也就是說國王的弟弟與國王後宮的嬪妃之間發生了非常不好的行爲。國王聽後當然就暴怒了，準備對弟弟施以極刑。然而此時，他的弟弟卻不慌不忙地提醒國王說：「您還記得我在您臨走前送您的那個黃金匣子嗎？您現在可以把它打開了。」國王這才想起打開那個匣子，發現裡面有一樣東西，但是還是看不太明白，於是就問：「這是什麼東西啊？你到底想證明什麼啊？」其實這個弟弟眞的是很厲害的一個人物，他早就預料到，哥哥離開將由他來代理國王，可能會遭遇禍害，所以他就把自己的生殖器給割下來，並且封在盒子裡讓哥哥帶走。經過一番解釋，國王和弟弟之間的誤會馬上就煙消雲散了。但是過了一段時間之後，國王發現弟弟突然又不來皇宮了，他覺得很奇怪。原來這時，在他的弟弟身上發生了一件不可思議的事情，也正是因爲這件事，才有了那座含義爲「奇特」的廟宇。

國王的弟弟有一天在都城的路上走，看到有一個人趕了五百頭牛，準備把這些牛都閹割掉（這樣會使蓄養的牲畜長得比較肥，肉也會比較嫩）。弟弟覺得是自己的業報，於是就動了慈悲之心，他花錢把這五百頭牛給贖了下來，算是做了一件善事。而此後不久，按照玄奘的記載，這位國王的弟弟的身體居然慢慢地恢復了。當然，爲了避免再一次被人陷害，他就再也不進皇宮了。國王得知後，下令爲他造了這麼一座寺廟，名字就叫做「奇特」。

〔玄奘在拜訪木叉毱多時發生了一件大事，他平生第一次面對面地和一位非漢族的高僧發生了一場關於佛學理論的辯論，這場辯論當時在龜茲國引起了舉國震動，那麼這場辯論是怎麼發生的？它的過程和結果又是怎麼樣的？請看下一講「龜茲辯經」。〕

第十一講 龜茲辯經

按照禮儀，玄奘應當要去拜訪那位住在奇特廟中的龜茲高僧木叉毱多。就在拜訪時，玄奘在毫無準備的情況下和他展開一場激烈的辯經。那麼，這場辯經究竟是怎樣開始的呢？玄奘有把握取勝嗎？

上一講說到玄奘要去拜訪一位名叫木叉毱多的龜茲高僧。這個木叉毱多不是一般的高僧，他曾經留學印度二十幾年，而且根據記載，他博覽群經，特別擅長聲明之學（這裡所說的「聲明」和今天常說的「聲明」完全不一樣，它是指梵文語言學），所以得到龜茲國王和民眾的極度推崇。再說這位木叉毱多大概也是個恃才傲物的人物，所以他見玄奘前來拜訪，只是以一般的客禮相待，並不認爲他對佛學會有什麼了不起的見識。因此，就對他說：

此土《雜心》、《俱舍》、《毗婆沙》等一切皆有，學之足得，不煩西涉受艱辛也。

意思是說：佛教的經典，如《雜心論》、《俱舍論》、《毗婆沙論》等，我這兒都有，如果你在這裡能把它們都學好的話，就已經很受用了，沒有必要再往西去受那種苦。

聽了木叉毱多的話之後，玄奘的回答很有意思，他既不說自己學過那些經，也不說自己沒有學過那些經，而是直接發問：

此有《瑜伽論》不？

玄奘所說的《瑜伽論》是一部佛經，全名叫《瑜伽師地論》，又名《十七地論》。在古代的印度，大家普遍相信它是由彌勒菩薩口述的一部經。在玄奘心目中，這部經在佛學上的地位是至高無上的，猶如皇冠上的一顆明珠。他到印度去求法，主要的目的就是在於尋找這部經。

對於玄奘提出的問題，我們當然可以作出兩種猜測。第一種，玄奘確實是在虛心求教。他到了龜茲這麼一個比較大的西域國家，又遇見一位留學印度二十多年，在當地聲望非常高的高僧，他是眞心想問問，您這裡有沒有這部《瑜伽論》。第二種，就是玄奘已經開始採用一種辯論技巧，先跳出對方的知識系統，不落入他的圈套。從道理上講，我認爲玄奘還是虛心請教的可能比較大。而木叉毱多對於這個問題的回答則充分反映出他居高臨下的一種氣焰：

何用問是邪見書乎？眞佛弟子者，不學是也。

意思是說：你幹麼要問這麼一部觀點都是錯誤的書呢？眞正的佛門弟子根本不會學這部書。木叉毱多這句話是很不客氣的，同時也說明，他作爲一位小乘佛教的高僧，在對待知識的態度上有欠開放。

〔一部被玄奘奉為佛學經典之作的經書，為什麼在龜茲高僧的眼中卻被視為無用的書？玄奘聽到這樣的回答又會作何反應？在《西遊記》中，唐僧是一個不善言辭的僧人形象，那麼，在現實中的玄奘又會是什麼樣子？〕

這樣的回答當然是出乎玄奘的意料之外的。大家知道，小說《西遊記》裡面，玄奘的形象是比較窩囊的，除了念緊箍咒比較順溜之外，口齒並不那麼伶俐。但是在眞實歷史當中的玄奘，是一個性格非常剛強，絕不輕易認輸的人。因此，他聽到這樣的回答以後，反應當然非常激烈。根據記載，玄奘在聽到這個回答的一瞬間，就對木叉毱多的印象徹底改觀，從原本的尊敬，一下子轉變爲「視之猶土」，也就是說把他當泥土這麼看。這樣一來，他說話當然也就不會客氣了：

《婆沙》、《俱舍》本國已有，恨其理疏言淺，非究竟說，所以故來欲學大乘《瑜伽論》耳。

意思是說：您剛才提到的那些《雜心論》、《俱舍論》、《毗婆沙論》我們中土都有，令人遺憾的是，我覺得它們所講述的佛理比較粗疏淺顯，還不是最高深的。正是因爲這樣，我才想西行求法，去學習《瑜伽論》的。

從中我們可以感覺到，玄奘已經視木叉毱多爲敵體，開始平等地進行對話了。當然，玄奘的厲害還不止於此，他接下來說的話更是直指要害：

《瑜伽》者是後身菩薩彌勒所說，今謂邪書，豈不懼無底枉坑乎？

意思是說：《瑜伽論》乃後身菩薩，也就是未來佛彌勒親口所講，你居然說它是「邪見書」，難道就不怕死了以後掉到深不見底的地獄裡嗎？

玄奘的反問，使得根本沒把玄奘放在眼裡的木叉毱多落入了兩難的境地。因爲他過於托大，口不擇言，犯了罵佛的大罪。對於佛教徒來說，這是不能原諒的。要是否認吧，那就犯了妄語罪，再說旁邊還有別人，以木叉毱多的身分地位，這是做不出來的。但是木叉毱多畢竟不是一般的人物，他馬上見風使舵，顧左右而言他，把話題給扭回來：

《婆沙》等汝所未解，何謂非深？

意思是說：《毗婆沙論》這幾部經典你還沒有完全弄明白，又怎麼能說它不高深呢？

這句話是極沒道理的，等於是栽了玄奘一贓。顯然，木叉毱多對自己的佛學修養信心十足，他當時的心理是，玄奘的反應和口齒都已經領教了，但是總不見得具體到《毗婆沙論》這部經書，我也鬥不過他吧？因此，他把問題轉到自己有把握的一部佛經上，同時也使自己從已經失敗的原則問題上抽身而退。

話說到這個份上，玄奘也有些騎虎難下了。因爲第一，玄奘剛剛出國，他對印度有一種根深柢固的崇拜，這種崇拜有的時候甚至是無原則的。面對這麼一個在印度有非常長久留學經歷的高僧，他心裡多少還是有點犯怵的。第二，玄奘雖然對佛學是下過苦功，但是具體到一部《毗婆沙論》上，他並沒有足夠的把握可以勝過木叉毱多。此時的他既不能講「《婆沙》我不解」，又不能說「《婆沙》我已解」，的確是很爲難。

然而玄奘還是靈機一動，想出了一個好辦法。他先不回答木叉毱多的問題，也來了個反問：

師今解不？

短短的一句話，四個字，包含的意思卻很多：首先，不在你罵佛問題上糾纏，已經讓你一步；其次，稱你爲「師」，表示尊老敬賢之意，同時也把木叉毱多托起來，看你下得來下不來；最後，用問句，看木叉毱多你怎麼回答。

這下實在是把木叉毱多這位高僧給難死了。大家想想，如果他說「我不解」，不行啊，原來自己那麼傲，對玄奘那麼不客氣，自己的身分又是前輩，當著那麼多人的面，豈不羞殺？如果說「換部經」，也不行啊，這可是他自己提出來、自己強調的經啊，玄奘這是在問其所長，所以這也實在說不出口。於是，擺在木叉毱多前面只有一條路了，他只能回答說：

我盡解。

這就等於堵死了一切岔道，而且被迫將提問權交給了後生晚輩，自己成了守方，玄奘則掌握著進攻的主動權。於是，玄奘就從《俱舍論》開始的地方發問。《俱舍論》全稱《阿毗達摩俱舍論》，共三十卷，六百頌，爲小乘向大乘有宗（瑜伽行派）的過渡之作，基本反映了當時流行在迦濕彌羅的說一切有部的主要學說。這部經在中土有幾種譯本，後來玄奘的譯本出來後，講習很盛，成爲一派，叫「俱舍宗」，玄奘的學生還對這部經做過注解。在藏傳佛教中也有譯本和注本。當然，這都是後來的事情。

玄奘是大乘僧，至於瑜伽學派，他還沒有到達印度，自然還沒有來得及學；木叉毱多則信奉小乘學派，而且應該就是說一切有部的。所以，選這部書來進行辯論提問其實對木叉毱多明顯是有利的。但是木叉毱多也不知道是什麼原因，就在玄奘一開始「引《俱舍》初文問」的時候，就露出破綻（發端即謬），也許他還在爲自己「邪見書」的失言耿耿於懷，沒有集中精力，以致又出現了差錯，這種精神狀態於辯論者來說是非常致命的。於是玄奘乘勝追擊，接著連連發問。大家也許都看過或經歷過辯論的場景，那個進行的速度是很快的，問題一個接一個地往下問，直問到你瞠目結舌，來不及應對。這樣一方面可以檢驗辯論者熟練程度，另一方面也可以考驗辯論者的聯想和觸類旁通能力。據記載說，在玄奘的接連問難下，木叉毱多「色遂變動」。至此，可以說木叉毱多已經輸掉了這場辯論，然而他依然不肯認輸並且開始耍賴了。他對玄奘說：

汝更問餘處。

意思就是讓玄奘再問別的地方。於是玄奘再問，這個老爺子還是講不通，可能是之前已經被玄奘的連續發問給弄懵了的原因吧，被逼急了的他再一次口不擇言，居然說：

《論》無此語。

意思就是《俱舍論》裡面根本就沒有這句話。這也等於是在說玄奘胡說八道了。如果換在別的地方，此時在一旁聽辯經的人早就起鬨了，因爲辯輸了還不肯下去的話，實在是太沒有風度了。可是木叉毱多在龜茲的地位實在太高了，一時之間也沒有人敢指責他。然而這一天也活該木叉毱多不走運，因爲當時聽眾當中恰恰坐著這麼一個人，他比木叉毱多的地位還要尊貴。

〔在龜茲國，除了國王之外，誰還會比這位龜茲國第一高僧的地位高？而且不管怎樣，此人畢竟是龜茲國人，玄奘卻是外來的僧人，他就一定會站出來為玄奘主持公道嗎？他的出現會給這場辯論帶來什麼樣的改變呢？〕

就在木叉毱多輸了辯論還在硬撐的時刻，當時正好在座的龜茲王叔智月出來說話了。這個智月因爲出家修行（在當時信仰佛教的國家中，王族出家是很普遍的，而出家的這些人中，有時甚至是王族當中非常出類拔萃的人才。其實歐洲也有類似的情況，歐洲早期的貴族中，也有很多人去當修士），「亦解經論」，也跟著其他僧眾參加了這次會見。聽到這裡，同樣也是高僧的智月就聽不下去了，覺得木叉毱多實在有失龜茲國的體面，於是他亮出自己的王叔身分，站起來告訴大家，玄奘並沒有胡說八道，他問的話在經書裡是存在的。

此時的木叉毱多還是不認輸，因此就只剩下最後一個辦法：把經書拿出來對。要知道古人都是把經典背誦出來的，因此到了把經書拿出來對的時候已經非常狼狽，這與木叉毱多的身分、地位以及威望都已經不太相符了。更何況一對之下，經書中果然有這句話。證據面前，木叉毱多只能找了個無奈的藉口——「老忘耳」。就這樣，玄奘的第一場辯論以大獲全勝而告終。

此後，玄奘還在龜茲停留了兩個多月。他之所以會在龜茲停留那麼長時間，是因爲大雪封路，一時沒有辦法走。從記載上看，玄奘在龜茲的時候，就四處看看，到處走走，好像並沒有把這場辯論的勝利太放在心上。所以他還經常去阿奢理兒寺看望木叉毱多，找他聊聊天。但是那場辯論的慘敗卻給木叉毱多的心靈帶來了巨大的陰影，因此他看到玄奘總是很不自在，對玄奘的態度也變得很恭敬。比如他原本是大模大樣坐著和玄奘說話的，但是現在卻是站著和他對話。有的時候，遠遠地看到玄奘來找他，乾脆就躲起來了，並且私下對別人說：

此支那僧非易酬對。若往印度，彼少年之儔未必有也。

意思是說：這個從中土來的僧人（用於指稱中土的「支那」一詞出自梵文，很早就有了，因此木叉毱多所說的「支那僧」並不含有貶義）不好對付，如果他去印度求學的話，恐怕在他的同齡人當中，還沒有可以跟他過招的人呢。

值得我們注意的是，這麼精采的一場辯論，在《大唐西域記》裡面卻沒有留下絲毫的痕跡，就連木叉毱多這個人都沒有在正文裡面出現過。因此，如果我們光看《大唐西域記》的話，就完全不會知道在龜茲國還曾經發生過這麼一場轟動全國的辯論。我想其中原因可能有二：首先，《大唐西域記》這部書，實際上是玄奘取經回到唐朝以後，唐朝政府命令他寫的，其作用主要是爲政府提供一些境外的資訊，嚴格來講，帶有一定的情報功能。因此，玄奘在書中非常詳細地描寫了他所經過的國家的政治、經濟、文化狀況，包括這些國家中一些比較險要的地理狀況，而較少涉及自己個人的事情。其次，也很可能是後來玄奘自己的佛學修爲又提高了不少，因此當他再回過頭來看當年這場勝利的時候，就覺得不足掛齒了。要知道玄奘在印度曾經參加過全國性的辯論會，他一個人舌戰群僧，在印度贏得要比龜茲漂亮得多。

既然《大唐西域記》裡面沒有記載，前面描述的這場辯論的依據是什麼呢？我依據的是《大慈恩寺三藏法師傳》。這本書是中國傳記文學寶庫中的瑰寶，它是玄奘的嫡傳弟子慧立、彥悰根據平時他們追隨玄奘時的所見所聞寫成的一部傳記。玄奘本人沒有看過這部書稿，它是在玄奘圓寂很久以後才成書，並且流傳開的。也多虧了這本書，玄奘和木叉毱多在龜茲的這場辯論的種種細節和勝負情況才跨過了一千多年的歲月，源源本本地流傳到了今天。

〔那麼，除此之外，玄奘在龜茲期間還留下了哪些珍貴的記載和有趣的描述？在接下來的路程當中，玄奘又遭遇到了什麼？請大家看下一講「一波三折」。〕

第十二講
一波三折

玄奘在龜茲辯經中大獲全勝，卻因為大雪封路不得不暫時滯留在龜茲。這段時間玄奘不僅留心觀察了當地的文化、佛教，還特別記錄下了龜茲大多數人是扁頭這一奇怪現象，這是為什麼呢？

玄奘由於大雪封路而不得不在龜茲停留了兩個月的時間。在這兩個月裡，玄奘到處走走看看，對龜茲做了很深入的觀察，留下了很多關於這個國家的非常珍貴的歷史記載。例如，玄奘在龜茲的時候，聽見當地的老人講，龜茲以前有個國王名叫金花，而這位金花國王在《舊唐書．龜茲傳》裡面也有記載：「高祖即位，其主蘇發勃駃遣使來朝。勃駃尋卒，子蘇發疊代立。」這裡的「蘇發勃駃」（疑當作「駛」）是梵文的譯音，它的意思恰恰就是金花。「蘇發疊」也是從梵文音譯而來，是金天的意思。這就完全可以和玄奘的記載互相印證。

玄奘在龜茲的時候，應該正好是金花的兒子金天在位。這個金天國王，根據史籍記載，在貞觀四年（六三〇年）的時候，還曾經向唐朝獻過馬。再加上玄奘初到龜茲之時，在皇宮裡接受過國王的款待，因此我們可以推測，他和金天打過交道。但是爲什麼《大唐西域記》裡面只記下了金天的爸爸金花這個名字，而沒有留下關於金天的記載？這是一個令我百思不得其解的問題。《大唐西域記》這部書很奇特，雖然它一方面所記載的內容非常精確和清晰，我們可以把它同別的史籍去對照，甚至可以拿它和考古發掘的結果相印證，但是另一方面，它還是留下很多謎。然而不管怎樣，有一點我現在是非常肯定的，那就是這父子倆肯定都是扁頭。

《大唐西域記》記載說，龜茲當地有一種非常特殊的風俗（當然實際上不僅僅龜茲有，在西域的其他地方也有）：「其俗生子以木押頭，欲其匾㔸也。」也就是說，龜茲人以扁爲美，爲了這份美，他們不惜用木板壓迫小孩子稚嫩的小腦袋。我們現在大概很難相信這是歷史上眞實發生過的情況，可是，當地墓葬出土的頭蓋骨和壁畫、塑像等等，都證明了玄奘的說法絕對不是子虛烏有，向壁虛造，而是事實。由此，我們前面所說的金花和金天兩位國王是扁頭，也就不足爲奇了。

玄奘還記錄了龜茲都城西門外的大會場，通往會場道路的兩邊都立有巨大的佛像，高九十餘尺，相當於我們今天四五層樓那麼高。這裡是召開「五年一大會」的地方。這「五年一大會」是一種佛教風俗，也就是我們講的佛教當中非常重要的「無遮大會」，是信仰佛教的國家和國王，在一定的時間之內召集一個大會，到時候高僧雲集。所謂的「無遮」，就是無遮無蓋，就是不管是否信仰佛教，誰都可以來。當然在這期間會有各種各樣的活動，比如講經、辯論、施捨、齋供等等，全部費用都由國王來提供。這個「無遮大會」在漢族地區的歷史上也經常舉辦，不一定是全國性的，有的時候也有地方性的。

玄奘另外還記載說當地每年在秋分前後還有「行像」的風俗，就是說到了某一個特定的時節，要把廟宇裡或者家裡供奉著的佛像抬出來，遊行一圈。其實在漢族地區「行像」的風俗過去也一直有，但是時間是在四月初八，也就是佛誕生的日子（關於佛的誕生日，南傳佛教、北傳佛教、大乘佛教、小乘佛教、藏區佛教、蒙區佛教都有不同的說法）。

但是如果大家以爲玄奘留下的記載僅僅是和佛教有關，對歷史和中外文化交流史、對我們理解我們本身用漢字寫成的史籍沒有什麼幫助的話，那就是大錯特錯了。玄奘不但留心觀察龜茲的佛教狀況，更記錄下很多珍貴的歷史資料。例如，在《大唐西域記》中有這樣一條記載：

管絃伎樂，特善諸國。

也就是講龜茲的管弦樂，在西域諸國裡面是特別出名的，水準特別高。要知道，龜茲一代的音樂，自古以來就非常著名，無論是漢文史籍的記載，還是龜茲周圍的壁畫（比如千佛洞），以及考古發現出土的實物，都完全可以證明這一點。也就是說，可以證明玄奘的記載和判斷。

龜茲音樂對漢族音樂的影響十分深遠，今天完全我們視之爲是我們漢族的傳統音樂裡邊的一些樂器，比如二胡、琵琶等等，毫無疑問都是西域的樂器，甚至像嗩吶，原本也是阿拉伯、波斯一帶的樂器，「嗩吶」壓根兒就是一個外來語，它是從波斯語音譯而來。具體說到龜茲音樂傳入內地的最早的文字記載，出於二十四史之一的《晉書．呂光載記》。據記載，太元九年（三八四年），呂光討伐龜茲，把龜茲的音樂人才帶回到了涼州（在古代，文化交流的一個重要的形態，或者說是載體，其實往往是殘酷的戰爭。這也凸顯出玄奘的重要價值，因爲他是以非常和平的、個人化的西行求法的行爲，在人類文化交流史上寫下了極其濃厚的一筆。這種情況並不多，法顯、玄奘、馬可波羅等是屈指可數的幾個人）。

就是在涼州這個地方，龜茲音樂和當地的民樂相互激蕩交流，形成了非常重要的西涼音樂，這種音樂在北魏和北齊期間大爲流行，無論在宮廷還是民間，都已經成爲一種主要的音樂形式。我們知道，隋朝和唐朝在制度、文化方面，有好多地方是繼承了北魏和北齊的，所以西北一角由於受到龜茲音樂的巨大影響，而形成的一種原本是地方性的音樂，隨著隋、唐大一統王朝的興盛，慢慢地成爲了我們漢民族的一種主要的民俗音樂。當時的音樂家，如琵琶大師曹妙達，就是龜茲人。還有著名的蘇祇婆，他的「七調」音樂理論也非常深刻而久遠地影響了我們漢族音樂。由此可見，玄奘記載說龜茲國「管絃伎樂，特善諸國」，也是相當準確可信的。

龜茲當然是非常迷人的，但是這絕對不會使玄奘放慢西行的腳步，因爲在他的心目當中，最神聖的地方是印度。因此等到大雪過後，道路再次暢通之時，玄奘就又出發了。大家知道，西域的險要除了險峻的自然環境以外，還有它非常特殊的政治格局。西域諸國基本都是綠洲國家，但是從一個國家到另一個國家之間，往往會有幾百里無水無草的荒漠，而這塊地方基本上是無人管轄的「三不管」地區，經常會遇到盜賊。果然，玄奘離開龜茲兩天以後，就遇到了一夥賊。

〔終於可以離開龜茲的玄奘繼續前行，不料卻遇到了大批的強盜。一方是兵強馬壯，虎視眈眈的悍匪，而另一方就是帶著大筆盤纏、手無縛雞之力的玄奘。強弱差距如此之大，玄奘又是如何逃脫險境的呢？〕

玄奘遇見的那批強盜是突厥強盜，總共有兩千多人，而且還都騎著馬，幾乎相當於一支軍隊了。玄奘剛剛帶著高昌國王給他的一百兩黃金、三萬銀錢、五百匹綾絹，又路過龜茲國，龜茲國王也不會少給他布施，因此，在這群強盜眼中，玄奘儼然成了大財主。但這群強盜先不下手，因爲他們覺得玄奘已經是甕中之鱉，所以就先商量著怎麼分玄奘的東西。可能是由於商量不出讓每一個人都滿意的分贓辦法，說著說著就自己打起來了，而且還越打越遠，最後居然就把玄奘給留在那兒了，玄奘這才撿回一條命。

玄奘接著往西走了六百多里，穿過一個小沙漠，到了跋祿迦國，也就是今天的新疆阿克蘇，他在此地停留了一天，略事休息。再往西三百里，又穿過一個小沙漠，就來到了凌山腳下，也就是蔥嶺的北麓。這裡既是交通要道，卻又非常艱險。凌山是著名的冰山，海拔七千多公尺，險峻異常，常年積雪，很難通行。季羨林先生在《大唐西域記》注釋中說，這裡「危徑一線，攀登艱難，行旅跋涉，困頓萬狀」。用「死亡之地」來形容它一點也不過分。《大慈恩寺三藏法師傳》對玄奘在這段時間形成的記錄是：「復無燥處可停，唯知懸釜而炊，席冰而寢。七日之後方始出山。」意思是說：那裡找不到一個乾燥的地方可以停留，連壘一個灶都壘不起來，只能把鍋子吊起來，底下點上柴火做飯，睡覺時也只能躺在冰上。就這樣，一共經過七天，玄奘一行人才走出了冰天雪地的凌山。他們在這個地方的損失也是慘重的，據記載，和玄奘一起來到凌山的人中「十有三四」沒有能夠熬過這一段路，當然這些人包括從高昌帶過來的很多隨從，可能還有一些和他一起結伴走的商人。至於牲口的損失，那可能就遠遠超過這個比例了。

玄奘走出凌山之後，繼續往西約行走了四百多里，就是大清池。它另外有兩個名字——熱海、鹹海。它叫「鹹海」是可以理解的，因爲它是個內陸湖，那裡的水又苦又澀。至於「熱海」這個名字就有點意思了，因爲那湖水的溫度只不過是不結冰而已，絕對不是熱氣騰騰或者有溫暖的感覺的。其實這個地方就是著名的伊克塞湖，它在同治三年（一八六四年），由於中國和當時的俄國簽訂了《中俄勘分西北界約記》，才脫離中國的管轄。今天在俄羅斯境內，也是個旅遊勝地。

由於玄奘沒有辦法渡河，所以只能繞著湖走，差不多向西走了五百多里之後，到達了碎葉城。這裡一度是唐朝的安西四鎮之一，六七九年，王方翼曾在此地築過城池。可是，這都是在玄奘來過這裡之後很久的事情了。玄奘到達的時候，這裡應該還比較荒涼。碎葉城的遺址今天已經被發現了，就在今天俄羅斯的托克瑪克境內。玄奘並沒有把在碎葉城的經歷記錄在《大唐西域記》中，而是僅僅用了四十四個字簡短寫下了這裡的風貌。那麼爲什麼我會不厭其煩地在這裡跟大家介紹這座遙遠的城市呢？

因爲它極有可能是李白的故鄉。關於李白的出生地有很多爭論，甚至也有人提出過，李白到底是不是漢人？很多人認爲他已經得到了漢文化的精髓，他的作品也已經是漢民族精神的組成部分，因此他不可能生在遙遠的西域。對於這種說法，我個人持懷疑態度。因爲碎葉城應該是許多民族混居的地方，李白的血統當中流淌著漢族的血液，但是並不一定是純粹的漢人。我們過去的文學評論家講到杜甫的時候，說他的詩是「詩史」，這是有道理的，因爲他的作品中有非常濃厚的漢民族憂患意識。而李白的詩歌則具有驚人的想像力，他匪夷所思的筆觸，甚至帶有詭異的色彩，難道他的出生地在這當中就沒有貢獻嗎？倘若他生活在這麼一個奇異的地方，對李白詩風的形成難道就沒有作用嗎？我想這肯定是有的。

我們再回過頭來說玄奘，他在這裡遇見了強盛的突厥王朝可汗——葉護可汗。

〔玄奘遇到了西域最強國的統治者葉護可汗，幸好高昌王早就給葉護可汗準備了厚禮，並且寫了一封信，懇求葉護可汗幫助玄奘走出西域，那麼葉護可汗能如願幫助玄奘嗎？而玄奘和突厥可汗的一番對話竟釀成了一個千古誤會，這是一個怎樣的誤會？玄奘在這裡又有著怎樣的遭遇？〕

我們知道，作爲一個游牧民族，突厥王朝基本上是馬背上的一個朝廷，他們不是固定駐紮在一個地方，而是經常會移動。游牧民族總是逐水草而居，隨著水草的豐盛與否，隨著氣候的合適與否，不斷搬動自己的行政管理中心。當玄奘到達碎葉城的時候，恰好葉護可汗也在那裡，因此兩人就碰上了。

葉護可汗見到玄奘後非常高興，說：「暫一處行，二三日當還，師且向衙所。」這裡的「一處行」可不是一般的一起走，而是給玄奘的一種特殊的禮遇。葉護可汗派官員先把玄奘送往可汗衙安置好，自己接著打獵。三天後，可汗打獵回來，將玄奘請到自己居住的大帳篷裡。這也不是一般的帳篷，而是「金華裝之，爛眩人目」。達官貴人在可汗前列成兩排侍坐，後邊還站著拿著武器的警衛武士。這樣的排場，讓已經很見過世面的玄奘也不由得心生讚歎：「雖穹廬之君亦爲尊美矣。」

根據玄奘的觀察和記載，突厥不使用木器，只是在帳篷裡的地上鋪上厚厚的地毯，席地而坐。我們今天在一些游牧的少數民族那裡還是可以看見這種情況的。《大慈恩寺三藏法師傳》對於這一現象的解釋是：「突厥事火不施床，以木含火，故敬而不居。」不過，葉護可汗爲了表示對玄奘的尊敬，專門爲他準備了一把鐵交床，上面鋪設厚厚的坐墊，請他舒舒服服地坐下。玄奘當然要首先引入使者，呈上高昌王的書信和禮物。有人自遠方來進貢，表示臣服，可汗當然是非常高興，不僅請使者坐下，而且還奏樂設宴，款待來人。玄奘當然不會去跟他們喝酒吃肉了，只吃了點果物餅飯。這一路，特別是穿越中亞的廣闊區域時，幾乎沒有看見玄奘吃今天我們講的綠葉菜的記錄，替代物主要是果品，當地的物產情況就是如此。在小說《西遊記》裡面，孫悟空主要忙的工作之一就是找果子，而不是摘菜，或許也是這種情況的反映吧。

玄奘當然還應可汗的請求，簡單地說法。停留了幾天後，玄奘準備繼續他西行求法的征途了。可汗很是友善，在軍隊裡尋找通曉漢語和西域各國語言的少年，封他們爲官，一路相送。照例還有豐盛的施捨，並且率領群臣送出十餘里。有趣的是，葉護可汗在玄奘決定動身時，勸玄奘說：

師不須往印特伽國，彼地多暑，十月當此五月，觀師容貌，至彼恐銷融也。其人露黑，類無威儀，不足觀也。

大家知道，在此之前，我們聽到的都是「婆羅門國」、「西天」，而這裡首次出現了「印特伽」這個名字，就發音而言，似乎和「印度」很接近了。那麼，「印特伽」後來怎麼就變成「印度」了呢？大約十八年前，我讀到了葉護可汗的這段話，感覺找到了解開「印度」這個國名的來源之謎的鑰匙。當時我才二十歲出頭，不知道天高地厚，就埋頭做了些研究，似乎解決了這個問題，說來也確實是有意思。

我們知道，在隋、唐以前，漢語中用來稱呼南亞次大陸那個神祕國度的名詞並不統一，相反，很是雜亂，最常見的就有「身毒」、「天竺」。而當時中亞、西域流行的各種各樣的伊朗語，倒是比較一致，大體上都是 hindu、indu，大概都是從 indus（印度河）來的。今天西方語言的 India、Indien 都是從這裡來的。但是也都是模糊的，不那麼明確。

玄奘在這個問題上的看法也是混亂矛盾的，他在《大唐西域記》卷二中有一段話：

詳夫天竺之稱，異議糾紛，舊云身毒，或曰賢豆，今從正音，宜云印度。印度之人，隨地稱國，殊方異俗，遙舉總名，語其所美，謂之印度。印度者，唐言月。

這段話在邏輯上是有矛盾的，但一千多年來大家居然就不加深究，讓它溜過去了。玄奘的意思是說：印度的居民是沒有一個統一的國名的，那些遙遠地方的人，才模模糊糊地說個大致的總名而已，爲了形容它的美，叫它「印度」。這可就奇怪了，「印度」明明是玄奘才開始使用的啊，而且「印度」的意思居然還是「月亮」。

這是玄奘自己也沒有弄清楚的一筆糊塗帳。那麼，玄奘是怎麼把自己搞糊塗的呢？

原來，他是從突厥的葉護可汗那裡聽說「印特伽」的，這個詞應該是突厥語的'n'tk'k、'ntk'k或'ntk'，而突厥語裡的這個詞應該來自吐火羅語的 Yentu Kemne。玄奘腦子裡印著「印特伽」，帶著這個先入之見到了印度，卻無法也不可能找到國名通稱，自以爲發音相近的「印度」就是對應的國名了。而「印度」的梵文是 indu，意思就是「月亮」。玄奘大概以爲，在炎熱的印度，月亮難道不是大受歡迎的嗎？難道不美嗎？可是，極度崇拜印度的玄奘忘了，或者就是故意歪曲了，在突厥葉護可汗勸他的那段話中，哪裡有一點點「印特伽」很美的意思呢？

於是，沿用到今天的「印度」就這樣被玄奘糊裡糊塗、莫名其妙地「翻譯」或者說「弄」了出來。玄奘的威望太高了，所以，一般不會有誰提出異議，誰都沒有去質疑他的說法。

實際上，唐朝另一位也去過印度的著名求法僧人義淨法師，就對玄奘的說法很不以爲然。他的《南海寄歸內法傳》雖然名氣比不上玄奘的《大唐西域記》，其價值卻實在不遑稍讓。在卷三「師資之道」下，他就暗暗地點了一下玄奘的穴道：

其北方胡國，獨喚聖方以爲呬度。呬音許伮反。全非通俗之名，但是方言，固無別義。西國若聞此名，多皆不識，宜喚西國爲聖方，斯成允當。或有傳云，印度譯之爲月，雖有斯理，未是通稱。

印度人（我們今天也只能這麼用「印度」了），只是用神話裡的一些名字來形容自己生活的那塊土地，比如「瞻部洲」、「聖方」、「主處」。可見義淨的意見是符合歷史事實的，所以也是正確的。義淨畢竟也是一個得道高僧，他不直接點出玄奘的名字，只是說「或有傳云」，而且還說「雖有斯理」，是夠厚道的了。其實，玄奘在這個問題上根本沒有「理」可講。玄奘做的類似的事情還很不少，當然，這些絕對不足以影響玄奘作爲中國歷史上著名高僧的崇高地位。

儘管如此，我們今天還是可以心安理得地使用「印度」這個譯名，已經約定俗成了，就不必再去改變了。我之所以在這裡費那麼多口舌，是因爲玄奘畢竟是去「印度」求法的，我們應該把這個國家的中文名字的來龍去脈弄清楚。

〔玄奘離開碎葉城後，繼續一路西行，他又會有什麼樣的奇遇呢？請看下一講「化敵為友」。〕

第十三講 化敵爲友

玄奘離開碎葉城後，又經過了好幾個小國家，然後來到了位於西域中部信仰拜火教的颯秣建國，這裡有用火驅趕佛教僧人的傳統。玄奘在這裡會有什麼樣的遭遇呢？

玄奘離開碎葉城後，繼續向他的目的地行進，在經過了好幾個小國家以後，玄奘的腳步又停留在一個比較重要的國家——颯秣建國。在我們的漢語史籍當中，這個國家更爲著名的名字是康國。今天漢族裡很多姓康的人的祖籍，應該就是在這裡，這是有歷史依據的。玄奘到達颯秣建國，也就是大致今天的撒馬爾罕的時候，這個地方正處於鼎盛時期。在那麼遙遠的一個地方，居然這個城市的內城東門叫做「中國門」。

玄奘在《大唐西域記》裡面，留下的關於撒馬爾罕的記載非常珍貴，因爲這個城市被蒙古大軍摧毀以後，除了考古發掘出來的東西，它的古代史相對而言文字記載就不多了。而玄奘在它的鼎盛時期到達那裡，記下了自己的觀感：「異方寶貨，多聚此國」（非常遙遠地方的各種珍寶和貨物都彙聚到這裡，這已被當地的考古發掘充分證明了），「機巧之技，特工諸國」（當地的手工藝技術，是其周圍地區中最好的，就像龜茲的音樂在西域諸國裡是最好的一樣），「風俗猛烈……其王豪勇，鄰國承命，兵馬強盛，多諸赭羯。赭羯之人，其性勇烈，視死如歸，戰無前敵」（這個國家的風俗非常剛烈，非常勇敢，他的國王尤其了不起。「赭羯」的意思是猛士、勇士、戰士，說這個國家盛產戰士，視死如歸），最重要的是「凡諸胡國，此爲其中，進止威儀，近遠取則」，中亞地區有那麼多國家，颯秣建國在中間，遠近諸國都去模仿它的行爲和威儀，所以這是一個帶有示範性的中亞國家。

照這麼說來，這裡應該是一個非常理想的停留之地，可以讓玄奘停下他匆匆的腳步，調整他遠途跋涉後疲憊的身心。然而，事實卻並非如此。

〔作為一個帶有示範性的文明古國，颯秣建國為什麼不能成為玄奘理想的休息地呢？玄奘在這個地方遇到了什麼麻煩？」

颯秣建國雖然很強盛，又有那麼多異方寶物，出產駿馬和勇士，周圍各國都要向它學習，但這個地方從國王到百姓都不信仰佛教。他們信仰什麼呢？「事火爲道」，他們跟突厥可汗一樣，崇拜的是拜火教，崇拜火、崇拜光明。這裡的人都不是佛教徒，有兩所寺廟，但卻沒有僧人居住。當地有一種非常奇怪的傳統：如果有信仰佛教的僧人到來，住到廟裡的話，他們就要放火驅趕，因爲在他們心目當中，佛教是愚暗，於是要放火驅散邪惡。在這樣的情況下，玄奘當然不可能從這個國家那裡，得到他一路上幾乎已經習慣了的熱情接待。據《大慈恩寺三藏法師傳》記載，當玄奘剛剛到達的時候，國王的接待很簡慢（法師初至，王接猶慢），不把他當回事。以前一路過來，得到消息的國王都會到東門口，率領僧俗大張旗鼓地歡迎玄奘，這個國王沒有這樣做。儘管這樣，玄奘是從突厥王朝的葉護可汗那兒來的，可汗還在自己的軍隊裡尋找通曉漢語和西域各國語言的人才，讓他們一路護送玄奘往前走，所以颯秣建國雖然厲害，但看在葉護可汗的面子上，這個國王還是接見了玄奘。這個國家本來就不信仰佛教，對佛教也沒有善意，如果是一般人的話，國王反正也接見了我，我補充點糧食和水果，換點馬，再打點水就可以走了，而玄奘沒有。玄奘不是這樣的人，也不是這樣的性格，他絕不會輕易放棄感化一國國民、感化一國國王，使其皈依佛教的這麼一個機會的。

放在今天，玄奘絕對是一個公關高手，他非常善於尋找朋友，更善於化敵爲友，善於把一切不利於他求法事業、弘揚佛法的力量，轉化成對他的事業有幫助的力量。在來這兒之前，他處理和突厥葉護可汗的關係就非常成功。葉護可汗原本不信佛教，也是一個拜火教徒，但最終受到玄奘人格的感化，開始支持玄奘，並派人護送他西行。到了颯秣建國，玄奘利用國王款待自己的大好時機，對這個國王展開了強有力的弘法工作。玄奘本身是一個非常偉大的佛教教育家，在佛教歷史上，本來就強調用各種方式來弘法，玄奘深諳此道。從這個角度看來，玄奘是一個懂得因材施教的優秀教師，絕不像電影《大話西遊》裡的那個唐僧，嘮嘮叨叨，言不及義。現實歷史當中的玄奘，絕不是這麼一回事。最終，颯秣建國國王被感動了，最起碼短暫地折服了——不一定是被佛法所折服，而是被眼前這位來自遙遠東方的中國求法僧的風範、魅力所折服了，國王「歡喜請受齋戒」。齋戒是佛教的一種儀軌，他開始按照佛教的禮儀敬事，按照佛教的規矩生活。這可能是短暫的，但至少國王被折服了，於是對玄奘「遂致殷重」，也就是說，他對玄奘的態度逐漸變得殷切和尊重起來。

儘管玄奘折服了國王，但仍然無法改變颯秣建國整個國家的信仰，而此時的颯秣建國卻發生了拜火教徒與佛教徒的衝突。玄奘巧妙地化解了這件事情，這不僅證明了玄奘對國王做的思想工作對佛教的弘揚有好處，也展現了玄奘人格的另一方面：他不僅僅是一位僧人，作爲一名社會人，他在處理問題、擺脫困境、化解矛盾方面，有著超凡出眾的能力。

原來，跟玄奘同道而來的還有兩位僧人，這兩個小師父不像玄奘那樣有宗教敏感性，而是按照佛教的老規矩來辦事。他們到了颯秣建國，一看那裡有兩座廟，就去燒香禮佛，結果被一幫拜火教徒放火驅趕。這兩位小師父又驚又怕，趕緊跑來跟玄奘說，讓他向國王反映這件事。前面已提到過，按照拜火教事火的做法來驅趕僧人，是這個國家的傳統習慣，就算國王沒有提倡這種行爲，最起碼也是默許的。但現在的情況不一樣了，颯秣建國的國王受到了玄奘的感化，所以聞報大怒，下令把放火的人給抓起來，然後國王召集都城的百姓，下令要砍去這兩個放火人的雙手。這在一向崇尚拜火教的颯秣建國是前所未聞的，估計當時給民眾帶來的震動非常大。

在這個時候，一般人也許會認爲這是繼續推廣佛法的好機會，至少不會去阻止國王的處置。但是，寬宏大量的玄奘卻沒有這樣做。首先，玄奘是虔誠的佛教徒和得道的高僧，這種血淋淋的毀人肢體的刑罰他不會認可。第二，他有自己的考慮，勸說國王不要對這兩個放火的人施以如此嚴酷的刑罰，將使得在場的人都能切身感受到佛法的寬宏大量和慈悲爲懷，這也是宣揚佛教非常好的機會和方法。於是，國王聽從了玄奘的勸告，免去縱火者的砍手之刑，就每人打幾棍子，然後趕出都城了事。到了這個節骨眼上，玄奘不勸了，他處理事情是非常有理有節的，因爲同時也要考慮國王的權威，顧及國王舉動的象徵意義。況且，他已經做到移風易俗了。由此可見，玄奘在處理這種世俗事務方面是非常精明能幹的。那麼這樣的一種處置，帶來的是什麼效果呢？

自是上下肅然，咸求信事，遂設大會，度人居寺。其革變邪心，誘開矇俗，所到如此。

也就是說，自從這件事情以後，國中上下肅然，大家再也不對路過的僧人採取這種放火驅趕的激烈行爲，而且開始度僧居寺，就是國王開始剃度僧人，讓他們居住在這兩座寺廟裡。整個颯秣建國宗教信仰的風俗，以這件事情爲標誌，發生了一種很微妙的變化：佛教在這裡站住腳，不僅沒有人去驅趕僧人，而且剃度僧人，居住到這個寺裡面，佛教的住持、僧團在當地扎根了。

〔離開颯秣建國之後，玄奘來到了古代的大夏這一塊地方，並在這裡遇到了一場人倫的慘劇。

而這場悲劇的發生，也對玄奘的西行產生了一定的影響。那麼，這是怎麼一回事呢？」

玄奘繼續往印度趕路，他在經過了四五個小國家之後，又往西南走了三百多里，到達了羯霜那國。這個國家一直是有的，也就是漢語史籍當中記載的史國，漢族當中很多姓史人的祖籍應該就是在這裡。玄奘在這裡並沒有留下非常豐富的記載，因爲這個城市在當時還沒有完全建成，玄奘就匆匆地經過，進入了帕米爾高原的西部地區，從山裡面穿山越嶺，到達了鐵門。

鐵門是西突厥的一個要塞，它就在今天烏茲別克的南部，是古代中亞到南亞的交通要道。出了鐵門，玄奘就到達了覩貨邏國。這個國家就是西漢時期著名旅行家張騫曾經到過的大夏，用玄奘《大唐西域記》的話說，這塊地方「南北千餘里，東西三千餘里，東扼蔥嶺，西接波剌斯（即波斯），南大雪山，北據鐵門」。這塊地方在當時是一個文化交流最集中的地方，人類歷史上兩大璀璨的文明——印度文明和伊朗文明在這裡交匯，也是東西方文化交錯的地區。但是玄奘到達這裡的時候，已經是盛況不再了。大夏不再強盛，這個方圓幾千里的地方分裂成幾十個國家，其中的小國家和小城邦都臣服於突厥。玄奘抵達了這幾十個國家當中的一個小國——活國，也就是今天阿富汗的昆都士，並且在這裡遭遇了一場慘劇。按照漢族的倫理觀來看，這簡直是一場人倫的慘劇。

這件事一開始的時候，完全是一件讓人非常快樂和意想不到的事情——玄奘在活國遇見了葉護可汗的長子。這位長子叫呾度，史籍上稱爲「呾度設」。「設」是個官名，別部統兵長官的意思，就是統帥這個部落的長官叫「設」。這可以說是故人之子了。玄奘跟那個葉護可汗相處得很愉快，而且隨行到這裡的，應該還有葉護可汗派出的那些通曉西域各國語言的官員，這原本是一件讓人很開心的事情。

更讓人高興的是，這個咀度設還是高昌王的妹夫，那就跟玄奘也有親戚關係了，因爲玄奘認了高昌王爲王兄，玄奘等於也是他的小舅子。在充滿艱險的漫漫旅途當中，還有比這樣的事更讓人寬慰和高興的嗎？問題是，玄奘到達的時候，咀度設的夫人，也就是高昌王的妹妹剛剛去世，當玄奘把高昌王的信給咀度設的時候，咀度設一下悲從心起，便嚎啕大哭。看來，這個咀度設和夫人的感情是非常好的。而根據記載，咀度設當時又身患重病，大概是因爲他的這個夫人剛剛去世，心情悲痛，自己正好又在重病之中，於是對玄奘說：「弟子見師目明，願少停息。若差，自送師到婆羅門國。」（法師您從高昌這邊一路過來，我看見你眼爲之一明，心情一下子好多了，請您在這裡稍微停歇一下，如果我稍微好一點的話，將親自送您到婆羅門國。）這是一件多麼好的事情啊！因爲咀度設不是一般人，先撇開他是活國的國王不說，他還是葉護可汗的長子，如果由他親自送到印度，玄奘這一路會少很多麻煩，西行求法之路也會平坦得多。這個時候，好像老天也有意來幫助玄奘，從印度來了一位梵僧，來爲咀度設念咒。印度的傳統當中有各種各樣的咒，比如咳嗽時讓人念個咒，叫咳嗽飛掉。這個梵僧非常擅長此道，爲咀度設誦咒之後，咀度設的身體也的確好轉了。

但是，咀度設的身體好轉以後，並沒有馬上履行他對玄奘的承諾，親自送他到印度去，而是忙著做了另外一件事情。什麼事情呢？再結婚，又娶了一個比他年輕很多的娘子。從史籍留下來的蛛絲馬跡來判斷，這個咀度設起碼有過三次婚姻。第一次不知道夫人是誰，但是留下了一個兒子，這個時候已經長大成人。第二次婚姻就是跟高昌公主，也留下一個兒子，這個兒子還年少未成人。第三次就是這個小娘子了。誰也沒有料到，就是這次婚姻，給咀度設帶來了殺身之禍，大兒子串通小娘子，用毒藥把咀度設給毒死了。這個在歷史記載當中很明確，咀度設被毒死之後，這個大兒子自立爲設，還娶了小娘子爲妻。按照漢族人的想法，這裡面肯定有姦情，其實倒也未必，因爲當時很多的西部民族有收繼婚的風俗，就是父死收繼後母，兄死收繼長嫂，不足爲怪。

在這種情況下，呾度設送玄奘到印度的承諾，當然是無法兌現了。無奈之下，玄奘只能繼續在活國逗留。逗留期間，玄奘倒也並不是一無所獲，他遇到了一位叫達摩僧伽的高僧，他曾經在印度留過學，在蔥嶺以西有著非常高的聲望。疏勒和于闐在當年都是佛教的重鎮，但是這兩個國家的僧人居然都不敢和達摩僧伽對談！玄奘一路上從來不會放過任何學習的機會，但是考慮到這些胡人高僧的性格和做事方式難以琢磨，於是就輾轉託人先去了解一下，達摩僧伽到底精通哪些經典和學說。誰知道這一打聽，首先惹惱了達摩僧伽的眾多弟子：你玄奘不直接上門來請教，反而輾轉打聽這些東西！達摩僧伽倒頗有點氣度，畢竟是一代宗師式的人物，他的回答充滿了自信：「我盡解，隨意問。」這話的意思非常明確，佛教的各種學說和經典我都能理解和解說，請你隨意來問。玄奘心懷厚道，他知道達摩僧伽是不修習大乘的，就以小乘經典發問，而對方的回答和解釋並不怎麼樣，有諸多破綻。辯經失敗以後，達摩僧伽服氣了，也非常難得，不僅和玄奘相見歡喜，還到處爲玄奘揚名，說他比自己高明（處處譽贊，言己不能及）。

〔玄奘在西行求法路上，經歷了好幾次與高僧的辯經，卻始終沒能解開他在佛學上的諸多困惑。看來只有到佛教的發源地印度，才能求得最高最完備的佛法。但要去印度，就必須獲得國王的幫助。當玄奘請求活國的新國王時，新國王的一個建議，竟使得玄奘沒有立刻趕往他一心嚮往的印度，這是為什麼呢？〕

玄奘的目的地當然是印度，在活國的短暫停留是無可奈何之舉。他的那位故人之子呾度設已經不幸去世，玄奘猶豫了半天，還是去找了這位毒死呾度設的新國王，請求他派出使者，提供馬匹，以便他繼續往印度前行。這位新國王的確也很不錯，不僅按照玄奘的要求提供了各種各樣的幫助，而且還很善意地建議玄奘，在去印度之前先到附近的一些地方去看看，比如他屬下就有一個縛喝國，這個國家有「小王舍城」的名聲（王舍城是當時印度一個非常著名的大城市，以經濟繁榮、宗教發達著稱），聖跡很多，而且也順路。正巧，縛喝國有幾十個僧人來參加呾度設的喪禮，玄奘於是就和他們結伴而去了。

縛喝國其實是古代歷史上著名的大夏的都城，我國的《史記》、《後漢書》中稱它爲藍氏城，希臘羅馬作家如希羅多德、斯特拉波等在著作中也提到過它。縛喝國並不大，但寺廟有一百多所，僧人三千餘人，可見佛法很興盛。玄奘在這裡遊歷，留下了非常珍貴的記載。這裡有一座非常著名的寺廟，叫納縛僧伽藍，意思是新寺。這是一座美麗的寺廟，裡面藏有大量的珠寶，有毗沙門天像守衛著。傳說葉護可汗有個兒子叫肆葉護可汗，他率領大軍前來劫寶，在離此不遠的地方安營紮寨，夜裡就夢見了毗沙門天，對他喝道：「汝有何力，敢壞伽藍？」還用長戟刺穿了他的胸背。驚醒過來後，肆葉護可汗心口疼痛不已，儘管趕緊懺悔，不久還是死去了。

在這座廟裡，玄奘還遇見了同樣前來禮敬佛跡的般若羯羅，這是一位傑出的小乘學者，名滿印度，和玄奘一見如故，「相見甚歡」。玄奘遇到了這樣一位值得請教的高僧，乾脆就停留了一個多月，跟從般若羯羅研究佛典。同時，玄奘還和那裡另外兩個有學問的僧人達摩畢利、達摩羯羅交上了朋友，共同研討。

玄奘魂牽夢縈的是印度，當然是一心一意想早點趕到心目中的聖地。但是在我們的歷史記載當中，玄奘在這裡出現了一段停頓，因爲他的聲名越來越大，不停地有別的國家，或者當地的君主邀請玄奘去巡禮拜佛。玄奘爲了增廣見聞、長進知識，也就接受了這些邀請。玄奘一路巡禮佛跡、一路求學，不但吸收了沿途各國的佛學長處，也爲他以後在印度的辯經中博得最高的聲名打下了基礎。

〔然而，從那裡到印度還有一段遙遠而艱險的路程，在真實的歷史中，玄奘並沒有神通廣大的徒弟一路相助，那麼他是如何越過接下來的一個個險峰的？他在西域小國又有著怎樣的見聞呢？請看下一講「走進印度」。〕

第十四講　走進印度

玄奘一步一步走近了心中的聖地印度。一路上，玄奘見到了著名的巴米揚大佛，並留下了彌足珍貴的記載。又在迦畢試國住進了一座叫做質子伽藍的寺廟。玄奘在質子伽藍的這段時間，還發生了哪些傳奇的故事？離開質子伽藍後，玄奘終於進入了古印度的疆界，玄奘在這個文明古國都觀察記載了哪些有趣的事情？

玄奘從縛喝國往南進入揭職國，這個國家大致在今天的阿富汗境內，玄奘也沒有留下太多的記載。再往東南穿越興都庫什山的伊拉克斯奇山，玄奘給了它一個名字叫「大雪山」，大概他一路經過這樣的雪山實在是太多了，所以並不太關心這座山叫什麼名字，但在《大唐西域記》裡，玄奘用了一段非常乾淨漂亮的四字句來形容這段旅程的艱險：「山谷高深，峰岩危險，風雪相繼，盛夏合凍，積雪彌谷，蹊徑難涉。山神鬼魅，暴縱妖祟。群盜横行，殺害爲務。」這段路有六百里，玄奘穿越了它過後，進入了一個很著名的國家——梵衍那國。

梵衍那國本身就在雪山之中，是一個重要的佛教聖地，也就是今天阿富汗首都喀布爾西部約一百餘里的巴米揚城。玄奘在此逗留了半個月，留下了彌足珍貴的記載。梵衍那國無論是貨幣、文字、風俗、教化和居民的相貌，都和前面的覩貨邏國接近，這和後來的考古發掘和歷史研究是相吻合的。《大唐西域記》記載說這個國家「淳信之心，特甚鄰國，上自三寶，下至百神，莫不輸誠竭心宗教」，「伽藍數十所，僧徒數千人，宗學小乘説出世部」。所謂「説出世部」，是小乘佛教十八部派之一，其中心就在這個地方。這裡當然有很多著名的寺廟，玄奘都去禮佛，留下了記載。最爲重要的是，玄奘留下了關於舉世聞名的巴米揚大佛的記載：

> 王城東北山阿，有立佛石像，高百四五十尺，金色晃曜，寶飾煥爛。東有伽藍，此國先王之所建也。伽藍東有鍮石釋迦佛立像，高百餘尺，分身別鑄，總合而成。

玄奘特別注意到當地的兩尊大佛。一尊高一百四五十尺，是在山上摩崖雕刻的石佛，這就是舉世聞名的巴米揚大佛。這個佛大家應該都非常熟悉，不久以前被人爲地毀掉了。另外一尊是銅佛，它是分身合鑄的，玄奘注意到了它的技術細節，因爲這個佛太大，必須把各個部位分開鑄造再合成。玄奘關於這兩尊佛的記載可以和波斯的《世界疆域志》相互印證，這是非常精采的一件事。《世界疆域志》中提到當地有兩個佛，一個叫紅佛，一個叫白佛，就是指一個銅佛和一個石佛。

離開了梵衍那國，玄奘往東又進入了茫茫的雪山，不料卻迷路了，幸虧得到山裡獵人的指引，玄奘才脫險，而前面就是黑嶺了。黑嶺是中亞胡族和印度的分界嶺，這是按照當時的地理和文化概念講的，不是按照今天現實的政治地理講的。在當時人的心目當中，翻過黑嶺就是離開了中亞胡族的部落和地區，從而進入了印度——這對玄奘當然是有里程碑意義的。

這一帶是中亞和印度交匯的一個模糊地帶，其中還有一個不小的國家，叫迦畢試國。玄奘在《大唐西域記》裡對這裡的記載非常翔實可靠，他說這個國家「北背雪山，三陲黑嶺」，出產好馬和鬱金香。玄奘對這裡的國王讚美有加：「有智略，性勇烈，威懾鄰境，統十餘國。愛育百姓，敬崇三寶，歲造丈八尺銀佛像，兼設無遮大會，周給貧窶，惠施鰥寡。」既然有這樣的國王，這裡的佛教當然很興盛了，「伽藍百餘所，僧徒六千餘人」，而且這些佛寺都「崇高弘敞，廣博嚴淨」。更爲可貴的是，這裡的僧人多數是研習大乘佛教的。這裡有無數的佛教勝跡，流傳著大量的傳說。若是沒有玄奘的記載，恐怕都逃脫不了被湮滅、失傳的命運。玄奘是人類文化遺產的重要守護人之一，這樣的評價是絕對不會過分的。

儘管在迦畢試國有漂亮的寺廟，有精采紛呈的宗教活動，但玄奘在迦畢試國最關注的是一座非常特別的廟，這座廟的名字叫「質子伽藍」。玄奘不僅在《大唐西域記》裡把它放在這個國家下面的第一項予以記載，求法回國後還幾次三番地向得意弟子充滿感情地談起過這座寺廟。

〔在佛跡盛多的迦畢試國，玄奘為何單單對質子伽藍這座寺廟格外關注？玄奘和這座寺廟有什麼特殊關係？質子伽藍，這個名字的背後又隱藏著怎樣的祕密？〕

原來，這座質子伽藍隱藏著一個和中國有關的神祕傳說，或者就是歷史的事實也不一定。在離開自己的祖國那麼遙遠的異國他鄉，居然有這樣的奇遇，著實增加了它的神祕和浪漫。

在迦畢試國，玄奘受到了包括國王在內的僧俗民眾非常熱烈的歡迎，很多寺廟都想邀請玄奘入住，相互之間甚至發生了激烈的爭吵。質子伽藍在爭奪玄奘的時候，有個僧人說了這麼一句話：「我寺本漢天子兒作，今從彼來，先宜過我寺。」這句話毫無疑問吸引了玄奘，在這麼遙遠的一個地方，居然有一座寺廟是中土天子的兒子，一個皇子造的，這怎麼會不讓玄奘心潮澎湃呢？當然，玄奘並不僅僅是聽到這麼一句話就下決心入住的。

質子伽藍是這個廟的一個名字，這個廟同時還有另外一個名字——沙落迦，而「沙落迦」就是西域語言中的洛陽。換句話說，這座寺廟又叫洛陽寺，這當然太激動人心了。因爲玄奘是河南人，洛陽是他小時候生活、學習、遊戲、成長的地方，在他遠行萬里到那麼遙遠的地方時，突然看到一座以洛陽爲名的寺廟，當然是心潮澎湃。我想，這才是玄奘選擇入住一家小乘寺廟的根本原因所在。

那麼，爲什麼又叫「質子伽藍」呢？據說貴霜帝國的著名君主迦膩色迦在勢力極盛的時候，勢力一度伸張到蔥嶺以東，「河西蕃維，畏威送質」。在大家想像當中，人質的生活都很悲慘，而這個質子的生活之好卻出乎大家的想像。據《大唐西域記》記載：

迦膩色迦既得質子，特加禮命，寒暑改館，冬居印度諸國，夏還迦畢試國，春秋止健馱邏國。故質子三時住處，各建伽藍。

也就是說，質子一年四季在貴霜帝國的各地有別墅、行宮，洛陽寺就是根據這位質子的夏季別墅改建的。質子在的時候，這座寺廟是他的住宅，而質子也是個信佛之人，所以他在住宅旁邊的山上鑿了幾個石窟，作爲自己打坐修佛的一個地方。一直有傳說，質子在這幾間石室裡藏了大量的珍寶，牆上還有銘文和壁畫作說明，而且有藥叉在那兒守護，只要有人想盜取，這個藥叉就會像變形金剛一樣發出各種恐怖的聲音，嚇阻這些有非分之想的人，玄奘寫的《大唐西域記》就講到這點。但是大家別忘了，《大唐西域記》是呈交給唐太宗的一部著作，而玄奘給自己的得意弟子講述情形更豐富、更具體，這些都留在《大慈恩寺三藏法師傳》裡面。《大慈恩寺三藏法師傳》裡的細節跟《大唐西域記》裡面不完全一致。按照《大慈恩寺三藏法師傳》的記載，質子在建造這個寺廟的時候，就在東門外一座佛像的腳底下，預先埋藏了很多珍寶和金錢，以後他如果回國或者去世了，這些珍寶就作爲維修這個寺廟的基金。可見這個質子是一個非常有心的人，而且是一個虔誠的佛教徒。這件事在當地不是祕密，有一個惡王也得到了這個消息，就曾經幾次三番地帶著兵來挖這些珍寶，但是每到挖的時候就會地動山搖。據玄奘記載，神像頂上還有一隻鸚鵡像，每當有人挖寶，它就會發出完全不像鸚鵡叫的那種非常淒厲、恐怖的叫聲，把這些想盜寶的人嚇跑。不僅如此，連這個廟裡的僧人想要動用這批珍寶來維修寺廟都不行，所以當他們看到質子的家鄉來了這麼一位玄奘法師，大家都覺得機緣到了，就去跟玄奘商量，把這個故事源源本本地告訴了玄奘。

〔廟裡的僧人認為玄奘一定有能力幫助他們挖寶，雖然僧人挖寶是為了修繕寺廟，但玄奘有什麼辦法能幫助他們呢？對於這些僧人的請求，玄奘會作何回答呢？〕

對於這樣與弘法有關的事，玄奘當然是責無旁貸，於是就帶著這些僧人到質子畫像前去祈求，焚香禱告：

質子原藏此寶擬營功德。今開施用，誠是其時。……如蒙許者，奘自觀開，稱知斤數以付有司，如法修造，不令虛費。

意思是說，您當年留下這批東西就是爲了給後人用的，現在正當其時。如蒙允許，今天我玄奘監督著來打開，並親自把它的分量給稱好，交給有關部門，我保證每分錢都會花在正當的地方，絕不虛用。

這段話大概是感動了質子的在天之靈，玄奘說完了以後命人開挖，地也不動，山也不搖，鸚鵡也不叫，挖到地底下七八尺的時候，挖到了一個大的銅器，裡面有「黃金數百斤、明珠數十顆」，而玄奘就用這筆金錢對這個洛陽寺重新進行了維修。

關於質子，玄奘又留下了下面這條非常有趣的記載：

（印度）土無梨、桃，質子所植，因謂桃曰至那你（唐言漢持來），梨曰至那羅闍弗呾邏（唐言漢王子）。

不懂梵文的話，這段話聽起來跟天書一樣，懂梵文就很有意思了，這是中外文化交流史上一段有趣的事實，而玄奘把它記錄了下來。他說印度這一片，包括古代，不出產桃子和梨子，他們把桃子叫做叫 **Cināni**，意思是從支那來的，在今天還這麼叫。梨子則叫 **Cinārājaputra**，也就是中國王子的意思。也就是說，印度原本沒有這兩種水果，正是這個作爲人質一度生活在那裡的王子，把種子帶過去並在那兒種植，桃子和梨子才從中國傳到了印度，而這兩個名字充分證明了這一段古代中外文化交流的史實。

〔玄奘戀戀不捨地在質子伽藍住了一段時間，然後往東行進了六百多里，再次穿越了積雪皚皚的黑嶺，終於來到了當時地理概念中的北印度。也就是說，玄奘歷盡艱險，屢經生死的考驗，抵抗了各種各樣的侵襲和折磨，終於到達了他心目當中的聖地——印度。〕

善於觀察的玄奘，把在印度的所見所聞，都詳盡地記載在著名的《大唐西域記》中。《大唐西域記》絕對是了解這個時期印度最珍貴、最翔實的文字資料，這一點沒有人可以懷疑。好多印度學者曾經說過，沒有玄奘、法顯、馬歡等中國求法僧人的著作，重建印度歷史是不可能的，因爲印度沒有信史的傳統，儘管這個民族擅長玄思，擅長各種各樣的宗教實踐和學說，但他們恰恰不擅長記錄自己本國的歷史。而在諸多中國求法僧人中，玄奘無疑排在最重要的地位。印度也有很多學者說，印度的歷史和文化欠玄奘的債怎麼評價都不過分，這是包括阿里教授在內的印度專家們的意見。

《大唐西域記》是玄奘西行求法回國以後寫的，所以這部著作是經過他精心的構思和安排的。第一卷主要記載了玄奘經過的西域和中亞的三十四個國家，這些國家並不一定他都親自去過，有些是得自傳聞，但他還是記了下來。第二卷開始就是非常珍貴和有趣的「印度總述」，用了很大篇幅，從十七個方面詳細記錄了印度當時的情況。裡面的很多內容，今天印度還有保存，有些是見不到了。

第一部分是「釋名」，就是解釋印度這個國家的名字。這個事情我們在第十二講中已經說過了，玄奘其實是鬧了個誤會。只不過，玄奘在這裡有一段解釋很有意思：「良以其土聖賢繼軌，導凡御物，如月照臨。由是義故，謂之印度。」他認爲印度這個國名有非常好的含義，因爲在這塊土地上，聖賢接連不斷地降臨，這個國家對凡俗的指導就像月亮照臨。很奇怪，爲什麼不說像太陽照臨呢？這仍是一個謎，反正玄奘留下了這麼一段記載。

第二個部分是「疆域」。玄奘非常準確地描繪了印度的疆域，具體指出了印度當時有七十多個國家和各種小邦國。

第三部分是「數量」。玄奘觀察得非常仔細。我們知道，印度的數學很發達，今天的阿拉伯數字實際上是印度數字，只不過是印度傳播到阿拉伯以後，再通過阿拉伯傳播到西方，而學習它的人因爲得自阿拉伯，就把它叫阿拉伯數字了。

第四部分是「歲時」。我們現在掛在口頭上的「一刹那」，其實是個梵文的外來詞，它到底是多長時間？這個問題一般沒法回答，但是玄奘記載了，他後來翻譯過《俱舍論》，裡面講到：「壯士一疾彈指頃，六十五刹那。」這還是沒具體說明「一刹那」有多長，玄奘記載說：「百二十刹那為一呾刹那。」而「一呾刹那」我們是知道的，那就是1.6秒，用1.6秒除以120，得出「一刹那」應該是0.0133333秒。儘管我們現在已經不會用這些單位來計數了，但了解我們平常所說的「一刹那」究竟是一個什麼概念，也是一件有意思的事。

第五部分是「邑居」。他的觀察就更細緻了：「地塗牛糞為淨，時花散布，斯其異也。」就是說，地面乾淨的標誌是要塗滿牛糞，還要在牛糞上撒花。這個是玄奘道聽塗說的嗎？不是，印度的傳統認為牛是最神聖的，到今天為止，印度的牛沒有讓車的，在馬路上如果有牛待著，你就得慢慢走。所以，在印度的傳統中，牛糞當然是乾淨的，無論是你的居室還是講經的神聖講壇，都必須用牛糞擦一遍，擦完以後才算乾淨，沒有牛糞反而不乾淨。

第六部分是「衣飾」，詳細介紹了印度的服裝，包括面料、款式，這些記載可以看做是印度古代服裝的史料。有些風俗今天還在，比如「人多徒跣，少有所履」，人們都光著腳，很少穿鞋。而有些習慣，今天的印度已經很少看得到了，比如「染其牙齒，或赤或黑」。把牙齒染黑是過去很多民族都有過的風俗，比如越南的某些民族就有這個傳統，很多女孩子以牙齒染黑為美，但是很少聽說有人把牙齒染紅的。玄奘去印度的時候還有這個風俗，把牙齒染紅，一張嘴都是血盆大口。當然，玄奘對印度人的相貌是很誇讚的，並不像葉護可汗跟他說的那樣醜，玄奘不這樣認為。

第七部分是「饌食」，主要是強調印度人的衛生清潔，因此這部分包括的內容不止是飲食。印度留給玄奘的印象是極其講究食物的衛生和清潔，比如「殘宿不再」（隔夜的飯菜絕對不吃），「食器不傳」（不共用餐具，瓦、木做的用完就扔，金屬做的經常擦拭）。吃完飯了，「嚼楊枝而爲淨」。這是很特別的習慣，其實這就是所謂的嚼齒木，一根楊枝，像小指那麼粗，把住一頭嚼，每天早晨用來刷牙、刮牙，不但刮牙還刮舌頭，把舌苔刮乾淨，這是印度非常獨特的口腔保健，是印度的一個傳統，如今不再流行。不過，在我國敦煌壁畫中，還可以看到嚼楊枝的圖像。玄奘還強調，在大家還沒有澡浴的時候，身體不得接觸（澡漱未終，無相執觸）。大凡只要解手，就必須馬上洗沐（每有溲溺，必事澡灌）。

接下來的第八部分是「文字」、第九部分是「教育」、第十部分是「佛教」、第十一部分是「族姓」、第十二部分是「兵術」，這裡不專門講了。

作爲一名佛教僧人，玄奘還專門注意了古印度的「刑法」，這就是第十三部分。

〔出家人以慈悲為懷，作為一名大德高僧，玄奘為什麼會去留意到印度的刑法？印度的刑法又有什麼特殊之處呢？〕

由於宗教的原因，印度幾乎沒有死刑，主要是花錢去贖罪，或者砍掉鼻子、耳朵、手、足，再就是驅逐出國，予以流放。當然，不同的種姓在刑法上有很大的差距，首陀羅罵婆羅門是要割舌頭的，這在法律中是有規定的。此外，古代印度的刑罰還有非常奇怪的地方，也就是玄奘所記錄下來的：如果有人被告，需要查明事實，一般有四種辦法——水、火、稱、毒（欲究情實，事須案者，凡有四條：水、火、稱、毒）。其實，這就是所謂的「神判」，也叫裁判對證法，這在古印度流行得很早也很久，在西元前後成書的印度著名法典《摩奴法論》裡就有明文記載。

所謂「水」，就是「罪人與石，盛以連囊，沉之深流，校其眞僞。人沉石浮則有犯，人浮石沉則無隱」（如果有人告發，沒有辦法判定的話，就把嫌犯綁上一個口袋，口袋加上塊石頭往河裡一扔，如果嫌犯沉下去而石頭浮上來了，那就是有罪的，相反的話就沒事了）。其實這個邏輯比較奇怪，主要是看嫌犯會不會游泳、拖得動拖不動這塊石頭，和犯罪不犯罪沒有關係。

所謂「火」，則是「燒鐵，罪人踞上，復使足蹈，既遣掌案，又令舌舐，虛無所損，實有所傷」。這實在是很慘，不知道有什麼人受得了：把鐵給燒紅了，讓嫌犯的腳在上頭踩，把手按上去，還要拿舌頭去舔，如果沒罪就會毫髮無傷。但印度畢竟是個宗教國家，很講道理，如果你怕燙，可以換一個辦法：「捧未開花，散之向焰，虛則花發，實則花焦。」就是捧一把還沒開放的花骨朵，往火焰裡扔過去，如果花開放了，那就是無罪，如果花焦了，那就是有罪。

第三種辦法「稱」，那就更奇怪了，被告人站在一個秤盤裡，旁邊擱塊石頭，「虛則人低石舉，實則石重人輕」。不過，這聽起來比較人性化，似乎對人沒有什麼傷害。

至於最後一招「毒」，那只有聽天由命了：用一頭黑色的公羊「剖其右髀，隨被訟人所食之分，雜諸毒藥置右髀中，實則毒發而死，虛則毒歇而蘇」。把黑羊右邊剖開來後，把各種各樣毒藥放在裡頭，吃後如果毒發而死，那肯定有罪；如果再怎麼吃都是活蹦亂跳的，那就是清白的。

《大唐西域記》第十四部分「敬儀」，其中記載了印度表示尊敬的儀式分九等：「一發言慰問，二俯首示敬，三舉手高揖，四合掌平拱，五屈膝，六長跪，七手膝踞地，八五輪俱屈，九五體投地。」意思是很清楚的，只有幾個地方需要加以解釋。「五輪」指的是兩臂兩膝和頭。此外，中國有三跪、九跪之說，印度則最多只有一跪。印度還有很特別的禮節，在中國是見不到的：一是吻尊者之足，二是順時針繞尊者一到三圈。

接下來，玄奘還在第十五部分介紹了所謂的「病死」，描述了印度的三種葬儀——火葬、水葬、野葬，還提到一種類似「安樂死」的情形。比如有些老人年歲太高了，或者得了絕症、疾病纏身，太痛苦不想活了，怎麼辦呢？就由他的家人把他載在一艘布滿鮮花的船上，奏響各種音樂，爲他頌經，把他送到恆河的中游，讓他自己溺水而亡，死在聖河恆河裡面，那樣就得以超脫了，稱之曰「生天」。

玄奘還用接下來的兩個部分介紹了印度的「賦稅」、「物產」，這些我們就不一一介紹了。

〔玄奘終於踏上了印度的土地，在這個夢寐以求的佛國聖地，一心求法的他，究竟是怎樣開始他的尋訪學習的呢？請看下一講「佛影謎蹤」。〕

第十五講 佛影謎蹤

玄奘在印度首先參拜的聖地是醯羅城，那裡供奉著佛陀的頂骨舍利，還有一個名叫佛影窟的洞窟，據說心誠的人可以看見佛像……

玄奘歷經千辛萬苦，終於抵達了印度，當然這是指古代歷史上的印度，而不是今天政治版圖中的印度。抵達印度後，他來到的第一個國家叫濫波國。這個國家不是很大，卻非常有名，連托勒密的《地理志》上都記載了遙遠東方這個偏僻的小國。但玄奘對這裡的印象卻不太好，他提到這個地方的國王已經絕嗣好幾百年，王族已經沒有後代了，都臣服於別的國家；當地人相貌猥瑣矮小，特別喜歡唱歌，整天地唱，但是性情怯懦，而且非常狡詐，不是一個很誠信的國度。玄奘從這裡匆匆而過，進入了印度境內的第二個國家——那揭羅曷國。

那揭羅曷國有一座城市叫醯羅城，也就是古代漢文記載當中的佛頂骨城——這意思很明白，這個地方跟佛陀的頂骨有某種關聯。醯羅城是極其著名的佛教聖地，歷史上到過這裡的中國求法高僧很多，晉代的法顯、南朝的宋雲和法勇、唐代的新羅僧人慧超等都曾不遠萬里來到這裡，因爲除了佛頂骨外，那裡還保存著很多佛陀的遺物，如佛陀的骷髏骨、佛陀生前穿過的袈裟和法服，還有他的一些日常用具。這其中，佛頂骨是最爲重要的，因爲對於佛教的舍利來講，頂骨的地位非常高。有很多國王曾經把這些佛頂骨和東西搶走，但是它們不久又自動地回到了醯羅城。當然，這些記載有一定的神話成分。法顯比玄奘還要早到印度，在《法顯傳》裡就留下了關於這塊珍貴無比的佛頂骨的描寫，還提到當地對這塊佛頂骨有一套非常嚴密的管理制度：「國王敬重頂骨，慮人抄奪，乃取國中豪姓八人，人持一印，印封守護，清晨八人俱到，各視其印，然後開户。」也就是說，國王怕這塊佛頂骨被人搶走或者遺失，就在國家裡面找了八個豪姓，即八個著名的人或者大族，來共同看護這塊佛頂骨。每天早晨八個人要同時到，大家相互鑒定過印章或鑰匙，然後才可以共同開啓，把這個佛頂骨展覽出來供大家瞻仰，這當然是套非常嚴格的制度。而且開了以後，每天必須奏樂，國王必須到場，必須有鮮花供奉，這一套儀式都是非常隆重的。

當地的人相信，佛頂骨是非常神聖的，除了頂禮膜拜之外，還可以通過一套儀式向它拜求福禍吉凶，這叫做「取印」。關於這點，《大慈恩寺三藏法師傳》裡有記載：「欲知罪福相者，磨香末爲泥，以帛練裹，隱於骨上，隨其所得以定吉凶。」意思是說：如果想知道你的禍福吉凶，可以先把香磨成末，再拿這種帛練（就是很好的絹或絲織品）把粉末包裹成一個團，輕輕地、很尊敬地放在佛頂骨上，然後在香粉上面就會留下不同的痕跡，顯出不同的影像，據此可以判定你是有福還是有禍，是吉還是凶，這就叫「取印」。

玄奘當然不會放過這個與佛骨「親密接觸」的機會，因爲這個太難得了。玄奘照著這個做了以後，得到的是個什麼印呢？是菩提樹像。大家要知道，「菩提」本身是個梵文的音譯，它的意思是智慧，至高無上的智慧和覺悟，這對於一個高僧來講，當然是求之不得的，也是非常希望得到的一個印。當地看護這個佛頂骨的僧人也感歎說很難得，因爲他看到無數人來取印，都很少看到能取到菩提樹像的，所以記載當中就講，守護僧人向玄奘「彈指散花」。印度人比較喜歡彈指，這在古代印度是表示喜悅和致敬的一種舉止，而且這種舉止曾經有一段時期傳入過我國，比如東晉的丞相、「政壇元老」王導，他在見到別人的時候也是彈指。也就是說在一千多年前，中國的宮廷就流行這個禮節，只不過在今天看來是很不禮貌的罷了。

跟玄奘同去的兩個小沙彌也都取到了很不錯的印，分別是佛像和蓮花像，所以大家都是心想事成。

〔醯羅城之所以成為著名的佛教聖地，不僅是因為這個小城有佛祖神聖的頂骨舍利，還有一個更神奇的傳說。」

醯羅城的西南有一座山，山上有一座廟，這個廟荒蕪已久，已經沒有僧人居住了。廟西南的懸崖峭壁上有一個山洞，洞口非常小，但進去後裡面很開闊，這就是著名的佛影窟。據說，佛影會出現在這個洞裡，曾經有人，或者說有緣、有福的人，能夠看到佛的影子和形象。《大唐西域記》的記載是：「昔有佛影，煥若眞容，相好具足，儼然如在。」好比在這裡有個電影院，能夠讓人看到一段歷史紀錄片，而這個紀錄片的主角就是佛陀。對於玄奘這樣一個求法高僧來講，這簡直是夢寐以求的事情。儘管玄奘到了醯羅城，但是到佛影窟的路並不是那麼好走，而是艱險萬分，途中經常會有強盜出沒。迦畢試國國王派來護送玄奘的那些人覺得這個地方太危險，不願意去，但玄奘還是毅然決定孤身前往，因爲他說這個機會不是千載難逢，而是「億劫難得」。

沿途找不著人帶路，別人都不敢去，一來是路途很艱險，二來沒準碰上強盜連命都不保。後來玄奘遇到一個小孩子，非常勇敢，就帶領玄奘走了一段。接著又遇到一位識途的老人，他被玄奘遠道而來求法所感動，也欣然同意帶路。往前走了幾里，果然遇見了五個強盜守在山道上，手裡都拿著明晃晃的刀。玄奘這一路過來，強盜見得也實在太多了，有點見怪不怪了，所以看見這五個舉著刀的強盜時，玄奘倒是非常鎭靜，只做了一個舉動，把帽子給摘了。因爲在旅行當中，尤其是走山路的時候，僧人跟俗人穿的行裝往往沒有明顯的分別，但是把帽子一摘，那就等於明白地告訴這夥強盜：我是個僧人。這些強盜一見是位僧人，又是孤身一人，旁邊就一個老頭在帶路，就問他想去哪兒，玄奘回答說：「欲禮拜佛影。」這些賊很有意思，很把自己當回事兒，問了一句很奇怪的話：「師不聞此有賊耶？」強盜們好像覺得自己很著名，而你這個僧人居然不知我們的來頭，於是火氣就上來了。玄奘的回答那就更棒了，因爲他在應對強盜方面很有經驗，而且處變不驚，說道：「賊者人也，今爲禮佛，雖猛獸盈衢，奘猶不懼，況檀越之輩是人乎？」這幾個賊非常有意思，看來也似乎不是專業的賊，他們看見玄奘孤身一人，又是一個法師，再一看他身邊也沒帶什麼寶貝，居然放下了搶劫的念頭，跟著老人和玄奘往前走，準備看佛影去了。

到了佛影窟，玄奘按照這個老人的指點，在洞東面的牆壁底下，在黑黝黝的洞裡開始禮拜，拜了一百多拜卻什麼也沒看見，漆黑如故，不見佛影。據記載，玄奘當時「自責障累，悲號懊惱」，他自己責怪自己「障累」，就是還有好多無明，還有好多罣礙，沒有勘破眞正的佛法，所以「悲號懊惱」，覺得自己的佛學境界和修養還不夠。玄奘再念經、再禮拜，又一百多拜以後，東面牆壁上開始出現了朦朦朧朧的光像，很模糊，有僧人用的缽那麼大，但是一閃即滅。玄奘悲喜交加，喜的是總算有光了，看樣子這個佛影窟的確是有它的道理，他更有信心了，悲的是這個光太短暫了。玄奘沒有辦法，於是不停地禮拜，不停地念經，牆壁上又屢次出現一點點光，但也馬上散去了。經過二百多拜後，玄奘發誓不見佛影絕不離開，後來這個牆壁上終於出現了佛影。據玄奘後來回憶說，佛是坐在蓮花座上的，除了蓮花座略微模糊一點以外，佛的形象非常清楚，不僅如此，佛身邊的菩薩和身後的高僧也都非常清晰地呈現在玄奘面前。可以想像，玄奘會是多麼地激動！他趕緊呼喚躲在洞外的老人和跟來的強盜舉火進來，因爲必須有火來點香，然後才能禮拜。等這六人舉著火進來的時候，佛影一下子又消失了。於是玄奘讓六個人出去，自己又接著禮拜，於是終於滿足了心願，佛影又顯現了。在同去的這六個人當中，有五人最終也看到了佛影，但是有一個人怎麼都看不到，這就是佛家所謂的「機緣」

了。玄奘在這裡看到佛影，了卻了自己的心願，還有一個意外的收穫：五個強盜把刀給扔了，請求玄奘給自己受戒，也成了信徒。

佛影窟爲什麼會顯現佛像，玄奘的記載是眞實可靠的嗎？後來，有很多專業學者親自到佛影窟去考察過，這其中就有日本的著名學者足立喜六，曾經研究過《法顯傳》，爲了證實《法顯傳》裡提到的這段記載，他到那裡去進行考察，留下了一段話：

石窟在石山之絕壁，西南向，入口狹小，內深，有不完全之採光窗，斜陽射入，津滴內壁，故投映影像。

這位日本學者研究的結果是，這個洞很深且有縫隙，縫隙起到了採光的作用，像個不完全的採光窗，洞壁上經常有水氣，因此洞裡不是那麼乾燥，光線從採光窗透進來，映照在有水氣的牆壁上，就會有影像出來了。和足立喜六的記載相互印證，可見玄奘的記載應該不是憑空捏造的。

玄奘從這裡繼續往南進發，走了五百多里山路後，來到了歷史上極其著名的健陀邏國。「健陀邏」（亦作健馱邏、乾陀羅）這個詞是有意思的，根據《華嚴經音義》的講法：「乾陀是香，羅謂陀羅，此云遍也。言遍此國內多生香氣之花。」「健陀邏」是個音譯，如果是意譯的話，這個國家叫香遍國，也叫香花國、遍香國，總之是一個鮮花盛開的美麗國度。在世界古代史上，健陀邏是一個聲名顯赫的大國，西元前四世紀末，也就是我國的戰國時期，馬其頓的亞歷山大大帝率兵東征，就曾經打到過這裡，帶來了希臘文化，在這裡就形成了舉世聞名的健陀邏藝術，而健陀邏藝術的主要成分是佛教藝術。我們知道，按照印度原始佛教的規定，佛教本身是反對偶像崇拜的，也就是說是不可以有佛像的。按照佛教最標準的教義，崇拜佛陀是通過一些象徵，比如一棵菩提樹、佛的一個足印來禮拜的。而就是在健陀邏，受到了希臘藝術的影響，從而形成了塑像的傳統、壁畫的傳統，慢慢就出現了佛像。希臘藝術和印度藝術在這裡交匯，形成獨特的健陀邏藝術，這種藝術對中國的藝術史產生了巨大的影響。最起碼，我國輝煌燦爛的佛教藝術、石窟、壁畫、雕塑，都是很受健陀邏藝術的恩惠的。大概到了西元四世紀，健陀邏衰落了，玄奘到達的時候，留給我們的記載給人一種蒼涼的感覺：「王族絕嗣，役屬迦畢試國。邑里空荒，居人稀少。」「僧伽藍十餘所，摧殘荒廢，蕪漫蕭條，諸窣堵波頗多頹圮。」佛寺都荒廢了，沒有多少人再信仰佛教了，佛塔也都倒塌了，這就是玄奘看到的景象。儘管如此，這裡仍然是玄奘西行求法途中極其重要的一站。

〔一個人煙稀少的荒蕪之地，為什麼會成為玄奘西行求法中的重要一站？原來，這個地方是許多印度著名的佛典作家的出生地，有很多神奇感人的傳說。〕

在健陀邏國，玄奘參拜了由迦膩色迦王所建造的大佛塔和寺廟。在迦膩色迦王寺的參拜記載中，玄奘記下了兩個非常重要的傳說，而且也非常感人。第一個是關於脅尊者的。「尊者」很好理解，是非常值得尊敬的人，「脅」則是指左右兩邊的肋骨。這麼一位高僧，怎麼會起這麼一個奇怪的名字呢？玄奘就留下這樣一段記載，這個脅尊者出家的時候已經八十高齡了，此前他並不是佛教信徒。在健陀邏城裡，有很多人就嘲笑他，說你這個老傢伙，智慧淺薄到這個地步，都八十歲了你還出什麼家。出家無外乎兩件事情：一是修習禪定，你要修禪打坐；二是念經，你現在已經這把歲數了，怎麼可能學業精進，在佛教上有所造詣呢？你只不過想在廟裡混飯吃吧？面對這種嘲笑，這位老人就發了一個毒誓：如果我不能理解佛教三藏的教義，斷不了欲念，得不到神通，這一輩子我絕不讓自己的脅碰到席子（我若不通三藏理，不斷三界欲，得六神通，具八解脫，終不以脅而至於席）。大家可能有點奇怪，發這麼一個誓幹什麼呢？要知道，僧人不能仰臥，也不能趴著睡，而只能側臥，也就是僧人睡覺的時候，「脅」是要接觸席子的。他等於發誓，如果我不刻苦掌握佛教的所有道理，我就從此不睡覺了。後來，他的眞名已經沒人知道了，而大家卻記住了他的這個誓言，所以就稱他爲「脅尊者」。

第二個傳說是關於如意法師的，他是佛教史上一個著名的大師，玄奘在龜茲與木叉毱多辯經時提到的《毗婆沙論》，就出於如意法師之手。如意法師跟脅尊者不一樣，他少年英俊，從小就很聰明，而且聲名遠播，一言一行都引人關注，僧俗們對他極其敬仰。當時有一個國王叫超日王，這個國王非常慷慨，每天都要施捨給國家裡的窮人五億金錢。這讓大臣們非常擔心，勸國王說您再這麼施捨下去，國庫就要空了，那我們就只能再增加賦稅，這樣老百姓就要造反了。超日王非常有意思，說這個錢又不是我自己浪費掉的，而是施捨窮人的，你們別管，依舊我行我素。看來，他的氣度倒是很宏大。有一天，超日王出去打獵時碰到一隻野豬，卻沒打到，超日王的倔勁就上來了，非要逮到這隻野豬不可，下令說若有人能提供資訊，讓我抓到這隻野豬，我就賞他一億金錢。這個消息傳出去後，當地的文人就把國王揮金如土，爲了一隻野豬花一億金錢的事給記下來了。超日王還很爲自己的慷慨大方、視金錢如糞土而沾沾自喜。就在同一天，如意法師剃了一個頭，也順手給了剃頭的人一億金錢。這樣一來，超日王就很不高興了，一個僧人竟然比我還慷慨？這個超日王出手大而心胸小，容不得別人蓋過他，打算當眾羞辱如意法師，於是就找了一百個學問非常好的人來向如意法師挑戰，要和他辯經。不料如意法師是個了不起的人，學問實在太好，口才也好，非常善辯，把一百個人當中的九十九個都收拾掉了，論到最後一個，如意法師大概實在是太累了，要麼就是輕敵，在吟誦辯經的時候，把一個片語給顛倒了。他說到火與煙，而按照古印度的邏輯因明，是強調先有煙而後有火，不能講「火煙」，只能講「煙火」。要知道，辯經的技術要求非常嚴格，如意法師嚴重違規了，一幫子人跟國王就開始起鬨，說如意法師浪得虛名，連那麼簡單的邏輯因明都搞不清。如意法師無從申辯，就乾脆咬斷自己的舌頭，不跟他們辯了。他在臨終前寫字告訴他的弟子世親：「這些人跟著一起瞎起鬨，根本不是追求佛法大義的。在這樣一群糊塗人中，還辯論什麼對錯。」（黨援之眾，無競大義。群迷之中，無辯正論。）留下這個遺言後，如意大師就去世了。後來，世親成名以後，請求繼位的國王再次召集辯論，重新論述了如意的論旨，擊敗了對手，爲師父平了反。

更爲重要的是，如意大師寫《毗婆沙論》的地方，就在這個迦膩色迦王寺的二樓。《毗婆沙論》全稱《阿毗達磨大毗婆沙論》，是研究小乘有部教義的重要著作，後來玄奘把它翻譯成了漢語，對中國的佛教有重大的影響。有意思的是，世親寫《阿毗達磨俱舍論》的地方也離這個廟很近，就在寺廟三樓脅尊者房間東面的老屋裡。《阿毗達磨俱舍論》是一部研究佛教的基本經典，後來不僅有玄奘的譯本，還由此形成了一個俱舍宗，在日本也廣爲流傳。

〔這真是佛教歷史上一段奇妙而動人的因緣啊！玄奘離開健陀邏以後繼續前行，又到達了哪些地方？留下了什麼樣的記載？請看下一講「巴印奇聞」。〕

第十六講
巴印奇聞

玄奘進入了心目當中的聖地，他充滿了好奇，留下諸多珍貴而有趣的記載。在烏仗那國，玄奘見到了觀音菩薩像，然而他卻斷定，這個被傳誦了千百年的名字是錯誤的。而在迦濕彌羅國，玄奘不僅得到了僧稱大師的指點，還停留了兩年，專心鑽研這裡完備的佛經。十分巧合的是，唐朝有個叫悟空的人也到過這裡。他是不是《西遊記》中孫悟空的原型呢？

離開了迦膩色迦王寺之後，玄奘往東北走了五十多里，渡過了一條大河，進入了今天的巴基斯坦境內。當然，這在古代都被視爲印度文化的範圍。玄奘進入心目中的聖地，心情一定非常激動，也充滿了好奇感，可以說是有聞必錄，有見必記。我們在看他留下來的有關文獻記載時，也是如入寶山，目不暇接。

玄奘首先來到的是跋虜沙城，據近人考證，這個地方在今天巴基斯坦重要城市白沙瓦東北偏東約六十五公里處。這裡有一座不大的寺廟，只有五十多名僧人，但卻是一個非常重要的寺廟，因爲印度歷史上著名的自在大師就是在這裡撰寫了《阿毗達磨明燈論》。這部著作在佛教哲學史上占有十分重要的地位，但沒有漢文譯本，也沒有藏文譯本，只有一部梵文本。有意思的是，這部論著的梵語原本在印度找不到了，卻默默地保存在西藏，極可能就是今天作爲「寫本第二十四號」，珍藏在中國民族文化宮的民族圖書館裡的寫本。你們看，那麼遙遠、那麼小的一座廟，竟然跟我們的民族文化宮聯繫在一起，這是中印文化交流中一件非常神奇和有意義的事情，也是佛教歷史上非常動人的因緣。

接下來，玄奘來到了烏鐸迦漢荼城，也就是今天的 Ohind，就在喀布爾河和印度河交匯口的東北，是印度河的一個重要渡口。從這裡可以渡過印度河，是中亞、波斯、迦畢試、健陀邏國進入印度的必經之地。這個渡口有一個非常奇怪的現象，據《大慈恩寺三藏法師傳》記載：「有持印度奇寶名花及舍利渡者，船輒覆沒。」也就是說，你從印度往回走時如果帶了奇寶（印度特產）、名花（印度有名的花，如缽曇摩花）、舍利，這條河往往風浪大作，船就會被打翻。這種情況在當時應該是時常發生的，而人們卻沒有辦法解釋，就說河流裡有很多洞窟，洞窟裡住著各種各樣的毒龍猛獸，只要看見有人試圖從印度帶出寶物，就會興風作浪，把他們留在這條河裡，使得印度的寶物不外傳。據說當年亞歷山大大帝東征後班師回國，也是過了這渡口。我們的玄奘法師在後來回國的時候，就是在這裡遇上了大麻煩。

離開這個渡口後，玄奘來到了西北二十多里外的一個城市，叫娑羅覩邏邑，也就是今天的**Lahor**，這裡又是一個重要的地方——古代印度最偉大的語言學家、梵文文法的奠基人波尼你（亦作波膩尼）的家鄉就在這裡。

在現存的語言中，梵文的語法、音變和各種規則是最複雜的，而波尼你用八章對梵語語法作了非常完備的總結，這部書就叫《八章書》（俗稱「波尼你經」）。大家都覺得波尼你特別有本事，能夠駕馭非常複雜的梵文，像仙人一樣，於是都恭必敬地稱他爲「波尼你仙」，沒有人單獨稱「波尼你」的。玄奘也留下了關於波尼你仙的傳說的記載。據說是印度古代的一個大神叫波尼你寫《八章書》的，稿子寫完後，呈交給國王。國王當然很看重，下令全國人民學習，只要能流利地背誦，就重賞一千金錢。所以，經過波尼你仙總結過的梵文很快普及開來，這個地方的人梵語很好，有學問的人也很多。

但是，梵語水準和佛教信仰之間並沒有直接的關係。根據我的老師季羡林先生的研究，佛陀是主張比丘用各自的語言來研究和傳播佛法的，在佛教的歷史上，很多大師的梵文並不符合波尼你仙的文法要求。佛教後來所使用的梵文，叫佛教混合梵文，也就是說，很多語法其實會出現一些病句和白字，因爲大多數佛教僧人的梵文水準並沒有那麼高。

然而在波尼你仙的故鄉，佛教信仰的程度非常高。玄奘記載了當地口耳相傳、盡人皆知的一段傳說，來解釋爲什麼這裡佛教特別昌盛。大概在佛陀圓寂以後的五百年，有一個大羅漢雲遊到波尼你仙的故鄉，看見有個婆羅門拿著棍子在拚命地打一個小孩，小孩當然很痛，就在那哭著哀求。羅漢就問這個婆羅門爲什麼要打孩子，婆羅門回答說，我讓他好好地學習《聲明論》（《八章書》的別名），可這孩子就是不長進，我只能打他了。這個羅漢非常有意思，聽了以後就在旁邊微笑著，無動於衷。婆羅門覺得很奇怪，說：您是個佛教僧人，是個羅漢，不是應該有慈悲心的嗎？羅漢微微一笑，說：你正在拚命狠揍的這個孩子，他是波尼你仙投胎轉世的，所以你打的是波尼你仙的化身啊！波尼你仙因爲「唯談異論，不究眞理」，白白浪費了神智，所以在生死輪回中流轉不停，本來是不能再投生了，但只不過因爲他還有點剩餘的功德，把梵文整理得很好，所以才投胎成了您的兒子。可見學習世俗的經典、文辭是吃力不討好的，怎麼能像如來聖教那樣帶來福報和智慧呢？說了這段話以後，羅漢就施展了大神通，一下子在婆羅門面前消失得無影無蹤了。這一來，婆羅門當然是非常欽佩和信仰了，知道遇見的眞正是個有神通的人，就趕快把這段奇遇跟街坊鄰居們講了，並且讓自己的孩子剃度爲僧。從此以後，波尼你仙的家鄉就特別信仰佛教，後來成了佛教的聖地。

〔經過了一些小國後，玄奘來到了和中國有著密切關係的烏仗那國。在這裡玄奘見到了著名的觀世音菩薩像，但是他卻說，「觀世音」這個被口口相傳的名字是個巨大的錯誤，這到底是怎麼回事呢？〕

玄奘往北走了六百多里，又來到一個著名的國家——烏仗那國，它跟中國有特殊的淵源。比玄奘還要早一百來年，宋雲、惠生這兩個求法僧就到過這裡，還留下了記載。他們見到了烏仗那國的國王，向他詳盡地介紹了中國的情況，令這個國王對中國傾慕不已，還發下過這麼一個誓願：「我當命終，願生彼國。」也就是說，我此生的生命結束以後，如果有來世，我願意生到中國去。據《冊府元龜》記載，唐開元八年（七二〇年）的四月，唐朝曾派人前去冊封那裡的國王，賞賜了不少東西。

玄奘來到這裡的時候大約是在六二九年，烏仗那國依然繁榮，但佛教卻已經不在最鼎盛的時期了。從前有一千四百所寺院，多半已經荒蕪，從前有一萬八千僧人，現在也減少了許多。當然，這裡還是崇信佛法的，而且是信仰大乘佛教的，但玄奘對這裡的僧人評價並不高：「寂定爲業，善頌其文，未究深義。戒行清潔，特閑禁咒。」說這裡的人整天在那裡入定，卻不去探究佛教的精義，也就是說他們的學問很膚淺。當地人的長處是非常守戒律，而且非常擅長念誦各種咒語。對這裡的民風，玄奘也沒什麼好印象，說這裡的人膽小怕事，非常詭詐，喜歡學習，但是不肯花力氣（人性怯弱，俗情譎詭，好學而不功）。儘管如此，這裡還是有大量的佛教聖跡，對玄奘還是有吸引力的。

在這裡，我不多說玄奘對這些聖跡和佛教遺址的記載，而是想介紹他在《大唐西域記》裡一段很短的話。這段話其實不在正文裡面，而是夾在正文裡邊的小注。這條不起眼的注解特別重要，因爲它徹底打破了我們的一個佛教常識。

玄奘在這兒的寺廟裡看到了一尊佛像，音譯過來叫阿縛盧枳低濕伐羅菩薩。據《大唐西域記》記載：

> 唐言觀自在。合字連聲，梵語如上；分文散音，即阿縛盧枳多，譯曰觀，伊濕伐羅，譯曰自在。舊譯爲光世音，或云觀世音，或觀世自在，皆訛謬也。

玄奘說這尊像叫「觀自在」，在此之前大家都叫它觀世音是錯的。在前面我講過，玄奘在《大唐西域記》裡講很多梵語翻譯錯了，其實都未必錯。但在這個問題上很遺憾，或者很幸運，玄奘是對的：我們口裡心裡經常念誦的救苦救難的觀世音菩薩的名字的確是一個翻譯錯誤，正確的叫法應該是「觀自在」，也就是說要關照和領悟自在本身，領悟這種最深的本質。阿縛盧枳低濕伐羅，乃是梵語 **Avalokiteśvara** 的音譯，這個詞語由 **avalokita**（阿縛盧枳多，義爲「觀」）和 **īśvara**（伊濕伐羅，義爲「自在」）兩個詞複合而成。根據梵語文法，前一個詞的最後一個字母「a」和後一個詞的第一個字母「ī」連在一起必須讀 e。看來翻譯這個名稱的人梵文不好，讀錯了兩個字母，把 **Avalokiteśvara** 看成了 **Avalokitasvara**，而「svara」就是「聲音」的意思，於是就翻譯成了觀世音。也就是說，一千多年來我們漢族的佛教徒讀的是一個錯誤的名字。可是，習慣的力量實在是太強大了，就連玄奘如此高的權威都沒能把約定俗成的這個錯誤改過來，到今天我們還說觀世音菩薩，極少有人說觀自在菩薩。儘管如此，玄奘在一千四百多年前就指出了這個錯誤，我們起碼應該知道，這是一個無奈的誤會。

在這裡遊歷了一番後，玄奘來到了更爲重要的迦濕彌羅國，也就是今天的喀什米爾，它是南亞次大陸上最早和我國建立起友好關係的地區，《漢書．西域傳》就有記載：「戶口勝，兵多，大國也。」從漢武帝時期開始，迦濕彌羅國就和我國有正規的使節往來，可見古代人對外部世界的了解，並不像我們今天想像的那樣貧乏。唐朝時期，迦濕彌羅國很強大，周圍很多小國都臣服於它。到過這個地方的人也遠不止玄奘一人，比如唐朝有個叫悟空的人就到過這裡。

〔在小說《西遊記》中，孫悟空曾一路陪伴師父唐僧到西天取經，那麼唐朝的這個悟空是不是《西遊記》中孫悟空的原型？他和玄奘究竟有沒有關係？〕

唐玄宗年間，迦濕彌羅國有個使節在唐朝出訪，完成使命後便要回國覆命，這個悟空就跟著這個使節來到了迦濕彌羅，並且在迦濕彌羅出家。這樣一來有兩種可能：第一，悟空去的時候是個俗人，到迦濕彌羅後才剃度出家；第二，他在唐朝的時候還是個沙彌，沒有受過具足戒，沒有正式獲得僧人的身分，到了迦濕彌羅後按當地的戒律成了一個外國僧人。可以斷定的是，他絕對不是孫悟空，因爲他跟唐僧碰不著，生活的時間不對，記載裡很明確，悟空是唐玄宗時候的一個人。後來吳承恩在《西遊記》中構思孫悟空這個人物，給這隻猴子起名字的時候，可能會注意到歷史上這個悟空，然而孫悟空這個形象還包含了印度流傳的神猴故事，以及中國南方流行的神猴故事，而孫悟空的各種神通變化則極可能是受印度傳說的影響。

在迦濕彌羅國，玄奘還遇到了更大的驚喜。玄奘剛到這個國家西部邊境的重鎮石門，國王就派了人帶著車馬來迎接，那時玄奘的聲望已經很高了。入城以後，玄奘就禮拜了那裡的寺廟，並住了下來。非常有意思的是，就在玄奘到達的前一天，這座寺廟的僧人都作了一個同樣的夢，夢中有個神對他們說：有個客僧從遙遠的摩訶脂那（「脂那」就是China，「摩訶」就是大，意爲大中國）來，想到印度去學經，巡禮佛跡，是爲求法而來的，身邊有很多善神陪著，此人馬上就要到了。你們這些和尚有福了，應該趕快用功，該念經的念經，該敲鐘的敲鐘，該打坐的打坐，這樣才能讓這樣一位僧人心生景仰，你們怎麼現在還在睡覺呢？這些僧人都從睡夢中驚醒，趕緊經行的經行，禪定的禪定，念經的念經，一直等著玄奘。玄奘來了一看，不得了，這個廟的僧人半夜都在做功課，於是果然佩服。

〔玄奘不僅見識了這裡僧人的虔誠，受到了國王非常隆重的接待，更為重要的是，迦濕彌羅有著比較完整的佛教經典，玄奘在這裡花了將近兩年時間學習佛法。〕

玄奘在國王派來的人的護送下前往都城——撥邏勿邏布邏城。有趣的是，無論是《大唐西域記》還是《大慈恩寺三藏法師傳》裡，都沒有提到這個都城的名字，而這個名字居然在《新唐書》裡有。玄奘到了撥邏勿邏布邏以後，要經過一個地方，叫達摩舍羅。國王非常尊敬玄奘，他沒有在撥邏勿邏布邏城等玄奘，而是帶著一千多個隨從和華麗的儀仗隊，浩浩蕩蕩地來達摩舍羅恭迎玄奘。玄奘用了「煙華滿路」四個字來形容當時的盛況。見到玄奘以後，國王親自拋灑鮮花表示歡迎，再請玄奘乘坐大象往京城進發，先在國舅所立的寺院安頓下來。第二日正式將其迎入王宮裡隆重供養，進食以後，就請玄奘講經。大家要知道，印度是佛教的發源地，而這裡的國王請一個從中國來的僧人在王宮裡講經，並且請他和當地的僧人辯經，這是一種交流的方式，更是一個崇高的禮遇。有一位僧稱法師，是迦濕彌羅的第一高僧，他嚴守戒律，思想深刻，學問淵博，才華橫溢，見多識廣，而且非常愛才。他見到玄奘被國王奉為上賓，於是對玄奘更加傾心接納。玄奘當然不會放過這個請教的好機會，就「曉夜無疲」，請僧稱為他講授佛教經典。當時僧稱已經七十多歲了，體力和精力都不再健旺，但是為了玄奘這麼一個「釋門偉器」，全力為玄奘講授。根據記載，他上午講《俱舍論》，下午講《順正理論》，夜裡講《因明》和《聲明論》，日程排得滿滿的。僧稱法師在迦濕彌羅國地位崇高，已經很久沒有開課了，所以當他為玄奘專門開課的時候，本國和周圍的僧人紛至沓來，借著玄奘的光，終於能聽到一代宗師講經。玄奘對每個細節都精益求精地鑽研，他的佛學修養很快就得到了僧稱的認可和欣賞：

此支那僧智力宏贍，顧此眾中無能出者，以其明懿足繼世親昆季之風，所恨生乎遠國，不早接聖賢遺芳耳。

意思是說：這個支那僧人的才智實在是太高了，在迦濕彌羅都沒有人能夠超過他，他的智慧足以繼承世親大師，遺憾的是，他出生的地方太遙遠了，沒有機會早點親近佛教聖賢的教澤。能夠遇見僧稱這樣一位學識淵博、誨人不倦的大德，對於西行求法的玄奘來講，當然是一個巨大的驚喜。然而，還有更大的好事情在等著我們的玄奘法師呢！

這必須從迦濕彌羅在佛教歷史上的特殊地位說起。迦濕彌羅是佛教歷史上第四次結集佛典的地方，也就是迦膩色迦王結集。所謂「結集」，梵語叫 saṅgīti，就是合唱，指佛教徒為了編集佛教經典而舉行的合誦。我們知道，在古代歷史上，佛經主要是口口相傳的，經過漫長的歲月可能會出現丟字拉字的情況，所以每過一段時間就要把高僧們召集起來，大家坐在一起念誦，如果念的都是一樣的，就寫成定本，也就是大家都同意的標準本。如果念的時候不統一，就先討論哪個是對的，再把大多數人贊同的意見寫下來，作為比較固定的版本，這就叫佛典結集。雖然學者們的意見有不小的差別，但多數人認為佛教歷史上有四次大結集：第一次是在如來涅槃後第一年，就是西元前四八六年左右；第二次是吠舍厘結集，在西元前三百多年；第三次是華氏城結集，在阿育王時期；第四次就是在迦濕彌羅，在迦膩色迦王統治期間。

根據《大唐西域記》的說法，迦膩色迦王在佛陀涅槃後第四百年即位，國力強盛，信仰佛教，每天請一個僧人入宮講經，但是學說很紊亂，彼此矛盾。我們前面提到的脅尊者就對國王說，如來去世已經很久了，弟子分成很多部派，意見紛紜，互相矛盾，建議國王利用自己的權威召開大會，統一佛說。國王接受了這個建議，傳令召集遠近高僧。於是高僧們從四方雲集，在七天內大事供養，但是人實在太多，魚龍混雜，喧鬧不堪。國王就恭恭敬敬地進行有秩序的淘汰工作，先留下已經證聖果的，再要求已經證得四果的留下，再要求只有具有三明、有六神通的人留下，最後把要求提高到「內窮三藏，外達五明」者才能留下。這樣還有四百九十九人。國王專門建立寺院，開始準備工作。

這其中最關鍵的人物叫世友，開始他並不在這四百九十九人之列，而是穿著糞掃衣（用人們拋棄的破衣服縫衲而成的法衣）站在寺院門口。那些人瞧不起他，叫他趕緊去證得四果再回來，先退到一邊去。世友說：我看證得聖果很容易，就像涕和唾一般容易。我志求佛果，不走小路，現在我把這個絲團拋上天，在它掉下來之前，我就可以證得聖果（我顧無學，其猶涕唾。志求佛果，不趨小徑。擲此縷丸，未墜於地，必當證得無學聖果）。別人當然說他是自吹自擂。於是，世友就把絲團拋上了天，空中有神接住絲團，說世友應該在今世證得佛果，然後在來世接彌勒的班，怎麼能在這裡求這樣的小果呢？這下子那些僧人全相信了，就請世友爲上座，請他裁決疑義。這五百個聖賢先後寫成了解釋經藏的佛經十萬頌、律藏十萬頌、論藏十萬頌（「頌」是梵文裡一種特殊的體裁，漢語佛經一般是四句，這四句就叫一頌，也叫做一偈，即一個偈語），佛經於是完整了。迦膩色迦王就把這些經文刻在銅上，用石函封起來，再在上面建造佛塔，想學習的人可以在此閱讀。

這就是說，迦濕彌羅國藏有相當完整的佛經，有得天獨厚的優勢。這對於西行求取眞經的玄奘來說太重要了。

國王本來就欣賞玄奘，看見他千里迢迢來求法求學，但是沒有經本可以閱讀，就派給玄奘二十名書手爲他抄寫佛經，還派了五個人照料他的生活。總之，國王給了玄奘他所需要的一切。玄奘在這裡的闍耶因陀羅寺停留了很長時間，鑽研梵語佛經，爲日後周遊印度和回國翻譯佛經打下了初步的基礎。玄奘帶回國的佛經裡面，應該就有在這裡抄寫的。至於玄奘在這裡停留的時間，《大慈恩寺三藏法師傳》說是首尾兩年，這是大概說的，並不是完完整整的兩年。

〔玄奘於貞觀三年（六二九年）秋離開了迦濕彌羅國，不久就遭遇了很驚險的一幕。在後來的旅途中，玄奘留下了關於東女國的記載，許多專家認為，這段記載就是小說《西遊記》中女兒國的靈感來源。請看下一講「真假女國」。〕

第十七講　眞假女國

在小說《西遊記》中，唐僧師徒四人在女兒國有一段令人哭笑皆非的遭遇，而在《大唐西域記》中，玄奘用了一段撲朔迷離的文字，記錄了一個由女性做國王的神奇國度——東女國。這兩部著作中的女兒國是不是同一個地方？

離開迦濕彌羅國以後，玄奘大體的方向是朝南而行，經過了幾個小國家，來到了相對大一點的一個國家——磔迦國。玄奘一路西行多次遇盜，在這裡的波羅奢森林裡，又遇見強盜了。

這群強盜大概有五十多人，算是一個比較大的團夥了，把玄奘和隨行的人抓住以後，剝掉他們的衣服，把他們隨身帶的稍微值錢的東西都搶掉，還要殺人滅口。強盜們把玄奘和他隨行的人員驅趕到一個乾涸的池塘邊，準備殺掉他們，然後棄屍於此。在這個危急時刻，跟著玄奘的小沙彌眼尖，發現池塘南岸有一個水洞，剛夠一個人鑽過去，就趕緊悄悄地告訴了玄奘，兩個人先後鑽洞而出，總算揀了一條命。但玄奘並沒有自顧自，而是趕快到周圍去找人解救他的同伴。根據記載，他此時正好看見一個在種地的婆羅門，就把遇賊被搶之事告訴了他。這位婆羅門儘管聽了一驚，但很是見義勇爲，把牛交給玄奘，自己朝著村莊方向吹響了海螺。看來，印度的鄉村有守望相助、結寨自保的傳統。頓時鼓聲大作，八十多個村民舉著傢伙出來，朝強盜們衝過去。強盜見狀，也就分散逃到樹林裡作鳥獸散了。玄奘趕緊給別的人解綁，帶著他們到附近的村莊投宿。這些人都悲戚不已，但是玄奘卻笑著，無憂無慮的樣子。同伴們大惑不解，對玄奘說：「我們的東西都被搶光了，性命也幾乎丟掉，還有比這個更危險和倒楣的嗎？法師您不僅不和我們一起憂傷，反而笑嘻嘻的，這是爲什麼呢？」玄奘的回答氣度非常宏大，令人感佩：「人最珍貴的是生命。既然生命還在，還有什麼可以擔憂的呢？我國的書上講『天地之大寶曰生』，說的就是這個道理。那麼一點點衣服財物，有什麼捨不得的呢？」（居生之貴，唯乎性命。性命既存，余何所憂。故我土俗書云「天地之大寶曰生」。生之既在，則大寶不亡。小小衣資，何足憂吝。）

春去秋來，玄奘依舊邁著匆忙的步伐前進，經過了無數個大大小小的國家。轉眼到了貞觀五年

（六三一年），我們的玄奘法師三十二歲了，離開祖國也有五六年的時間了。儘管西行的旅途無比精采，但這中間的艱辛甘苦，只有玄奘自己才能體會吧。

這一年年初，玄奘在秣底補羅國匆匆而過，又經過了幾個國家或者城市，到了前面一個很不重要的國家——婆羅吸摩補羅國，就在這個國家，玄奘留下了一段關於東女國的撲朔迷離的記載。有些人認爲，這個東女國就是《西遊記》裡邊女兒國的靈感來源，激發了《西遊記》作者的創作靈感，這到底是怎麼一回事呢？

讓我們先回過頭去看看《西遊記》。《西遊記》第五十回以後是講玄奘師徒過了通天河，來到金峴山、金峴洞，接著的一段路都跟黃金有關，地名都帶著「金」字。到了第五十三回，師徒幾個喝了「照胎泉」的水後，突然覺得肚子疼，遇見了幾個半老不老的婦人，望著玄奘「灑笑」，不是傻乎乎地笑，而是放開了笑，很高興的樣子。孫悟空大怒，抓住老婆子便要她們去燒熱水。那老婆子驚嚇之餘說，這裡是西梁女國，我們這一國儘是女人，沒有男子，所以見了你們很歡喜，還說玄奘師徒喝了會使男性懷孕的水。師徒四人當然急得不得了，東折騰西折騰，最終每個人都從肚子裡折騰下來好多血團肉塊。孫悟空這個時候還有心情開玩笑，提醒玄奘不要被風吹了，「弄做個產後之疾」。八戒更好玩，認爲自己「左右只是個小產，怕他怎的？」一口氣吃了十幾碗粥，居然不夠，還自己去煮飯。接下來第五十四回的標題是「法性西來逢女國　心猿定計脫煙花」，師徒四人到了所謂的「西梁女國」，這裡「農士工商皆女輩，漁樵耕牧盡紅妝」。這個國家的人管男人叫「人種」，男人的地位很低，只是人的種子。那裡的人推推攘攘來看熱鬧時，八戒還大叫「我是個銷豬」（被閹割掉的豬），很是有趣。這裡發生的事情大家都知道，玄奘又被女王看中，差點被迫成親。玄奘一如既往地意志堅定，「咬釘嚼鐵，以死命留得一個不壞之身」。在豬八戒的眼裡，女王「說甚麼昭君美貌，果然是賽過西施」，這且不去管它。女王怎麼看玄奘的呢？「丰姿英偉，相貌軒昂。齒白如銀砌，唇紅口四方。頂平額闊天倉滿，目秀眉清地閣長。兩耳有輪眞傑士，一身不俗是才郎。好個妙齡聰俊風流子，堪配西梁窈窕娘。」女王看得十分高興，連連叫玄奘平身，把玄奘弄得「耳紅面赤，羞答答不敢抬頭」。

〔小說《西遊記》以玄奘記錄的東女國為靈感，描繪出了一個帶有魔幻色彩的女性王國。然而玄奘並沒有親歷過東女國，我們不禁要問，歷史上真的存在過這個神奇的國家嗎？它究竟在哪裡？〕

從記載來看，玄奘並沒有到過東女國，而是到了這個國家的附近，聽到很多關於這個國家的傳說。在《大唐西域記》裡，他對東女國有一段魔幻般的記載：

此國境北大雪山中，有蘇伐剌拏瞿呾羅國（唐言金氏）。出上黃金，故以名焉。東西長，南北狹，即東女國也。世以女爲王，因以女稱國。夫亦爲王，不知政事。丈夫唯征伐田種而已。土宜宿麥，多蓄羊馬。氣候寒烈，人性躁暴。東接吐蕃國，北接于闐國，西接三波訶國。

玄奘記載說，我所到這個國家（婆羅吸摩補羅國）以北的大雪山裡，有個蘇伐剌拏瞿呾羅國，這個名字是梵文，意思是金氏，因爲這個國家出產上等的黃金而得名。他們世代以女性爲王，儘管女王的丈夫也是王，但是這個王不知政事，實際上起不了什麼作用。這個國家的男子地位低下，只管種地和打仗。

我前面講過，玄奘並沒有親自到過這個國家，而是得之於傳說。《大慈恩寺三藏法師傳》裡沒有提到這個東女國，自然也可以理解。但是，這絕對不等於說這個東女國是子虛烏有的。眾多的歷史資料充分地表明，這個東女國在現實歷史中確實存在。

慧超是唐玄宗時的西行求法高僧，也到過印度，他有部書叫《往五天竺國傳》，裡面也提到了這個國家，除了強調他們是以女爲王以外，還說「屬吐蕃國所管，衣著與北天相似，言音即別，土地極寒也」（這個國家是歸吐蕃管的，語言文字和北印度很相似，但是語音不同，這個地方極其寒冷）。《新唐書・西域傳》則記載得很詳細，說他們是「羌別種也，西海亦有女自王，故以東別之」。也就是說，這個女兒國的居民是羌族，而且在這個國家的西邊還有以女性爲王的國家。更爲重要的是，西域和中亞的史料很貧乏，用當地的語言文字保留的史籍很少，而恰恰在這個女兒國的問題上，出現了一個例外。迦濕彌羅國的古籍中也提到，這裡附近有個國家叫 Strīrājya，意思就是女子的王國。現在我們大致可以確定，這個東女國確實是存在過的，它是古代西藏西北部山區靠近印度的一個小國家，應該位於喜馬拉雅山以北，新疆和田以南，拉達克以東，正處於母系氏族制度時期，就像我國有的少數民族一樣。所以說，玄奘雖然只是聽說過東女國卻沒有親歷過，但這個國家在歷史上是眞實存在的。

《西遊記》裡有關女兒國的描寫，雖然也可能受其他傳說的激發，但其諸多的靈感來源當中起碼有一個，甚至說很重要的來源是這個東女國。第一，《西遊記》的作者把這個女兒國放在所謂的金峴山、金峴洞的後面，也就是在強調這個女兒國的周圍是出產黃金的，而東女國恰恰就是《大唐西域記》

裡很少見的出產高品質黃金的地方。第二，《西遊記》在這裡為什麼把這個女兒國叫做「西梁女國」？我想這個恰恰是欲蓋彌彰露出的馬腳，《西遊記》的作者應該是看到東女國以西還有一個女國，況且「西」更遙遠，和玄奘西行更吻合，所以把這個女國改成了「西梁女國」。第三，所謂的「西梁女國」，我估計在吳承恩的內心深處，用的應該是「西涼女國」，就是暗指這個地方極度寒冷，而涼州又是我國西北地方相當著名的一個地名。當然，這些只是我的個人揣測而已。

〔玄奘接著又經過了若干國家，來到中印度的劫比他國，在這裡留下了一條很有意義的記載。有意思的是，《大唐西域記》裡的這段文字居然被改動過，被刪掉了二十七個字。為什麼有人在高僧的著作上動手腳呢？被刪去的內容究竟是什麼呢？〕

玄奘來到了劫比他國，它還有一個古老的名字叫僧伽舍，意思是「天下處」，是神話裡面梵天、帝釋和佛陀自三十三天下降塵世的地方。經過後來的學者們的研究，玄奘《大唐西域記》裡關於這裡的記載被人動過手腳，刪掉了二十七個字，這二十七個字還保留在引用過《大唐西域記》的《釋迦方志》和《法苑珠林》裡：

皆作天像，其狀人根，形甚長偉。俗人不以為惡，謂諸眾生從天根生也。

其實，這是古印度的男性生殖器崇拜。玄奘在這裡看到有一個雕塑，很高大，就是把男性生殖器作為一種崇拜塑在這裡。從民俗學的角度來講，這種崇拜在古代世界是非常普遍的，今天在我國的很多少數民族中仍然存在。今天《大唐西域記》的本子之所以沒有這段文字，是由於後來某些僧徒出於中國佛教特殊的倫理氛圍，覺得對這個東西的描述太露骨，留在一代高僧玄奘的著作當中不合適，於是乾脆把它刪掉了。由此可見，中國和印度的思想有不吻合的地方，即使是高僧的著作，後來的僧徒出於某種善意，比如為了維護玄奘崇高的聲望，或者是自己沒有辦法接受劇烈的衝突，就把原著中某些文字刪除了。從被刪的這二十七個字中也可以看出，玄奘原來的記載是很翔實的，是有見必錄的。

玄奘在這裡還提到了蓮花色尼，她是佛教史上非常著名的一位尼姑，名字叫蓮花色，她的故事揭示了佛教傳播史、中外文化交流史上最基本的一個道理或準則。佛教故事裡關於蓮花色尼的傳說很多，傳播也很廣，在我國敦煌文書當中也有記載。一九三二年，著名學者陳寅恪先生就發表了《蓮花色尼出家因緣跋》（收入《寒柳堂集》），說她前世遭到了七種惡報，這七種惡報讓她幡然悔悟，看透了世間的俗相，所以便出家為尼了。所有地方都是說「七種」，然而在漢語譯本裡卻只有六種，即丈夫被蛇咬死、兒子被狼吃掉、掉到水裡差點淹死、自己身體不斷有毛病、居然還吃了自己兒子的肉、父母被火燒。那麼，這第七種惡報到底是什麼呢？為什麼在漢語典籍中沒有？陳寅恪先生是懂梵語、巴利語的，他在巴利文佛典《長老尼偈》中找到了漢語譯本裡沒有的第七種惡報——那就是蓮花色尼在前世屢次嫁人，跟每個丈夫都生了很多孩子，兒女們間彼此都不相識，而且她居然還和自己的女兒一起嫁給了自己的兒子！這種倫理之間的混亂，或者說亂倫，在印度並不奇怪，佛經裡經常用這樣的故事來激發世俗之人的羞惡之心，說明最好應該斷欲出家的道理。這樣的思想和做法到底對不對，我們不在這裡評論。但是，中國傳統的倫理觀念是絕對接受不了這樣的事情的，君臣父子這種傳統的倫常，在早期還有一些僧人信徒對其發起挑戰，唯獨男女之間和性有關的事情，中土佛經基本是閉口不言的。所以，就連篤信佛教的人，也擺脫不了中國傳統倫理的深厚影響，不能接受印度的這類事情和說法。但是，佛經又是神聖的，他們不敢說佛經說得不對，只好把它們悄悄地刪掉了事。

和這個國家相關的、玄奘記載下來的兩件事情，以及它們在後來被刪改的命運，都揭示了這麼一個道理：我們在接受外來文化的時候，歷來就不是被動接受、全盤照搬的，而是充分考慮到中國本身的國情和特有的文化傳統，是經過選擇和改造以後才吸收的。這大概也就是魯迅先生說的「拿來主義」，也是中外文化交流的正確途徑吧。

〔玄奘在印度遊歷期間記載了許多見聞和傳說，使《大唐西域記》成為一部珍貴的歷史資料，而其中有關印度的一些聖僧的傳說，更是充滿了神奇的色彩，他對於世親大師的記載就是其中的一例。〕

世親是玄奘心目中的聖僧。玄奘回國以後的翻譯工作，就主要是以無著和世親的著作爲中心的，他的記載可能是我們了解世親的一個最佳途徑。世親原來是小乘佛教徒，他學問淵博，記憶能力超群，在小乘佛教領域早就聲名卓著了。他的親哥哥無著也是由小乘佛教出家的，但是他比較早就轉信了大乘佛教。這兄弟兩個都是西元五世紀的人，和玄奘去的時候相差了差不多兩百年。在玄奘記載的一處佛教遺跡當中就提到，在恆河邊上有一座用磚做的古佛塔，這裡就是世親改變信仰，從小乘佛教徒轉變爲大乘佛教徒的地方。這其中的經過非常有意思。當年的某個晚上，世親從北印度到這裡的時候，他的哥哥無著已經在這裡了。無著故意沒有馬上見弟弟，而是讓自己的弟子在世親所住房間的窗外高聲吟誦《十地經》。世親非常聰明，在夜深人靜的時候聽到這部佛經，當即明白自己以前信仰的小乘佛教的學說不完備，過去花費的好多精力可能白費了。不僅如此，他突然懺悔，因為他以前作為一個小乘佛教的著名的論師，經常攻擊大乘佛教，所以覺得自己犯了誹謗教法的罪過。他就開始反思，對過去追悔莫及，竟然一下子把自己所有的過錯歸結到舌頭上，因為他口舌伶俐，都是舌頭惹的禍。想到這裡，世親就拿出一把非常鋒利的刀子，準備把自己的舌頭給割了。其實無著一直在旁邊觀察著，想看看這個弟弟能不能幡然悔悟，這個時候就趕緊出來阻攔，開導他說：「大乘佛教是佛教的最高道理，所有的佛都讚歎它，聖賢都以大乘為正宗。我本來想開導你，現在你自己覺悟了。這麼及時地醒悟，還有什麼比這個更好的呢？過去你用舌頭誹謗大乘，今天也可以用舌頭頌揚大乘啊，又何必要把舌頭給割掉呢？」就這樣，世親把自己的舌頭留了下來，接著第二天便到無著住處請教大乘佛說，改信了大乘佛教，後來成了一代宗師，寫了一百多部大乘論著，其中有一部很重要，叫《十地經論》，就是專門解釋《十地經》的。

關於世親的另外一個故事，玄奘是從一位叫眾賢的高僧開始講起的。眾賢這個人在《大唐西域記》裡不止提到一次，他從小就非常聰明，也非常勤奮，在印度的佛教界有一定的聲望，對小乘佛教有非常精湛的研究。而當時的世親歲數已經不小，在印度佛教界已經是泰斗一級的人物了。世親曾經寫了一本《阿毗達磨俱舍論》，這是非常重要的一部經典。這位眾賢法師當時很年輕，但門徒很多，他對世親並不服氣，於是埋頭閱讀，花了十二年的時間研究世親的這部論著，然後自己也寫了一部經，叫《俱舍雹論》。眾賢很得意，對自己的這部書很滿意，希望能像冰雹一樣，把世親的《阿毗達磨俱舍論》

打得稀巴爛。他對自己的門徒講，以我這樣超凡的能力和對佛教的出眾理解，我完全可以駁倒世親，挫掉他的鋒芒，我不能讓他在這個世界上獨得大名。聽到這個消息以後，世親展現出一種了不起的風姿和氣度。他沉吟了很久，說：眾賢論師是一個非常聰慧、傑出的晚輩，他言詞鋒利，但道理論述得不夠充分，我現在想批駁他的觀點實際上並不難，但為了佛教的大義，我並不打算這樣做。他的這本書原本是打算破除我的理論，但在某種程度上也是在闡述我這個宗派的主張，甚至說得比我還清楚。於是，世親把這部《俱舍雹論》改名爲《順正理論》，字面意思就是順著正確的佛理來論。這部經現在還在，也有漢文譯本。

〔玄奘從這裡又前行兩百餘裡，到達了羯若鞠闍國。這個國家還有一個名字叫「曲女城」，是古代印度鼎鼎大名的地方。玄奘到的時候，這裡由著名的國王戒日王統治著，正處於極盛的時代。玄奘在這裡的經歷實在是太豐富了，完全可以稱得上是西行求法路上的一個高峰。請看下一講「在劫難逃」。〕

第十八講 在劫難逃

玄奘來到了曲女城，在這裡詳細記載了一個仙人和戒日王的神奇傳說，然後沿印度的恆河順流而下，遇到了一幫信仰突伽神的強盜，他們不僅搶劫財寶，還選中了玄奘做祭祀用的人牲。玄奘努力辯解，還是被這群強盜拖上了祭壇。這是玄奘西行以來遇上的最危險的一次劫難，他自己都確信躲不過這一關了……

玄奘來到了羯若鞠闍國，也就是恆河和卡里河合流處。此時的曲女城正處於極盛時期，由戒日王統治，他是印度歷史上非常重要的一個國王。這個國家還有一個名字叫「曲女城」，在漢語史籍中非常著名。從字面意思來看，難道這個地方的女人是彎曲或駝背的嗎？這其實來自一個神奇的傳說，玄奘把它記下來了。

這個地方過去有個國王，他非常賢明，很有威嚴。據說他有一千個兒子，而且個個都機智勇敢、能文能武，還有一百個女兒，個個都美麗端莊。那時候，有個仙人一直在附近打坐入定，時間一久就形如枯樹，因此被稱爲「大樹仙人」。照理說，他已經修行到這個份兒上了，應該不會再動凡心了，豈料有一天仙人在河邊看見國王的女兒們正在洗澡，居然動了凡心欲念，於是來到王城，請求國王把女兒嫁給他，還說可以保佑這個國家繁榮昌盛。國王傻眼了，對仙人的法力很畏懼，也不敢拒絕，於是召集女兒們開會，問誰願意嫁給這個大樹仙人。這些女兒們儘管很崇拜這個仙人，但誰都不願意嫁給他。這下國王發愁了，整天都愁眉苦臉，擔心仙人發火，降下災禍來。國王有個最小的小女兒很孝順，知道了父親的心事就挺身而出，答應出嫁。國王大喜，備好了嫁妝，還非常隆重地親自把女兒給仙人送去。不料這個仙人很挑剔，居然大發脾氣：「你對我這個老頭子也太輕慢了吧，竟然拿這個醜女來敷衍我！」

這裡和前面講的似乎矛盾了：國王的一百個女兒都很美麗，爲什麼仙人說這個小女兒很醜呢？因爲在古代印度，人們對女性的美是有特殊要求的，不光要容貌標致，還要身材豐滿，比如壁畫當中的女性菩薩都比較豐腴。這個女孩因爲是最小的女兒，所以應該還是個小孩子，仙人當然不會滿意了。國王百般解釋，大樹仙人根本不聽，還念了一個惡毒的咒語：「九十九女，一時腰曲，形既毀弊，畢世無婚！」果然，國王那另外的九十九個女兒一下子腰全彎了，形象全毀，都別再想能嫁出去了。國王和仙人之間的這場鬥爭，以仙人的勝利而告終，從此以後，這個城市就叫曲女城了。

玄奘記載的當然不僅僅是這些傳說，還記錄了古印度一代名王戒日王的世系和功績。這在史料缺乏的印度，就格外顯得珍貴了。玄奘記載了戒日王的父親和哥哥的名字和生平，以及戒日王即位的經過，特別是戒日王是相信觀自在菩薩的。戒日王執政的時間大約是在六〇六年至六四七年，他東征西討，成爲北印度的霸主，連續三十年天下太平，政局穩定。他厲行節約，行善造福，命令百姓不准吃葷，不許殺生。他多才多藝，寫過梵文詩歌和劇本。戒日王支持和保護佛教，還第一次派遣使者直接出使中國，熱情接待回聘的中國使者。他在恆河沿岸建立了數量巨大的佛塔，只要是有佛祖遺跡的地方，都建立寺院。每年還召開各國佛教徒參加的大會，提供衣食、藥物，讓他們辯論。每五年舉行一次無遮大會。戒日王還把每天三分之二的時間用來做善事，等等。總之，對於老百姓，特別是對於佛教徒而言，戒日王實在是一個非常理想的國王。

《大唐西域記》在這裡還記載了戒日王會見玄奘的場面，非常詳細、精采。根據我們的研究，我們有理由認爲，這場會面是歷史事實，但時間應該是在六四〇年，也就是玄奘四十一歲的時候，而不是在六三一年。十年以後的玄奘在印度如日中天，而這時的玄奘還沒有到達那爛陀寺，名聲遠不是十年後可以比擬的。《大慈恩寺三藏法師傳》就沒有在這裡提到這次在中印文化交流史上意義極其重大的會面，這麼處理是正確的。玄奘和戒日王確實是好朋友，但不是在這一年。

玄奘還注意到了曲女城附近的佛跡，據他記載，這裡保存著佛牙舍利，每天都吸引了成千上百人來朝拜。守護佛牙的人討厭這樣的繁雜和喧鬧，便規定如果瞻仰佛牙，必須交納大錢。玄奘對於這種做法似乎頗有微詞。

在那裡的跋達羅毗呵羅寺住了三個月後，玄奘繼續向東南走了六百餘里，抵達阿逾陀國，這裡是中印度地區了。從這裡再往東三百多里，玄奘順恆河而下，前往另外一個國家——阿耶穆佉國。在這次旅途當中，玄奘遇到了他降生以來最危險的一次劫難。

〔玄奘自從西行求法以來，大災小難遇到了無數，無論是邊關被擒、沙漠斷水，還是遇到強盜、劫匪，每次都能化險為夷。而這次遇到的強盜，不僅僅是要錢財就甘休了，還要把玄奘作為人牲殺掉，來祭祀他們信奉的突伽天神……〕

玄奘離開了阿逾陀國，和八十多個人結伴，坐船沿恆河順流而下，前往阿耶穆佉國。恆河兩岸都是非常茂密的樹林，風光旖旎。船開了一百多里，平安無事，船上的人都沉醉在聖河的美景當中。突然，從兩岸樹林遮蔽住的地方衝出來十幾條船，船上都是強盜，顯然是事先埋伏好的。玄奘等人頓時驚慌失措，有幾個人甚至選擇了跳河這樣危險的逃生辦法。強盜們來勢洶洶，逼迫玄奘和同伴們所乘坐的船靠岸，又命他們脫掉衣服搜身，尋求財物珠寶。花錢消災也就罷了，不料這夥強盜和以往的完全不同，要嚴重得多。因爲他們不是搶完東西就完了的烏合之眾，而是有著特殊信仰的強盜，據《大慈恩寺三藏法師傳》講，這些強盜「素事突伽天神」。在我們的腦海裡，一般的宗教信仰都是向善的，可是這夥人是信仰突伽天神的，情況就迥然不同了。

「突伽」的梵語叫 Durgā，大家比較陌生，若是說起這位天神的另外一個名字「難近母」，那可就是大名鼎鼎了，雍和宮裡就有她的像，在藏傳佛教裡，她如今依然聲威赫赫。難近母其實是印度教雪山女神的化身之一，身兼兩職，既是濕婆的妻子，又是印度教一個獨立的、地位很高的降魔女神，更是性力派崇奉的主神之一。所謂「性力派」，是印度教三大派之一，主要崇拜難近母、時母、吉祥天女等女神。性力派的主要教義認爲，這些女神從男神那裡得到的性的力量，是宇宙萬有創造和誕生的本源。他們有自己的經典，叫 Tantra，很古老，據說有六十四種，很多已經失傳了，殘存的多是七世紀的產物。性力派的主要儀式有犧牲（包括人祭，即用人做祭品）、輪座（男女雜交）、特殊的瑜伽、魔法四種，但反對種姓制度和寡婦殉葬制度，分爲左道和右道兩派。左道不受成規的限制，右派的活動則比較正規和公開。突伽天神形象威嚴，甚至可以說是猙獰恐怖：她身穿紅色法衣，坐騎是獅子或者老虎，手有八隻、十隻或十八隻不等，拿著各種兵器，裡面一定有一支長矛或者一條毒蛇。至今在孟加拉地區每年春、秋兩季都要祭祀她，而祭祀她的日子則是當地最熱鬧的節日，舉國同歡。當然，人們不會再拿活人來獻祭了。而玄奘到達印度的時候，恰恰是這個教派在印度比較興盛的時候。這些強盜既然信奉突伽天神，那一定要在秋天找個人殺了，取其血肉來祭祀。

和一起被捕的其他同伴相比，玄奘所面臨的危險特別嚴重，這是爲什麼呢？首先，強盜在任何時候、任何地方都算不上正當行業，他們對祭祀往往特別看重。而且就人祭而言，他們這個行當有著特殊的便利，經常能抓到人。在信奉突伽天神的這夥強盜看來，殺一個活人祭神，或許可以抵消他們的罪過，說不定還能積累他們的功德。其次，根據《大慈恩寺三藏法師傳》的記載，這些強盜抓住玄奘等人時這樣說道：「我等祭神時欲將過，不能得人。」原來那個時候是夏末秋初，正好是例行要殺人來祭祀突伽天神的時候，而這些強盜卻還沒抓到合適的人，眼看祭祀的時間就要過去了，不祭當然是罪過。在古代印度，祭祀是有嚴格的時間規定的，過了以後就不能再補了，所以這些強盜的心情很迫切，抓到了那麼多人，既搶到了很多財物，還能解決祭祀所需要的人牲問題，自然很開心。第三，這個人牲並不是誰都能充當的，因爲突伽天神對人牲很挑剔，對人的相貌、身材、皮膚都有要求，這些強盜因此「每年秋中覓一人質狀端美」，才能供給天神，所以相貌出眾、又白又嫩的玄奘在這八十多個人裡一定是非常出色，一下子就被這些強盜看中了，高興萬分，覺得「今此沙門形貌淑美，殺用祠之，豈非吉也」。

〔果然，這些強盜選中了玄奘，把他單獨拖了出來。玄奘所做的努力都失敗了，強盜們的祭祀儀式馬上就要開始了。這一次，玄奘覺得是在劫難逃了，正準備念著經化滅……〕

在這種情況下，玄奘當然不會束手待斃，也沒有放下尊嚴苦苦哀求，而是冷靜地用一種出乎意料的方式勸說這些強盜：「我這樣汙穢、醜陋的身軀，竟然可以充當天神的祭品，我實在是很榮幸、很願意的。但是我遠道而來禮佛、求經問法，我的心願還沒有達成，施主們現在就把我殺了，恐怕不太吉利吧？」（以奘穢陋之身得充祠祭，實非敢惜。但以遠來，意者欲禮菩提像耆闍崛山，並請問經法。此心未遂，檀越殺之恐非吉也。）作爲一個佛教徒，玄奘此時並沒有去指責崇奉突伽天神的性力派殺生行爲，這樣肯定會進一步激怒這些突伽信徒。在如此危急的關頭，聰明的玄奘首先肯定了對方的宗教信仰和祭祀行爲，說做人牲的這個要求也沒有什麼不對的，但我實在不夠格，況且我求法的目的還沒達到，還不是一個圓滿的人，所以不吉利。但不幸的是，玄奘的努力完全沒有奏效，沒能打動那些強盜。同行的人中有人苦苦地為玄奘哀求，甚至有人要代替玄奘獻祭，但這些強盜只認準了玄奘。

殺人祭天的行動一板一眼地開始了。這是神聖的祭祀，自然有一套嚴格的規範。強盜們派人先去恆河取水，一般來講先要把長途跋涉的玄奘洗洗乾淨，然後在樹林裡平整土地，建起一座壇來，再用和好的泥抹平。祭壇準備好了以後，兩個強盜拔刀在手，把玄奘拖上祭壇，準備開刀祭天。玄奘馬上就要成為突伽天神的祭品了，而臉上居然毫無懼色，非常平靜，這讓強盜們暗暗詫異。實際上，玄奘這次確信自己難逃此劫，於是不再去作任何徒勞的努力了，他對這些賊說：「請你們稍微給我點時間，不要逼迫過甚，容我安心歡喜地自己化滅吧！」（願賜少時，莫相逼惱，使我安心歡喜取滅。）在自己的生命行將結束的那一刻，虔誠的玄奘就安坐下來，一面念誦著彌勒菩薩，一面發願，將一切置之度外了。

眼看著玄奘被強盜拖上祭壇，他的那些同伴也已經絕望了，覺得玄奘肯定難逃此劫，而且他們一定會覺得，其實玄奘是替他們中某一人或者某幾人去死的。帶著這麼一種心情，這些同伴放聲大哭，哀聲一片，他們想用自己這種悲痛的心情來為玄奘送行。同伴的哭聲，當然打動不了一心急於完成自己神聖宗教使命的強盜，他們正一步步按照突伽女神的祭祀程序，來進行這一次殺人祭神的活動。

〔在這樣的緊要關頭，玄奘為什麼會念誦彌勒菩薩，而不念誦觀自在菩薩呢？念誦這個彌勒菩薩，又給玄奘帶來什麼樣的好運呢？他能逃過這一劫嗎？請看下一講「絕處逢生」。〕

觀世音菩薩像。唐代壁畫

敦煌「行腳僧圖」壁畫。描繪一位西來東土授經傳法的僧人形象

敦煌壁畫中描繪西行商旅路遇強盜的情景

「五百強盜成佛圖」壁畫。此圖講述五百名強盜作亂遭擒，雙目被剜，佛陀以大願力使復明，眾盜因此皈依，後都修得正果的故事

「山谷高深，峰岩危險，風雪相繼，盛夏合凍，積雪彌穀，
蹊徑難涉。山神鬼魅，暴縱妖祟。群盜橫行，殺害為務。」
這些玄奘寫在《大唐西域記》中的簡潔句子，
大抵可以囊括他旅程中面臨的種種挑戰。

陳毓芳攝

玄奘曾在旅途中遭遇幾次幾乎丟掉性命的凶險情況，
有時僥倖逃得性命，但隨身物資盡失，但他仍能豁達以對：
「居生之貴，唯乎性命。性命既存，余何所憂。」
對玄奘而言，天地間再沒有比生命更珍貴的事物了。

陳毓芳攝

那爛陀寺（遺址群）。玄奘曾在這座名動全印的佛學中心留學達五年之久

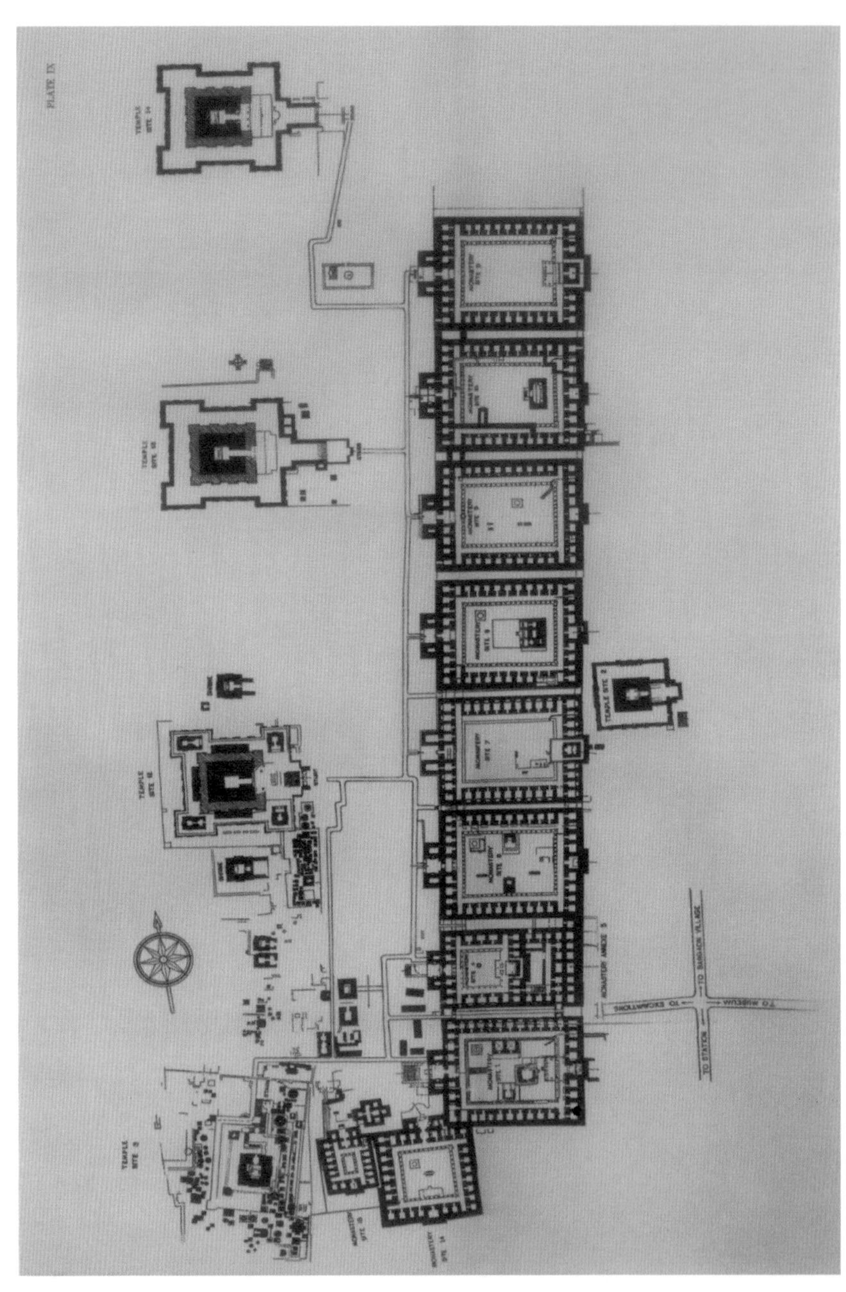

依那爛陀寺遺址所繪製的平面圖。左側為寺院及佛塔群，由圖上方順序而下第三幢為中央寺院。右側並列八間僧院。最右方為第二寺院（經典雜誌提供）

「昔有佛影，煥若真容，相好具足，儼然如在。」

（唐．玄奘《大唐西域記》）

前正覺山上的佛影窟中，供奉著一尊佛陀苦行像，呈現佛陀於菩提樹下悟道前的六年苦修形象。相傳佛陀曾於此留下佛影而去，虔誠祈願者便能得見（經典雜誌提供，王嘉菲攝）

山西高平開化寺大雄寶殿「佛陀說法圖」壁畫。宋代作品

印度石刻「鹿野苑說法佛陀」像，或稱「佛陀初轉法輪像」。佛陀雙手作轉法輪印，下方台座正面刻有五大弟子與一母子供養者浮雕。公元五世紀作品

佛陀宣示即將涅槃之處（吠舍厘）遺址。其中最醒目的石柱與二號佛塔遺蹟，都為阿育王所建
（經典雜誌提供，王嘉菲攝）

敦煌莫高窟一〇三窟「維摩詰經變」壁畫（局部），描繪大乘在家居士維摩詰與文殊師利菩薩辯法的情景，可藉此想見玄奘逗留西域諸國期間，辯經大會現場的盛況。維摩詰的事蹟出自佛陀親自說講的《毗摩羅詰經》中，他也代表了魏晉以來漢傳佛教對於修行者能兼顧傳統禮教、人間富貴，又能在佛學修養上達到極高造詣的理想形象

山西應縣佛宮寺釋迦塔（即應縣木塔）中於佛像腹部出土的遼刻《妙法蓮華經》（局部）。此經又稱《法華經》，盛行於東土漢地的譯本為姚秦時代的高僧鳩摩羅什所譯。鳩摩羅什來自龜茲，為玄奘之前的重要譯經家，也是佛典的譯場發展階段中非常重要的人物

妙法蓮華經妙音菩薩品第二十四

姚秦三藏鳩摩羅什譯

尒時釋迦牟尼佛放大人相肉髻光明及放眉間白毫相光遍照東方八百萬億那由他恒河沙等諸佛世界過是數已有世界名淨光莊嚴其國有佛号淨華宿王智如來應供正遍知明行足善逝世間解無上士調御丈夫天人師佛世尊為無量無邊菩薩大衆恭敬圍繞而為說法釋迦牟尼佛白毫光明遍照其國尒時一切淨光莊嚴國中有一菩薩名曰妙音久已殖衆德本供養親近無量百千萬億諸佛而悉成就甚深智慧得妙幢

江蘇蘇州戲齣年畫「盤絲洞」，敷衍《西遊記》唐僧師徒遇蜘蛛精故事

第十九講 絕處逢生

玄奘被一群強盜劫持，並把他作為人牲推上祭壇，而此時的玄奘已經抱定了必死的打算。然而，就在強盜舉起屠刀的那一剎那，奇蹟出現了。那麼，在玄奘和強盜之間，發生了什麼離奇的故事呢？

在一切努力都不起作用之後，玄奘抱定了必死之志，安坐下來，一面念誦著彌勒菩薩，一面發願。那麼在這個時候，玄奘爲什麼念誦的是彌勒菩薩呢？實際上，就在自己生命行將結束的那一刻，玄奘心裡牢記著的還是他西行求法的最終目的——求得《瑜伽師地論》，而這部經相傳正是由彌勒菩薩口授的。所以在這個當口，玄奘念誦彌勒菩薩是希望自己在此世的生命結束以後，能往生在彌勒菩薩身邊，學習《瑜伽師地論》。所以他念誦彌勒菩薩是有道理的。

與此同時，玄奘還在默默地許願。我們知道佛教徒追求的一個境界是解脫，解脫就是跳出輪迴，擺脫輪迴的苦難，不再投胎，但是玄奘許的願卻恰恰與此相反。玄奘許願，學會了《瑜伽師地論》以後，還要降生在人世，帶著自己從彌勒菩薩那裡學到的《瑜伽師地論》，來教化正在殺害他的這批強盜。這充分體現了一個大乘高僧無比寬廣的胸懷。玄奘發完願，就一心一意地進入了入定的狀態中，他想自己化滅，把自己的心神收攝起來，這個時候他已經感覺不到身邊的事情了。他入定的時候完全忘記了自己的處境，忘記了這些強盜，忘記了正舉在他頭頂的屠刀，他覺得自己在攀登蘇迷盧山（就是須彌山），隱隱約約看見了在莊嚴的蓮花寶座上端坐的彌勒菩薩，菩薩周圍圍繞著很多天上才有的人物。當然，在我們看來，這顯然是一種幻覺，但我個人相信，這是玄奘這樣一位高僧，在那個時候非常切實的心理寫照。正在這些強盜要開始下刀的時候，《大慈恩寺三藏法師傳》又用了四句十六個字，來描寫了一幕突發的場景——「黑風四起，折樹飛沙，河流湧浪，船舫漂覆」。

我們知道，恆河是多沙的，在印度，在佛教史上形容數量很大的一種說法叫做如同恆河沙數，就是數量大到像恆河裡的沙。當時的情景就是，狂風把恆河岸邊的沙子都吹起來了，樹也吹斷了，而平靜的恆河在此時突然湧起滔天巨浪，強盜們所乘坐的船，漂的漂，翻的翻。這一幕恐怖景象的突然降臨，讓強盜大驚失色，趕緊放下了屠刀。有宗教信仰的人，對自然界的敏感程度和我們是不同的，他們相信，自然界顯現的東西和人間是有某種關聯的，這就類似於我們儒家傳統文化中「天人合一」的觀點。於是強盜趕緊就問依然在嚎啕大哭的玄奘同伴，玄奘是何方神聖，他們隱隱約約覺得，這個被他們選擇的「形貌淑美」的法師，可能是大有來歷的。玄奘的同伴聽到強盜這麼問，趕緊回答，說是從唐土來求法的就是這個僧人。那個時候玄奘的聲名已經在一路上傳播開了，因爲這在當時畢竟是一種國際行爲。一路從支那唐土來求法的僧人就是這位法師啊，那就等於告訴強盜，如果殺了玄奘，那就是無量大罪啊！再看看現在突如其來的狂風巨浪，天神已經發怒了，還是趕緊放下屠刀，懺悔爲好。就這樣，玄奘的同伴利用強盜的猶豫、迷惑和驚恐，開始了拯救玄奘的舉動。

這些強盜是特殊的強盜，他們都有非常虔誠的信仰，不然他們不會那麼急切地、認眞地去選擇一個祭品。一看這突如其來的情況，他們也覺得一定是自己的突伽天神不允許他們用這位支那的法師祭神。於是他們一個個叩頭如搗蒜，「相率懺悔」，他們在這一刻，看到了玄奘身上的一種神性，覺得這位法師一定不是普通人。

這時候，突然出現了極其怪異的一幕。底下那麼多強盜在那兒磕頭，不停地請求懺悔，而玄奘在這個臨時搭起的祭壇上卻毫無反應，端坐不動。高僧自己坐化，就是打著坐圓寂，這種情況是不少見的，難道這時玄奘已經化滅了嗎？

面對端坐不動、毫無反應的玄奘，強盜心中眞的害怕了，因爲如果玄奘化滅了的話，那對於這些強盜來講是一個天大的尷尬事情：祭神沒祭成，可因爲他們的行爲，卻導致一位重要的、有影響的法師化滅了，那對於強盜來講是怎麼都沒有辦法接受的一件事情。所以強盜是眞的發急了，史籍記載有一個強盜就戰戰兢兢、哆哆嗦嗦地爬上祭壇，去「觸」玄奘。他不敢使勁晃，因爲他覺得這已經是個有神性的人，但他又想知道玄奘到底是活著還是已經化滅，於是就輕輕地去「觸」玄奘。就這一個「觸」字，使強盜的心理、神態躍然紙上，精采極了。這一觸，使玄奘從入定的狀態中清醒過來，他睜開眼睛，對強盜說了一句帶有點黑色幽默的話：「時至耶？」意思是說：時候到了？是不是該動刀了？我不是說讓你別來打擾我，讓我自己化滅嗎？

強盜們當然顧不上回答，一時間歡欣雀躍：「哎呀，這個法師沒有化滅！」同時，驚喜萬分的強盜又趕緊懺悔：「不敢不敢，哪裡還談什麼時間到不到，我們哪裡敢殺害師父您啊！師父您不是一般人，請接受我們這些人眞誠的懺悔吧！」強盜不停地磕頭，玄奘坦然地接受了他們的懺悔，並且還利用這個機緣對他們說法，告訴他們一些淺顯的佛學道理。一個偉大的高僧，不僅善於利用一切可能來學習、完善自己的佛學修養，同時也非常善於利用一切機緣來宣揚佛法。玄奘眞的是一個了不起的人物，他的智力水準、聰明程度，和對情況的判斷，眞是了不起啊！剛開始這些強盜要殺他的時候，玄奘對他們崇拜的神絲毫沒有指責，只是強調自己的形象好像不合格，那麼按照這個說法，玄奘還是非常高度評價這位天神的。而此時，玄奘看機緣到了，他就明確地表示，你們現在做的事情是不正當的：殺人不正當，搶劫不正當，祭祀不正當的神也不正當。也就是在這個時候，玄奘公開地表明了自己對突伽天神的看法。你們做這些不好的行爲，將來是要受報應的，你們何必用這短暫的今生今世來種下無邊無際苦難的種子呢？玄奘用了四個字來形容今生今世的短暫：「電光朝露。」玄奘對這些強盜講，我們這些人在這個世間過的這一生，其實就像閃電、露水一樣，是稍縱即逝、轉眼即過的，應該好好珍惜這一生。這些不久以前還凶神惡煞般把搶劫當做職業，把殺人當做祭祀的手段，把突伽天神奉爲自己最正當、最偉大神的這些強盜，完全被玄奘所折服，趕緊磕頭，向玄奘謝罪：「這都是我們不分是非，做了不應該做的事，如果不是遇到了師父您，我們哪裡有這個機緣，來明白我們的錯誤呢？我們發誓，今後再也不作惡了，請師父您給我們做一個見證。」（某等妄想顚倒，爲所不應爲，事所不應事。若不逢師福德感動冥祇，何以得聞啓誨。請從今日已去即斷此業，願師證明。）於是強盜把他們搶劫用的凶器全部扔進了恆河，從玄奘和同伴那裡搶來的東西，當然也一一歸還。更妙的是，玄奘利用這個機緣，應強盜所請，爲他們授了五戒，也就是說這些強盜在這一刻也變成了佛教的居士，變成了善男子。

這是玄奘在西行求法過程中遭遇的最危險的一次劫難。脫險以後，玄奘經過了今天確切位置已經不可考的幾個國家，來到了鉢邏耶伽國，這就是今天的阿拉哈巴德，位於恆河和閻牟那河的交匯處，是印度自古以來非常著名的聖地。我們知道古代印度有兩大史詩，一部叫《摩訶婆羅多》，還有一部叫《羅摩衍那》，在這兩部舉世聞名的古代史詩裡面，都把這個地方稱爲神聖之地。

〔恆河和閻牟那河都是印度的聖河，那麼，兩河的交匯處又會有什麼特殊含義呢？玄奘到達這裡的時候，又碰到了什麼奇怪的事情呢？數以百計的古印度人又在這裡做什麼呢？〕

《羅摩衍那》描繪說恆河和閻牟那河交匯的地方，水的顏色是不一樣的，這一點很好理解，這種現象在世界許多地區的兩河交匯處都能見到。這裡是古代印度非常著名的宗教浴場，古代印度人相信，在聖河裡沐浴可以洗滌一切罪惡，這跟基督教的洗禮，跟其他古代宗教有很多相通的地方。而且古代印度人認為，在兩條聖河的交匯處洗澡，更具有加倍的功效，所以據玄奘記載，這地方每年都有數以百計的人到這裡來自殺。因為大家認為，如果想要升天，全世界最好的選擇就是找一個最神聖的地方，在那裡絕食七天，然後自殺。而在缽邏耶伽國，這個兩河交匯的地方就是一個聖地，所以人們紛至沓來，人潮洶湧。

玄奘還記載了一個非常奇怪的情況，這地方不僅有好多人企盼在這裡升天以洗清罪惡，還有好多外道在這裡進行苦行修煉。外道進行苦行修煉並不奇怪，奇怪的是這種修煉的方法實在是太滑稽：他們先在河流中豎起一根很高的柱子，旁邊再豎一根稍微矮一點的柱子，每天早晨，成群結隊的外道爬上柱子，一隻手搭在高柱子上，一隻腳踩在矮柱子上，剩下一隻手和一隻腳伸展開，頭抬高，脖子伸直，看著太陽的方向，隨著太陽慢慢旋轉，以此修行，據說有神奇的功效。他們看著太陽在天上轉，於是人也跟著轉，他們把這視作一種輪迴，等到他哪天修行的時候「撲通」掉到聖河裡死了，那就是升天了。有的人在這裡一練幾十年，練到升天為止，這是那裡的一個非常奇特的場景，玄奘大概也覺得匪夷所思，就非常詳盡地記錄了下來。

〔古印度的外道近乎滑稽的苦行修煉，如果沒有玄奘的記載，這對於我們現代人來說是匪夷所思的。那麼，外道和佛教徒之間的辯經又會是什麼樣子的呢？玄奘又留給我們哪些有趣的記載呢？〕

外道的苦行修煉，在我們今天看來確實近乎滑稽，但這個地方還不僅是外道修煉的地方，還有很多佛教的聖地，例如佛陀和著名的提婆菩薩（在梵文裡「提婆」就是「天」的意思），都在這個地方降服過外道。作爲一個菩薩，降服外道是常事，但是提婆菩薩在這裡降服外道，卻採取了一種非常特別的辯論的辦法。玄奘非常欣賞這場辯經中提婆菩薩的機智和辯論的巧妙，於是他把這場辯經源源本本地記錄了下來。

提婆菩薩從南印度來到缽邏耶伽國的寺廟時，那個時候的城裡邊住著一個非常著名的外道，平時高談闊論，口才雄辯，名聲遠揚。這個外道是很厲害的一個人，而且這個外道還有非常拿手的一招，他善於根據名字，或者根據名稱、一個名詞，展開辯論，然後把你繞進來，達到說明他自己想要說的最本質的目的。你若是被他繞進了這個辯論的套子裡，他就會反覆不停地質問你，把你逼到言窮辭盡爲止。所以他一聽說提婆來了，就準備發揮自己所長，從名字入手來跟提婆菩薩折騰一番，看看能不能擊敗他，一場辯論就這樣開始了。

大家要記住，第一，提婆菩薩的名字，「提婆」的意思就是「天」，他名字的意思其實就是天菩薩。第二，辯經一問一答是非常快的，大家如果見過西藏的辯經就會知道，雙方的問答是極快的，不給你反應餘地的。辯論開始時，這個外道一看到提婆菩薩就問：「你叫什麼名字？」提婆菩薩就回答：「我名叫天。」然後這個外道接著問：「天是誰？」提婆說：「天是我。」那外道又問：「我是誰？」提婆說：「狗。」其實提婆菩薩在此時已經把人稱代詞給換掉了，外道一時還沒有醒悟過來，其實提婆是說他是狗啊！外道接著問：「狗是誰？」「你！」外道在那兒聽著，又問：「你是誰？」「天。」「天是誰？」「我。」「我是誰？」「狗。」「狗是誰？」「你。」「你是誰？」「天。」「天是誰？」「我。」這樣繞來繞去，反正這提婆總是天，這外道總是狗，他就是繞不出這個圈子。

其實這是印度因明，也就是古代邏輯學辯論技巧一個很好的例子。提婆把人稱代詞在不斷地換，提婆有的時候說「我」是指我自己，但是等那個外道問「我是誰」的時候，外道其實想問，你說的那個「我」是誰？但是提婆就認爲你不是來問我，你自己是什麼嗎？我就告訴你你是狗。就這樣一串大繞，把這個外道給降服了，外道佩服得五體投地。

這一段降服外道的記載極其好玩，我每次讀到這一段的時候都要笑，大家粗聽的話，有時候不一定聽得出它的妙處，你要仔細來品味這一段車軲轆軸似的對話，你就知道這個裡面是有技巧的。印度辯經很講技巧，要贏不是那麼容易的，要輸基本上是輸得明白。而這裡除了讓我們哈哈一笑以外，我們還領悟到提婆菩薩出眾的機智，同時我甚至可以品出一點禪機在裡頭。他只不過在告訴這個外道，你不是擅長從名字入手，擅長於從名稱入手來揭明事物的本質嗎？其實名稱都是虛幻的，怎麼說都行。像你這麼說，你不一直就是個狗嗎，而且你這麼給我繞下去，繞個三天三夜你也是狗，永遠繞不出去的，他想揭示這麼一個佛教的道理。

玄奘離開了這個神聖的地方以後，往前走了五百多里，前方就到達了對於任何一個佛教信徒來講都非常重要的憍賞彌國。這個國家是古代印度的十六個大國之一，無論在我們前面提到過的印度古代的兩大史詩裡，或是在原始佛典或者婆羅門教經典裡，這個地方都是很著名的。我國的求法僧到過這裡的不少，但玄奘到達這裡的時候，外道的勢力已經大大超過了佛教，玄奘在這裡所能做的基本上只是「發思古之幽情」了，因爲現實當中他看到的佛教是一片衰敗。特別重要的是，這裡是護法菩薩降服外道並一舉成名的地方。因爲這個護法菩薩跟玄奘有特別的淵源，玄奘馬上就要到達留學的目的地那爛陀寺了，而護法菩薩曾經是那爛陀寺的寺主，護法菩薩的學生戒賢法師則是現任那爛陀寺的寺主，玄奘到了那爛陀寺之後就是拜戒賢爲師修習佛法的。正是出於這樣一個特殊的原因，所以玄奘詳細地記載了這次護法菩薩降服外道的辯論經過，而更重要的是，在這場辯論當中護法菩薩所採取的辯論策略，後來被他的徒孫玄奘在令他成名的那場著名辯論當中吸收了。

〔那麼，這場辯論的過程到底是怎樣的？護法菩薩到底採取了什麼樣的一種方式和策略？請看下一講「佛陀故鄉」。〕

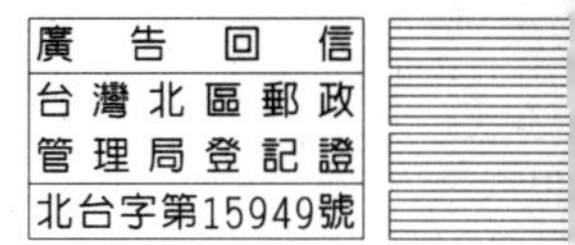

235-62
台北縣中和市中正路800號13樓之3

印刻出版有限公司　收

讀者服務部

姓名：＿＿＿＿＿＿＿＿ 性別：□男　□女

郵遞區號：＿＿＿＿＿＿

地址：＿＿＿＿＿＿＿＿＿＿＿＿＿＿＿＿

電話：（日）＿＿＿＿＿＿＿＿（夜）＿＿＿＿＿＿＿＿

傳真：＿＿＿＿＿＿＿＿

e-mail：＿＿＿＿＿＿＿＿＿＿＿＿＿＿＿＿

讀者服務卡

您買的書是：______________________________

生日：________年________月________日

學歷：□國中　□高中　□大專　□研究所（含以上）

職業：□軍　□公　□教育　□商　□農

□服務業　□自由業　□學生　□家管

□製造業　□銷售員　□資訊業　□大衆傳播

□醫藥業　□交通業　□貿易業　□其他________________

購買的日期：________年________月________日

購書地點：□書店　□書展　□書報攤　□郵購　□直銷　□贈閱　□其他

您從那裡得知本書：□書店　□報紙　□雜誌　□網路　□親友介紹

□DM傳單　□廣播　□電視　□其他

您對本書的評價：（請填代號 1.非常滿意 2.滿意 3.普通 4.不滿意 5.非常不滿意）

內容______　封面設計______　版面設計______

讀完本書後您覺得：

1.□非常喜歡　2.□喜歡　3.□普通　4.□不喜歡　5.□非常不喜歡

您對於本書建議：

感謝您的惠顧，為了提供更好的服務，請填妥各欄資料，將讀者服務卡直接寄回或傳真本社，我們將隨時提供最新的出版、活動等相關訊息。

讀者服務專線：（02）2228-1626　讀者傳真專線：（02）2228-1598

第二十講
佛陀故鄉

護法菩薩是一位偉大的佛教理論家，他的名字「護法」是意譯，音譯為「達磨波羅」，「達磨」的意思是法，「波羅」就是保護，所以把他譯成「護法菩薩」。他寫的《成唯識論》，玄奘回中土後把它譯成漢文，成為唯識宗奠基性的理論著作。那麼，護法菩薩究竟是怎麼降服外道的，他又是如何成名的呢？

在憍賞彌國國境內，有一座已經毀圮的寺廟遺址。早年這裡有一個比較大的國家，國王有意想毀滅佛教，但他又想不使自己顯得很野蠻，於是他營造一種氣氛，使別人認為佛教是因為理論上不如別的宗教信仰，所以他才支持別的宗教信仰。而在印度比較容易被大家接受的方式，就是由國王出面來組織一場辯論。所以那個國王就有意識地尋找了一個學問很好的外道，這個外道非常有才能，他寫過一部有一千頌的書專門攻擊佛法，國王就有意識找到他，安排他和佛教僧人進行辯論。開出的條件（在印度辯論之前都要開出條件，贏怎麼樣，輸怎麼樣）是：「外道有勝，當毀佛法；眾僧無負，斷舌以謝。」意思是說，如果外道贏的話，國王就要徹底摧毀這個國家的佛教；如果僧人不輸的話，就割掉這個外道的舌頭。

前面我們屢次講過，在印度如果學習佛法，舌頭是最危險的器官，因為動不動就有被割的危險。這個條件不是亂開的，外道贏的話，摧毀佛法不必講，但是相對的條件是僧人如果不輸，他沒有說如果僧人贏的話，外道就要割掉舌頭，這一方面體現了外道本人的高度的自信心，第二也顯示出這個國王對這個外道的信心。第三點呢，也反映出在這個將要舉行這場辯論的國家裡，當時的僧人中沒有那種被大家認為像世親菩薩那樣，特別善於辯論，完全具備應對一切挑戰能力的高僧，所以才開出這麼一個從表面上來看佛教徒還略微占了點小便宜的條件。

當時那個地方的僧人中的確沒有出類拔萃的高僧，而且這些僧人通過各種管道了解到，國王舉行的這場辯論，實際上是事先安排好的，國王跟這個外道是事先勾結的，所以這些僧人根本沒有自信。其次，又看到國王在旁邊拉偏手，所以都很悲觀。大家就商量著，與其等國王來毀滅我們的佛教，還不如我們自己放棄這裡。在這群僧人中就有當時年輕的護法菩薩，他挺身而出，對這些僧人講：「我雖然算不上是一個非常聰明的人，但我認爲我們還是應該去接受國王安排好的這場挑戰，而且我覺得應該讓我來出面參加這場辯論。如果我們僥倖贏了的話，那是因爲佛祖保佑，就算輸了，那你們也可以說，我們這邊派出的是最差的一個年幼無知的僧人來參加辯論。這樣的話，我們勝敗都有理由，也不至於對佛法的聲望造成太大的損害。」（愚雖不敏，請陳其略，誠宜以我疾應王命。高論得勝，斯靈佑也。征議墮負，乃稚齒也。然則進退有辭，法僧無咎。）大家都同意了護法菩薩的提議，於是護法菩薩就挺身而出，參加這場辯論。

這個外道本來就知道這些僧人中沒有什麼了不起的高僧，現在居然又派出這麼一個乳臭未乾的小孩子，心裡當然就非常輕視。這個外道先誦讀了自己書裡的一些觀點，這按印度的習慣是要吟誦出來的，帶有音樂性的，他抑揚頓挫，聲音非常美妙地吟誦了自己的論點，就等著護法菩薩來應對、辯駁。誰知道，護法菩薩的反應眞是非常奇特，他開口就說：「行了，我贏了。」

辯論才剛剛開始，連自己的觀點都還沒有提出來，護法菩薩爲什麼開口就說自己贏了呢？其實這都是辯論的技巧，古印度的辯論技巧眞是精細極了。護法菩薩不講他爲什麼贏了，卻問那個外道：「那您是讓我順著背，還是倒著背呢？」意思是說，我把你這部書從頭到底跟你學樣背一遍，你總不能說我輸吧。護法菩薩的記憶力極好，古印度高僧都經過非常嚴格的梵文訓練，這是大家公認的人類語言當中最複雜、最精細的一種語言，所以他們的記憶力都是超群的。護法菩薩說「您是讓我順著背，還是倒著背」，這一下更把這個外道給激怒了，你也太自大了吧，別說倒著背，你只要正著背能背得下來，我就認輸。於是，就大言不慚地說：「子無自高也。能領語盡，此則爲勝。」誰知道，這護法菩薩年紀雖不大，可他記憶力好，他把外道的書一字不差地背了下來，並且還維妙維肖地模仿了他的語調。這一下這個外道就下不了台了，於是他拔出刀子準備把自己的舌頭給割了。但在這個時候，護法菩薩顯露出來一種少年老成，他當然不會讓這外道割掉舌頭，勸說道：割掉舌頭也於事無補啊，我看也不用了，你只有改弦易轍，才是眞正的悔悟（斷舌非謝，改執是悔）。護法菩薩在那麼年輕時，就在這場生死攸關的辯論中占盡了優勢，而他也因爲這場辯論而一舉成名。

請大家務必記住這一年——唐太宗的貞觀五年（六三一年），我們前面講的好多事情，包括玄奘幾乎被作爲人牲祭神在內，一大串的故事都是發生在這一年。這一年玄奘三十二歲，他經歷了太多太多的事情，也遭遇了巨大的危險，在我們看來眞可謂是高潮迭起。玄奘自始至終心裡都非常清楚，他最終的目的地永遠是，也只能是佛教世界的最高學府那爛陀寺，而那爛陀寺就在前面不遠處等著他。

〔玄奘歷經四年時間，徒步十多萬里，終於快要到達他心目中最高的求學聖地——那爛陀寺了。然而沿途的佛陀遺跡卻使他忍不住放慢了腳步。〕

玄奘的興奮和急迫我們完全可以理解，在經過了秋天這場差點被祭神的劫難以後，玄奘就加快了腳步繼續前行，一路上他也不會放棄瞻仰佛教遺跡、記錄佛教重要傳說的機會。趕了一千多里路以後，到達了室羅伐悉底國。在我們漢語典籍中，這個地方被譯成「舍衛城」，這只要對佛教略有了解的人都知道，這是印度古代十六國之一的憍薩羅國的國都，這裡是印度的很多宗教的聖地。釋迦牟尼本人在舍衛城生活的時間長達二十五年，佛陀把自己在這個塵世的二十五年留在舍衛城，宣揚了很多的教義。在佛教史上同樣有舉足輕重地位的早期幾座寺廟之一——祇洹精舍就在這裡。祇洹精舍是王舍城的一個長老——給孤獨長者，花很多錢買下了祇陀王子在城南的花園而建成的一座精舍，供佛陀在這裡居住、宣揚佛法。其實這個王子只不過是把地皮轉讓給了給孤獨長者，而把這個精舍當中所有的樹木、花果作爲一種供養送給了佛陀，所以這個精舍也叫「祇樹給孤獨園」。這個精舍與王舍城另外一個地方的竹林精舍並稱爲佛教早期歷史上的兩大精舍。

竹林精舍不僅在佛教史上有意義，它對中國還發生過一次非常奇妙的影響。這是由陳寅恪先生提出來的。他經過研究，發現魏晉時期所謂的「竹林七賢」的居遊之所周圍並沒有竹林，可他們爲什麼會叫「竹林七賢」呢？其實就是用了這麼一個佛教的典故，借用「竹林」來指稱像竹林精舍那樣的群賢畢集、高人薈萃的地方。魏晉南北朝時期佛教在中國非常盛行，當時有七個賢人經常聚在一起，大家沒有辦法去形容他們，就用了一個佛教的典故來稱他們爲「竹林七賢」，這也是中外交流史上一個非常有趣的現象。

舍衛城旁有一條河，通往王舍城和西南方的幾條重要商道都彙聚在這裡。我們在一開始就講過，佛教跟商業的關係是非常複雜的，古代的宗教中心，在興盛時期往往和商業中心有一種重疊，而宗教傳播的路線也往往與商路重合。所以這個在佛教史上地位極其崇高的舍衛城也是北印度的商業中心之一，市場繁榮，人口眾多，人口曾經達到過五萬七千戶，這也是玄奘留下的記載，這在古代社會當然是個很大的城市。但是，在佛涅槃以後的五百年，關於這個佛教的非常神聖的地方居然沒有任何的文獻記載。而就在這段時間，這個地方急劇衰落。這至今還是一個謎，但是可以肯定的是，從佛陀在世一直到十二世紀的將近一千八百年時間裡，舍衛城在佛教史上占據著非常崇高的地位，佛教有盛衰，但是，祇洹精舍始終是僧徒朝拜的中心。在玄奘之前中國另外一位著名的求法高僧法顯於西元五世紀到達這裡的時候，這裡居然已經只剩下兩百多戶人家了，但是在祇洹精舍周圍還有十八座寺廟，其中只有一座是空著的。這也就證明，在那個時候作爲一個大都市它雖然已經衰落了，但是作爲一個佛教的中心，它依然還保持著興盛狀況。而到玄奘來的時候，這裡已經是滿目荒涼。

這個地方的重要性，我們不作過多的介紹了，而在此特別要給大家介紹的是，玄奘在這裡注意到的一處遺址，跟早期佛教史密切相關，而且跟一般的佛教信徒不太了解的一件事情有關，它揭示了佛陀在創立佛教初期所經歷的極其嚴酷的鬥爭。在我們的印象中，佛教是非常平和、慈悲的，是不講爭鬥的，但在歷史上，佛教一直是在與各種力量的非常激烈、殘酷的鬥爭中發展起來的。玄奘在這裡注意到提婆達多這個人，「提婆」是「天」的意思，「達多」是「授」的意思，他的名字就是天生的意思，這個人是佛陀的堂弟。在佛教早期的鬥爭中，提婆達多是一個非常重要的角色。

〔佛陀的堂弟提婆達多，在佛陀創建佛教的早期和佛陀發生過激烈的鬥爭，那麼，提婆達多為什麼要反對佛陀？佛陀和提婆達多之間經歷了怎樣的較量？〕

我的老師季羨林先生曾經寫過一篇很著名的文章《佛教開創時期的一場被歪曲了被遺忘了的「路線鬥爭」——提婆達多問題》。季先生詳盡研究了佛教的歷史，發現在佛教歷史中，提婆達多始終被描寫成一個十惡不赦、罪大惡極，死後墮入地獄的惡人，而且是一個天生的不肯改悔的惡人。佛教基本上是勸人爲善、勸人改過的，而在佛教的史籍中提到佛陀的堂弟卻都是咬牙切齒的。季先生通過研究梵文、巴利文的語言資料，發現這個提婆達多不簡單，他是有他的理論，有他的組織，有他的信徒的。他提出過「提婆達多五法」，也就是五條戒律來對抗佛教，來和佛陀進行爭鬥，爭奪信徒，這五條戒律是：

第一，至壽盡著糞掃衣。就是說一生中只穿糞掃衣，糞掃衣是印度苦行者穿的一種衣服，佛教僧人也穿這種非常破爛的衣服，就是不追求任何光鮮的衣服。

第二，至壽盡常乞食。就是這一輩子只去要飯乞食。而很多佛教徒定居了以後因爲有施主，所以往往是有人供養的，或者是自己做飯，並不出去乞討。

第三，至壽盡唯一坐食。這一輩子我每天只坐下來吃一頓飯，佛教是講過午不食，過了中午就不進食了，而他是每天只吃一頓飯。

第四，至壽盡常露居。一輩子就睡在露天裡，佛教徒都已經有居所有寺廟了，會住在能遮風避雨的建築物裡，而提婆達多提出要露居。

第五，至壽盡不食一切魚肉血味鹽酥乳。一輩子絕對不碰魚肉這些血腥的東西，不吃鹽，不吃乳酪，不喝乳製品。我們知道小乘佛教是可以吃三淨肉的，而佛陀在修行的時候，曾經接受了一位施主的一碗乳酪，可能裡面還有一點碎肉，他才能在恢復了體力後覺悟的。

提婆達多提出的這五法，在古代印度是非常有說服力的。因爲古代印度崇尚苦行，越是苦行大家就越佩服、越信仰你。佛陀剛出家的時候也像別的宗教一樣實行極端的苦行，所以現在留下來早期的佛陀塑像有這麼一尊，每根肋骨都是歷歷可數，血管都暴在外面。但是佛陀後來悟道了，他提倡的是中道，不能太苦行，要取中，所以佛陀後來是放棄了苦行的。而對於這一點，在早期印度好多宗派，對佛陀不是沒有非議，也有很多人因爲這個離開了釋迦牟尼轉投到提婆達多門下。

玄奘詳盡記載了提婆達多用來對付佛陀的方法，比如放醉象，就是把喝醉的大象放出去，希望牠把佛陀撞死、踩死；比如使狂人，就是派出一個非常狂暴的，甚至是精神有點不正常的人，去行刺佛陀；還有投大石，就是躲在釋迦牟尼路過的山上，推下一個大石頭，把釋迦牟尼壓死。然而我們都知道，今天留下來的佛經是釋迦牟尼的信徒留下來的資料，它把提婆達多描寫成一個十惡不赦的罪人，這個我們完全是可以理解的，但這並不等於史實。從歷史上來看，提婆達多的徒眾，法顯看到過、記載過，玄奘本人看到過，玄奘以後的義淨也看到過，這說明在佛陀創立初期有一個反對派，他們的首領是提婆達多，而提婆達多的徒眾綿延一千多年始終在印度存在，而且人數也不少。從這一點我們可以看出佛教歷史的複雜，也可以看出釋迦牟尼爲了創立佛教、傳播佛教所經歷過的危險、考驗。同時我們又可以記住一點，玄奘是一個非常偉大的僧人、旅行家、學者，他留下的《大唐西域記》非常翔實，但是這並不等於說他說的每一句話都是絕對客觀，不帶有任何主觀色彩的。當然，這完全無損於玄奘的偉大。

〔從室羅伐悉底國往東南八百多里，玄奘來到了對於任何一個佛教徒來講更為重要的地方——迦毗羅衛國，這是佛陀的故鄉。佛陀出生在什麼樣的地方？他出生在一個什麼樣的家族？有著什麼樣的生活環境？〕

離開室羅伐悉底國之後，玄奘來到了迦毗羅衛國（亦譯作劫比羅伐窣堵）。這個地方從西元前六世紀開始是釋迦族的聚居地。我們都知道佛陀叫「釋迦牟尼」，「釋迦」是氏族的名稱，而「牟尼」就是聖人、覺悟了的人、有高度智慧和道德的人，所以，「釋迦牟尼」的意思就是釋迦族的聖人。釋迦族從西元前六世紀開始興旺發達，繁衍於印度北部和尼泊爾南部交界的地方。一九七一年到一九七四年，在尼泊爾一個叫比普拉瓦的地方進行考古發掘，出土了大量的文物，其中特別重要的是出土了五十多枚西元前的封泥，而四十多枚上面都是這個地方的地名——迦毗羅衛，這是最強硬的證據，也就是說佛陀的故鄉就在今天尼泊爾的比普拉瓦，並不是在今天的印度境內。

傳說中佛陀的故鄉是日族（太陽族）的英雄喬答摩所建。佛陀眞正的名字叫悉達多・喬達摩。「喬達摩」是他的姓，「悉達多」的意思是一切義成，成就了一切正義，成就了一切最高尚的東西，所以他叫「一切義成太子」。在釋迦族裡誕生佛陀這麼一個人物不是偶然的。在佛陀的年代，正好是釋迦族最鼎盛的年代，人口過百萬，擁有十座城池，而佛陀的故鄉劫比羅城是當中排名第一的。根據《普曜經》、《佛所行贊》等經典記載，當時的劫比羅城非常雄偉，有四座城門，裡面有園林、市場，高高的塔樓俯瞰全城，城裡還有議事廳可以處理一切公眾事務。所以，學術界認爲佛陀的故鄉是一個共和國，這個國體對於佛教的產生也有很大的影響。這一切都證明，佛陀在世的時候這個地方非常繁華，但同時一切又很無奈地向我們揭示，佛陀故鄉的衰亡速度之快也是驚人的。衰亡的證明我們找不到印度當地的記載，只能靠中國歷代求法僧的記錄。五世紀初，也就是西元四〇〇年左右，法顯到達這裡時「城中都無王民，甚丘荒，止有眾僧、民戶數十家而已」。在法顯以後將近兩百年，玄奘到達的時候，「空城十數，荒蕪已甚」，曾經那麼繁華的城市連人都看不見了，但是玄奘記載了數量巨大的、品質上乘的基址，也就是房子的遺址，在這一個個地基上，曾經有過上千所寺院。到了八世紀，玄奘之後的僧人慧超到這裡的時候，「彼城已廢，有塔無僧，亦無百姓」，這個城已經完全廢棄了。也正因爲如此，我相信這個跟玄奘腦海當中想像的，或者他內心深處所期望的，一個輝煌絢爛的佛陀故鄉相比，實在是差距太大了。

玄奘離開佛陀的故鄉，來到了同樣荒蕪不堪的藍摩國，他在這裡又留給我們一段很有意思的記載。他在這裡發現了一座非常奇怪的寺廟，名字叫沙彌寺，正如它的名字所揭示的那樣，這個寺廟的傳統是由一個沙彌，一個沒有受過具足戒的沙彌來充當寺廟的住持，這在佛教史上恐怕是絕無僅有的。

〔出家人希望有更高的修行就必須受具足戒，而這個寺廟的住持為什麼沒有受過具足戒呢？只是一個沙彌又為何會做上住持呢？〕

據玄奘記載，從前這裡有座舍利塔，有一群比丘到這裡來敬拜佛舍利，看見一群象在來回奔走，有的用牙除草，有的用鼻子撒水澆花，並用鼻子從別的地方捲來了鮮花供養在這裡，大家看了都很悲歎、感動。實際上這批僧人來的時候這個地方已經荒圮了，只有野象在這裡照料，僧人都沒了。於是其中有一個沙彌就發願放棄受具足戒的機會，留在這裡供養舍利塔，因爲這裡空無一人，在這裡沒有辦法受具足戒。他對跟他一起來的僧人講：「我有福氣得以出家，但其實只不過是濫竽充數，日子一天天過去，卻毫無成就。這座塔裡有佛舍利，有那麼多象在這裡撒水除草，我甘願留在這裡與象同群，了結餘生，我將感到非常榮幸。」（我惟多福，濫跡僧中，歲月亟淹，行業無紀。此窣堵波有佛舍利，聖德冥通，群象踐灑。遺身此地，甘與同群，得畢餘齡，誠爲幸矣。）這是一個很了不起的而又切切實實的沙彌，大家都被他感動了。這裡邊又隱含一個佛教道理，就是你出家學習佛法，是不是成爲僧人也並不是很要緊的一件事，如果你把受具足戒，把獲得一個正規的僧人的身分看得比佛法更高的話，這也是俗念。所以同伴們就說：「這是件好事情啊，我們的俗念太重了，竟然沒有想到這樣做，那麼你就好好在這裡照顧這個舍利塔吧。」（斯盛事也，吾等垢重，智不謀此。隨時自愛，無虧勝業。）於是這位沙彌就高高興興地留了下來，天天在這裡跟大象們一起除草、澆水、種花，慢慢地修建、恢復這個殘破的寺廟。後來他的行爲感動了附近的國王，國王們紛紛施捨，共同建成了一座恢弘的寺廟，而這個寺廟從此便形成了一個傳統，主持者必須是沙彌，而不能是受過具足戒的正規僧人。玄奘顯然在這裡悟到了佛學的道理，所以他才會非常正式地留下了這麼一段記載。

〔離開這裡再往前走，就是那爛陀寺的所在地摩揭陀國了，玄奘在即將到達那爛陀寺的途中，還經歷了哪些事情，留下了哪些記載？請看下一講「情怯聖境」。〕

第二十一講
情怯聖境

馬上就要抵達那爛陀寺了，玄奘之所以千里迢迢、冒死西行，就是希望能到那裡求佛法、取真經。可是，當離那爛陀寺僅有一步之遙的時候，玄奘卻駐足不前了。面對自己心中的聖地，玄奘為什麼遲疑徘徊？眼看就要實現自己取經求法的願望了，玄奘又為什麼思緒萬千？

那爛陀寺所在的摩揭陀國就在不遠的前方，所以玄奘一定是滿懷著一種急迫的心情往前趕，這一路雖然是布滿了佛教歷史上的勝跡，比如娑羅林就是佛陀涅槃的地方，比如鹿野苑就是佛陀初轉法輪的地方。但是，所有這些地方，玄奘在記載上留給我們的感覺都是匆匆而過，很明顯，他心目當中有一個更重要的地方在吸引他，那當然只能是那爛陀寺。

在這一路上，玄奘只是在一個地方，給我們的感覺是稍微做了一個比較長時間的停留，就是在一個叫吠舍厘國的地方。這個地方是釋迦牟尼本人說《毗摩羅詰經》的地方。《毗摩羅詰經》在中國佛教當中有極其特殊的地位，它大概是大乘佛教中除了《大般若經》以外最重要的一部經典。它的主人公叫維摩詰，是一個很富有的居士。這個居士佛學修養很高，在佛學世界裡面有極高的聲望，有很多菩薩居然都來向他請教問法。這樣的一個人物形象，是非常適合中國佛教徒的心理的。在中國，出家跟我們傳統的倫理和禮教是有衝突的，中國是講究孝道、以孝治國的地方，同時出家又要放棄很多世俗的享樂，這個對於漢族人來講也是一個很艱難的選擇。漢傳佛教有一個特點，就是居士佛教特別興盛，像晉代的謝靈運這些人都是居士，在世俗界有很高的地位，而僧人又對他們非常尊敬。所以像維摩詰這樣既能夠安享人間所有的榮華富貴，又能夠在佛學修養上達到了菩薩這個水準，無疑非常適合漢族佛教信徒的一種特殊的需要。

同時，這部經傳說又是由釋迦牟尼親口講述的，那麼它的正當性和地位的崇高性又是無可置疑的，所以這部經很早就被翻譯成漢文。在三國時有個月支族裔的人叫支謙，他翻譯了這部經，叫《維摩詰經》，兩卷。而十六國姚秦時，另外一位與玄奘並列爲佛教翻譯史或者中國古代翻譯史上兩座高峰的西域龜茲僧人鳩摩羅什也翻譯過這部經，叫《維摩詰所說經》，三卷。而在已經有了支謙譯本、鳩摩羅什譯本的情況下，玄奘本人後來又翻譯了一遍，叫《說無垢稱經》，六卷。這是同一部經，但篇幅越來越大。大家知道，玄奘當然是個了不起的翻譯家，但是玄奘翻譯的好多佛典並不是最流行的，佛教徒閱讀經典，往往會覺得玄奘的翻譯太忠實於梵文原本，不符合我們中國人的行文習慣，讀起來比較拗口。而恰恰是這個並非漢族人的鳩摩羅什的譯本，讀者相當多，流傳也廣泛，《維摩詰經》也是如此。而《維摩詰經》對我們中國的影響，尤其對我們漢族的影響，只要通過一個很有趣的事例來說明，大家就可以體會到。

大家都知道唐代中期著名的詩人王維，他也是一個居士，同時也是藝術史上非常重要的畫家，所謂「南宗」畫風的開創者。我們常說的「詩中有畫，畫中有詩」，正是後人對王維詩歌的評價。由於王維信仰佛教，所以他的很多詩、畫作品都帶有明顯的佛教痕跡。比如王維最有名的畫是雪中芭蕉，雪地裡的芭蕉樹，這完全是違背自然規律的，他是爲了形容世間事物的短暫。王維的詩集不叫王維集，而是叫《王右丞集》，或者叫《王摩詰集》，這後一個名稱是因爲他名維，字摩詰。我們知道古人的名和字是相對應的，王維取這個名字，說明他很喜歡維摩詰這個人物，就把「維摩詰」三個字拆開，作爲自己的名和字。但是很不巧，「維摩詰」在梵文裡的意思，就是玄奘翻譯的《說無垢稱經》裡邊的「無垢稱」。「無垢」意思是很乾淨、非常潔淨，「稱」就是相稱、勻稱。所以「維摩詰」這個名字的意思就是乾淨而勻稱。而王維這麼一弄就亂了，他叫王維，那就變成了王沒有，「無」就是「沒有」嘛，字摩詰就變成了又髒又勻稱，很勻稱的髒，遍布的全是髒。從這個趣事可以揭示出維摩詰這個人物對中國士大夫生活的影響，也可以反映出中國士大夫在接受佛教當中的一種爲我所取，卻不太顧及它本來意義的特點。

從吠舍厘國繼續前行，玄奘終於到達了那爛陀寺所在的國家——摩揭陀國。

摩揭陀國也是古代印度的十六國之一，它就在今天印度比哈爾邦的巴特那和加雅這一帶。這個國家從西元前七世紀開始就非常強大，他的國都是王舍城，這個城被毀掉過，到玄奘去的時候已經重建，所以又叫「新王舍城」。這個地方崛起過古代印度歷史上很多強盛的王朝，比玄奘早一兩百年的法顯到達的時候，恰好是這個地方的黃金時代，所以《法顯傳》記載的摩揭陀國是「凡諸中國唯此國城邑最大，民人富盛，競行仁義」。看來，那爛陀寺在摩揭陀國的存在不是偶然的，因爲這個國家不僅強大、繁榮，而且到玄奘去的時候，它還比較繁榮，沒有衰敗得那麼快，而且佛教極度興盛，玄奘記載說有「伽藍五十餘所，僧徒萬有餘人，並多宗習大乘法教」。玄奘來到這裡的時候，這個地方還有五十多所寺廟、上萬名僧人，而且難能可貴的是，大多數是在修行大乘佛教，這對玄奘來說當然感覺就非常好。當然同時玄奘也記錄說「異道實多」，但是無論如何它沒有荒廢，還有強大的物質基礎和學術基礎來支撐當時佛教世界的最高學府。

對於佛教徒來講，佛陀的一生中的大部分時間就是在摩揭陀國度過的，佛教歷史上的四次佛典結集，有兩次都在摩揭陀國境內（第一次王舍城結集和第三次華氏城結集），有關佛陀生平的聖跡絕大部分在王舍城附近，所以摩揭陀國本身就一直是個佛教聖地。

而且更爲可貴的是，從唐朝開始，摩揭陀國就跟中國建立起了很密切的官方友好關係。玄奘訪問這個國家以後不久的貞觀十五年（六四一年），戒日王就曾經以摩揭陀王的名義，專門派遣使臣不遠萬里到達唐朝，這次出使很有可能是受到玄奘的影響。玄奘作爲一個不被唐朝批准而偷渡出關的民間高僧，到達印度以後卻促成了兩國之間官方的交往，這一點是很重要的。而戒日王派遣的使臣還帶有正規的國書，唐太宗非常高興，因爲在這之前麴文泰已經到過長安了，所以唐太宗很有可能已經知道，本國有一個高僧正在摩揭陀國，所以唐太宗馬上派人回訪，而戒日王又派人跟著唐太宗的使臣再回訪，來來往往非常頻繁，每次唐太宗都給予了很大的優待。

有一件事值得提一下，而且是跟我們的日常生活密切相關的，各位今天不可一日無此君的白砂糖，它的製作方法就是唐太宗專門派人到摩揭陀國學來的。在此之前，中國不會做砂糖，只會做麥芽糖，正是摩揭陀國人教會了唐朝人用甘蔗製成潔白、細膩、純淨的白砂糖。

當然無論這裡的一切有多麼美好、多麼神聖，在玄奘的心目中毫無疑問是比不上那爛陀寺的。但是玄奘一路急匆匆地趕路，到了這裡腳步卻突然明顯放慢，好像他的心情不再迫切，而那爛陀寺就在離玄奘前方大概兩百多里的地方。我一直想了解玄奘那個時候的心情，總感覺有一種猶豫，或者有一點戰戰兢兢，這麼一種心理狀況突然出現在非常剛毅果敢、堅韌不拔的玄奘的身上。於是，玄奘就在這個方圓不大的地方，在一些並不太重要的地方停留，開始巡禮和禮拜。

〔玄奘的心中聖地——那爛陀寺已近在咫尺，到底是什麼原因使得一直求法心切的玄奘，放慢了腳步？在馬上就要到達佛教的發源地前，作為一名虔誠的求法僧，玄奘又為何嚎啕大哭？〕

玄奘在一個並不太重要的寺廟裡停留了一段時間以後，就去參拜菩提樹。這棵菩提樹是佛教的一個重要的遺跡，因爲佛陀就是坐在這棵樹下面覺悟成佛的。這棵樹梵文原來稱作「卑鉢羅樹」，而因爲佛陀在下悟道，所以現在大家都知道它叫「菩提樹」了。據說這棵樹在佛陀在世的時候高數百尺，後來有好多不信佛教的惡王來摧伐它，到玄奘看到的時候只有四五丈高了。樹幹是黃白色的，枝葉是青翠的，冬夏不凋零，光鮮無比，整棵樹有一種寶光。但是每到如來涅槃的日子，樹葉會突然飄落下來，有一種凋零之感，不久又會恢復原樣。於是每到佛陀涅槃的這一天，全印度很多人包括國王都會來這裡澆樹，而且是用大量的牛奶來澆灌這棵樹。其中有一個國王是阿育王的後代，有一次帶了幾千頭牛到這裡來擠牛奶，用鮮牛奶澆灌這棵樹。

佛涅槃以後，有位國王在當地豎了兩尊觀音像，南北各一座，全部面向東方。當時大家都相信，如果觀音像沒入土中，佛教就消亡了，所以它是有重大象徵意義的。而玄奘到的時候，南面那尊觀音像土已經沒到胸口了。我們一再強調過，玄奘當年是抱著西行求法的決心到佛教的發源地印度來取眞經、求佛法，但是顯然，玄奘對印度佛教的現狀並不是特別了解。他一路過來，看到的是佛教的衰敗、寺廟的斷垣殘壁，記錄的是幾百年前佛教興盛的傳說，他看到這尊土已經沒到胸口觀音像，玄奘五體投地，悲哀懊惱，哭倒在地。他邊哭邊說：

佛成道時，不知漂淪何趣，今於像季方乃至斯，緬惟業障一何深重。

意思是說：我到這裡，看到這個樣子，我就在想，佛成道的時候我在哪裡啊？我爲什麼不早生一千年，能夠和釋迦同一個時代啊？今天我居然到了像季（這是佛教的專門說法，「像季」是指已經不再興盛，但還沒到末法時代），就是已經到佛教比較衰落的時候，我才趕到這裡啊？玄奘想到這裡就「悲淚盈目」，於是嚎啕大哭。正好在那個地方有幾千個僧人，剛好「解夏」（結束了佛教戒律規定的一段居住生活）以後到達這裡，所以大家都很感動，很多人跟著一起落淚嗚咽。

那麼，爲什麼玄奘沒有迫不及待地趕往僅僅在百餘里之外的那爛陀寺，這點路程對於玄奘一路跋山涉水經過的以萬里計的路程來說，太微不足道了，他爲什麼不兼程前往，而始終在這方圓一二十里的範圍裡逗留？在一二十里的方圓裡，玄奘花了整整九天時間。這裡勝跡再多，難道不應該先到了那爛陀寺安頓下來，再出來遊歷嗎？我百思不得其解。

〔離心中聖地越近，玄奘的心情越複雜。令玄奘意想不到的是，在佛教的發源地，他誓死追求的佛教事業卻是一片衰敗。那麼對於玄奘來說，前方的那爛陀寺，那所佛教世界的最高學府會是什麼樣子呢？玄奘駐足不前的真實原因又會是什麼呢？〕

我一直在尋找可以形容玄奘此時的心理狀態和心情的詞句，忽然我腦子當中出現一句古詩：「近鄉情更怯。」一個離鄉很多年的遊子，終於回到自己家鄉的時候，他的內心會有一種膽怯的感覺。我相信，那爛陀寺在玄奘的心目當中，絕對是個精神的家園，與其說他這一路是前來求法，不如說他這一路是在精神上回家。他到達了這個精神家園的門口，他情怯了，我想在這麼一種心態下，玄奘的這種非常出人意表的舉止，才能夠被我們了解。我想，玄奘在這個時候是想安頓一下他千里迢迢而來的這樣一種疲憊而又激動的心情。在到達那爛陀寺之前，玄奘毫無疑問進行了很多準備，他整理一下行裝，進行沐浴，做好拜見那爛陀寺方丈、高僧和僧眾的準備。

那爛陀寺也確實得到了這位一路奔波而來的唐土高僧已經到達附近的消息，並派人前來迎接，派來的人還不是一般的人，而是四位高僧大德，有的版本說是四十位，反正至少是派了四位那爛陀寺的高僧去迎接玄奘。這就好比在今天，有個人到世界一流的大學去上學，快到大學附近的時候卻不走了，而這個大學居然派了四位一流的教授來接這個留學生，所以我講玄奘是中國歷史上絕無僅有的留學生。

前來迎接的四位高僧把玄奘先安頓到一個村莊裡吃飯，然而，玄奘連飯都沒有吃完，從那爛陀寺又來了兩百多位僧人，隨行的還有兩千多位那爛陀寺的施主。因爲那爛陀寺是個非常興盛的寺院，有好多世俗長老前來支持這個寺院。這樣一支很龐大的儀仗隊，舉著華蓋、攜帶著鮮花前來迎接玄奘。大家圍繞著玄奘歡喜讚歎，不停地用梵文吟誦各種美好的詩句來讚頌玄奘，按照印度的習慣，把玄奘比喻爲某一個跟他類似的菩薩，比喻爲某一個跟他有類似經歷的高僧，來讚頌他的美德、歡迎他的到來。這麼一大群人簇擁著玄奘，把玄奘正式迎接到了那爛陀寺。不僅如此，那爛陀寺還有更隆重、更正式的禮節在等待著玄奘呢。

玄奘西行求法，留學的目的地是那爛陀寺，這是沒有任何疑問的。既然那爛陀寺那麼重要，而吳承恩的《西遊記》雖說主要是憑藉作者天才的想像力，但畢竟也是以玄奘西行求法故事爲母體的，難道西行求法的目的地那爛陀寺居然會在《西遊記》裡毫無蹤跡嗎？我想，《西遊記》當然沒有，也不可能完全照搬眞實的玄奘的事蹟，但是在《西遊記》裡，唐僧在雷音寺取得眞經，見到如來佛本人以及像阿難、迦葉這些重要的佛弟子菩薩，雷音寺的地位無異與玄奘眞實經歷的那爛陀寺完全相當。當然它們之間最大的不同是，那爛陀寺的住持、地位最高的這位僧人是歷史當中確實存在過的戒賢法師，而在雷音寺，它的最高的主持者則是釋迦牟尼——如來本人。

〔那爛陀寺的住持、玄奘的老師戒賢法師究竟是怎樣的一位得道高僧呢？玄奘與戒賢法師的會面會是什麼樣的情景呢？〕

當玄奘到達的時候，整個寺廟的僧人全部集合在一起，玄奘一一跟他們相見，一一問訊讚歎。大家給了玄奘特別崇高的禮遇，在那爛陀寺寺主的座位旁特意爲玄奘安排了坐床，請玄奘坐下來，大家隨後才一一坐下。由寺廟的負責人叫維那（寺廟裡有各種各樣職務的，比如魯智深就當過管菜園的，這叫園頭，還有湯頭等等，這個維那是管禮賓的），擊響犍椎（這是一種樂器），向遠近宣告玄奘的到達。從此往後，這也代表著玄奘已經是那爛陀寺的正式一員，可以和這裡的僧眾共用那爛陀寺的一切。

歡迎儀式還沒有結束，那爛陀寺又按照三條標準，精心挑選了二十位高僧法師：第一，精通經律，在學問上有造詣；第二，威儀齊整，相貌比較威嚴端莊；第三，非老非少，與玄奘年齡相當。因爲玄奘那時三十二歲，按照古人的標準已是中年，所以精心選擇了跟玄奘年齡相當、學問相當，還有威儀的二十人，陪同玄奘去正式拜見那爛陀寺的寺主戒賢法師，也就是前面講到的護法菩薩的弟子。

這麼隆重的禮節，當然是有多重考慮的，一方面是對玄奘表示高度的重視，另一方面也向玄奘展示，那爛陀寺不是一個一般的地方，有一套非常嚴整的佛教禮儀，有人數眾多的高僧法師。同時也爲了顯示戒賢法師的尊貴與地位的崇高，要經過這麼一些儀式以後，才可以拜見戒賢法師。

這位戒賢法師（「戒賢」是梵文的意譯，音譯就是尸羅跋陀羅）的生平已經無從詳考。那麼重要的一位高僧，如果沒有玄奘這個中國高徒給他留下的記載，他在印度歷史上就可能湮沒無聞了。據玄奘記載，戒賢法師出身王族，而且種姓是婆羅門，原來也不是佛教徒，而是婆羅門教徒，後來出家，他繼承了護法菩薩的學問，特別精通《瑜伽論》，是戒日王時代全印度大乘有宗的最高權威，主持那爛陀寺。

唐代道宣《續高僧傳》的「玄奘傳」中說，他與玄奘相見時「年百六歲」（有的本子覺得不過癮，說成了一百六十歲）。「博聞強識，內外大小一切經書無不通達」，學問極其淵博，覆蓋佛學的所有領域。大家極其尊重他，所以不稱他的名字（這一點跟中國的傳統一樣），叫他「正法藏」（正法的寶藏，「正法」就是佛教最正確、最高的大法）。《大慈恩寺三藏法師傳》則說他「一切窮覽，德秀年耆，爲眾宗匠」（什麼他都了解，年齡高，輩分也很高，道德非常優秀，是一代宗師巨匠）。玄奘曾經跟隨他學習，一部經學了十五個月，這就是《瑜伽師地論》，也就是玄奘在龜茲辯經，跟木叉毱多講的要念的這部經，也就是他在臨送上祭壇之前，心中念念不忘的那部經。而這位法師本人也有著作，後來由玄奘譯成漢文，那就是非常重要的《佛地經論》。

戒賢法師本人就是那爛陀寺出身，跟從護法菩薩學習。當時，南印度有一個外道，聽到護法菩薩的大名，就跋山涉水找上門來要跟護法菩薩辯論。那個外道也很有意思，他不直接找護法菩薩，而是先去找摩揭陀國王。到了國王門口，又是敲鼓又是敲門，說我聽說你這裡有個高僧叫護法，我要跟他辯論，國王說好，就通知了護法菩薩。護法菩薩一聽到這個，拎起衣服就往外跑，被當時還是護法菩薩弟子的戒賢攔住了。當時，戒賢已經是護法菩薩門下翹楚，他願意替護法菩薩去跟外道辯論。戒賢那時才三十歲，大家都覺得他年紀太小，有點不放心，而大家忘了，護法菩薩本人就是很年輕的時候以辯論成名的，護法菩薩對戒賢充滿了信心，支持他出去辯論。而戒賢這一場辯論就把這個氣勢洶洶打上門來的外道駁得體無完膚，摩揭陀國王爲了獎勵戒賢，送了他一座村莊。戒賢法師屢拒不得，就把它改建成一個寺廟，這個寺廟就是著名的戒賢寺。

玄奘能遇見這麼一位本師，當然是求之不得，所以，玄奘行了非常隆重的拜師禮，按照當地的規矩和儀式，表達出最尊敬的意思，完全跪在地上，用肘和膝走過去，親吻戒賢法師的腳（這是印度的特殊禮節），並用梵文問訊讚歎（既見，方事師資，務盡其敬，依彼儀式，膝行肘步，嗚足頂禮，問訊讚歎訖），那個時候玄奘肯定是精心準備了一首頌詞對戒賢法師進行讚歎。在這一套極其隆重的禮節以後，戒賢法師就下令讓玄奘跟陪他來的那麼多僧人都坐下，開始問話。

〔當玄奘向戒賢法師表達了想要跟從他學習《瑜伽師地論》的願望後，不料戒賢法師放聲大哭起來，這一下舉堂皆驚，那麼戒賢法師為什麼會哭呢？請看下一講「求學奇緣」。〕

第二十二講
求學奇緣

玄奘終於到達心中的聖地那爛陀寺，當寺院住持百歲高齡的戒賢法師得知，玄奘是特意從東土而來求取真經時，他突然放聲大哭起來，玄奘和遙遠的那爛陀寺有著怎樣的奇特因緣呢？

唐太宗貞觀五年（六三一年），玄奘三十二歲，他在歷盡千辛萬苦之後終於抵達了那爛陀寺。在經過了一番禮節以後，他拜見了那爛陀寺的寺主戒賢法師。戒賢法師當然就要問這個從東土大唐來的僧人，到這裡來做什麼？玄奘當時心情是很激動的，就必恭必敬地回答：「我是專程來跟老師您學習《瑜伽師地論》的。」這實際上是一個再正常不過的問答，而戒賢法師的反應非常奇怪，使在場的人都大驚失色，他竟然嚎啕大哭起來。

根據當時的記載，這位一百零六歲的高僧還不是一般地嚎啕大哭，而是一把鼻涕一把眼淚地哭。這當然使得大家都很震驚，誰心裡都會有這個疑團：這是爲什麼？一件很好的事情，爲什麼會有那麼激烈的反應呢？玄奘是初來乍到，當然不敢問，但他心裡一定會覺得很奇怪，戒賢法師自己並沒有做任何的解釋，而是從旁邊叫了一位那爛陀寺的高僧，說：「你就給大家解釋一下，三年前（大家千萬注意，這正是玄奘從唐朝開始西行之際）我病痛苦惱的這段故事。」這位高僧就是戒賢法師的親侄子覺賢法師，在當時他也已經是年逾古稀了。戒賢法師之所以請覺賢法師，自己的侄子來給大家講這麼一段故事，我想無非是出於兩種考慮：一種考慮呢，是覺得自己的歲數已經很高了，已經一百多歲，而情緒又那麼激動，自己恐怕也沒有力量來把這件事情說出來。第二呢，也想讓別的人來講，以增加下面要講的這段話的公信力。

〔覺賢法師在那爛陀寺裡面是以博通經論、善於言談而著稱的一個人物，他聽了叔叔戒賢法師對他的囑咐以後，就給大家講述了三年前一段非常奇特的故事，而這種故事在佛教的概念當中稱作「因緣」。這是怎麼樣一個令戒賢法師感泣的故事呢？〕

原來戒賢法師曾經患有一種病，看來就是今天的痛風，那麼高壽的人得了痛風病，每到發作的時候手腳抽筋，身上各處關節都疼痛難忍，二十幾年來，它就一直這麼折磨著戒賢法師。三年前病痛又突然加劇了，使他痛不欲生。這個痛苦到了什麼樣一個程度呢？到了連戒賢法師這樣的得道高僧都實在無法忍受，這個時候戒賢法師就動了一個腦筋，準備絕食，其實是想自己了結這個痛苦的生命。在這個絕食的過程中戒賢法師作了一個夢，在夢中出現了三個仙人，相貌非常莊嚴，面容非常慈祥。而這三個人呢，一個是通身金黃色，一個是通身碧綠色，一個是通身銀白色。其中有一個仙人就對當時決心了結自己生命的戒賢說：「你準備就這樣了結你自己的生命嗎？佛經上講，人生就是苦（佛經是講苦的，苦、集、滅、道是佛教的基本原理），但是佛經上並沒有宣導過因爲人生苦，你就可以採用自殺的方法來擺脫這種苦。你會有這種痛苦，是因爲你前世是一個國王，因爲你對眾生不是很愛護，所以招來今世這個報應。如今，你應該眞誠地懺悔，來反省自己過去的罪孽，誠心誠意地改過，這樣才可能減輕你的痛苦，而且同時你必須忍受這個痛苦，來宣講佛經，這樣做，你的痛苦自然就會消除。而僅僅是簡單地厭棄你的肉身，並不能從根本上減除你的痛苦。」戒賢法師在夢裡聽到這番話以後，當然趕緊去禮拜這三位仙人，三位仙人裡邊那個渾身金黃色的仙人就指著那個碧綠色的仙人給戒賢法師做了個介紹，說：「你認識他嗎？這就是觀自在菩薩。」

前面已經講到過，觀自在菩薩就是我們中土所講的觀世音菩薩。在印度的觀世音菩薩，他的形象是男性，留著兩撇小鬍子，而到了中國以後，到底是什麼原因，使他變成以女性形象出現了呢？其中有各種解釋。一種解釋說，觀世音菩薩的信仰是在唐朝開始大規模流行起來的，唐朝人以肥胖爲美，人一胖的情況下，大概兩性的特徵就會有一點模糊，而在傳播的過程當中兩撇小鬍子不知道怎麼沒了，漸漸就成了一個中年婦女的形象，於是有了這麼一個比較豐滿、勻稱、端莊的觀世音像。當然還有另一種解釋，認爲觀世音菩薩有各種法相變化，女性形象也是其中的一種，由於漢傳佛教中的神像都是男性形象，中土的僧徒爲了吸引女性信徒，就把觀世音菩薩的女性法相固定下來。不過，不管怎麼說，在戒賢法師的夢境裡，觀世音菩薩毫無疑問是有兩撇鬍子的。

渾身金黃色的仙人然後又指著那位渾身銀白色的仙人，說這就是慈氏菩薩，也就是彌勒佛了。戒賢聽了馬上就跪倒在慈氏菩薩的腳下。道理很簡單，因爲按照印度的傳統說法，《瑜伽師地論》是彌勒口授的。戒賢說：「菩薩，我希望我來世能夠轉生在您的身邊，您看可以嗎？」慈氏菩薩就回答他：「只要你廣傳正法，你就可以生在我的身邊。」這個時候，金黃色的仙人介紹完了其他兩位仙人，就自我介紹說：「我是文殊菩薩。我們三個人，看見你正在徒勞無益地準備放棄自己的生命，而沒有考慮忍受痛苦，利用你這有限的一生去做有益的事情，所以就來勸你，你應該依照我們的話去宣揚《瑜伽師地論》，去教授、傳播這部由彌勒菩薩口授的重要的佛典，把它傳播給那些還沒有機緣聽到這部經的人，那樣你的身體就不會有什麼妨礙了，不用擔心你的病不會好起來。」接下來這段話很重要，文殊菩薩繼續說：「中土有一位僧人希望能夠學習佛法，打算跟從你學習，你要等著他來，教導他。」（有支那國僧樂通大法，欲就汝學，汝可待教之。）戒賢當然是謹遵教誨，就忍受這個痛苦等待著這個夢變爲現實。而從此以後，戒賢法師的痛苦的確是減輕了。

戒賢法師通過他的侄子覺賢法師，第一次把三年前自己的一個夢當著那爛陀寺眾僧的面公開地講了出來，也就是說，玄奘跟戒賢大師存在著一種冥冥之中的因緣。戒賢看見玄奘不遠萬里終於求法到了西天，當然就一下子想起了三年前的這個夢，所以欣喜無限，不能自已。

聽完了覺賢法師介紹的戒賢法師的這個夢，大家當然都是讚歎未曾有過，眞是聞所未聞的事情。玄奘本人更是最爲激動和興奮的，他再一次禮拜戒賢法師，表達自己希望能夠跟著戒賢法師學習佛典的心願，戒賢法師非常高興地答應了下來。到了這個時候，戒賢法師還是有點不放心，就親自問玄奘：「你一路上走了幾年？」玄奘回答說：「我走了三年。」這一下，再次印證了與戒賢法師三年前的夢，在時間上是吻合的，戒賢法師當然心裡覺得更加快慰。於是，玄奘就在那爛陀寺正式安頓下來。

〔玄奘終於到達了留學的目的地那爛陀寺，可以開始自己夢寐以求的學習生涯了。但印度寺廟眾多，玄奘為什麼一定要在那爛陀寺留學？那爛陀寺為什麼在佛教界具有如此崇高的地位呢？〕

「那爛陀」是梵文的音譯，它的意思是「施無厭」，也就是永遠不知疲倦地施捨。它究竟在今天什麼地方呢？毫無懸念，早在一八六一年，考古學者就根據玄奘《大唐西域記》的精確記載，非常準確地把它發掘了出來，它就在今天印度的巴特那縣境內，舊王舍城西北七英里處一個名叫「巴羅貢」的村莊。上個世紀五〇年代，印度政府因爲那爛陀寺遺址是根據玄奘《大唐西域記》的記載找到的，就在那裡附近修建了玄奘紀念堂，中國政府非常支持這件紀念兩國友好交往、文化交流的事情，在一九五七年捐贈了人民幣三十萬，這在當時是筆鉅款，不僅捐助了現金，而且連這個紀念堂的設計圖紙都是由中國政府提供的。現在這個紀念堂已經成爲人類文化交流史和佛教史上的一個紀念碑式的建築。

「羅馬不是一天建成的」，這句著名的諺語放在那爛陀寺身上最恰當不過了。我們與其把那爛陀寺看作一座寺廟，還不如把它看作是一組寺廟，它是不停地在建設，不停地在完善。西元六至九世紀是那爛陀寺的極盛時期，玄奘也恰恰在這個時候來到了這裡。直到西元十世紀，那爛陀寺依然非常繁榮。作爲印度古代的最高學府，那爛陀寺規模宏大、建築壯麗，除此以外，有兩個方面特別重要。哪兩個方面呢？

第一是藏經豐富。大家千萬別忘了玄奘到印度是去求法的。求法的一個重要的組成部分是去求取佛經，求取印度最重要的佛經、最新的佛經，而那爛陀寺恰恰就是佛教世界首屈一指的藏經的地方。那爛陀寺裡有三座殿堂用來儲藏佛經，並分別用了三個非常美麗的名字來稱呼它們，第一座叫「寶彩」（或者叫「寶雲」），第二座叫「寶海」，第三座叫「寶洋」。就是形容裡面像浩瀚的海洋、像無邊的雲彩一樣充滿了佛法的瑰寶。

第二是大師雲集，高僧輩出。求法不僅僅是得到經典，還要研習對經典的解釋，和有關的各種學術知識。而這個地方恰恰是大師雲集、高僧輩出的地方，玄奘到達那裡的時候，正是那爛陀寺如日中天的全盛時期，經常住在那裡的僧徒就有四千多人。而且那爛陀寺雖然是佛教的學術中心，但是態度極其開放，印度古代的學問在這裡應有盡有，有很多非佛教徒也在這裡學習，數量比佛教僧人更多。《續高僧傳》裡說「外客道俗通及正邪乃出萬數」，《大慈恩寺三藏法師傳》也說「僧徒主客常有萬人」。正因爲如此，當時的世界各地很多人都到這裡來留學。先不說別的國家，就說我們中國，大家不要以爲玄奘是唯一一個到過這個地方的人，我們現在在歷史上能夠查到的、百分之一百可以斷定的，到達過這個寺廟的、讀過書的、訪問過的、求過經的、求過法的中國僧人，起碼就有義淨、慧輪、智弘、無行、道希、道生、大乘燈等一大批人。當然，玄奘是其中最著名的。他們都在這裡度過了非常難忘的留學歲月。不僅如此，大概是因爲到這裡來的中國僧人實在是太多的原因，這裡居然有一座寺廟叫漢寺。在敦煌曾出土過一個古代寫本，叫《西天路盡》，書中就有這樣的記載：「寺東五十里有漢寺，漢僧在此也。」也就是說，後來中國僧人到那爛陀寺留學都有自己固定住的地方，就離那爛陀寺五十里，可見去那爛陀寺學習的中土僧人多到什麼地步，只不過很多人的名字湮沒在歷史的塵埃中，我們今天不知道他們是誰。所以，那爛陀寺這麼一個遙遠的寺廟，對中國文化的恩惠，對我們的影響是非常巨大的。玄奘在《大唐西域記》裡說它「德重當時，聲馳異域」，並非虛譽。

這座輝煌一時的那爛陀寺毀於一二〇〇年左右的兵火之中。伊斯蘭歷史學家敏哈吉（Minhaj-i-Siraj），他有一本書叫 Tabarāt-i-Nasiri，這本書裡記載，有一位伊斯蘭的首領率兵打到了那爛陀，因爲他們宗教信仰不同，就在當地大肆劫掠，並把當地的絕大部分居民，包括「削髮者」（當然是指佛教徒）在內，統統處死，無數珍貴的佛經被付之一炬。此後那爛陀寺就一蹶不振，雖然也有人小規模地修復過，但它在一二〇〇年以後就已經沒有什麼影響了。

〔那爛陀寺規模宏大、學科齊備，玄奘在這裡將會怎樣開始他的留學生涯？遠道而來的玄奘，在這所高僧雲集的寺院裡將得到什麼樣的待遇？玄奘能不能適應這裡的留學生活呢？〕

據玄奘的記載，那爛陀寺的管理水準也相當高，「寺內講座日百餘所，學徒修習，無棄寸陰」，學術風氣好，道德水準也特別高，戒律非常嚴明，大家對自己的道德管束都非常嚴格（戒行清白，律儀淳粹。僧有嚴制，眾咸貞素），所以整個印度都對它崇敬有加。在這樣一個地方，如果平時不去討論佛經的各種高深理論，就覺得難爲情，覺得待不下去（其有不談三藏幽旨者，則形影自愧矣）。就像在一個學風很正的大學裡，如果你天天不去追求學業，天天講亂七八糟的事情，當然待不下去，會覺得日子很難過。

不難想像，要在這樣高水準的學府裡出人頭地，絕對不是一件輕而易舉的事情。玄奘一路求法過來，雖然他擁有在中土就已經打下的一點基礎，但這點基礎到了那爛陀寺當然不算什麼。他一路風塵僕僕，隨時請教、求學，也積累了一點佛教的基礎，在到達那爛陀寺以前，從一路上遇到的國王以及周圍人的反應來看，玄奘的佛學修養應該不低了，而到了這裡，恐怕也未必值得一提。玄奘通曉五十部經書，成爲那爛陀寺僅有的十個通曉五十部佛經的大師之一，那是後來的事情，剛進去的時候是完全不可能的。可是，玄奘一進入那爛陀寺，就得到了幾乎是最高規格的待遇。也許是因爲戒賢法師三年前的那個夢，使玄奘成爲一個與那爛陀寺有著特殊因緣的留學生，也許是玄奘不遠萬里西行求法的精神感動了戒賢法師。總之，玄奘在高僧雲集的那爛陀寺得到了非同一般的待遇。

首先我們講住。玄奘一進來就被安排在幼日王院覺賢法師居舍的四樓。這種安排應該說是非常特殊的，因爲那爛陀寺新來的僧人有他們自己住的地方，把玄奘安排在法師的居舍裡，這個安排已經很特殊了。不僅如此，玄奘在四樓這間宿舍僅僅住了七天，又被安頓到了戒賢法師的老師護法菩薩故居以北的「上房」裡面，給了他一套高級的宿舍。從一開始就沒有讓玄奘和各地來的普通學生住在一起，這難道不是一種非常特別的安排嗎？

再講吃的方面。玄奘在那爛陀寺用今天的話說是享受特供的，這份特供單記載在《大慈恩寺三藏法師傳》裡：

日得贍步羅果一百二十枚，檳榔子二十顆，豆蔻二十顆，龍腦香一兩，供大人米一升。

這裡的「供大人米」是一種什麼樣的米呢？《大唐西域記》裡曾提到過它，說：「有異稻種，其粒粗大，香味殊越，光色特甚，彼俗謂之『供大人米』。」《大慈恩寺三藏法師傳》則說：「唯摩揭陀國有此粳米，餘處更無，獨供國王及多聞大德，故號爲『供大人米』。」看來，這種米是摩揭陀國的特產，而且只供應「國王及多聞大德」，顯然，玄奘屬於「多聞大德」，才得到這樣的供應。玄奘所記這種「供大人米」，今天仍然是全世界鼎鼎大名的印度優質米。

除此之外，每個月還給油三斗，酥乳更是無限供應（月給油三斗，酥乳等隨日取足）。這是玄奘在吃的方面的特殊待遇。

〔除了吃、住以外，玄奘在那爛陀寺還在哪些方面得到了戒賢法師的特殊照顧呢？他是怎樣開始在那爛陀寺的學習生活的呢？請看下一講「雁塔傳奇」。〕

第二十三講
雁塔傳奇

玄奘在那爛陀寺正式學習之前，先到印度各地進行了遊歷。那麼，玄奘到那爛陀寺之後為什麼不馬上開始學習，而要出去遊歷？這是否也屬於玄奘所享受的特殊待遇呢？

玄奘到達那爛陀寺以後，就因爲與這座寺廟以及戒賢法師的特殊因緣，享受了出乎意料的、非常獨特的待遇。那爛陀寺是有嚴格的戒律規定的，也有一套非常嚴格的管理制度，而這個管理制度也體現在等級區別上，玄奘作爲一個初來乍到的留學生，完全突破了已有的規則，享受到了極其特殊的待遇。除了前面已經介紹的在食宿方面的特殊待遇，接下來講講出行的方面。

玄奘出行是乘坐象輿的！也就是說他是騎著大象走的，當時在印度來講也不是每個人都有資格坐大象的，更何況還在大象上面鋪設一個華麗的座位。不僅如此，那爛陀寺還專門派了一個（有的記載講是四個）「淨人」來伺候他。這個「淨人」，可能就是我們古代所謂的太監，也可能是在廟裡等待出家的善男子。此外，還專門給他配備了一個婆羅門做僕人。大家知道，在印度的四大種姓裡面，婆羅門排名第一，但是這並不意味著婆羅門就不能做僕人。能夠配一個婆羅門來做僕人，至少說明被服侍者的地位是很高的。

此外，按照佛教的戒律，既然生活在這個僧人的大團體裡，是有義務承擔這個僧團的某些工作的，而玄奘在那裡卻免除了所有的雜務（免諸僧事）。

這樣的待遇非常高，也非常特殊。在作爲佛教世界的最高學府，並擁有一萬多僧人的那爛陀寺，到底有多少人能夠得到玄奘這樣的待遇呢？還好，我們有足夠的、非常準確的史料依據來回答這個合情合理的疑問。在整個那爛陀寺，能夠享受這種待遇的只有十個人，也就是千里挑一，千分之一的比例，在《續高僧傳》的玄奘傳裡記載得非常明確：

寺素立法，通三藏者員置十人，由來闕一，以奘風問，便處其位。

也就是說，那爛陀寺歷來有個規矩，被認定爲精通佛教的經、律、論三藏者只有十個名額，這十個人有資格享受前面所說的那些特殊待遇。有很長一段時間，寺裡只認定了九名，玄奘來到後，出於他的特殊經歷和已有的佛學修養，馬上被寺裡認定爲能夠塡補這個長期空缺的第十個名額。可見這是很難得的。

除此之外，玄奘還有什麼特別的待遇嗎？還有！玄奘在那爛陀寺安頓下來以後，既不承擔任何寺裡面的事務，也不用幹活，又享受著特供，還不用馬上去上學。幹麼去了？玄奘離開那爛陀寺到周圍去遊歷、去禮拜佛跡去了。大家或許會以爲，玄奘到達那爛陀寺以後的遊歷和禮拜佛跡，跟他一路西行萬里求法沒有什麼本質區別，他也只不過再在印度多走一些地方罷了。其實不是這樣的。

〔到達那爛陀寺以後的這次遊歷，給玄奘留下了非常特別的記憶，激發了他非常特別的靈感，而這個記憶和靈感，在一千三百多年以後的今天，我們還可以用自己的眼睛看到。這是怎麼一回事？為什麼說我們還可以親眼看到這次遊歷給玄奘帶來的靈感呢？〕

玄奘先來到了一座名叫「因陀羅勢羅窶訶」的山，他到這座山上去禮拜佛跡。這座山的東北一百五六十里的地方有一座寺廟，叫「迦布德迦」，就是鴿子的意思。在中國以這樣的名字命名的佛寺是很少見的，而在印度則很多。這裡有一個很感人的故事。

據說有一次佛陀在這裡爲大眾說法，說了整整一宿，正好附近有一個捕鳥的人，張了一張網在這裡捕鳥，結果張了一晚上連個鳥毛都沒撈到。於是這個人就老羞成怒，說我怎麼那麼沒福氣啊，什麼事也幹不成，我在這兒等了一夜連個鳥都捕不到。他看到釋迦牟尼在這邊說法，就遷怒於佛陀，跑到佛陀面前大叫大嚷，說：「今天你釋迦牟尼到這裡來傳法，鬧得我什麼都沒捕到，我的妻兒沒有東西吃，你叫我怎麼辦？」如來就告訴他：「你別鬧，你去點一堆火，我來給你解決吃的問題。」這個捕鳥的人想你是個有大德行的人，你當然有辦法給我解決吃的問題了，於是趕快把火點好。等他點好火，釋迦牟尼就變成一隻鴿子，投火而死。那麼，這個捕鳥的人當然就把牠烤熟了拿回去，妻子、孩子飽餐一頓。後來這個人知道這隻鴿子是佛陀變化的，受到了感悟，後來也成爲了虔誠的佛教徒，證得了聖果。所以這座寺廟就叫鴿子寺了。

無獨有偶的是，在這座山的東面有座塔，也是以鳥類命名的，叫亙娑（haṃsa）。在漢文記載當中經常把它讀錯，「亙」這個字按照現在的字典讀作 gèn，但要是這麼讀就錯了；「娑」，在漢文記載當中好多地方把它誤寫爲「婆」，因爲這兩個字的字形很接近。其實這兩個字應該讀作 héng suō，就是大雁的意思，如果意譯的話，這座塔就叫大雁塔。

這裡也有一個故事。這裡的僧人原來都是修煉小乘佛教的，也就是說都是吃三淨肉的。小乘佛教對所吃的肉有一定的限制，吃來吃去，這個三淨肉不怎麼好搞，搞不到肉了，大家很惱火。一天有個僧人不知爲什麼在這個地方踱來走去（經行），可能是搞不到肉，正在那兒發急呢，忽然抬頭看見一群大雁從天上飛過，就開玩笑地對著天說：「今天這裡的僧人可是沒肉吃了，菩薩您應該知道啊。」誰知話音剛落，裡邊就有一隻大雁離開隊列，「噗通」掉了下來，死在了這個僧人面前。這個僧人見狀大驚，趕緊把這件事情告訴了大家，說我抬頭剛一叫菩薩，一隻大雁就死在我面前。大家一下子領悟到，這應該是佛陀釋迦牟尼在用一種因緣、一種變化告訴我們一個道理。什麼道理呢？我們不是爲搞不到肉發愁嗎？看來吃肉，也就是修煉小乘佛教，並不是件很完善的事。大乘佛教是不主張吃肉的，佛陀顯然是化身爲大雁在點化我們改宗大乘。從此，這些小乘僧人開始斷肉，並把那隻死了的大雁埋起來，還造了一座塔，這座塔就是亙娑塔。

之所以講這兩個故事，我想告訴大家的是，倘若沒有玄奘到達那爛陀寺以後不久進行的這次遊歷，很有可能就不會有今天依然聳立在西安的大雁塔。大雁塔是玄奘在回國後的唐高宗永徽三年（六五二年）修建的，這個塔名的靈感就是來源於此。換句話說，大雁塔現在是西安的一個標誌，能讓我們感受到盛唐文明，如果沒有這次遊歷就不一定會有這樣一座塔；即使有，也可能不會有今天中國老少皆知的「大雁塔」這個名字。我現在這麼說，是有足夠的理由的。

〔一千多年以前，玄奘在印度看見的大雁塔，和如今我們在西安的慈恩寺西院內看見的大雁塔，是不是一模一樣的？它們究竟有著什麼樣的關聯呢？中國的大雁塔又有什麼特殊的文化含義呢？〕

永徽三年，那一年玄奘五十三歲，已是年過半百，此時他已經回國，並正在長安的慈恩寺翻譯他從印度帶回來的佛經。他擔心，從印度千辛萬苦帶回來的珍貴無比的佛教經卷、舍利、佛像會遭遇火災，於是就奏報了當時的皇帝唐高宗，說明自己的擔憂。唐高宗馬上就批准在慈恩寺的西院造一座塔，玄奘原來打算造一個高三十丈（唐代尺寸）的石塔，但是因爲工程太大，所以唐高宗就建議玄奘造一座磚塔。是誰把唐高宗的這個旨意傳達給玄奘的呢？又是一個鼎鼎大名的影響了中國歷史進程的人物，他就是後來堅決支持唐高宗把武則天列爲皇后的李義府。李義府當時擔任中書舍人，由他向玄奘傳達了唐高宗的旨意。

造成的這座塔，四方的塔基，每面一百四十尺，高一百八十尺，一百八十尺跟玄奘原來的打算相比當然就要低很多了，每一層的中心都藏有大量的舍利。根據當時記載，說每一層少則一千粒，多則上萬粒。從最近陝西法門寺地宮的發現可以證明，典籍中對佛舍利的記載往往是正確的，甚至連這件佛寶是怎麼安放保存的都跟歷史的記載一模一樣。因此，我們也有理由相信，這座塔在初建時很可能安放了大量的舍利。

塔的最上層是一間房間，南面就是當時的大書法家褚遂良書寫的《三藏聖教序》和《述聖記》兩塊碑。在建造這座塔的時候，玄奘儘管已經年過半百，但是仍然親自參加施工，搬運土石。這樣的好事情又是皇帝贊成的，又是功德無量的，大家當然都是歡喜隨喜，所以這個塔的工程進度極快。根據記載，只花了兩個星期，這座塔就建成了。玄奘還專門爲這個塔的建成上了一道表文，這個表文到今天爲止還完整地保留著。但是玄奘本人從來沒有說過這座塔叫什麼名字，就說在慈恩寺的西院造了一座塔，《大慈恩寺三藏法師傳》也只是說：「仿西域制度，不循此舊式也。」所以大家知道，今天西安的大雁塔是非常特別的一座塔，它不是按照中國當時通行的樣式造的，但玄奘並沒有明確指明它到底模仿的是哪座國外的塔。

那麼，我們不禁要問，大雁塔這個名字是怎麼來的，到底跟玄奘在印度遊歷看見的這個大雁塔有沒有關係？

雖然是佛塔，供養了那麼多舍利，但是玄奘造的這座塔過了三十年就塌了。看來如果工程進度太快，古今中外都難免會有品質問題。而當時已經是武則天在位，武則天就跟王公貴族一起集資，把這個塔重修，高十層，這個時候開始才正式命名這座塔爲大雁塔，不過那時玄奘已經圓寂了。後來的很多記載都忽視了這一點，含含糊糊地講，玄奘在世時所造的這座塔是大雁塔，那就好像暗示玄奘本人在造塔的時候就正式管它叫大雁塔。實際上不是的。當時玄奘親自造的這個塔，正式的稱呼只能是慈恩寺西院浮圖（「浮圖」是梵文塔的意思，也就是西院的塔），或慈恩寺塔，但當時的人們在口頭上卻管它叫雁塔或者大雁塔。當時的人也許都明白，或者就是玄奘告訴他們的，這座塔模仿的對象是什麼，所以到了武則天時代重修的時候，乾脆就以這個作爲它的正式名稱了。

所以從這一點來講是沒有什麼問題的，也就是說玄奘的這一次遊歷，留給了我們這樣一個存留至今的帶有象徵意義的古代建築。這座塔的命運當然也很坎坷，後來屢次遭到動盪、兵亂，五代的時候大規模重修過，歷代都加以修繕。尤其難得的是，這座塔經過古建築專家詳細研究，在好多部位，比如在門簷上頭原原本本地保存著唐朝的風貌和結構，所以它在一九六一年就已經被宣布爲全國重點文物保護單位。

這座塔難道僅僅是一座普通的佛塔嗎？或者說這座塔難道僅僅就在佛教史上有它的價值和意義嗎？一座佛塔雖說是玄奘親自造的，或者後來又是武則天造的，難道它還能有別的什麼用途嗎？有！而且還很重要。

大雁塔在當時是「氣象雄偉，甲於海內」。西元八世紀，具體點說是神龍年間，也就是西元七〇五到七〇七年這兩年之間，不知爲什麼在社會上忽然形成了一種風氣，就是進士及第後，一定要登大雁塔，並且在大雁塔裡面題上自己的名字，這是風靡一時的雅事。我們知道白居易二十七歲中進士，他就爲此作過一首膾炙人口的詩，裡面有這麼兩句：「慈恩塔下題名處，十七人中最少年。」如果大家不了解這個背景就不能理解這首詩。當時跟白居易一塊兒到慈恩塔底下題下自己的名字的共有十七個人，而他是裡面最年少的，所以白居易很自豪。大家知道，唐朝的科舉制度有好多類別，進士科只不過是其中主要的一種，另外還有一種也比較流行，叫明經科。這兩種類別在當時社會上受重視的程度已經不一樣了，明經科主要考的是對儒家經典的熟悉程度，你只要對儒家經典足夠熟悉（大致上唐朝有規定的，哪些經要考），你就可以考取明經；而進士科主要是考詩詞歌賦，要看你的才華，因此考進士科的難度要遠遠大於考明經科。所以當時有這樣的說法，叫「二十老明經」，即二十歲考取明經已經算年紀大的了，不稀奇；「五十少進士」，但五十歲考中進士卻是少年進士，可見考進士不容易。白居易在二十七歲中進士，顯然是很難得的，所以他有點洋洋得意。

正因爲如此，「雁塔題名」後來成爲西安的一個著名文化景觀，也因爲有了這樣一個風雅的習俗，所以大雁塔就保留了很多珍貴的唐朝著名文人的墨蹟，以及唐以後著名人士特意到大雁塔來觀摩他們所留下的墨寶，後來人們把它們一一描摹下來，刻成了碑，有拓本流傳。大家看看，大雁塔是不是功德無量？它的作用和價值是不是遠遠超越了佛教的範圍？

〔玄奘在那爛陀寺開學前的一段遊歷，給中國留下了千古聞名的大雁塔，那麼遊歷之後的玄奘，是怎樣開始他在那爛陀寺的學習，又是如何度過五年的留學生活的呢？〕

玄奘遊歷完了以後，時間已經是年底，他出去走了一大圈，這才返回那爛陀寺，正式開始了在那裡長達五年的求法留學生涯。而等玄奘非常舒服地遊歷完一圈回到那爛陀寺以後，那爛陀寺居然還有更大的驚喜在等待著他，什麼樣的驚喜呢？對於一心一意求法的玄奘來講，這個驚喜恐怕才是他眞正想要的，我相信玄奘是不會在乎住什麼好房子，吃什麼好東西，出門乘一頭大象的，他要求的是一個頂級的學習環境，而這方面的又一個特殊待遇那爛陀寺已經給他準備好了，特殊到什麼地步呢？就是由戒賢法師親自爲玄奘開講他夢寐以求的《瑜伽師地論》，這當然才是眞正能夠滿足玄奘心願的一種待遇。

《瑜伽師地論》是彌勒所說五部大論裡最根本、最重要的一部，瑜伽行派認爲，它是大乘佛教裡邊規模最大、體系最完備、組織最嚴密、說理最透徹的權威著作。它的篇幅有多大呢？梵文有四萬頌，我們漢譯佛經把一頌翻譯成四句，四萬頌也就是說有十六萬句。大家如果對梵文的長度覺得不大好想像的話，那麼我告訴大家，玄奘的漢譯本《瑜伽師地論》有一百卷，可見篇幅之巨大。由一位百歲高齡的大德法師，親自開講那麼大一部經，應該說戒賢法師也是在自己使命感的驅使下才挺身而出，來講這個經的。戒賢法師應該也有很長的時間沒有親自講過課了，更不會講授那麼大篇幅的佛典，所以，當戒賢大師要開講《瑜伽師地論》這個消息傳開來的時候，就成爲當時印度一件極其轟動的大事，也成爲當時的佛教世界萬僧注目的一件大事。聽講者當然就不可能是玄奘一個人，聽講者蜂擁而至，從印度各個地方，甚至從印度以外的地方紛紛趕來，一下子就達到了數千人之眾。

戒賢法師的講課剛剛開了一個題，也就是說，剛講解了經書的名字題目，就在課堂上發生了一件咄咄怪事。在這個幾千人的人群外頭突然有個人悲號起來，有的記載甚至說是「悲嗥」，在那邊大哭大叫，而不光是哭，這個人「悲號而復言笑」，就是這個人一會兒哭得驚天動地，一會兒又哈哈大笑，還不停在那兒自說自話。戒賢法師當然也一下子摸不著頭腦了，派人下去一問，原來這是一個來自東印度的婆羅門。這個婆羅門曾經在觀自在菩薩像前發過誓，他發的這個誓不怎麼高明，他發誓要成爲國王。據他講，在他發了這個誓以後，觀自在菩薩現身了，對他說，你不要有這種願望，你這個願望很可笑。但是呢，也沒什麼大不了的，要做一個國王不值得你在我面前發這麼大的願，某年某月某日，那爛陀寺的戒賢法師要爲一個中土來的僧人開講《瑜伽師地論》，你應該前去聽講，聽了以後，你就能夠了解佛法，了解了佛法以後，你就等於見到佛了，那你還當什麼國王啊？因爲我們知道，在印度的觀念當中，佛法就是等同於佛的，這兩個觀念是一致的，學會佛法就等於見到了佛。那麼今天這個婆羅門終於等到了戒賢法師爲玄奘開講，這和他親身經歷的這段因緣若合符節，所以悲喜交加，在那裡不知道是哭好還是笑好，就這麼鬧了一齣。

他這麼一說，大家當然願意相信他是眞的，都很高興，戒賢法師就邀請他住下來聽課。這件事情看樣子是眞的，的確是有個人在外面鬧過，鬧完了以後確實被叫進來一塊兒聽講過，所以玄奘跟蹤記錄了這個婆羅門。這個婆羅門的學習成績怎麼樣，玄奘沒說，但是他原來發的願好像還成功了。怎麼回事呢？講完以後，戒賢大師就派人把這位婆羅門直接送到了當時印度聲威最顯赫的戒日王那裡。這個戒日王，他看到那爛陀寺戒賢法師居然莫名其妙地給他送了個婆羅門來，不明白是什麼意思。大概是戒賢法師的威望太高了，面子也太大，不好推辭，但是這個婆羅門看來沒有什麼特別的，戒日王拿他也派不了什麼用場，也不能任命他做大臣，也不能解答什麼佛學上的疑難，結果戒日王就賣了個面子給戒賢法師，賞了這個婆羅門三個村莊，這麼一來，這個婆羅門起碼是個村長或者大隊長。在古印度，有三個村莊也大概可以當一個國王了。印度的國王大家千萬別當眞，別拿他和我們這裡「戰國七雄」的國王比，更別拿他來和秦皇漢武來比，有時在很小一塊地方關起門來就可以說自己是國王，所以這個婆羅門至少是部分達到了他的目的。如果說這個婆羅門進行過有意的策畫和運作的話，那麼這個個案可就精采極了。

戒賢法師這部經一講就講了十五個月，還有一種記載說是講了九個月，無論怎麼說，學一遍《瑜伽師地論》要用相當長的時間。印度的學法，就是要把這個經的頌一一誦出來，以戒賢法師這樣地位的高僧是不會看本子的，他是憑記憶就把這個經裡的一頌給念出來，然後就問，懂不懂？如果懂的話就念下面一頌，如果不懂的話就提出來，當場解答，解答完了以後再問懂不懂，所以他講經的速度是快不了的，必須一字一句地講解。玄奘在那爛陀寺前後留學大致五年時間，但是見於明確記載，玄奘至少從頭到尾學了三遍《瑜伽師地論》，可見這部經在玄奘心目中占有一種極其特殊的地位。

雖然說，玄奘在那爛陀寺學習了五年，很有意思的是，也可以說很遺憾的是，我們對玄奘在那爛陀寺五年的留學生活了解得非常少。今天，我們固然沒有必要像玄奘這樣，冒著生命的危險去跋涉萬里留學了，然而，玄奘爲了理想不避艱險的精神是有永恆價值的，而他的留學生涯也同樣可以給我們提供一些有益的啓示。今天我們所能夠知道的是，玄奘在那裡聽過三遍講解的經，除了《瑜伽師地論》外，還有《中論》、《百論》，聽了兩遍的有因明（古印度的邏輯學）、聲明（梵文語言學）和《集量論》，《順正理》、《顯揚》、《對法》等論聽了一遍。還有好多別的佛經，比如《俱舍論》、《婆娑論》、《阿毗曇論》等等，當然也很重要，但是由於一路上都已經聽過，所以在那爛陀寺主要是解決個別的疑難問題，不再系統地聽講了。同時，玄奘還花了不少精力去學習佛教以外的經典，包括大量的婆羅門經典，對梵文（當時佛教世界的通用語，也叫「經堂語」，也就是在講經的講堂裡使用的語言，或者叫「聖語」），玄奘更是下了巨大的工夫。貞觀六年（六三二年）到十年（六三六年），玄奘都在那爛陀寺潛心攻讀，學業大進。

〔五年時間很快過去了，戒賢大法師告訴玄奘，你的學業已成，應該早日回國，去傳播佛法。但玄奘並沒有回國，而是再次到印度各地遊歷去了。玄奘為什麼沒有聽從戒賢法師的勸誡呢？請看下一講「何去何從」。〕

第二十四講
何去何從

五年時間很快過去了，玄奘的學業已成，他離開了那爛陀寺，但並沒有馬上回國，而是到印度各地遊歷去了。他這樣做是出於怎樣的考慮，後來又是在什麼情況下決定回國的呢？

在上一講講到，玄奘在那爛陀寺五年的留學生涯，是非常輝煌的。在道宣的《續高僧傳》玄奘傳記裡說，玄奘在那裡悉心鑽研《瑜伽師地論》五年，學習非常勤奮，接下來還打算去學習別的東西，一時還沒有打算回國（於《瑜伽》偏所鑽仰，經於五年，晨夕無輟，將事博議，未忍東旋）。玄奘有這樣的打算，他的恩師戒賢法師又是什麼態度呢？

戒賢法師的態度很有意思，他老人家毫無疑問是非常看重玄奘的，在這個當口，當玄奘還想留在印度繼續學習的時候，照常理說戒賢法師應該是支持的，或者很高興的。但是，這個時候戒賢法師卻告誡玄奘：

法貴流通，豈期獨善？更參他部，恐失時緣。智無涯也，惟佛乃窮。人命如露，非旦則夕。即可還也。

意思是說，佛法有很重要的一面是要流通，要傳播，難道可以過度地考慮獨善其身，而忽略了傳播佛教的使命嗎？如果除了瑜伽派以外，你還想去學習別的部派的話，恐怕會失掉傳播佛法的最佳時機和機緣。智慧是無邊無際、浩如煙海的，只有佛才能夠窮盡一切智慧，而人的世俗生命就像朝露，死亡是說不準的，也許突然就發生了。所以，他非常明白地告訴玄奘，你應該馬上回去。

玄奘是怎麼回答的呢？他說：

敢聞命矣。意欲南巡諸國，還途北指。

意思是說，老師您說得對，我接受您的指點。但是我還想往印度南方走一走，然後再回頭往北返程。玄奘怕戒賢法師不理解他的做法，還加了一個補充說明，說他當初和高昌王麴文泰，也就是他的國王哥哥是有約定的，就是當初麴文泰所說的求法回來必須要經過高昌，既然有約定，那就不大好食言（以高昌昔言不得違也）。不過，從今天看來，這句話好像沒有必要說，它跟前面的「南巡諸國，還途北指」也沒有什麼必然的邏輯關聯。

玄奘就這樣離開了那爛陀寺。

玄奘作爲一名虔誠的佛學弟子，同時也是那爛陀寺的留學生，爲什麼一定要堅持去南巡諸國，而對戒賢法師讓自己回國的勸誡置之不理呢？從後來玄奘的行蹤來看，他除了對印度難免的戀戀不捨以外——有過留學經歷的人都能理解，無論你對自己留學的國家有多麼不滿意，遭受到多大的委屈，經受過多大的苦難，眞要走的時候，都會戀戀不捨——主要還是想在印度遍訪那爛陀寺以外的學府和高僧。玄奘起初對那爛陀寺頂禮膜拜，通過五年的學習，已經開始明確地意識到那爛陀寺也有所不足，並不能囊括當時佛教世界所有的學說和精華。所以，他想學習那爛陀寺沒有能夠提供的，或者儘管提供了但並不讓他滿意的東西。很明顯，那爛陀寺的五年留學生涯讓東土的玄奘成熟了。作爲一個學者他成熟了。

〔但是，誰也沒有料到，我想玄奘本人也沒有料到，這一次本來應該是不太長久的南巡，居然耗時五年左右，跟他留學那爛陀的時間是一樣的。在這四五年時間裡面，玄奘又做了哪些事情呢？〕

玄奘拜別了恩師戒賢法師，離開了那爛陀寺之後，遍訪了以前沒有到達過的印度其他地區，足跡走到了印度的最東面，也來到了印度的最西面的狼揭羅國，在這裡又留下了這麼一段撲朔迷離的記載：

西南海島有西女國，皆是女人，無男子，多珍貨，附屬拂懔，拂懔王歲遣丈夫配焉，其俗產男，例皆不舉。

他說在狼揭羅國西南面的大洋裡面，有個西女國，這個西女國是附屬於拂懔（拂懔應該是指東羅馬帝國）。拂懔王每年派男子上島，去跟當地的婦女交配，延續後代。而這個西女國的風俗是，假如生下男的，就不繼續撫養他。所謂「不舉」，按照漢族傳統的理解，就是棄嬰，一生下來就結束他的生命。爲什麼會形成這樣的風俗，我們現在已經不得而知了。不過，這是玄奘留下的又一條關於女國的記載。

玄奘所謂的「南巡」，在本質上就是一次長時間的遊學，只要遇見學有所長的人，玄奘都會停留下來。其中最重要的是，玄奘花了一到兩年的時間，專門跟一位叫勝軍的論師學習。勝軍是當時印度和戒賢法師齊名的學者，但他不在那爛陀寺，在摩揭陀國雞足山東北百餘里的佛陀伐那山裡，玄奘從他那裡學到的東西不少是那爛陀寺根本沒有開設的，或者那爛陀寺不重視的。這一切都足以說明，玄奘不僅擁有超越常人的旺盛的求知欲望，也表明他對那爛陀寺和戒賢大師的態度是尊重而不盲從，這難道不是最健康的求知態度嗎？

那麼我們能不能這麼推論，既然他婉轉地拒絕了戒賢法師要他馬上回國的這個建議，他又自己決定去南遊，是不是這意味著玄奘的心裡不想回國呢？答案是否定的，這還不是從玄奘最終還是回國這一點去推測的，而是根據歷史記載，可以證明當時玄奘的人雖然還在印度，但是他的心已經開始飛回遙遠的故鄉。

我們從一個例子來看。玄奘離開那爛陀寺後，曾來到伊爛拏鉢伐多國，一般認爲，這個地方就是現在印度比哈爾邦的孟格爾。途中經過我們前面提到的鴿子寺，在這個鴿子寺往南不遠的孤山上供奉著一尊觀自在菩薩，據說這尊菩薩特別靈驗。於是玄奘就買了各種各樣的花，穿成好幾個花環，然後跪在菩薩面前禮拜，提出了三個要求，要求這個菩薩能夠顯靈，告訴他這事情會是怎麼樣。哪三個要求呢？

第一，我在這裡的學習、求法馬上就要結束了，如果可以在回國的路上平安無事，希望花環停留在菩薩的手上（於此學已還歸本國，得平安無難者，願花住尊手）。這說明，玄奘的第一個志願就是回國。

第二，如果我的福氣和智慧可以使我如願以償地生在彌勒菩薩的身邊，希望花環留在菩薩的臂上（所修福慧，願生覩史多宮事慈氏菩薩，若如意者，願花貫掛尊兩臂）。玄奘的第二個誓願說明，儘管他以很開放、多元的態度學習，但還是認爲自己心目當中最重要的是彌勒菩薩，也就是說是瑜伽派。他是既開放又堅持自己的本來的意願和信念的。

第三，佛教認爲這個世界上還是有一些人是沒有佛性的，我現在也不知道自己有沒有佛性，如果我有佛性，並且可以通過修行最終成佛，希望花環停留在菩薩您的頸部，就是能夠套在菩薩的脖子上

（聖教稱眾生界中有一分無佛性者，玄奘今自疑不知有不，若有佛性，修行可成佛者，願花貫掛尊頸項）。玄奘的第三個誓願說明，他還非常關心自己學業是否有成，能不能修成正果。

玄奘發完這三個願，禮拜以後，就把花環抛出去。結果，每一個玄奘希望的地方都有花環：脖子上、臂上和手上。玄奘自己當然是歡喜萬分，而同時在一旁觀看的僧眾信徒都驚歎不已，說這是從來也沒有見過的事。大家可以看到，玄奘把回國的願望放在成佛之前，他發的第一個誓願是希望回國，而成佛則是第三個。由此可見，玄奘一刻也沒有忘記他的故土。

時間過得很快，轉眼間到了貞觀十四年（六四〇年），玄奘已經四十一歲了，離開自己的祖國已經十多年了，那個時候他正在跟從勝軍論師學習，他開始強烈地思念故國，決意東歸。在這一段的時間裡，玄奘的夢似乎特別多。說起來這也很正常，因爲思緒萬千，睡眠不安穩，就容易作夢，有個描繪想念的形容詞「夢繞神縈」，說的就是這種精神狀態。這時候玄奘作了一個夢，改變了玄奘的行程；也就是這個夢，把玄奘推上了留學生涯的巔峰；也正是這個夢，使玄奘成爲了不僅是中國歷史上，恐怕是人類歷史上幾乎無可爭議的最偉大的留學生。這是一個什麼樣的夢呢？

這個夢毫無疑問伴隨了玄奘一輩子，以至於到晚年還沒有忘記，後來玄奘源源本本地把這個夢的每一個細節都告訴了他的弟子，並由他們記載在《大慈恩寺三藏法師傳》中。在夢裡，輝煌的那爛陀寺一片荒蕪，廟裡沒有一個僧侶，居然在神聖的佛教聖地、最高學術中心裡邊繫著好多水牛，那爛陀寺都變成牛圈了。玄奘夢見自己從他最早被安置居住的幼日王院西門走進去，看見他住過的四樓房間裡有一個金顏色的人，相貌莊嚴，散發出來的光芒照亮了整間屋子（大家還記得這個金色的人嗎？他曾經出現在戒賢大師的夢裡，這次也出現在戒賢大師的得意弟子玄奘的夢裡），玄奘內心覺得歡喜，但是怎麼都走不上去，他只好請那個人接引自己。那人說：「我是文殊菩薩（就是當年託夢給戒賢法師的那個菩薩），因爲你有宿業（玄奘那個時候當然沒有成佛，他身上還有前世的一些業報），所以上不了樓。」這時文殊菩薩手指著那爛陀寺圍牆的外面，說你看，玄奘抬頭一看，寺外面火光沖天，村莊全都化爲了灰燼，菩薩就跟他說：「你應該早點回去了，這個地方十年以後，戒日王就要駕崩，印度將會陷入混亂，會出現很多惡人，相互攻擊，你要想明白啊！」說完，文殊菩薩就不見了。

玄奘醒過來覺得很奇怪，就把這個夢源源本本地告訴了勝軍。大家知道，古人要是作了一個夢，是要解夢的，這個態度有時候是很嚴謹的，需要跟人討論或者去查夢書。所以玄奘就去請他當時的老師勝軍解這個夢，勝軍看來眞的是一代高人，他之所以能夠跟戒賢法師齊名不是浪得虛名的，他說：「世界本來就是不安寧的，也許眞的會如此，既然有了這樣的告誡，我看還是你自己拿主意吧。」（三界無安，或當如是。既有斯告，任仁者自圖焉。）後來，這個夢果然應驗了，大唐使臣王玄策就親眼目睹了這一切的發生，不過這已經是後話了。

〔因為夢見那爛陀寺十年後將遭毀滅之災，玄奘決定在回國之前先繞道去那爛陀寺，再看母校最後一眼。然而玄奘沒有料到的是，一回到那爛陀寺，他的回國計畫又要改變了。那麼，是什麼事情拖住了玄奘東歸回國的腳步？這一耽擱，又給玄奘的留學生活帶來了什麼巨大的影響呢？〕

玄奘決定在回國之前繞道回那爛陀寺，最後看一眼生活過五年的母校，並作最後的告別。誰知這一回去，卻被他的老師戒賢法師一把給抓了正著，原來，戒賢法師要他給大家開課，講《攝大乘論》、《唯識決擇論》這些非常高難度的佛經。這對於玄奘來說，當然是一種非常崇高的榮譽，也說明戒賢法師對玄奘這個留學生是多麼青眼相加。儘管玄奘歸國心切，對於恩師的囑託，是不得不照辦的。

那爛陀寺像古今中外所有優秀的高等學府一樣，奉行相容並包的辦學原則。當時有個高僧大德叫獅子光，正在給大家講《中論》、《百論》，闡述自己的見解，攻擊《瑜伽師地論》。大家看，那爛陀寺的學風是多麼自由、活潑，戒賢法師就是《瑜伽師地論》的全世界頭號專家，居然有個老師在這裡講課，就指著校長的專業在批評。然而沒事，戒賢法師並沒有把獅子光趕出去，而是派自己的得意弟子同時也開一門課來講自己的道理。玄奘認爲，聖人創立的教義各有側重，並不互相矛盾，但是，不眞正理解的人就容易走極端，不能融會貫通，問題在於人，不在於佛法本身。有了這樣的看法，玄奘當然就會覺得獅子光的格局太過狹隘，於是就和他往復辯論。結果是獅子光顯然沒有辦法自圓其說，在玄奘面前節節後退，而他門下的學生也漸漸地離開了他，彙聚到玄奘的門下。也就是等於說兩個教授在那裡開課，開始有兩百個學生選你獅子光的課，大概只有一百個選玄奘的課，聽到後來這兩百個都跑到玄奘那裡去了，獅子光當然覺得很沒面子。獅子光一看自己辯不過玄奘，覺得大失面子，但他嚥不下這口氣，在佛教界的最高學府敗下陣來，顯然關係重大，必須得扳回面子。他離開那爛陀寺，請了自己東印度的一個同學來助陣，此人叫旃陀羅僧訶，什麼意思呢？「旃陀羅」是月亮的意思，「僧訶」是獅子的意思，他叫「月亮獅」。獅子光找了月亮獅子來向玄奘挑戰，希望能夠替他出出氣，誰知道這個同學比他更有意思，這個月亮獅子來了以後一聽玄奘的課，居然就嚇得連聲音都不敢發，那自然什麼辯論都沒有了。那麼這件事直接的結果是什麼呢？「法師聲譽益甚」，玄奘的聲望一下子就在那爛陀寺，甚至整個印度佛教界高了起來。

玄奘的聲望越來越高，回國的計畫卻越來越遙遙無期了。而後來在那爛陀寺發生的一系列事情，更是玄奘始料不及的。聲譽大振的玄奘在此後情願或者不情願地，主動或者被動地，被捲入到一連串的辯論當中，對手越來越強大，辯論所懸的勝負獎懲條件越來越扣人心弦，辯論的舞台越來越大，從那爛陀寺到印度全國，規格越來越高，從戒賢法師到場到國王親自到場，東土高僧玄奘的名字，隨著一場接一場的辯論，在佛教的發源地，在佛教世界的中心印度，響徹雲天。

〔這一串的辯論是一個分水嶺，一方面是對玄奘留學生涯的一個總結，徹底奠定了他作為人類歷史上最偉大的留學生的地位；另一方面又為玄奘回國弘揚佛法，創立一個佛教宗派，在漢傳佛教界發生至為深遠的影響，奠定了一個最良好的開端和一個極高的起點。這一連串的辯論是怎麼發生的呢？請看下一講「宗派之爭」。〕

第二十五講 宗派之爭

玄奘雖然佛學修養高深，但他既不想在印度一夜成名，更不想在此因為辯論而丟了性命，那麼玄奘怎麼會一次又一次地，被捲入這種大規模的辯論會之中呢？

辯論，或者也叫「辯經」，並不像我們世俗的辯論，它辯論的主要對象是佛經、佛教學說，辯論就是最主要的交流方式。印度的辯經是非常激烈的，失敗者往往就會銷聲匿跡，有的人會割掉自己的舌頭；有的人甚至不惜自殺，結束自己的生命；輕一點的，就必須改換門庭，變換自己的宗派，而心甘情願地或者不那麼心甘情願地拜勝者爲師。而勝利者就會一夜成名，一戰成名，萬眾矚目，結果是什麼呢？當然是信徒雲集，得到國王的尊崇，得到國王的大量的施捨，成爲一代宗師。

那麼大家也許會問，佛教不是提倡不爭的嗎？佛教既然提倡不爭，怎麼會有那麼多的辯論呢？

實際上到現在，隨著玄奘一路西行，大大小小的辯論也在一路發生，這的確是一個問題。佛教確實是反對執著，因爲佛教認爲，如果執著於一樣東西，就會產生一種愛，而有了這種愛，就不能達到完全自由的狀態，就會妨礙你去超脫於這個塵世，去達到解脫的目的。佛教的確是反對執著也反對爭執的，所以明顯地傾向於不爭。但是，另一個方面，佛教對佛教理論、佛教學說的探究卻又是非常細緻、非常較眞的。「眞理越辯越明」，這句話用在佛教的身上是再恰當不過了，是很適合概括印度各個佛教宗派對待自己宗派理論的這種求知的態度的。各個宗派的信徒有責任捍衛自己所信仰的那個宗派的學說，甚至不惜犧牲世俗的生命。

且說玄奘正打算告別那爛陀寺和他的恩師戒賢法師時，忽然又發生了一件使他不能脫身的事。事情是從印度的一代名王戒日王那裡開始的。當時戒日王在那爛陀寺旁邊施捨造了一座塔。據記載，這座塔有十丈高，而且全部是用銅造成的。它吸引了全印度的注意，在全印度傳爲美談。然而，這同時也引起了嫉妒。戒日王有一次經過烏荼國，這是當時一個不怎麼大的國家，大概的位置在今天印度奧里薩邦的北部。那裡的僧人都信奉小乘佛教，在這些小乘佛教徒的眼裡，那爛陀寺雖是大乘佛教的學術中心，但實際上更是佛教的學術中心。他們認爲大乘佛教是「空華外道」，即華而不實的外道。總之，在這批小乘佛教徒眼裡，不認爲大乘佛教有什麼特別高的地位。所以他們遇到戒日王時，就對戒日王這麼說：「聽說您啊，在那爛陀寺旁邊專門爲這個大乘佛教，爲戒賢法師建造了一座很巍峨高大的銅塔，那您怎麼不給我們也造一座啊？爲什麼就特別爲那爛陀寺造啊？」這些小乘佛教的僧人，還舉出一些道理。他們爲了證明自己的宗派在學問上很完善，是代表著眞正的佛法，就向戒日王標榜說，他們那裡有一位年老的婆羅門，叫般若毱多，是南印度的灌頂師，精通在當時足以和大乘佛教分庭抗禮的小乘正量部學說。這裡講的「婆羅門」，不是說他是婆羅門教徒，而是說他的種姓是婆羅門，那是印度第一種姓，說明他有著非常高貴的出身。而所謂的「灌頂師」，更是了不得，是給南印度國王行灌頂禮的，是一個高高在上的帝師，而且還精通小乘佛教正量部的學說。

〔佛祖釋迦牟尼涅槃之後，佛教分裂為大乘佛教和小乘佛教兩個宗派，大乘佛教追求普度眾生，小乘佛教強調修煉自我；大乘僧人完全食素，小乘僧人可食「三淨肉」。大乘僧人和小乘僧人雖然都是忠誠的佛教徒，但卻因宗派的不同，而一直爭論不休。〕

這個般若毱多絕不是一個子虛烏有的人物，歷史上確實有其人。在漢譯的佛經當中，《唯識述記》裡面就提到過這個般若毱多，說他是「三代帝王師」，就是說他當了三代帝王的灌頂師。他的地位、他的威望是可想而知的。所以，小乘的信徒奉他爲領袖，就好比大乘的信徒，特別是大乘有宗的信徒奉戒賢法師爲領袖是一樣的道理。這些人還取出了般若毱多的著作，名字叫《破大乘論》，有七百頌，篇幅雖然不大，卻非常精悍。於是，他們就跟戒日王說：「您看，這是我們宗派的學說，我們宗派也是有著作的，難道有哪一位大乘的僧人膽敢在這裡邊攻破一個字的嗎？」（我宗如是，豈有大乘人能難破一字者？）可見這些小乘信徒對般若毱多的推崇，也可見他們對自己學說的極度自信，既然一個字都不能改動，那就是顛撲不破了，字字句句都是眞理。

戒日王在內心當然是傾向於大乘的，不然他不會專門爲那爛陀寺去造一個銅塔，也不會爲那爛陀寺專門捐了一個寺院，而且寺內還有一個專門取名爲「幼日王院」的地方，玄奘最早到那爛陀寺時就曾在那裡住過。戒日王是當時印度的一代名王，控制很大一片地域，他覺得這些小乘信徒未免有點夜郎自大，太自以爲是了，於是他就說了這麼一段話：「弟子我聽說，有好多狐狸、小老鼠這一類的東西，自己以爲自己比獅子還厲害，但是，一旦哪一天眞的遇見了獅子的話，這些狐狸、小老鼠就魂飛魄散。你們是沒有遇到過頂級的大乘高僧，所以固守著自己愚昧的見解，如果一旦見了的話，恐怕也跟這些狐狸、小耗子差不多。」（弟子聞狐行鼷鼠之群，自謂雄於獅子。及其見也，則魂亡魄散。師等未見大乘諸德，所以固守愚宗。若一見時，恐還同彼。）

戒日王的話很強硬，但態度還是平和的。那些小乘僧人對自己的學說，對他們所信奉的這位大宗師般若毱多依然充滿信心，他們對戒日王說：「國王，您如果不相信的話，爲什麼不召集一場辯論來定是非呢？」（王若疑者，何不集而對決以定是非？）

按照印度的傳統，應精神界領袖的要求來組織辯論，爲這種辯論提供各種便利，提供物質的支援，是一個國王的神聖的職責，更何況是戒日王這樣的一代名王呢？於是，戒日王馬上就寫信給戒賢大和尚說：

弟子行次烏茶，見小乘師恃憑小見，制論誹謗大乘。詞理切害，不近人情，仍欲張鱗，共師等一論。弟子知寺中大德並才慧有餘，學無不悉，輒以許之，謹令奉報。願差大德四人，善自他宗兼內外者，赴烏茶國行從所。

意思是說：弟子我途經烏茶國，遇見一些小乘派的師父，憑藉一些微不足道的見識，寫了書來誹謗大乘。他們的言辭和理論都很有害，不近人情，還氣焰囂張地想和您等辯論一番。弟子我知道，那爛陀寺的高僧大德的才情智慧足夠有餘，洞悉一切學問，因此我就當場答應了他們，在此向您通報。請派四位大德高僧，要知己知彼、內外兼修，儘快趕到我在烏茶國的行宮。

這封信當然就由專門的使者送到了那爛陀寺戒賢法師那裡，看完信後，戒賢法師立即召集眾僧一起來討論，共同推舉出了四個人代表那爛陀寺前去辯論，其中就包括玄奘。然而，這四個人態度並不一致，除玄奘之外的三個，明顯地震懾於般若毱多的威名，信心不足，態度動搖，未戰先怯。因爲很顯然，般若毱多這個對手跟戒賢法師是在一個等級上的，一個是大乘有宗的第一人，一個是小乘正量部的第一人，所以這幾位有點心裡沒有底。戒賢法師年歲那麼高，自然不可能親自出馬，去參加耗盡力氣，往往會曠日持久，特別是對言辭尤其是對反應的敏捷有極高要求的這種辯經活動。然而，戒日王組織的辯經是一定要參加的，否則不僅被尊爲佛教最高學府的那爛陀寺會名聲掃地，大乘佛教也會不戰而敗。

這時候，還是來自於東土大唐的玄奘挺身而出，講了這麼一段話：

小乘諸部三藏，玄奘在本國及入迦濕彌羅已來，遍皆學訖，具悉其宗。若欲將其教旨能破大乘義，終無此理。奘雖學淺智微，當之必了。願諸德不煩憂也。

意思是說：小乘各個派別的經、律、論三藏，我在中土的時候就都有所了解了，而且我在西行求法的路上，在迦濕彌羅那裡我就花過大力氣學習過，對他們的學說我都了解。如果說憑他們的教義可以攻破大乘，肯定沒有這個道理。我儘管學識淺薄，智慧微小，也能夠應對。請你們各位不必擔憂。

可是，玄奘之所以敢挺身而出，還有別的考慮，他絕對不是一個冒冒失失的人。歷史上的玄奘是一個極其精細，在各方面能力都非常出眾的一個偉大人物。他雖然對小乘佛教有了解，做好了準備，有取勝的信心，但是還沒開始辯論，誰輸誰贏，誰也不好打包票。於是，他接著馬上說：

若其有負，自是支那國僧，無關此事。

意思是說：如果輸了的話，那也是中土來的僧人輸了，和那爛陀寺的威名無關。

玄奘這個打算讓所有在場的人聽了很受用。由玄奘代表那爛陀寺出戰，如果贏了，是那爛陀寺派出的高僧贏了，那爛陀寺將繼續威名遠揚；如果輸了，那也是中土來的僧人輸了，跟那爛陀寺無關。

正當玄奘做好了一切的準備，甚至包括萬一輸了怎麼辦這樣的準備的時候，不知道什麼原因，應該是因爲一場突如其來的戰爭的原因，戒日王忽然又派使臣送來了信，讓那爛陀寺這四位高僧先不要急著過去，就留在那爛陀寺等候他的召喚。所以從當時來看，這場緊鑼密鼓的大、小乘高層對決的辯論，就暫時地偃旗息鼓，沒有展開。

〔既然這樣，是不是玄奘就在那爛陀寺就清閒無事了呢？當然不是，事實恰恰與此相反。這場玄奘做好了充足準備的辯論是沒舉行，但另一場意想不到的辯論卻開始了，而且還是別人打上門來的。〕

古印度的各種宗教派別繁多，每個宗派都認爲自己的學說是正道，而把別的宗派斥爲外道。那爛陀寺是印度佛教的最高學府，裡面不僅有大乘僧人，還有印度各種宗派的人都在這裡學習，而且還不時會有外道找上門來辯論。這時，打上門來的是一位順世外道。順世外道是古代印度非常有名的一種外道，被佛教貶斥，稱之爲九十六種外道之一。「順世外道」的意思，就是順著這個世界，完全不去跟這個世界做任何的抗爭，我就順著你這個世界走。據說，其創始人的名字就叫「路歌夜多」，漢譯佛典當中一個非常浪漫的名字。其主要的學說是反對婆羅門教的吠陀，反對婆羅門教的祭祀，從這個角度來看，他跟佛教有共通的一面，即都是婆羅門教的對立面；但是另外一方面，他否認業報、輪迴、靈魂的存在，而肯定世界的物質性、眞實性，比較強調追求肉體的愉快，而佛教認爲這世界的一切都是虛幻的，只有涅槃是眞實的。所以，在本質上，它和佛教又是截然對立的。

因此，這樣一個外道對佛教的威脅特別大。不僅因爲順世外道的學說對佛教的傷害太大，而且還因爲這個打上門來的外道竟然是一個亡命之徒。怎麼說他是亡命之徒呢？他把自己要求辯論的意見寫了成了四十條，而附帶開出的辯論條件竟然是：

若有難破一條者，我則斬首相謝。

也就是說，我這四十條論綱，你們有誰如果能駁倒我其中的一條的話，我就砍下自己的頭來認輸。不僅如此，他還把這論綱和開出的條件貼在了那爛陀寺的大門上，相當於公開地貼了一張大字報，向整個那爛陀寺宣戰。

從這裡邊可以看出，這個外道極度地自信，對自己的學說和信仰絕對地有信心，以至於目中無人。他對自己提出了極其苛刻的條件，就是他的那四十條論綱一條也不能有差錯，如果有一條出現問題，他就得付出生命的代價。但反過來，他卻沒有提那爛陀寺駁不倒他的四十條論綱該怎麼辦。這既說明了這個順世外道自我膨脹，也說明他絕不是個莽撞之徒。因爲如果那爛陀寺駁不倒他，那就得聲譽掃地，付出的代價遠比他一人去死要大得多，而且不提得勝的條件，使別人看起來他對論敵是寬宏大量的。

這樣一連幾天，恐怕是被這個外道的氣勢給鎮住了，那爛陀寺裡居然沒有一個人出來應付這件事。當然，也可能是那爛陀寺還沒有碰到過這種挑戰辯論方式，一時拿不出應對辦法。要知道，外道的條件毫無迴旋餘地，就給應對的人帶來很大的顧慮。這時站出來的，依然是中土的留學生玄奘。那麼，玄奘是以什麼樣的姿態出現的呢？諸位可能想都想不到。

以我們了解的玄奘，他是一個非常謙卑，而且道德修養又很高的高僧。出來應對也會是一種彬彬有禮的方式，然而不是！這次玄奘一反常態，完全像換了一個人一樣。他自己先不出來，而是派伺候自己的那個淨人先出來，將那個順世外道貼出來的四十條論綱一把撕掉，然後自己走出來，踩在這些碎紙片上「以足蹉蹋」，將它踐踏一番。

用這種方式應戰，在玄奘來說是完全違反常態的，但他這樣做也是有他的道理的。既然這個外道用反常的方式羞辱了那爛陀寺，那麼，作爲那爛陀寺的一員，首先要挽回寺廟的聲譽。儘管辯論一旦獲勝，肯定將挽回聲譽，但必須在一開始就打掉他的氣焰，否則不行。我們設身處地爲玄奘想一想，他之所以沒有馬上站出來應戰，肯定是經歷了一番激烈的思想鬥爭，考慮去還是不去，一旦去了，究竟有沒有把握取勝。勝了固然好辦，如果不勝呢？當然，玄奘在這段時間裡也仔細地研究了他那四十條論綱，在想好了對策後再出來應戰的。這一點，我們在下面還會提到。但先前在準備應戒日王召請去應戰時，玄奘說過的那句話，顯然也在此時起到一定作用的，那就是：「若其有負，自是支那國僧，無關此事。」

玄奘的這番舉動，當然把這個外道給激怒了，就走上前去問玄奘：「你是什麼人？」

玄奘昂然回答說：「我是摩訶耶那提婆奴！」我們終於知道，玄奘在印度用的是什麼名字，「摩訶耶那提婆奴」，這是一個梵漢合璧的字，其中「奴」是個漢字。這個名字的意思是大乘天的奴僕。這個「大乘天」是指誰呢？是指歷代著名的菩薩，包括戒賢法師在內，他們是大乘天，是大乘神。玄奘的這句話我們現在可以完全把它復原成梵文，有兩種說法，一種是「aham mahāyānadevadāsa」，還有一種是「Mahāyānadevadāsa asmi」，音調都是很高亢的。不過，這一點從漢文裡是看不出來的。

外道一聽見玄奘報出來的這個名字，他馬上知道，這次遇見了眞正的勁敵，因爲他「素聞法師名」，只是因爲一向沒有見過玄奘，所以兩下對不起來。可見，玄奘的印度名字「摩訶耶那提婆奴」在印度佛教界已經是廣爲人知。

這樣一來，外道的態度就緩和下來了，據史料記載，他感到「慚恥更不與論」。就是說，外道自己覺得自己抬不起頭來，不打算跟玄奘討論了。他是爲自己先前的行爲感到「慚恥」，還是因爲見到是玄奘出來應戰，覺得驚動了有名的高僧，感到「慚恥」，我們現在無從揣測，但是這並不重要。因爲辯論並沒有因爲他的態度而自然中止。

〔玄奘和順世外道的辯論並沒有因此告終，相反，這場辯論不僅辯起來了，而且還帶來了一個非常嚴重的後果。究竟是怎麼一回事呢？請看下一講「論戰因緣」。〕

第二十六講
論戰因緣

一個順世外道的辯論者打上門來，向那爛陀寺挑戰，而玄奘以非常出乎我們意料的姿態接受了這個挑戰。他是如何降伏這個外道的？而這個上門挑戰的順世外道還會牽扯出什麼樣的故事呢？

當這個外道知道他面對的是中土來的高僧摩訶耶那提婆奴的時候，似乎出現了某種退縮。這時候，玄奘把這個外道叫進了那爛陀寺，準備和他展開辯論，而且還請戒賢法師和那爛陀寺的很多高僧都來出席作證。

我們所能看到的留到今天的文字記載，都是玄奘的弟子留下來的。儘管在今天，我們依然能夠感受到這場辯論的激烈，但是我們能夠看到的文字記載，卻只有反映出玄奘在進攻。大概是由於玄奘的氣勢從一開始就壓倒了這位原本也是氣勢洶洶的順世外道，或者也恐怕有其他更主要的原因吧。但不管怎樣，在這次辯論中，玄奘的進攻是非常凌厲的。

玄奘一開始，就列舉了當時流行在印度的幾種主要的外道：

鋪多外道、離系外道、髏鬘外道、殊徵伽外道，四種形服不同；數論外道、勝論外道，二家立義有別。

意思是說：你們外道基本上可以分爲兩大類，一類是在外表上標新立異的，這就是所謂的「鋪多外道、離系外道、髏鬘外道、殊徵伽外道」；一類是在理論上標新立異的，這就是所謂的「數論外道、勝論外道」。

從這裡我們可以看出，玄奘從一開始就有意識地使用了辯論的技巧。他沒有跟著順世外道的那四十條論綱去一一反駁他，而是自己立了一個論題展開辯論。其實，這是不太符合印度辯論的邏輯要求的。經歷過許多場辯論的玄奘難道不明白辯論的規則嗎？如果知道，玄奘又是出於什麼樣的考慮才這樣去做的呢？

其實，面對這場挑戰，玄奘的心中有說不出的苦衷。順世外道在打上那爛陀寺大門的時候，在門口叫板，貼大字報，這樣折騰了好幾天，玄奘當然不可能不知道。然而記載很明確地說，玄奘是在幾天以後才挺身而出的。那麼很顯然，這段時間，用一句圍棋的術語來講，玄奘是在「長考」。他肯定一開始就知道了這四十條論綱，只是他在思考怎麼對付順世外道。這裡面肯定有問題，很可能順世外道的那四十條挑戰的見解實在不那麼好對付。這四十條論綱的具體內容是什麼，我們今天不是那麼清楚，遍尋史料也找不到這次辯論最主要的非常詳細的論題。但是我們知道，說實在話，這個是很難辯駁的。所以注定了，這個外道會有那麼強的自信心。其實這外道也明白，他提出的這個論綱很難通過辯論來決定誰勝誰負，基本上會是一場混戰，所以他敢於主動打上門來。如果辯論演變爲混戰，即使不分勝負，那主動挑戰打上門來的外道也可以算是贏了。玄奘經過幾天的「長考」以後，顯然決定，既然你弄了這麼一堆題目會讓大家糾纏不清，我索性就不跟你具體糾纏了，而是另外立一個題目來發揮自己對外道的見解。玄奘的苦心就在這裡，我們只有用心去看非常零碎的史料，才能體會玄奘的苦心。

接下來，玄奘就開始一一批駁這些外道了，他首先攻擊的是在外表上標新立異的外道：

> 餔多之輩，以灰塗體，用爲修道，遍身艾白，猶寢窖之貓狸。離系之徒，則露質標奇，拔髮爲德，皮裂足皴，狀臨河之朽樹。髏鬘之類，以髏骨爲鬘，裝頭掛頸，陷枯魂磊，若塚側之藥叉。徵伽之流，披服糞衣，飲啖便穢，腥臊臭惡，譬溷中之狂豕。爾等以此爲道，豈不愚哉！

意思是說：你們這些外道，有的用灰炭塗滿全身，遍身白慘慘的，活像睡在爐灶邊的狸貓；有的袒露身體，披頭散髮，皮膚開裂，像河邊的枯樹；有的串起骷髏，像花環一樣地掛在脖子上，戴在頭上，就像墳墓邊的惡鬼；有的穿著破爛骯髒不堪的衣服，喝尿食糞，散發出惡臭，就像糞坑裡發狂的豬。你們用這樣的方式來修道，難道不愚蠢嗎？

玄奘在這裡提到的這些外道，在當時都是存在的。例如他說的「鋪多外道」，用灰炭塗滿全身，渾身白慘慘的，活像是睡在爐灶旁邊的狸貓。這個當然是指塗炭外道，印度是有這種外道的，這種外道的主要標誌就是把渾身塗得很髒，表示一種苦行。而「離系外道」袒露身體，披頭散髮，皮膚開裂，就像河邊的一棵枯樹，這就是露形外道。印度也流行這種苦行方式，就是一年四季不穿衣服，當然也不會洗澡，就這樣滿街地跑。至於那些把死人的骷髏串起來，像花環一樣的掛在脖子上或者戴在頭上，活像墳墓邊上的惡鬼，所謂的「髏鬘外道」，也叫做「骷髏外道」，他們用這種方式來表達他們已經看透了人世間的東西，你再怎麼樣不對，最終還不都是一個骷髏嗎？大家還記得《西遊記》裡的沙和尚嗎？他的頭頸上就掛著一串死人骷髏。也許他的形象來自於印度「骷髏外道」的影響也說不定。還有的一些穿著破爛骯髒不堪的衣服，喝尿食糞，渾身散發出惡臭，就像糞坑裡發狂的豬一樣。當時是有這種外道，而且這種外道直到今天還有，他們是對自己實施一種極其嚴酷的苦行，所謂苦行就是頭陀。大家還記得《水滸》裡邊的武松嗎？他在血濺鴛鴦樓之後，逃到十字坡張青的小酒店，張青夫婦把他化裝成頭陀模樣，他頭髮披散，身穿破破爛爛的百衲衣，正是個苦行僧的形象。可見是專門有這一類的。

在歷數完外表上標新立異的外道之後，玄奘又把矛頭轉向在理論上標新立異的外道，把「數論外道」和「勝論外道」的理論和學說，由外及內，由表及裡地批駁了一番。

〔玄奘面前的對手是順世外道的法師，而他為什麼在辯論中根本不提順世外道，卻首先批駁其他一些極端的外道呢？這體現了玄奘一種什麼樣的辯論智慧呢？〕

玄奘在這一開始就給這個順世外道下套挖坑，就有意識地使用辯論技巧：玄奘攻擊其他的外道在外表上的汙穢，而這裡邊根本沒有提順世外道。那麼，順世外道固然是佛教徒所認爲的外道之一，但是，他的外表是不是就和玄奘所攻擊的那些外道的外表一樣汙穢不堪，令人無法忍受呢？恐怕不是。順世外道確實不那麼講究儀表，但也並沒有通過各種方法使自己汙穢不堪，過一些常人無法忍受的生活，來作爲修道的方式。順世外道恰恰是順著這個世界走的，他是追求現世生活的愉悅，推崇肉體的享受的，所以才叫「順世外道」。但玄奘不管這些，你反正是外道，我就把你擱在外道裡頭一起批駁、數落。

再者說，順世外道自己認爲自己是「外道」嗎？你佛教徒認爲他是外道，但你沒有問清楚順世派他自己是怎麼看自己的。這一點玄奘也不管。反正他就先開始這麼攻擊！

從邏輯上來說，玄奘實際上是把順世外道先納入「外道」的大概念，然後卻從這個大概念中挑出易於攻擊的一些小概念，從而達到否定「外道」這個大概念的目的。「外道」既然被否定，那麼包括在大概念中的順世外道，毫無疑問也被否定掉了。這裡邊就反映出玄奘極其高超的辯論的技巧，一種對邏輯的運用能力。

順世外道當然不會俯首貼耳認輸，辯論還是來回了好幾個回合，但是結果如何呢？估計這個順世外道跟玄奘辯著辯著，發現壓根兒就不在辯自己的問題，反而被玄奘繞進去了。他發現，「外道」作爲一個整體的概念全盤皆輸，反正外道整體上的外表又髒又臭，玄奘都不要看；之後，玄奘更擺出一副覺得這些理論跟你們這些數論派以及勝論派都不值得大乘佛教一駁的樣子。而順世外道自己呢，自始至終就沒有發現玄奘下的套子。

所以這個順世外道辯來論去，論來辯去，想不明白，他糊塗了，最後只好「默無所說」，愣在那兒說不出話來了。最後他就站起身來，說：「我今負矣，任依先約。」表示自己認輸了，按照前面自己約定的條件，我輸了，我就砍下頭給你。

玄奘在這個時候，當然擺出一種很高的姿態，他怎麼會要他的腦袋呢？玄奘又不是骷髏外道，拿你這個腦袋做個花環？但是玄奘又不能不懲罰他，因爲自己代表著那爛陀寺，所以玄奘開出了懲罰條件：「我們佛門弟子絕對不會害人的，你就做我的奴僕吧，隨時聽候我的命令，隨時接受我的教誨。」（我曹釋子終不害人，今令汝爲奴，隨我教命。）據記載，這個外道是「歡喜敬從，即將向房」。這個順世外道肯定是喜出望外，因爲他沒想到會是這樣的結果，不僅不用砍腦袋，而且還能進那爛陀寺學習，所以說一下子溜到玄奘房間裡躲起來了。

這場辯論當然是勝利了，可是玄奘心裡明白自己是怎麼贏的。所以從留下來的記載來看，這場辯論雖然動靜很大，但玄奘根本就不看重它。玄奘心裡牽掛的還是戒日王召集的那場辯論，他心目中的眞正的勁敵是般若毱多，這位三代帝王的灌頂師。玄奘的腦子是非常清楚的，是絕對不會讓一場勝利沖昏頭腦的，所以他一直在記著這一場辯論。贏了順世外道，保住了那爛陀寺的聲譽，玄奘知道，巨大的威脅還在等待著自己，所以他沒有一絲一毫地掉以輕心。他爲了知己知彼，費盡心力，託了好多人，想了好多辦法，找到了般若毱多的著作《破大乘義》七百頌。一找到，玄奘就馬上埋頭鑽研起來。

般若毱多絕對不是一般的高僧，他乃是頂尖的高僧，《破大乘義》是他精心撰寫的，既然在小乘佛教徒當中有那麼高不可攀的地位，那也不會是浪得虛名的。果然，歷史的記載很明確地表明，《破大乘義》中有好幾個地方讓玄奘大師百思不得其解，他看不懂，破不了，解不開。找到了這部書，但是卻發現看不懂，既然看不懂，那你怎麼能夠辯駁對方呢？這樣的話，你根本沒有贏的可能性。玄奘這個時候是火急火燎，怎麼辦？這場辯論就在等待著他，戒日王隨時一道命令你就要去的。那爛陀寺派出的四個人，其他三個本來就明確是沒有信心的，而你又是挺身而出的，難道還眞準備輸嗎？玄奘是肯定不甘心，他一點也不想如此窩囊。可是問題是去找誰請教呢？玄奘在屋子裡是繞室彷徨，不知該怎麼辦。情急之中，就看到了那個躲在他房間裡的順世外道，於是病急亂投醫，他就向順世外道問道：「你聽過《破大乘義》這部書沒有？」不料，這一問竟然問出一個天大的驚喜：這位順世外道不僅聽過，他還聽般若毱多講過五遍，已經精通這部經了，這當然就是「踏破鐵鞋無覓處，得來全不費工夫」了。而且這也印證了佛教理論當中的「善有善報」，如果你當初把他腦袋砍掉了，你問誰去？或者你當初把他趕跑了，你問誰去？他善待失敗的對手，順世外道現在派上了用場。

這時候，玄奘顯示出非常博大的胸懷，他本著「能者爲師」的態度，絲毫不顧及自己是辯論的勝方，順世外道是敗方，或者順世外道的身分是自己的奴僕，而且自己當初開出的條件是讓順世外道來跟自己學習這些事情。這些現在玄奘都不顧，就請順世外道當老師，對自己開講。

順世外道不敢相信自己的耳朵，他說：「我現在是您的奴僕，我怎麼能夠為您講經呢？」玄奘的回答是非常地實實在在，他說：「這是別的派別的學說，我從來沒有見過，所以你只管說，不要想那麼多。」（此是他宗，我未曾見，汝但說無苦。）這個順世外道也是個心思縝密之人，他特地為玄奘考慮說：「如果這樣的話，那就等到半夜，我擔心別的人知道您跟從一個奴僕學法，會玷汙您的名聲啊！」（若然，請至夜中，恐外人聞從奴學法，汙尊名稱。）看來，這外道也是個秉性忠厚之人。

於是，等到半夜別人都走開了的時候，順世外道為玄奘源源本本、仔仔細細地把《破大乘義》從頭到尾解釋了一遍，解決了玄奘百思不得其解的幾個疑點。這樣，玄奘才找出了般若毱多的破綻，才找到了用自己所擅長的、自己所歸屬的大乘有宗的學說和方法，去攻破他的這個途徑。接下來，玄奘就撰寫了自己的第二部梵文著作，叫《破惡見論》。你不是《破大乘義》嗎？那我認為你這個書是惡見，是非常有害處、非常惡劣的學說。而且《破惡見論》的篇幅是《破大乘義》的兩倍還多，一共有一千六百頌。當然這部玄奘用梵文撰寫的著作沒有傳下來，因為在中國歷史上，我們還沒有看見哪一部佛學著作是中國僧人用梵文撰寫的。

這部《破惡見論》，戒賢法師和寺內的高僧看了以後都讚不絕口。因為老實說，原來既然派出這四個人，其中三個人是心裡打退堂鼓的，那麼對這場戒日王召集的辯論到底能不能贏，連戒賢法師實際上恐怕都是沒底的。但是看了玄奘的這部著作，看了他為這場辯論預先預備的功課，戒賢法師心裡的石頭落地了，這才對贏得那場辯論的勝利充滿了信心。

至此，這個順世外道已經變成了那爛陀寺的有功之臣，玄奘也不能再把他當奴僕了。何況在一開始，玄奘只是以此作為一種姿態，為那爛陀寺挽回聲譽而已。至此，他對順世外道說：

仁者論屈爲奴，於恥已足，今放仁者去，隨意所之。

這個順世外道得到了自由之身，又一次地喜出望外，他就馬上離開了那爛陀寺，回到了南印度。

〔然而，這個順世外道與玄奘的因緣卻並沒有結束，他給玄奘還惹出了一大堆的事情，再次印證了佛教的因果報應之說。此時，玄奘覺得，憑那爛陀寺高僧們的實力，加上自己的《破惡見論》，即使他不親自與「三代帝師」辯論，那爛陀寺也已經穩操勝券，於是他決定回國。然而另一個外道卻又找上門來，給玄奘算了一次命，竟算出一個天大的祕密。這究竟是怎樣的祕密呢？〕

玄奘覺得對那爛陀寺的責任也盡到了，所以他準備回國。而這個時候偏偏又有一個叫伐闍羅的露形外道，到玄奘的宿舍來串門。可見玄奘他並不是那麼狹隘的，他的朋友也是很多的，五湖四海，你外道只要不跟我來辯論，咱們私下還是好朋友。而這位伐闍羅，當時在那爛陀寺裡邊以算命而著名。這個露形外道，也就是天天脫光了滿街跑的外道，他到玄奘房間裡當然也是赤條條地來的。玄奘早就聽說了，他非常擅長於算命，於是玄奘也託他算一下命：

玄奘支那國僧，來此學問，歲月已久。今欲歸還，不知達不？又去、住二宜，何最爲吉？及壽命長短。願仁者占看。

意思是說：我這個中土僧人，到這裡學習的時間已經很久了，現在想回家，不知能不能到得了家？我覺得回去和留在這裡都可以，哪一種最吉利？還有我的壽命能有多長？請您一併替我算算。

玄奘對印度，尤其對那爛陀寺的戀戀不捨，這個我們能理解。另外，玄奘在這時候還是流露出作爲一個中國人所獨特關心的事情，即想知道自己壽命能有多長。印度高僧對這個一般是不關心的，但玄奘畢竟是個中國人，所以就叫這個伐闍羅來算一下。

這個露形外道，他是用一種印度的方法來算，他拿了一塊白石頭，在地上比畫，排各種算式，得出的結果是：「您留下來最好，因爲您在這裡的聲望已經很高。要想回去呢，也可以。至於您的壽命還有十年，如果還有其他的福氣，也許可以活更長，這就不是我所知道的了。」（師住時最好，五印度及道俗不無敬重。去時得達，於敬重亦好，但不如住。師之壽命，自今已去更可十年。若憑餘福轉續，非所知也。）

但是玄奘心目當中有一個更重要的擔心，他擔心什麼呢？在印度留學期間，他時刻都沒忘記自己的初衷——求取佛經，所以在這幾年當中，他積累了數量非常龐大的佛教經典、佛像。這些東西怎麼運回萬里之外的祖國，這是一個天大的難題。於是玄奘進一步詢問伐闍羅，假如準備回去，那自己積累的那麼多的佛典、佛像怎麼辦呢？伐闍羅說：「您別擔心，戒日王、鳩摩羅王都會派人送您回國，一定會順利到達。」（勿憂，戒日王、鳩摩羅王自遣人送師，必達無苦。）這下玄奘就感到奇怪了，這兩位王我見都沒見過，怎麼會有這樣的好事降到我身上呢？（彼二王者從未面，如何得降此恩？）

伐闍羅告訴玄奘說：「鳩摩羅王已經派人來請您了，兩三天就到了，如果見到了鳩摩羅王，也就會見到戒日王。」（鳩摩羅王已發使來請，二三日當到，既見鳩摩羅，亦便見戒日。）

事後證明，這個叫伐闍羅的露形外道的話是非常準確的，迎請玄奘的使者就要到那爛陀寺了。那麼，素不相識的鳩摩羅王爲什麼會前來迎請玄奘呢？我們還得從玄奘的那位早先的對手、曾經的奴僕、後來的功臣——順世外道說起。

原來，那個順世外道被放回到南印度以後，他見到了當時印度僅次於戒日王的一個王，叫鳩摩羅（Kumāra），意思是「童子」，他的另一個名字叫婆塞羯羅伐摩（Bhāskaravarman），意思是「日冑」。這個國王在《大唐西域記》裡寫作「拘摩羅王」，「拘」在這裡是不能按照我們今天現代漢語中的讀音來讀的。鳩摩羅王是當時的印度對唐朝情況最爲了解的國王。據《新唐書·西域傳》的記載，貞觀二十二年（六四八年），這個正好是玄奘在世的年代，唐代使臣王玄策出使印度的時候，這個鳩摩羅王主動派人向唐朝獻上了奇珍異物，這個還不奇怪，更重要的是他居然獻上了地圖。這個在古代是有特殊的意義的，獻地圖不是一般的事，等於說是我把我國家的大門敞開了。而且，他還請過老子像和《道德經》，他當時對唐朝使者說：「希望你回去稟明大唐皇帝，能夠賞賜我一幅老子的像，能夠賞賜我《道德經》。」顯然，這一切都是玄奘影響的功勞。當然，這是後話。

這順世外道對玄奘是心悅誠服，所以他見到了這個鳩摩羅王以後，就詳細地向這個王介紹、讚頌了這位中土高僧，包括他的道德和學問。鳩摩羅王並不是一個虔誠的佛教徒，他和佛教的關係遠遠不能與戒日王和佛教的關係相比，但是他非常地好學，也非常敬重有學問的人。因此，在他的統治範圍裡邊，也有很多高僧、很多學問很大的人慕名而來。所以他一聽說那爛陀寺居然有這麼一個從中土來的高僧，就趕緊派人去迎請玄奘。

〔通過這次算命，堅定了玄奘回國的決心。於是，玄奘開始整理行裝。而從留下來的歷史記載來看，著重強調了玄奘特別注意非常仔細地包裝佛經和佛像。因為路途太遙遠了！在那爛陀寺裡面，大家意識到這位和自己朝夕相處多年的中土高僧，這位為那爛陀寺保住了聲望、挽回了聲譽的留學生，恐怕這一次是真的要回國了。那麼，在那爛陀寺裡的這些人是怎麼看待玄奘回國的想法？又是怎樣來勸阻玄奘的？玄奘又是怎麼來應對的呢？請看下一講「雙雄鬥法」。〕

第二十七講 雙雄鬥法

就在玄奘下決心要回國時，那爛陀寺的眾僧紛紛來勸阻他，玄奘婉言謝絕了他們的好意，不料一波未平一波又起，鳩摩羅王的使者又來請玄奘到他那裡去。那麼，玄奘究竟能否脫身呢？

玄奘這一次是眞正下決心準備回國了，他非常細緻地包裝、捆紮他在印度五年期間收集的大量佛像和佛經。看到玄奘這次可能是眞的要離開那爛陀寺、離開印度，與玄奘共同生活了五年之久的那爛陀寺的同伴們，都紛紛來勸阻：「印度是佛祖誕生的地方，雖說佛祖涅槃了，但是總還有很多佛陀留下的遺跡，你可以去禮拜啊，爲什麼千辛萬苦來到印度，卻還要走呢？支那國不行啊，不太重視佛法，氣候寒冷，土地貧瘠，別說佛不降生了，連聖賢也不去啊！」（印度者，佛生之處，大聖雖遷，遺蹤具在，巡遊禮贊，足預平生，何爲至斯而更舍也？又支那國者，蔑戾車地，輕人賤法，諸佛所以不生，志狹垢深，聖賢由茲弗往，氣寒土嶮，亦焉足念哉？）

這番話當然並沒有什麼惡意，但是玄奘畢竟是個中國人，他之所以不避艱險，前來印度求法，還不是爲了在中土弘揚佛法嗎？這時，玄奘先強調了佛法最要緊的是流通傳播，然後又對祖國進行了一番發自肺腑的讚美：

> 衣冠濟濟，法度可遵，君聖臣忠，父慈子孝，貴仁貴義，尚齒尚賢。加以識洞幽微，智與神契。體天作則，七耀無以隱其文；設器分時，六律不能韜其管。故能驅役飛走，感致鬼神，消息陰陽，利安萬物。

而且，自從佛教傳過去後，更是「咸重大乘，定水澄明，戒香芬馥」。如此美好的國度，怎麼能夠「稱佛不住，遂可輕哉」！

那些勸玄奘留在印度的人，還是不想放棄，說：「我們和您生活在同一個世界裡，爲什麼佛生在我們印度，不生在你們支那，難道不是因爲支那是邊遠惡地嗎？那裡既然沒有福氣，我們勸您就別回去了。」（今與法師同居贍部，而佛生於此，不往於彼，以是將爲邊惡地也。地既無福，所以勸仁勿歸。）

玄奘不願再和他們糾纏，便直接引用了無垢稱，也就是維摩詰菩薩的一問一答，作爲自己的回答：

無垢稱言：「夫日何故行贍部洲？」答曰：「爲之除冥。」今所思歸，意遵此耳。

這是何等的氣度！

勸留的人一看，只能使出最後一張王牌了，那就是叫上玄奘一起到戒賢法師那裡去。戒賢法師當然要比那些僧人略勝一籌了，他先不表明自己的態度，而是問自己的得意弟子玄奘：「你自己決定怎麼樣呢？」玄奘必恭必敬地回答自己的恩師：

此國是佛生處，非不愛樂，但玄奘來意者，爲求大法，廣利群生。自到已來，蒙師爲說《瑜伽師地論》，決諸疑網，禮見聖跡，及聞諸部甚深之旨，私心慰慶，誠不虛行。願以所聞，歸還翻譯，使有緣之徒同得聞見，用報師恩，由是不暇停住。

意思是說：這裡是佛降生的地方，我怎麼會不喜愛呢？但是，玄奘我前來印度的目的就是求得大法，利益眾生。到了以後，蒙恩師您爲我講授《瑜伽師地論》，解決我心中的疑難，我又禮拜佛跡，耳聞了各個部派的深奧的理論，心裡慶幸眞是不虛此行。我想用我所學到的，回國翻譯，使得有緣的人都可以學習，以此報答師恩，所以我急著想趕回去。

戒賢法師是眞正理解玄奘的人，而且他也是眞正理解玄奘使命的人，於是就歡喜地對自己的這位中土高足說：「這是菩薩的意思，我內心也希望你如此。」（此菩薩意也，吾心望爾亦如是。）所以，戒賢最後拍板，吩咐那爛陀寺所有的人：「任爲裝束，諸人不須苦留。」

那麼玄奘走成了嗎？依然沒有。所以玄奘這個回國的路途也是一波三折。

正在玄奘抓緊時間整理行裝，而戒賢法師又是完全支持他回國的這個當口，發生了一件事：鳩摩羅王派出的使者趕到了那爛陀寺，明確希望戒賢法師把中土高僧送到他那裡去。那個露形外道給玄奘算的命應驗了。這個時候戒賢法師犯了難，很爲難，爲什麼爲難呢？一方面，他非常眞切地知道自己心愛的徒弟歸心似箭，而玄奘如果不走的話，他也應該首先等候戒日王的命令，因爲戒日王是印度排名第一的王，他比鳩摩羅王的權勢要大；另一方面，戒日王有約在先啊，如果被鳩摩羅王接了去，玄奘既不能啓程回國，又不能去對付那個般若毱多，那麼遇到這種情況該怎麼辦呢？作爲那爛陀寺最高負責人，戒賢法師眞是一籌莫展。

所以我們講，那位順世外道原是出於好意，卻沒想到帶來那麼大的麻煩！戒賢法師沒有辦法，猶豫再三，只好用「支那僧意欲還國，不及得赴王命」來搪塞。他考慮再三，還是想出了這樣一個藉口，婉言拒絕了鳩摩羅王的好意。

看來玄奘的行李實在太多，他並沒有能夠利用這點時間馬上離開那爛陀寺，還在那裡整理行裝。而在這個當口，鳩摩羅王的使臣第二次到了，而這次鳩摩羅王說的話實在是沒有什麼可以挑剔的，他說：

師縱欲歸，暫過弟子，去亦非難。必願垂顧，勿復致違。

意思是說，就算玄奘決定要回國，也先到我這邊過一過，回國又沒有什麼難的，我可以派人送他，所以一定希望中土高僧能夠光臨我這個地方，不要再拖延了！

這裡最後「勿復致違」四個字已經明顯地軟中帶硬了。

可是戒賢法師實在有自己的難處，他肯定得罪不起戒日王，所以他就採取了一個辦法：拖！就這麼拖著，既不把玄奘送過去，也不明確給鳩摩羅王答覆。鳩摩羅王畢竟是國王，國王有幾個是有好脾氣的？何況鳩摩羅王的確是禮數周到，態度謙卑殷勤，而且戒賢法師應付的辦法實在又顯得蒼白無力。結果可想而知。這下鳩摩羅王頓時大怒，覺得戒賢法師實在太不把他當回事了，他畢竟還是印度排名第二的大王嘛。所以他又一次派人送信，而這次的信已經殺氣騰騰，完全不再像以前那麼客氣了：

弟子凡夫，染習世樂，於佛法中未知回向。今聞外國僧名，身心歡喜，似開道芽之分，師復不許其來，此乃欲令眾生長淪永夜，豈是大德紹隆遺法，汲引物哉？不勝渴仰，謹遣重咨。若也不來，弟子則分是惡人，近者設賞迦王猶能壞法毀菩提樹，師謂弟子無此力耶？必當整理象軍，雲萃於彼，踏那爛陀寺使碎如塵。此言如日，師好試看。

意思是說：我的確是個凡夫俗子，沾染上了世界各種逸樂的毛病，我本來就不懂佛法。今天，我聽到了一個外國僧人的名字，身心歡喜，就好比綻放出了信佛樂道的花朵，我好像有點覺得自己要信佛了，而大師您卻一而再、再而三地不讓這個外國僧人到我這兒來，這根本就是想叫眾生長久地沉淪在漫漫的黑夜裡，這難道是高僧大德繼承佛法、弘揚佛法，拯救超拔眾生的道理嗎？

如果說這個質問還是在講道理的話，那麼下面的話那就是不客氣了：我是不勝渴望仰慕之情，所以特此再派人前來邀請。如果還是不見人來的話，那弟子我分明就是惡人了，大概你因爲我是惡人，所以才不把人派來。那過去有那麼多的國王能夠破壞佛法、摧毀菩提樹，大師您以爲弟子我沒有這點力量嗎？我一定召集率領大軍，浩浩蕩蕩開赴前來，把那爛陀寺踏爲齏粉。我說的這些話就好比像太陽在天上一樣，大師您試試看，等著吧！

事情鬧到這步田地，大家恐怕都沒有想到。如果處理不當，也就是如果不把玄奘送過去的話，那爛陀寺就要面臨滅頂之災，玄奘的那個不祥之夢就會提前變爲現實。

〔不久以前，玄奘曾離開那爛陀寺到印度各地遊歷。當他決定回國時，夢見那爛陀寺變成了一片廢墟，現在鳩摩羅王對那爛陀寺發出了威脅，玄奘當然應該去見鳩摩羅王。但是戒賢法師又擔心，如果戒日王來要玄奘又該如何交代？但是再拖下去，鳩摩羅王真的來踏平那爛陀寺怎麼辦？戒賢和玄奘兩位法師真是左右為難。〕

那麼就此順水推舟把玄奘送過去，不就行了嗎？可是問題也沒那麼簡單。你到現在才把玄奘送過去，還能指望人家像一開始那樣給玄奘那種優待？給那爛陀寺那麼大的面子？敬酒不吃，等著你的往往是罰酒，而不會是另外一杯敬酒。再說，那場和般若毱多的辯論怎麼辦呢？那可是關係到大乘佛教的聲望，關係到那爛陀寺的聲望。要是更強大的戒日王來要人怎麼辦？要了，鳩摩羅王不給又怎麼辦？這一個個天大的難題，就像一座座大山一樣，沉甸甸地壓在戒賢法師和玄奘的心頭。

現在玄奘當然是走不了。如果這個時候走了，那就等於說是潛逃。玄奘當時西行求法是潛逃出境，偷渡出關，現在回國還要逃，這恐怕不行。在這關鍵時刻，當然還是得戒賢法師拿主意，當時戒賢法師就對玄奘說了一番語重心長的話，他說：

彼王者善心素薄，境內佛法不甚流行。自聞仁名，似發深意。仁或是其宿世善友，努力爲去，出家以利物爲本，今正其時。譬如伐樹，但斷其根，枝條自殄。到彼令王發心，則百姓從化。苦違不赴，或有魔事。勿憚小勞。

意思是說：那個鳩摩羅王，善心本來就很微弱，自從打聽到你的名字以後，好像是起了善心。你和他也許是前世的好朋友，他覺得你們兩個大概前世有緣，所以你就努力去做吧。何況出家人的本分就是去做有義有利的事情，如今可能正好是到了這個機緣。這就好比砍樹，你把它的根給砍斷了，枝葉也就死了（這句話用了印度的一種比喻方法，意思是說，你能夠利用這個機會把鳩摩羅王不信佛法的這個心給改變了，那麼他人也就改變了）。所以，你到了那裡一定要想辦法讓鳩摩羅王發善心，那麼百姓自然而然就會跟從鳩摩羅王信仰佛教。如果抗命的話，恐怕會有禍事。你還是不辭勞苦地走一遭吧。

我們前面講過，鳩摩羅王跟佛教的關係，與戒日王跟佛教的關係不一樣，在他的統治下，佛教本來就談不上流行。那戒賢法師就希望自己這個馬上就要回國的弟子再辛苦一趟，等於既是爲那爛陀寺解決一次天大的難題，同時還能贏得印度排名第二的鳩摩羅王和更多的百姓都來信奉大乘佛教。這下玄奘當然沒辦法馬上回國了，只能奉命行事。總不能說非要走，而置那爛陀寺的安危於不顧吧。於是，爲了那爛陀寺免遭塗炭，玄奘只好再次按捺下歸心似箭的心情，跟隨使者去見鳩摩羅王。

鳩摩羅王見到玄奘來了，倒也沒怎麼計較，而且還非常開心地率領大臣，前來歡迎禮拜。之後，就把玄奘請到宮中，每天音樂、鮮花供養，這樣就把玄奘折騰了個把月。

關於鳩摩羅王跟玄奘的這次會面的史料，《大唐西域記》裡邊記載得比較詳細，而且他們的對話也保留下來了，這當然是非常珍貴的記載。那麼，《大唐西域記》記載的這次會面是什麼樣子的，他們兩個到底談了哪些問題？先來看一下他們開始時的對話。

鳩摩羅王說：「我雖然不學無才，但是平時仰慕有大學問的人，所以聽到了您的大名，我就大膽地前來延請您。」（雖則不才，常慕高學，聞名雅尚，敢事延請。）

玄奘回答說：「我沒有什麼才能，智慧也很微小，我的名字傳進您的耳朵，眞是玷汙了您的耳朵啊！」（寡能褊智，猥蒙流聽。）這是很謙卑的客氣話。

剛開始，鳩摩羅王講了很恰當的話，先前的耍賴、發橫、威脅這些當然就不提了。而玄奘呢，對鳩摩羅王先前的做法也假裝不知道，而且還裝作你一叫我來我就心甘情願地來的樣子，說話也很謙虛。而接下來的對話，就非常地有趣了，因爲鳩摩羅王的一番話告訴我們，當時的中國到底是什麼東西在遙遠的印度最爲著名，而當時的印度的統治者又是通過什麼管道，通過什麼東西來感受、來了解遙遠的唐朝的。

鳩摩羅王接著就對玄奘講：「看來啊，您這樣慕法好學，不顧自己的安危，經歷了這麼許多艱難困苦，來到異國求法，可見您的故鄉非常崇尚學習。如今印度諸國好幾個地方都在演奏摩訶支那國的《秦王破陣樂》，我聽了很久了，那個摩訶支那國就是師父您的故鄉嗎？」（善哉！慕法好學，顧身若浮，逾越重險，遠遊異域，斯則王化所由，國風尚學。今印度諸國多有歌頌摩訶至那國《秦王破陣樂》者，聞之久矣，豈大德之鄉國耶？）

《秦王破陣樂》是當時唐朝的大型宮廷音樂，當時在印度傳播得非常廣。在這時候，唐朝已經建立二十幾年了，正是國家昌盛、威名遠揚之時。印度的國王是通過一個遙遠的大唐傳過來的音樂，來感受、認同、讚美這個國家的。玄奘離開祖國西行求法是在貞觀元年（六二七年），大概因爲當時玄奘畢竟不是高官，只是個優秀的僧人，因此，他在國內的地位還遠遠沒有他回國以後那麼崇高，所以他應該不大會親眼看到宮廷裡邊表演《秦王破陣樂》，至多也是耳聞。所以鳩摩羅王的這句問話大概使玄奘也很驚訝，一個外國的國王怎麼會問到那麼具體的問題？當然，這肯定也激發了玄奘對自己祖國的自豪感，他也正是非常自豪地回答了鳩摩羅王：「是的！這支曲子的故鄉就是我的祖國，這首曲子正是讚美我的君主，讚美他偉大的道德和功勳。」（然。此歌者，美我君之德也。）

鳩摩羅王聽了之後大爲讚歎：「沒想到大德您正是這個國家的人，我時常仰慕大唐的風采啊，向東瞭望已經很久。只是因爲山川阻隔，我沒有辦法前去。」（不意大德是此國人，常幕風化，東望已久。山川道阻，無由自致。）

看樣子，這個鳩摩羅王眞是個外國音樂迷啊。雖然鳩摩羅王常常「東望」，但他當然不可能像玄奘那樣拋開一切，東行去大唐觀光。而玄奘的回答，那眞的是顯示出其出色的外交才能。他不卑不亢地說：「我大唐的君主，他的道德、功動傳播得很遠。遠方各國來朝拜，來稱臣子的多得是。」（我大君聖德遠洽，仁化遐被，殊俗異域，拜闕稱臣者眾矣。）

其實這個話，裡面很複雜。大家可以回過頭來想想，玄奘離開時才是貞觀元年啊，而且他是偷偷走的，以他的地位不可能知道那麼多，何況那個時候唐太宗剛剛當皇帝。但是玄奘的這種應對，放在那個時候的一個外交場合，確實是非常精采的。

聽了玄奘的這番話後，鳩摩羅王當即表達了希望能夠前去朝貢的心願，而從後來中國正史的記載來看，鳩摩羅王的確達成了這個心願，而且在中印文化交流史上留下了光輝奪目的一頁。而這裡面能夠抹殺玄奘的功勞嗎？這當然是不可能的。

〔鳩摩羅王仰慕玄奘的學識，每日與玄奘攀談，竟毫無放玄奘回歸之意。而此時戒賢法師擔心的事情終於發生了，戒日王征戰歸來，當他聽說玄奘到鳩羅摩王那裡去了，作為當時印度勢力最大的戒日王，會是一個什麼樣的態度呢？〕

大約在貞觀十四年（六四〇年，玄奘四十一歲），戒日王從征戰中返回，想起了之前他請過那爛陀寺的高僧來和般若毱多辯論這件事，但是一打聽，才知道玄奘居然到了鳩摩羅王那裡，於是心裡感到很不舒服。戒日王就在心裡想：我前面請了你們，你們不給我好好等著，現在玄奘反而到了一個勢力沒我大的國王那裡，怎麼能夠在那個傢伙那裡呢？所以，戒日王就馬上派出使者到鳩摩羅王那裡，通知鳩摩羅王趕緊把中土僧人玄奘送回來，連一點商量的餘地都沒有。

而鳩摩羅王呢，那個時候大概覺得自己力量也不小，可以和戒日王來掰掰腕子了，因爲一直也沒有找到合適的理由，所以正好可以借這次機會，把玄奘當做腕子來和戒日王較量一番。所以呢，他接到戒日王這樣直截了當的要求後，不僅沒有拱手相讓，而且一開口就說了一句狠話：「我頭可得，法師未可即來。」

鳩摩羅王的這個話比較橫，說我頭你可以拿走，但是我不會放法師去你那裡的。鳩摩羅王的這種回答，怎麼可能不把不可一世的戒日王激怒呢？使者回來向戒日王作了如實彙報，說鳩摩羅王說了，頭可以給你，但是玄奘不能來。果然不出意料，戒日王聽了之後是暴跳如雷，同時戒日王也感到很納悶：鳩摩羅今天是怎麼了？還不至於那麼輕視我吧？他怎麼爲了一個僧人居然說出這樣有失水準的粗話呢？戒日王冷靜下來一想，覺得這個事情不大對，因爲這樣的話，大家都下不了台，事情總不能就這樣僵持著。於是，戒日王就又派出一個使者，讓其對不知天高地厚的鳩摩羅講：「你既然說你可以把你的頭交出來，好吧，那就把你的腦袋叫我的使者給帶回來吧，我就不要玄奘了。」看來，印度的這兩個國王說話都比較狠。

身處同一時代的兩位印度名王，就爲一個外國高僧大鬥其法。鳩摩羅王當然不能把腦袋給戒日王，但這時候鳩摩羅王明顯底氣不足，聽到戒日王使者的話，就覺得自己把話說絕了，不免感到害怕。他知道，話一出口，覆水難收。但是他畢竟也是國王啊，絕對不甘心就那麼認輸。鳩摩羅王畢竟不愧是當時印度的第二號人物，不僅不躲避，相反，他還下令調集兩萬象軍（騎大象的部隊），分乘三萬艘船隻（即命嚴象軍二萬，乘船三萬艘），和玄奘一起沿著恆河主動趕赴戒日王的駐地。試想在人類歷史上成千上萬的留學生中，有哪一位留學生產生過那麼大的動靜？在這一點上，玄奘絕對當得起

「空前絕後」這四個字。

〔為了爭奪一位中國的留學生——玄奘，當時印度最著名的兩位國王戒日王和鳩摩羅王，不僅反目為仇，而且居然大動起干戈來。鳩摩羅王帶領兩萬象軍，浩浩蕩蕩直奔戒日王的領地，他到底想幹什麼？難道為了一位中國高僧，會引發印度歷史上的一場戰爭嗎？〕

鳩摩羅王把玄奘隨身帶著，和大軍一起行動，看來鳩摩羅王是經過深思熟慮，知道躲是躲不過了，但是又不能丟掉面子，所以乾脆採取一個進退自如的辦法。鳩摩羅王派人在恆河北邊準備好行宮，安頓好玄奘，自己帶著臣子把軍隊都部署好，然後到河的南邊去拜見戒日王。

戒日王也很有意思，看到這個鳩摩羅王並沒有大動肝火，不管怎麼說，反正我知道第一你把玄奘帶來了，第二你主動老老實實來朝見我了，而且大概他也覺得鳩摩羅王是發自內心地敬重玄奘，也就不去計較鳩摩羅王以前的口不擇言了。他趕忙問道：「支那僧何在？」鳩摩羅王回答說：「在某行宮。」戒日王又問：「何不來？」鳩摩羅王回答道：「大王欽賢愛道，豈可遣師就此參王？」意思是說，大王你既然那麼崇拜佛法，那麼尊敬賢者，你怎麼可以讓玄奘法師主動前來看你呢？

這一下，就讓鳩摩羅王逮到戒日王的短處，戒日王被鳩摩羅王劈頭蓋臉地數落了一通，數落得大義凜然，字字在理，一下子把面子全給掙回來了。因爲表面上鳩摩羅王這在是爲玄奘爭場面，實際上他也爲自己撐住了面子。所以說這兩個國王都不是等閒之輩！

任憑鳩摩羅王你說什麼，戒日王這個時候也不管了，只是說：「得得得，你先回去吧，明天我親自來拜見玄奘。」但是鳩摩羅王是太了解戒日王了，他回去以後趕緊跟玄奘說：「戒日王雖然說明天來，恐怕今天晚上就到，您需要等著，千萬別睡了。如果他來，師父您可千萬別動。」（王雖言明日來，恐今夜即至，仍須候待。若來，師不須動。）其實到了這時候，玄奘已經成爲這兩個國王鬥法的工具了。

玄奘在這個時候就顯現出一種大家風範，他早就決定好了用什麼樣的態度來會見印度的最高統治者戒日王了，於是他說：「佛法理自如是。」也就是說，根據他所信仰的佛法，道理本來就應該戒日王來見他，而且自己不動。於是，玄奘當夜端坐在帳中，等候著戒日王的到來。

到了半夜時分，戒日王果然按捺不住迫切的心情，前來拜見玄奘，是怎麼來拜見的呢？他也是排場很大——「河中有數千炬燭，猶如白晝」。因爲他駐紮在恆河的南岸，而玄奘則在北岸的行宮裡，他要見玄奘必須要渡到北岸，於是，他就讓人在河中點燃了幾千支非常大的蠟燭，照得恆河像白天一樣。不僅如此，他還動用了標誌自己身分的「節步鼓」儀仗。原來，在整個印度，只有戒日王可以使用這樣的儀仗，就是用幾百面銅鼓，戒日王每邁動一步，幾百面銅鼓同時敲一下。這場面可謂驚天動地！鳩摩羅王一聽到這個聲音，就知道戒日王來了。鳩摩羅王其實還是怕見戒日王的，所以一聽到這個鼓聲，就趕緊率領自己的臣下遠遠地到河邊去等候戒日王。

〔戒日王到了，中印文化史上最奪目的一頁馬上就要展開了，大家可別忘了，這一頁是由印度權勢最為顯赫的戒日王和來自中土的留學生玄奘共同譜寫的。一面是威名赫赫的帝王，一面是一個求法僧人，這種表面的不相稱和反差，難道不正襯托出了玄奘的偉大和獨特嗎？這次見面是怎樣把玄奘送上了西行求法的巔峰的呢？請看下一講「生死決戰」。〕

第二十八講 生死決戰

為了爭奪玄奘，戒日王和鳩摩羅王差點大動干戈。戒日王的目的是請玄奘和小乘佛教宗師進行那場醞釀已久的辯論，以維護大乘佛教的聲望。誰知道，這場頂級辯論無法進行，但另一場規模更加宏大的辯經大會卻要召開，玄奘將獨自面對更大的危險，事情怎麼會發展到這一步呢？

經過一番折騰，鳩摩羅王好不容易見到了玄奘。而在這個過程中，爲了邀請玄奘，印度當時的兩位威望最高的國王鳩摩羅王和戒日王發生了嚴重的爭執，而且幾乎兵戎相見。但是當這三個人到了一起以後，場面卻相當地和諧，沒有鬧出什麼不可收拾的結果來。

戒日王和玄奘見面時候的對話比較完整地保留在《大唐西域記》裡：

戒日王勞苦已，曰：「自何國來？將何所欲？」對曰：「從大唐國來，請求佛法。」

戒日王雖然是印度一代名王，但顯然連「唐」的名字都沒有聽說過，他問道：

大唐國在何方？經途所亘，去斯遠近？

玄奘一聽，看來說「大唐」沒有用，那就只有改說「China」了：

當此東北數萬餘里，印度所謂摩訶至那國是也。

沒想到這下奏效了，戒日王知道「摩訶至那國」，而且戒日王居然還知道「秦王天子」（唐太宗在未登上皇位前封秦王，所以戒日王稱他爲「秦王天子」），並對他大爲嘆服：

嘗聞摩訶至那國有秦王天子，少而靈鑒，長而神武。昔先代喪亂，率土分崩，兵戈競起，群生荼毒，而秦王天子早懷遠略，興大慈悲，拯濟含識，平定海內，風教遐被，德澤遠洽，殊方異域，慕化稱臣。

而更有意思的是，戒日王和鳩摩羅王一樣，也是對《秦王破陣樂》最感興趣，他接著說：

民庶荷其亭育，咸歌《秦王破陣樂》。聞其雅頌，於茲久矣。

前面講鳩摩羅王的時候就講到過，《秦王破陣樂》在印度無人不知無人不曉，戒日王竟然也不例外，這確實很有意思。如果沒有玄奘留給我們的記載，我們大概很難想像，在一千多年以前的唐朝，中國的國際名片竟然是《秦王破陣樂》！大家好像一提到大唐，就會想起《秦王破陣樂》，其他的都不太知道，包括這個國家在哪裡、有多遠，統統都不太知道。

玄奘在這次和戒日王的見面中，看來是以非常自豪、非常驕傲的口氣爲戒日王介紹了自己的祖國大唐，介紹了大唐的君主，並引發了戒日王的讚歎。

暫且先把戒日王和玄奘個人之間的交談或者交往放下，我們首先要問的問題是：戒日王是印度的一個有代表性的而且排名第一的國王，那麼他跟玄奘的見面在中印兩國的歷史上引發了什麼後果？這是一個大問題，確實有非常重要的後果！

玄奘滿帶自豪地對自己祖國的這種介紹也好，讚歎也好，總之，戒日王被震撼了，所以迫不及待地派遣正式的使節「東面朝之」。在這裡並不是隨便用「迫不及待」這四個字的，這是有歷史依據的。爲什麼這麼說呢？中國和印度不同，中國有非常悠久的歷史傳統，如果有遠方的異國派使節前來朝拜、朝見或者會見，那麼皇帝就會因爲自己的國家威名遠揚而感到很高興，就會吩咐臣子將其完整地記錄下來。所以在中國的史籍當中，很少會漏記某個遠方的國家派使節來的史實。《舊唐書》、《新唐書》這兩部非常重要的正史，都對戒日王這次派正式使節到中國來有言之鑿鑿的明確記載，特別是《新唐書》，記載得極其清楚。

那個時候，正好唐朝有個福陀（福陀是僧人的另外一種稱呼）在印度，戒日王因此發願要派人到唐朝去，到的時間是貞觀十五年（六四一年）。而且當時唐朝還派了一個名叫梁懷盡的官員作爲使臣，將印度使者送回印度，並且順便也去回訪一下。這段記載同時見於《冊府元龜》等可靠史籍。戒日王跟玄奘的見面在貞觀十四年，而貞觀十五年戒日王的使臣已經到達了長安，這難道不能說明戒日王的迫切心情嗎？

正是由於中國方面記載的詳盡可靠，我們才可以有把握地說，玄奘和戒日王的這次見面發生在貞觀十四年的下半年。所以中國的史籍有助於重建古代的印度史，這作爲證實中國周邊的許多民族也好、政權也好、國家也好、文明也好，他們的編年史在相當大程度上要依賴漢文史料的記載，又是一個好例子。這樣的情況，在人類的文明歷史上並不多見。

〔玄奘這位偷渡出境的大唐僧人，現在已經肩負起了外交使節的使命，並給中印兩國帶來了輝煌的外交成果。而戒日王迫不及待地邀請玄奘見面，最終目的是和小乘佛教的宗師辯論。經歷了一連串的波折，玄奘終於到來，那麼接下來，眾人期待已久的頂級辯論又會怎樣發展呢？」

戒日王和玄奘第一次見面，談論的主要就是遙遠的唐朝的那個「秦王天子」，然而時間過得很快，臨到起身告辭，戒日王還意猶未盡。臨行前，他對玄奘說：「弟子先告辭了，明天再派人迎接師父，希望師父別怕勞累。」

果然，第二天的一大早，戒日王的使者就到了玄奘的住處。因爲玄奘那時候還是跟鳩摩羅王住在一起，於是玄奘和鳩摩羅王就一起來到了戒日王的行宮，戒日王當然免不了「備陳珍膳，作樂散花供養」。一切準備就緒，戒日王馬上開口問玄奘：「聽說師父您寫了一本《制惡見論》，您帶來了沒有？」戒日王向玄奘索要的，正是當初玄奘爲了應付那個小乘高僧的挑戰而寫的那部梵文論著《破惡見論》，它還有另一個名稱《制惡見論》。玄奘這次也是有備而來，他隨身攜帶著這部著作，於是就當即呈獻給了戒日王。戒日王看完以後非常高興，就對身邊的那些小乘的高僧說：

弟子聞日光既出則螢燭奪明，天雷震音而錘鑿絕響。師等所守之宗，他皆破訖，試可救看。

意思是說：弟子我聽說，太陽一出來，螢火蟲、蠟燭的光芒就不值得一提了；而天上如果打雷的話，地上的那些鑿子、錘子等發出來的聲音也就不值得一提了。你們信奉的宗派理論，這位法師都破了。你們看看，有什麼辦法補救啊？

顯然，戒日王是把玄奘的著作比喻成太陽、比喻成天上的雷鳴，而把小乘佛教的一些觀點比喻成蠟燭、比喻成地上的鑿子啊錘子啊等叮叮噹當的小聲音。戒日王又接著說：「你們的那位大師般若毱多呢，自以爲學問高超，見解深刻，淵博無比，首先起來宣導異見，經常詆毀大乘佛教。等到聽說外國的大德來了，他就馬上託辭前往吠舍厘禮拜佛跡去了，逃避躲藏起來了。所以我知道你們大概是沒有什麼能力來應對這位中土高僧了。」

聽說自己的這位高僧逃走了，而且又看到戒日王作爲一代帝王如此敬仰玄奘，那些小乘的僧人已經沒有一個敢站出來說話了。這也就意味著整個那爛陀寺的高僧大德們爲之擔心不已的和小乘佛教之間的那場辯論，就不用進行了。接下來，按照當時印度高僧見國王一般的傳統，玄奘在戒日王那裡還進行了比較簡短的講經。這讓國王身邊的小乘佛教徒都改信了大乘佛教。

但是，玄奘的這次講經又帶來了出人意料的結果。

原來印度的一代名王戒日王聽了玄奘精采的講經後，又有了新的考慮。他要舉行一場更大規模的辯經大會，讓玄奘面對全印度頂級法師們的挑戰。於是，他對玄奘這樣說：

> 師論大好，弟子及此諸師並皆信伏，但恐余國小乘外道尚守愚迷，望於曲女城爲師作一會，命五印度沙門、婆羅門、外道等，示大乘微妙，絕其毀謗之心，顯師盛德之高，摧其我慢之意。

意思是說：師父的講解太精采了，弟子我和我身邊的這些高僧都已經信服了。但是弟子我擔心其他地方的小乘佛教、外道，至今還很愚昧，還在固執己見。所以，希望師父您在曲女城舉行一次辯論法會，我將下令讓全印度的沙門、婆羅門、外道都來參加。師父您就利用這次機會向他們展示大乘佛教的精微玄妙，使這些外道也好、婆羅門也好、小乘佛教徒也好，徹底地死了誹謗大乘佛教的心思。這樣，一來可以展現師父您高超的學問，二來可以摧毀那些自以爲是、各執己見的人的習慣和偏見。

戒日王性格非常乾脆，說做就做，所以他當天就頒布命令，通知當時五印度（所謂「五印度」，就是北印度、東印度、西印度、南印度和中印度的合稱）所有的宗教人士，讓他們選出頂尖的人，定期彙集到曲女城，來觀看大唐高僧玄奘講經，來參與辯論。

顯而易見，玄奘，來自於我們東土大唐的異國高僧，必須獨自一人肩負起維護當時佛教世界最高學府——那爛陀寺學術聲望、學術地位的重任，以及維護大乘佛教的地位和聲譽的重任。這一副擔子用「千斤重擔」也未必足以形容。古往今來，留學生的數量，如同恆河沙數。但是話又說回來，在數量如恆河沙數的留學生中，難道還能挑出第二個像玄奘這樣的人物嗎？

玄奘在印度已經建立了作爲一個異國留學生所能建立的很高的榮譽了。他已經被邀請在那爛陀寺開設唯識宗的課程，這可謂當時的頂尖學科，而且又是在頂尖的學府那爛陀寺開課，這就好像一個中國的留學生跑到牛津和劍橋去講莎士比亞。玄奘在佛學的造詣上已經達到如此的高度，難道玄奘不知道，這次辯論贏則罷了，輸的話豈不是名譽毀於一旦，以前的努力不也前功盡棄了嗎？他當然知道。但是，從我們現在能夠看到的所有的歷史記載來看，玄奘絕對沒有絲毫的退縮和畏懼。

〔戒日王的決定，讓玄奘由原來的應戰方變成挑戰方，由四人團隊作戰變成單打獨鬥，從面對一個人變成面對全印度所有高手，一旦失誤，玄奘就將身敗名裂。是登上西行求法生涯的頂峰，還是身敗名裂？是玄奘必須面對的抉擇！〕

貞觀十五年（六四一年）初春，玄奘到達了曲女城。在曲女城的這場辯論是不是整個印度歷史上規模最大的講經辯論會，我們不敢百分之一百地肯定，然而我們有百分之一百的把握可以說，這肯定是印度歷史上時間最爲確定、記載最爲詳盡的一次講經辯論大會。那麼，這次講經辯論大會到底有多麼大的規模？我們先來看一些數字。

戒日王帶著人在恆河南岸往曲女城走的這一路上，就吸引了幾十萬人，跟在戒日王的隊伍後面；而在恆河北岸的鳩摩羅王，雖然他的號召力比戒日王要小，但是他也有數萬名隨從；恆河當中還有船隊，眞可謂是水陸並進。兩位名王在前面引導，軍隊警衛緊密跟隨，乘船乘象，擊鼓鳴鑼，演奏著各種音樂。九十天裡，恆河成了一條歡樂的節日的河流，這在印度古代史上是多麼絢爛的一筆！而這一切全是爲了一個中國的僧人。

多少人有資格參加曲女城的大會呢？除了戒日王和鳩摩羅王，全印度一共還有其他十八位國王（也有記載說是二十多位），大、小乘僧人三千餘人，婆羅門和外道兩千餘人，而且玄奘自己的母校——那爛陀寺也派出了一千多人前來觀看。這幾千名僧人都是從每個宗派、每個部派、每個宗教挑選出來的頂級高僧，都是已經有身分、有地位、有名譽、有威望的學者，當然還有隨從啊，僕人啊，還有交通工具啊等等。這麼多人，當然還需要住所，於是，曲女城方圓幾十里之內，搭起了一片建築，擠得滿滿當當，眞可謂是盛況空前！

那麼大規模的活動，戒日王事先已經預料到了，他早就下令，在當地預先建造了兩座大草殿——因爲時間緊急，他根本來不及建造很恢宏的佛殿——準備安放佛像，以及安置前來參加會議的人，每座可以容納一千人。戒日王自己，包括像玄奘這樣的，當然不會住在草殿裡，所以，在會場的西面還專門建造了行宮，行宮的東面修建了伽藍和高達百餘尺的寶台，用來供奉黃金佛像，佛像的高度和國王的身高一樣。寶台南面，有專門浴佛的地方，就是給佛用鮮花洗浴，表示一種尊崇。這些描寫並非誇張，如果大家有機會到印度看看，那個年代遺留至今的佛教建築，那些塔今天依然那麼巍峨高大。

從第一天開始，國王就開始向參加會議的人施捨食物等各種各樣的東西，到了第二十一天，大會的序幕才正式拉開。國王和一些頂級的高僧從行宮出發，前往那座伽藍，也就是充當會場的那個地方。沿途修建了花閣，堆滿了鮮花，裝飾了燦爛的寶物，還有樂隊演奏音樂。主角是那座黃金佛像，它被恭恭敬敬地安置在一頭大象的背上。

整個場景像一幕戲劇：載著佛像的大象兩側是兩位印度名王，戒日王打扮成印度大神帝釋，手執白色拂塵走在右面；鳩摩羅王打扮成梵王，手執寶蓋走在左面。後面是盛裝的大象隊伍，前面的兩頭馱著鮮花，上面有人一路走一路撒。再後面是玄奘和頂級的高僧乘坐的大象，而路旁邊還有三百頭大象，這三百頭大象上坐的才是其他那十八位國王，和這些國王帶來的重臣、大德，這些人一路高唱讚歌，讚美玄奘，讚美戒日王，一路隨同前行。

從記載來看，隊伍到達會場以後，要先請下佛像，由戒日王背著這個佛像登上了寶台。從這一點就可以看出，這個金佛像應該不是純金的，因爲如果是這麼高的純金像，戒日王不可能背得動。所以，那應該是鎏金或者用金箔貼上去的。戒日王把這個佛像背上寶台以後，然後就和鳩摩羅王、玄奘一起依次浴佛，然後三人一起施捨。此後，接下來才輪到其他十八位國王再去浴佛、施捨。最終只有各國僧人當中最有聲望的一千多人才有資格進入會場。其中包括婆羅門和外道當中有名的五百人，各國大臣當中重要的兩百人，也就是大概一千七八百人才有資格進入到這個伽藍裡面，現場觀看玄奘講經辯論。其餘的只能在門口待著。

儘管這樣控制人數，我們知道到了會場裡的也有將近兩千人。兩千人濟濟一堂，也已經不得了了。印度的辯論，尤其像國家級的有規模的辯論，是有一套程式的。接下來的程式，是國王正式施捨。他向包括玄奘在內的全印度的頂尖高僧施捨了一個金盤子，七個金碗，一個金澡罐，一根金錫杖，三千金錢，三十套上等衣物。這一套程式只有一個目的，那就是爲論主的登場進行鋪墊。

終於，來自東土大唐的求法高僧玄奘正式登場。戒日王親自爲玄奘鋪設寶座，先請玄奘坐下。這就表明，玄奘乃是這次大會的論主。開場白當然由玄奘來做，照例是宣揚自己立論的觀點，一二三四五六七，這樣宣講，寓有公之於眾，歡迎大家批評、討論的意思。

大家可別忘了，會場裡面是兩千人，會場外面還有幾千人，在古代沒有今天的擴音設備，於是就請那爛陀寺戒賢法師的侄子覺賢法師高聲宣讀了一遍。大家也許會有這個疑問，讓一位八十歲的老年僧人來宣讀，能讓在場的兩千人聽清楚嗎？這個我不知道。但在這裡可以舉個例子來說明一下，金克木先生在世的時候，我聽到過他吟誦梵文，金先生很瘦小，那時候也已七十多歲，嘹亮之極，中氣之足，這恐怕也不是我們能想像的。所以覺賢法師先這麼宣讀了一遍，聲音應該非常嘹亮。然而，場外還有成千上萬的人，那怎麼辦呢？國王就派人把玄奘的論點抄寫了一份，懸掛在會場大門外，讓大家都可以看個明白。

我們前面講過，按照印度的規矩，只要是辯論，就必須預先設定輸贏獎懲的條件，輸了怎麼辦，贏了怎麼辦？這個大家先說明白，而且由主動挑戰方提出。我們知道這次玄奘是論主，條件必須由他來提出。那麼玄奘開出了什麼樣的條件呢？他開出的條件是：

若其間有一字無理能難破者，請斬首相謝。

這是最終極的條件了，以性命相博。這也可以表明，玄奘對自己的佛學修養，對自己的立論已經自信到了什麼程度。

一般印度的宗教都講求慈悲爲懷，就算輸了也不會要你眞的斬首相謝。但是如果人家說要的話，你是沒有任何選擇的。當然也會出現一些非常特殊的派別，比如像前面講過的玄奘遇見的突伽天神要殺人祭祀。玄奘就立出這麼一個條件，不給自己留下退路。

但是一整天下來，整個會場鴉雀無聲，沒有一個人出來跟玄奘辯論。戒日王感到出乎意料，十分欣喜。大家無話，各自回自己住所。

〔不料第一天如此，第二天如此，……連續五天都是如此，這個場面就由驚喜變成尷尬了，這樣一次高手雲集的講經辯論會，居然會沒人搭理你，這當然很尷尬了。為什麼會出現這種情況？請看下一講「危機重重」。〕

第二十九講
危機重重

玄奘在曲女城大會上立下生死狀，然而，連續五天整個會場鴉雀無聲，沒有一個人上前應戰。就在大家認為玄奘必勝無疑的時候，一場莫名其妙的大火，一個神祕現身的刺客，讓盛大的辯經大會危機重重。危機背後隱藏著什麼樣的祕密？辯經大會還能順利進行嗎？

曲女城大會的前五天，整個會場居然鴉雀無聲，不免讓人感到尷尬。爲什麼會出現這種情況？這裡面起碼要考慮兩個問題：

第一個問題比較明顯，也比較好理解，那就是戒日王的態度問題。戒日王的傾向性是比較明確的，他不僅信仰佛教，而且明顯地偏向大乘佛教。同時，戒日王和那爛陀寺的關係之密切、之良好在全印度無人不曉，這場辯論的緣起不就是因爲戒日王爲那爛陀寺專門造了一個大銅佛嗎？戒日王對那爛陀寺施捨很多，不會不引起別的宗派的嫉妒。所以，戒日王的態度會讓原先準備站出來應戰的人心裡有所顧忌，這也是人之常情。

第二個問題就不那麼明顯，也不太容易理解了。那就是玄奘的論題究竟是什麼？他是否因爲邏輯上、知識上的無懈可擊，使反對者知難而退？那麼我們首先就要了解玄奘列出來的論題是什麼。玄奘當年的論題，今天已經沒有辦法詳細去考證了，但是也不是沒有蛛絲馬跡可尋。《因明入正理論疏》裡有這麼一段記載：

> 且如大師周遊西域，學滿將還。時戒日王王五印度，爲設十八日無遮大會，令師立義，遍諸天竺簡選賢良，皆集會所，遣外道、小乘競申論法。大師立量，時人無敢對揚者。大師立唯識比量云：「眞故極成色，不離於眼識宗；自許初三攝，眼所不攝故因，猶如眼識喻。」

從這段記載中我們才知道，玄奘立的是「眞唯識量」。這段話讓人雲裡霧裡，要想講清楚確實也不那麼簡單。我們只需要知道，玄奘大師的三支因明推論很嚴密，從我們今天的學術探討的角度來講，對他立的這個題目找不出什麼縫隙來攻擊，這當然也成功地擋住了不少有心想辯論的人。

那麼既然如此，玄奘豈不是輕而易舉地功成名就了嗎？豈不是捍衛了大乘佛教和那爛陀寺的聲譽了嗎？那些學問也非常高深、信仰也非常堅定的小乘和外道，果然就束手無策、閉口無言了嗎？儘管歷史的記載非常地紛亂複雜，但是只要經過細心的爬梳，我們可以肯定地說：不是！

實際上有一股非常危險的潛流在對著玄奘洶湧襲來。連續五天沒有人出來，場面就從輕鬆慢慢地變成了奇怪，從奇怪慢慢地變成了壓抑，從壓抑慢慢地變成了詭異，而且是很詭異了。然而，這無非只是一些表象而已。

〔印度的宗教派別多如牛毛，其中極端派也不在少數。連續五天無人應戰，是不是就意味著玄奘的論敵們會拱手相讓呢？這時一場莫名其妙的大火，把玄奘推到無邊的凶險之中。〕

翻開《大唐西域記》，我們會驚奇地看到，就在大會期間突然發生了一場莫名其妙的火災。大火從寶台那邊燒起，一直蔓延到玄奘、戒日王、鳩摩羅王和全印度頂尖大師彙聚的這個會場的大門口，而且把會場大門都給燒掉了。這是一場突如其來的大火，爲什麼說它突如其來呢？從歷史記載來看，大家毫無防備，手忙腳亂，當時只顧向神、佛祈禱，而且在場的各個派別的信徒各自求各自的神。場面居然慌亂到連尊貴無比的戒日王本人都親自參加撲火，這足以證明這場大火確實是突如其來。

火最終被撲滅了。大家看到這樣一種狀況，一時間也不敢輕易地斷定這場火因到底是什麼。而戒日王也的確了不起，他在這個情況下不僅親自參加撲火，還朝著在場的其他國王和很多僧人問了這樣一句話：「忽然遭遇這樣的災難，把辛辛苦苦建造好的東西都燒毀了。做這些事情的人，心裡到底想幹什麼呢？」（忽此災變，焚燼成功。心之所懷，意將何謂？）從戒日王問的這個問題本身就表明，他並不認爲這是一場天災。可見戒日王內心已經認定這是一場有目的、有計畫、有針對性的人禍。這是戒日王的第一個厲害之處。第二個厲害之處，戒日王並沒有，好像也並不在乎急於尋找答案，而這個問題問得又是如此犀利、尖銳，問得在場的那些頭面人物都覺得芒刺在背，覺得好像戒日王有點來意不善。

所以這些人也謹小慎微到了很可笑的地步，回答都是王顧左右而言他，基本不著邊際，說了等於沒說。他們怎麼回答戒日王的提問呢？回答是：「哎呀，對對對，建造完工的勝跡是希望能傳給後代的，現在毀於一旦，您難過，我們也難過，怎麼會不難過呢？」（成功勝跡，冀傳來葉，一旦灰燼，何可爲懷？）這種回答不等於什麼都沒說嗎？這些人的信仰本來就不一致，再說，這樣的事情也未必就能那麼容易在現場拿到證據。其實，大家心裡也都明白，這場火災來歷蹊蹺。可是戒日王並沒有按照常規來行事，也就是說沒有利用國王的權威驟興大獄，追查起碼是可能存在的縱火犯，而是截斷眾流，快刀斬亂麻，乾脆把問題挑明。

戒日王認爲，這場大火就是衝著玄奘來的。但現場有幾十萬人，來自不同的宗教派別，有著不同的信仰，想馬上破案，一下子抓到縱火者，無疑於大海撈針。那麼戒日王採取了哪些措施來保證玄奘的安全，來保障這場全印度規模的講經辯論不受干擾地繼續進行的呢？戒日王馬上頒布了一道諭旨，口氣極其地嚴厲：

> 邪黨亂眞，其來自久。埋隱正教，誤惑群生，不有上賢，何以鑒僞？支那法師者，神宇沖曠，解行淵深，爲伏群邪，來遊此國，顯揚大法，汲引愚迷。妖妄之徒不知慚悔，謀爲不軌，翻起害心，此而可容，孰不可恕！眾有一人傷觸法師者斬其首，毀罵者截其舌。其欲申辭救義，不拘此限。

這道諭旨的意思是說：持有邪見的那夥人，長久以來混淆視聽，以假亂眞，沒有大德法師，怎麼能夠鑒別眞僞？現在有這樣一位中土法師，氣度恢弘開闊，見解道行都很高深，爲了降服伏此邪見之徒，來到印度，他弘揚大法，拯救愚昧迷惑的人。而妖妄之徒不僅不知道懺悔，反而圖謀不軌，竟然起了謀害之心，是可忍，孰不可忍！你們當中如果有人膽敢傷害中土法師的，我就砍掉他的腦袋；有敢汙蔑謾罵的，我就剁掉他的舌頭！至於正常的學術理論探討，不受這些限制。

由此看來，戒日王先不管這場火是怎麼起來的，也不管這場火是誰放的，他先指明了，你們都別去招惹這位中土來的高僧。那麼，戒日王爲什麼要發布這樣一道針對性非常明確的諭旨呢？我想戒日王是有不得已的苦衷的。

首先，在場的人非常多，情況也比較複雜，要想在短時間之內找到確定的縱火者絕對不是一件輕而易舉的事情。戒日王很清楚這一點。

其次，既然整個案件不可能在短時間之內水落石出，而這樣的大會在印度的傳統當中又是一個舉國盛事，當然不能因爲受到一點點、還不十分明確的威脅就停止下來。

第三，不管這場大火是不是衝著玄奘來的，但是非常明白，作爲這場大會的主角，玄奘的人身安全是必須百分之百地確保的，如果連論主都被謀害掉的話，那就談不上大會是否能正常繼續了。

第四，按照印度的傳統，任何一個國王，他都有義務保護和支持一切宗教。戒日王對大乘佛教的偏袒，早已經是世人皆知。所以他會補上「其欲申辭救義，不拘此限」這麼一句話。

所以，戒日王是在這樣一種很複雜的心理背景之下，才頒布了這麼一道嚴厲的諭旨。這樣嚴厲的諭旨當然會讓潛在的玄奘的反對者望而止步，因爲面對的是態度那麼堅決、明確的國王。根據《大慈恩寺三藏法師傳》記載，是「竟十八日無人發論」，即和前面的五天一樣，接下來的十三天中，仍然還是沒有人站出來跟玄奘討論。

〔連續十八天無人應戰，看樣子玄奘勝券在握。就在這個時候，一波未平一波又起，大火的事情還沒有結束，又一個意外事件發生了，辯經大會因此危機重重。那麼，這兩個事件之間有沒有關聯呢？〕

連續十八天竟然沒有人發論，好像太平無事了，《大慈恩寺三藏法師傳》留給我們的就是這樣一個印象。但是事情並非如此簡單，根據《大唐西域記》的記載，接下來又發生了一個意外事件。就在那場大火以後不久，也許是戒日王的諭旨及其態度更加刺激了小乘佛教徒和外道，引發了他們更爲激烈的反彈。那些持不同意見的人，居然將刺殺的對象直接定爲戒日王本人！

戒日王在撲滅大火以後的某一天，在大會的間歇時間裡，忽發雅興，率領各位國王登上佛塔，眺望觀覽。觀覽完畢，正在下台階的時候，突然迎面衝過來一個刺客，手持利刃，直撲戒日王。戒日王當時十分狼狽不堪，因爲塔的台階是很窄的，國王即使有再多的護衛，在這樣狹窄的地方也是排不開的，所以當這個刺客拿著利刃直撲戒日王的時候，戒日王也一下子暴露在這個刺客面前，完全沒有防備。但是戒日王畢竟是一位久經沙場的名王，所以，他在剛開始一點點的驚慌以後，馬上就鎮定自若，臨危不亂。他返身急速退回到佛塔的台階上，保持了對刺客的居高臨下的態勢，一番搏鬥之後，最終把刺客給擒獲了。當時的隨從大臣也都慌亂不堪，他們根本就無法援手相助。這場面還眞有點像荊軻刺秦王。

活捉了刺客，那些在場的其他國王一個勁地喊殺，但戒日王並不接受這一要求，而是決定先審問一番。於是，戒日王就親自對刺客進行了審問，他首先問道：「我有什麼對不起你的嗎？你居然要下這樣的毒手？」

刺客說：「大王對臣民一視同仁，上上下下都受到您的恩德。但是我狂妄而且愚昧，不懂得大計，聽信了外道的蠱惑，充當了刺客，打算刺殺大王。」（大王德澤無私，中外荷負。然我狂愚，不謀大計，受諸外道一言之惑，輒爲刺客，首圖逆害。）

戒日王接著問道：「外道爲什麼會起這樣的惡念呢？」

刺客說：「大王您招集了各個國家的國王、大臣、高僧，耗盡了國庫來供養沙門，鑄造佛像。而外道他們也回應您的召喚，千里迢迢從四方雲集到曲女城，卻領受不到您的接見和詢問，所以覺得很羞恥，於是就派我來行凶刺殺。」（大王集諸國，傾府庫，供養沙門，鎔鑄佛像。而諸外道自遠召集，不蒙省問，心誠愧恥，乃令狂愚，敢行凶詐。）

那麼，戒日王就這樣順藤摸瓜，查到了由五百多個婆羅門組成的一個陰謀團夥，而這些婆羅門都是一些學問高深的人物，對戒日王推崇佛教、尊重沙門感到嫉妒和不滿，先是用火箭射向寶台，引發那場大火，計畫趁亂謀害戒日王，此計不成，才又派出這個刺客行刺。

很明顯，這位刺客好像沒有什麼很強的意志力，戒日王一審問，他就招供了。這樣好像戒日王一下子就把兩個案子都破了。然而在這裡，我們就不能不對當時的歷史有一點懷疑。刺客的出現、刺客的抓獲、刺客的審問、刺客的供詞這整個的事件，都讓人感覺有些蹊蹺。另外，在《大唐西域記》裡頭，當描寫到戒日王抓獲這位刺客的時候，特意用了四個字，叫「殊無忿色」。也就是說，戒日王的臉上居然連一點點憤怒的表情都沒有，這就更值得懷疑了。當然，這裡面也不排除戒日王的確心胸開闊、大慈大悲的這種可能。但是如果換個角度看，似乎也很有可能是另外一個情況。什麼樣一個情況呢？戒日王在短時期內沒有辦法查獲前面的這一場縱火案，而且他也知道，自己對大乘佛教的支持引發了國內很多小乘信徒和婆羅門外道的不滿，他肯定也聽到一些他們對自己的不滿之辭。因此，在這個時候，他內心基本認定這一場火可能就是外道放的，道理很簡單，佛教徒是不會放的。同時，他也正好可以借此機會立威。所以說，是不是整個刺殺事件就是戒日王自導自演的一齣戲？也就是從所謂刺客的派出，到刺客的抓獲，再到刺客幾乎完全是按照戒日王心願提供的供詞，是不是都是戒日王一手安排的？

前面已經說到，戒日王在抓到這位刺客的時候，臉上連一點點憤怒的表情都沒有，這是疑點之一。另外，戒日王對刺客的處置方法也不禁讓人生疑。我們想一想，一個刺客在全國性的那麼重要的大會上刺殺國王，再怎麼說也是死罪難逃，區別不過是死的方式不同罷了。但是戒日王居然沒有處死這位刺客，就這麼不明不白地把他放掉了。這是疑點之二。此外，整個事件處理的結果也比較獨特。

戒日王馬上去抓了那五百個婆羅門，那些國王照例請求戒日王全部將其誅殺，結果把顯示寬宏大量的機會又留給了戒日王。戒日王只懲罰了爲首的婆羅門，而把其餘的驅逐出印度境外，就算了結了此事。

我們當然不能妄加猜測，但是，恐怕未必就沒有這種可能吧。歷史的眞相我們永遠無法再了解，但是裡面的疑惑我們當然有權利提出來。

那麼，重重危機過後，這場聲勢浩大的辯經大會，最終正式的結果是什麼呢？

結果當然是由戒日王宣布玄奘獲得勝利。但是實際上，這個贏恐怕是慘勝，贏得並不那麼輕鬆。在宣布玄奘獲勝以後，玄奘發表了一大段講演，當然不外乎是稱頌、讚歎大乘佛教的偉大。這一段講演使得當場很多的外道和小乘信徒轉而皈依大乘佛教，這種現象在印度也是常見的。這麼一來，玄奘當然就更讓傾向於大乘佛教的戒日王刮目相看了。

根據記載，戒日王當場就施捨給玄奘金錢一萬，銀錢三萬，上等衣服和各種法衣一百套。旁邊那麼多的國王，當然也是隨喜大量施捨，但是玄奘謝絕了一切物質上的施捨，這一點記載得很清楚。不過，玄奘雖然也表示了謙謝之意，但是最終還是接受了一樣東西。那是什麼呢？

按照印度的傳統，辯論的勝方要得到一種禮遇，就是要挑一頭很漂亮、很高貴的大象，然後在大象的背上裝飾起光輝燦爛的寶座，請他坐上去，然後派大臣（有時候是國王）步行走在這頭大象前，在街上巡遊，要高聲讚歎，稱頌象背上這位大師所取得的偉大勝利。戒日王當然按照這個傳統全部準備好了。但是很有意思，從記載來看，玄奘他自己並沒騎上這頭大象，他先是表示謙讓，但戒日王說：「古來法爾，事不可違。」意思是說，這是我們這裡從古以來的規矩，是不可違背的。接下來，《大慈恩寺三藏法師傳》也沒有記載說玄奘就騎上了大象，而是由很多大臣舉著玄奘的袈裟，大聲地宣告並讚歎穿這件衣服的人取得了偉大的勝利：

乃將法師袈裟遍唱曰：「支那國法師立大乘義，破諸異見，自十八日來無敢論者，普宜知之。」

那麼我們可以發現，玄奘雖然接受了這個榮譽，因爲這是自己應得的，但是他本人卻沒有騎上向勝利者表示禮遇的大象。這是表示一種謙虛呢，還是表達一種反面的意思呢？這個謎就留給大家去猜測了。

〔依靠自己的博學和高超的辯論技巧，玄奘贏得了最後的勝利。那麼，全印度的佛教高僧們，又會把一個大唐留學生推舉到什麼樣的地位呢？這又意味著玄奘在佛教界擁有了怎樣的地位呢？〕

在曲女城的辯論大會上，玄奘贏得了最後的勝利。按照印度的規矩，這個時候，印度眾多的宗教界人士就紛紛給玄奘奉上尊號，記錄下來的玄奘的稱號有兩個：第一個是大乘佛教徒稱玄奘爲「摩訶耶那提婆」，意爲「大乘天」，大乘佛教裡面的頂級人物。大家還應記得，當時玄奘在那爛陀寺應對打上門來的那個順世外道的時候，他說自己的名字是「摩訶耶那提婆奴」，謙稱自己是大乘天的一個奴僕，而現在全印度的大乘僧人直接稱玄奘爲「摩訶耶那提婆」。第二個，是小乘佛教徒也給玄奘敬上了一個尊稱，叫「木叉提婆」，意為「解脫天」，小乘佛教裡面的頂級人物。我們還記得，在龜茲的時候，玄奘跟木叉毱多有一個辯論，那木叉毱多又叫「解脫護」，意思就是我保證能得到解脫。玄奘以獲得這兩個稱號為標誌，達到了他西行求法留學生涯的頂峰。

我們知道，玄奘在參加曲女城大會之前，已經決定回國了。他之前也已經正式地向那爛陀寺的僧眾告別過了，而且玄奘看來也把多年留學印度收集的佛經、佛像和行李隨身帶到了曲女城。玄奘圓滿地結束了自己的留學生涯，維護了那爛陀寺的聲譽，維護了大乘佛教的聲譽，當然，也樹立了自己的崇高聲譽。現在，已經到了最合適回國的時候了。

〔就在大會結束的第二天，玄奘就向戒日王辭行，表達了急於回到自己祖國大唐的心願，那麼戒日王是不是答應了玄奘這個請求？玄奘是在怎樣的一種情況下開始了回國的旅途？請看下一講「東歸軼事」。〕

杭州靈隱寺飛來峰「玄奘取經」石刻塑像（局部），由前方僧人與後方馱經馬隊構成

保护文物古迹

蘭州金城關「白馬浪」地方黃河岸邊的《西遊記》唐僧師徒塑像。咸信唐僧於此渡過黃河

「大肚能容，容天下難容之事；笑口常開，笑世上可笑之人。」

杭州飛來峰上的石刻大肚彌勒佛像，也是中國現存最早的彌勒佛造像

「支那國去此遐遠，晚聞佛法，雖沾梗概，不能委具，為此故來訪殊異耳。今果願者，皆由本土諸賢思渴誠深之所致也，以是不敢須臾而忘。」心心念念想著回國卻由於天竺諸王的盛情挽留與供養請求，遲遲未能成行。現在，回家的時候到了，玄奘仍選擇來時的陸路東返。

陳毓芳攝

位於今天新疆且末縣梧桐灣風景區的「唐僧飲馬泉」。當地盛傳玄奘返唐時，曾攜馬至此取水解渴（經典雜誌提供，蕭耀華攝）

唐代著名畫家閻立本的名作《步輦圖卷》(局部)。描繪貞觀十四年(同年,玄奘仍留在天竺那爛陀寺求學)吐蕃王松贊干布遣使到長安通聘,使者祿東贊(圖左三人中立者)朝覲唐太宗(右坐者)的情景。祿東贊後來成功地完成使命,迎回文成公主,也間接推動日後了華蕃間佛教文物更為頻密的交流活動

「玄奘回長安圖」

「數十里間，都人士子、內外官僚列道兩旁，瞻仰而立。」

陝西銅川玉華宮出土的玄奘「佛足印」手書真蹟。此拓印已證實由玄奘從那爛陀寺所在地摩揭陀國拓回，並親自手書銘文

河南登封少林寺「十三棍僧救唐王」壁畫（清代繪製）。傳唐太宗曾受少林和尚義助，更於登基後下旨褒揚。玄奘曾先後向唐太宗和高宗提出前往少林寺專心譯經工作的要求，都遭到拒絕

玉華宮舊址中由玄奘監造的釋迦像台座銘文

大雁塔

上圖／大雁塔西門門楣「佛殿圖」石刻
左圖／玄奘譯經（大般若波羅蜜多經）

大般若波羅蜜多經卷第五十七　宙

三藏法師　玄奘奉　詔譯

初分讚大乘品第十六之二

復次善現若真如實有性者則此大乘非尊非妙不超一切世間天人阿素洛等以真如非實有性故此大乘是尊是妙超勝一切世間天人阿素洛等善現若法界法性不虛妄性不變異性平等性離生性不思議界虛空界斷界離界滅界無性界無相界無作界無爲界安隱界寂靜界法定法住本無實際實

陳生刊

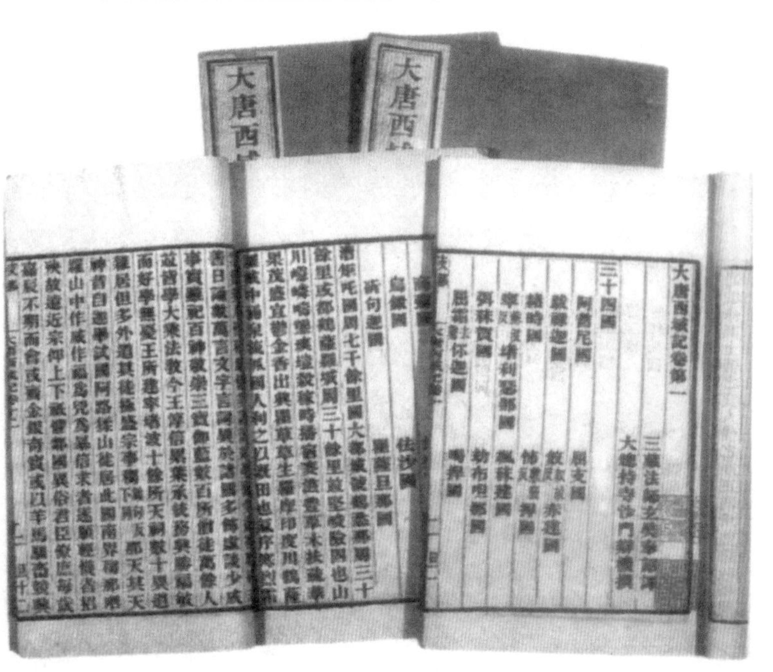

《大唐西域記》書影

位於興教寺中的玄奘葬骨墓塔

玄奘譯經圖（大雁塔壁刻）

第三十講 東歸軼事

曲女城大會結束後，玄奘向戒日王提出馬上啓程回國的要求，可是，戒日王哪裡肯放過這樣一個高僧，鳩摩羅王也希望玄奘能夠接受自己的供養。這時的玄奘用什麼辦法，才能實現自己回國的願望呢？

在曲女城大會結束的第二天，已經圓滿得不能再圓滿地結束了自己西行求法生涯的玄奘，就正式向戒日王提出了打算回國的願望。但是，戒日王並沒有答應，相反，他邀請玄奘到另一個地方去參加一場「無遮大會」。這是戒日王所舉辦的第六次「無遮大會」，爲期很長，共需七十五天。這當然是和玄奘急於回國的意願相牴觸的，但是，這樣的邀請卻也是玄奘很難回絕的。道理在哪裡呢？玄奘自己回答戒日王的話就足以說明了：

菩薩爲行，福慧雙修，智人得果，不忘其本。王尚不吝珍財，玄奘豈可辭？少停住，請隨王去。

看來，玄奘始終清醒地意識到自己作爲一個僧人身上所應該擔負的責任。這次大會場面當然也是非常地宏大。七十五天過去了，玄奘再次向戒日王辭行，卻依然沒有馬上得到允許。玄奘的威望在五印度如日中天，現在戒日王當然希望這位高僧能夠輔助他來弘揚佛法。於是，玄奘歸國的日期這一拖，又拖了十幾天。

在這十幾天裡頭，原來對佛教的信仰並不是那麼專一和明顯的鳩摩羅王，也來找玄奘，並且對玄奘承諾：您如果願意經常住在我鳩摩羅王統治的國家裡，接受我的供養，那麼我也信奉佛教，並且還會爲師父您建造一百所寺院。

玄奘一看，回國的事情又要發生波折，內心當然非常地著急，這是他在此刻最不願意看到的情況。歷史記載告訴我們，在心急之下，玄奘向各位印度國王發出了「苦言」，也就是苦難之苦，幾乎是哀求他們放行：

支那國去此遐遠，晚聞佛法，雖沾梗概，不能委具，爲此故來訪殊異耳。今果願者，皆由本土諸賢思渴誠深之所致也，以是不敢須臾而忘。經言：「障人法者，當代代無眼。」若留玄奘，則令彼無量行人失知法之利，無眼之報，寧不懼哉？

意思是說：支那國離這裡路途遙遠，聽聞佛教的時間比較晚，雖然略有所知，但是畢竟不完備，所以我才前來印度求法。現在我總算可以說是達成了心願，都是我的祖國的那些善男信女心誠的緣故啊，所以我時刻不敢忘記他們。經書上說：「障人法者，當代代無眼。」你們如果強行留住我，就會讓我祖國的善男信女失去了解佛法的利益，難道就不怕無眼的報應嗎？

「障人法者，當代代無眼」，這是一個講因果報應的話，也就是說，只要你阻礙別人聽聞佛法，就會有一種惡報，這種惡報是世世代代都變成無眼之人。玄奘說，你們如果強行地留住我，就會讓我祖國的善男信女失去了解佛法、學習佛法的利益，難道就不怕「無眼」的報應嗎？話說到這麼決然的份上，戒日王也是明白的，也就不再強留。他就問：「不知師父您準備從哪條路回去？如果師父您取道南海的話，我當發使相送。」這條記載表明，戒日王原來是打算正式派出使者和隨行人員護送玄奘由海路返回唐朝。我們知道，在唐朝，中印之間的海路交通已經相當發達，從南印度或者東印度的港口出發，到今天的廣州或者福建沿海上岸，這條路相對來說，無論從時間和體力的消耗、旅途的安全性，以及隨身物品運輸的便利性來講，都是一條更好的道路。

那爲什麼玄奘偷渡出關西行求法的時候沒有走海路呢？我想無非是這麼幾個原因：第一，因爲玄奘偷渡出關的時候，唐朝還在開國的初期，玄奘可能對海路的情況不太了解；第二，由港口出境，偷渡更爲困難。所以玄奘出境的時候選擇的是危險、困難大得多的陸路。

現在情況不同了，由印度最強大的國王官方相送，照理是應該選擇海路回去的，但玄奘並沒有接受戒日王的建議和好意。

〔海路又安全又快捷，歸心似箭的玄奘隨身帶了那麼多的經書、佛像等物品，他為什麼不接受戒日王的建議，由海路返回呢？〕

玄奘對戒日王解釋道：「我開始出國的時候，經過唐土的西部邊疆，有個國家名叫高昌，那裡有個國王非常信奉佛法，聽說我要到這裡來求法，非常高興，而且給了我很多資助。我曾經跟他相約，等到我回去的時候，要到他那裡停留。所以我不能選擇海路，必須由原路返回。」（玄奘從支那來，至國西界，有國名高昌，其王明睿樂法，見玄奘來此訪道，深生隨喜，資給豐厚，願法師還日相過，情不能違，今者還須北路而去。）

從這個解釋也可以看出，玄奘信守承諾、珍惜友誼的行事風格，爲了履行多年前的諾言，不惜承受更多的路途艱辛，這當然是一種難得的品德。我們不知道，倘若玄奘知道他的那位王兄高昌王麴文泰因爲和唐朝發生衝突已經憂懼而亡，是不是會選擇海路返回唐朝，以避開高昌這塊傷心之地呢？

那麼，戒日王就問玄奘：「你這一路上需要多少費用？」當然，他很願意來提供資助。玄奘的回答是：「無所須。」他什麼都不要。雖然如此，戒日王還是施捨了大量的金錢和物資，以供玄奘路上使用。根據記載，戒日王提供了金錢三千、銀錢一萬，而且還專門爲玄奘挑選了一頭大象，供他一路騎乘返回唐朝。鳩摩羅王也施捨了很多東西，但是玄奘一概謝絕，只選擇了一件雨衣，是用動物的細毛織成的，能夠讓雨水停不住，作爲途中防雨所用。

玄奘啓程離開度過了難忘的求法留學歲月的印度，開始踏上返回自己祖國的旅途。在這個當口，正好用上李商隱的一句非常有名的詩——「相見時難別亦難」。我相信，玄奘當初求法到達印度很難，跟戒日王相見也很難，跟戒賢法師相見也很難，今天告別的時候當然同樣地艱難。而以戒日王爲首的印度國王們率領臣下送出幾十里，揮淚分別，時間是貞觀十五年（六四一年），此時玄奘四十二歲。

〔玄奘從貞觀元年（六二七年）冒著生命危險偷渡出關，遠赴西天取經，如今，十五年的光陰過去了，人到中年的玄奘終於求得正法，載譽而歸。玄奘在來的時候，一路上歷經磨難，九死一生，那麼他在東歸的途中，會一路平安，無災無難嗎？〕

東歸大唐的旅途比起西行求法的旅途，當然不再那麼艱難，因爲有印度最強大國王的支持。同樣也參加了曲女城大會和無遮大會的一個北印度國王，現在也準備返回自己的國家，就讓玄奘跟著他的軍隊鞍乘漸進，也就是說騎著那頭大象慢悠悠地往前走。而令人感動的是，當玄奘已經上路三天以後，戒日王和鳩摩羅王居然又率領著幾百騎的人馬追趕上來，再次和玄奘告別。同時，戒日王專門增派了四名官員帶上蓋有戒日王王璽的王書，送往沿途各國，命令他們派馬相送，保證一直把玄奘送到漢境。

在這樣的保護下和物質條件的保障下，玄奘東歸之路一般來說是比較輕鬆和安全的。從留下來的史料裡看，玄奘一路還優哉游哉地順道訪問了好多佛教聖地，有時候還會停留個把月，應當地僧俗的要求講經說法。同時，還有很多要從印度往北方走、往中亞走的僧人加入到玄奘這個隊伍裡來結伴而行，所以這支隊伍後來就變成浩浩蕩蕩的旅行團了。

但是，當玄奘一行準備渡過信度河（今印度河）的時候，遭遇了一場很大的災難。信度河河面廣闊，寬有五六里，玄奘讓經典、佛像和其他的人分別乘坐船隻渡河，而玄奘則騎在大象的背上渡河。當船行到河流中央的時候，突然風波大起，船劇烈地晃動起來，幾乎沉沒，船上負責看守經書的人也掉到了河裡。結果，人是救起來了，但是卻損失了五十夾（印度的佛經是用上下兩塊木板夾著裡面一頁一頁的經書，所以以「夾」爲記數單位）經書和打算帶回唐朝的所有的印度奇花異果的種子。

我們曾經多次說過，《西遊記》當然是以玄奘西行求法爲母體和靈感的主要來源。但是，《西遊記》終歸是一部小說，是中國文學史上首屈一指的、展示作者空前絕後的想像力的一部作品，因此，和大家一般認識不同的是，《西遊記》和玄奘的眞實事蹟相差極大。實際上，《西遊記》和玄奘西行的歷史關連很小。然而，就是在渡河失經這件事情上，我們驚奇地發現，《西遊記》裡的描寫和歷史的事實出現了很少見的密切的相似。

〔在小說《西遊記》中，唐僧西天取經一共遭受了九九八十一難，而渡河失經就是最後一難。唐僧師徒四人取經回來必須渡過一條大河，因為忘記了替大白癩頭黿問佛祖一句話，被大白癩頭黿生氣地拋入水中。那麼在真實的歷史中，玄奘在渡印度河時，是什麼原因導致平靜的河面突然風浪驟起呢？〕

大家知道，《西遊記》一共是一百回，在第九十九回「九九數盡魔滅盡　三三行滿道歸根」裡面，唐僧渡河失經，就是他西天取經九九八十一難的最後一難。其中，把船弄翻的是一個成了精會講話的大白癩頭黿，而那條河在《西遊記》叫「通天河」而不叫「信度河」，但是講的事情確實是經書落水。更爲重要的是，我們如果來考量歷史事實的話，這也確實是玄奘經歷的最後一難了，《西遊記》把這件事放在九九八十一難的最後一難也是有道理的。玄奘從此往後儘管也並不是一馬平川的，但是應該說是沒有什麼大災大難。玄奘回到唐朝以後，當然還有很多事情可以講，但是《西遊記》也就在九九八十一難以後的一百回就結束了。

想來玄奘一行肯定被這次災難弄得狼狽不堪，當他們渡過信度河，正在哀歎慘重損失的時候，玄奘驚喜地發現，迦畢試王已經親自在河對岸等著玄奘了。迦畢試王問玄奘：「聽說您在河裡丟失了經書？」玄奘說：「是的，我損失了五十夾。」迦畢試王就接著問道：「你是不是隨身帶了好多別的東西，比如印度的奇花異果的種子？」出家人不打誑語，玄奘坦然承認了。迦畢試王就告訴玄奘：「就是因爲這個，才導致了這次翻船事故，只要有人打算把這些印度僅有的奇花異果偷帶出國的話，就要翻船。」這個說法看似有些迷信，但是他們當地一定也遇到過不止一次這樣的事件，所以慢慢地形成一種所謂的經驗之談。

損失了那麼多的經書，玄奘除了懊惱也沒有辦法，於是就接受了迦畢試王非常殷切的邀請，在當地的一座寺院裡停留了五十多天，派人到離此不遠的烏萇那國去補抄佛經。所以我們要知道，玄奘西行求法帶回來的佛經並不是完全從印度帶回來的，他沿途還在別的地方補抄過，經書還損失過。

其間，迦濕彌羅的國王聽說玄奘駐留於此，也聞訊趕來相見，可見玄奘聲望之一斑了。此後，玄奘就隨迦畢試王繼續向西北方向前進，一路經過的國家，都受到規模不小的歡迎。迦畢試王還仿效戒日王的做法，爲了向玄奘表示敬意，特意爲他舉行了七十五天的「無遮大會」。大會結束後，從歷史記載來看，這位迦畢試王依然伴隨著玄奘，一直把玄奘送出了國境。在出境時，又爲玄奘舉行了七天布施大會，這才和玄奘道別，並且還派了一位大臣帶領一百多人，護送玄奘翻越大雪山。我們大致可以說，就是他把玄奘送出了印度國境。

不過，看來迦畢試王派出的人馬只是在大雪山裡送了玄奘一行一程而已。然後，就是玄奘在中亞的這些崇山峻嶺之間穿行奔波。玄奘對這些地方基本上都是熟悉的，途中有遇到故人後代的驚喜。比如他又一次遇見了葉護可汗的孫子，他也用他爺爺的官銜「葉護」來稱呼自己。

〔玄奘在東歸的途中，也記錄了一些非常獨特的風俗，留下了很多非常珍貴的記載。〕

比如在覩貨邏國故地的一個地方，玄奘發現那裡的風俗跟突厥很相近，當地的婦女在頭上都戴著木頭做的角，有三尺多高，一個表示公公，另外一個表示婆婆。如果公公去世就鋸掉一個，那麼就剩一個角了，婆婆再去世又鋸掉一個。如果公婆全部去世，婦女就不戴帽子了（其婦人首冠木角，高三尺餘，前有兩岐，表夫父母。上岐表父，下岐表母，隨先喪亡除去一岐，舅姑俱沒，角冠全棄）。

玄奘見到這個風俗的國家叫呬摩呾羅國（Himatala），意思是「雪山下」，也有的學者認爲是梵文對Hephthal（嚈噠）的轉音，也就是所謂的白匈奴了。這個民族的婦女首冠木角，就是頭上戴著木頭的角，在《魏書・西域傳》中有這樣的記載：

嚈噠國，大月氏之種類也。……風俗與突厥略同。其俗兄弟共一妻，夫無兄弟者，其妻戴一角帽，若有兄弟者，依其多少之數更加角焉。

意思是說它的風俗也跟突厥差不多，但是接下來這個角所表達的意義就不一樣了，「其俗兄弟共一妻」，因爲那裡的少數民族的習慣是，無論多少的兄弟都只娶一個妻子，這是一種古代西北少數民族的風俗。所以這個女子的丈夫是獨子，她就戴獨角帽；如果她丈夫有三個兄弟，那就要戴四角帽，這是當時的記載。

這就可以看出，或許是玄奘匆匆而過，所聞未必確實，但更大的可能也許是當玄奘到達這裡的時候，這個風俗在這兩三百年之間已經發生演變，這幾個角的象徵意義已經不一樣了，所以這個記載大概在民俗學上非常重要。

另外，玄奘在中亞的崇山峻嶺裡面，還留下關於一個國家的記載，這個國家用漢字寫出來叫「至那提婆瞿呾羅」或「脂那提婆瞿呾羅」（Cīna-deva-gotra），意爲「漢日天種」，就是說，這個國家的子民是漢人和天上的太陽所繁衍的後代。但是這個地方離當時中國漢族人的居住地還非常遙遠，而且天上的太陽又怎麼能和漢族人繁衍出後代來呢？

玄奘記載說，在很早以前，也就在玄奘來到此地之前還很久，在波斯更西方的那個地方（今天伊朗一帶），有一個國王派人從漢族地區迎娶王后（中國和波斯之間往來在古代一直是非常密切的），到達蔥嶺之間的這個非常險峻荒蕪的山谷裡的時候，也就是玄奘到過的這個崇山峻嶺某一個山谷裡面，周圍的國家突然發生戰亂，道路就不通了。使臣就把這個未來的王后，安置在一個孤零零的、非常險峻的山頂之上，自己就率領這個迎親的隊伍在山腳下紮營，以保衛王后，等躲過這場兵難之後，再送王后回到波斯去跟國王結婚。他在山腳下帶著隨從日夜巡邏，嚴密地守衛。大概等了三個月，兵亂結束，大家準備上路了，突然發現這位沒有見過國王的王后居然懷孕了。那這還了得？所以這位使臣就對屬下說：「國王命令我們迎娶王后，誰料到遇見這場兵亂，在這沒有人煙的荒山野嶺，朝不保夕。我王有德，總算保佑我們躲過了兵禍，現在可以回國覆命了，但新王后竟然懷孕了，這還不要了我們的命嗎？到底是誰幹的，你們大家推出一個人，等著伏誅吧！」大家一下子譁然，誰都不承認，所以嚷嚷半天也搞不清楚罪魁禍首是誰。

這個時候，王后身邊有一個侍女站出來，說：「你們也別嚷嚷了，這跟你們沒關係。她是和神交會啊。每天中午，都有一個男人從太陽的光環裡面騎著駿馬來到這裡，和王后相見。」可是，使臣依然覺得無法向國王交代：「就算是這樣吧，又怎麼能洗刷我的罪過呢？回國一定被砍頭，留下來又一定會被波斯國王討伐，進退兩難，到底怎麼辦好啊！」大家都說：「哎喲！倒也是，這是天大的事情啊，誰去被砍頭呢？我們就待罪境外，混日子吧！」

於是，他們就在這個山峰上營造了宮殿，一共有方圓三百多步，可見規模也不大。就這樣先待下來，先立這位沒有見到國王就懷孕的王后爲主，這王后後來生下一個兒子正式做了國王。這個國王看樣子很有能力，長大以後就不停地發動戰爭，征服了周邊很多小國。更有意思的是，這個國王死了以後，放在一個山洞裡面，等玄奘到的時候屍體都沒壞，形成一種像木乃伊的乾屍（乾屍在新疆是很多的，我們去新疆考古的時候，發現過乾屍，因爲環境什麼比較乾燥，很容易保存），一直在接受後人的鮮花供養。那麼，既然母親是來自漢土的，父親又是天上的，從太陽那邊來的，所以這個王族就自稱「漢日天種」了。

玄奘非常詳細地記載下他一路所見所聞的一個又一個神奇的傳說，爲中亞乃至西域一帶的歷史留下了寶貴的資料。走過了中亞的崇山峻嶺，玄奘離自己的祖國大唐越來越近了，這時，他來到了東歸途中的一個重要的地方。

貞觀十八年（六四四年），玄奘抵達了于闐，也就是今天的新疆和田。于闐對於玄奘來說，是一個極其重要的地方。這個地方揭示了中外文化交流史上好幾個具有重要意義的祕密。

〔玄奘究竟在于闐記錄下了哪些東西？在于闐玄奘又做出了什麼重要的舉動呢？請看下一講「遊子還鄉」。〕

第三十一講 遊子還鄉

當玄奘到達于闐後，懷著複雜的心情，託人給大唐朝廷帶去一份表文。在表文中，玄奘一方面坦承自己當年是偷渡出境的，另一方面表達了自己回歸大唐的誠意。大唐朝廷將會怎樣對待這位東歸的求法僧？而當玄奘日夜兼程趕到長安時，他又遇到了什麼意想不到的事情呢？

貞觀十八年（六四四年），玄奘到達了于闐（今新疆和田），于闐對於玄奘來講，是一個具有特殊意義的地方。玄奘在這裡給我們留下的記載，是我們理解古代于闐的一把重要鑰匙。

于闐的名字，玄奘稱它為「瞿薩旦那」（Gostana），意思是大地乳房，很奇怪的一個意思。我們會覺得很難理解，為什麼一個國家一個地方會取這麼一個奇怪的名字？玄奘告訴了我們其中的奧妙所在。這裡有一個非常古老的傳說：古代于闐有一個國王，年老無子，眼看著于闐王位的傳承就要斷絕，所以他就向古代印度的一個神去祈請，希望他能夠賜給于闐一個王子。王子果然出生了，但不是由王妃所生，而是從這位國王的額頭上剖出來的。王子誕生以後，由於沒有乳汁去餵養他，這時，就在這個神像腳下的地面上突起兩個土堆，像乳房的形狀，小王子就趴在上面吮吸著大地的乳汁長大起來，所以于闐就有了這麼一個名字。

玄奘的觀察力極其細緻，在于闐他不僅注意到這裡的國王，還注意到這裡的老鼠。據當地人說，這裡的老鼠，一個個都像刺蝟那麼大，其中有金銀雜色鼠毛的，則是鼠群的首領，牠每次出行時，鼠群排成隊列跟隨著牠，顯得非常威武（此沙磧中鼠大如蝟，其毛則金銀異色，為其群之酋長，每出穴遊止則群鼠為從）。看來，那裡的老鼠完全不怕人，也根本不覺得誰敢來打攪牠們。

為什麼會在于闐出現這樣的情況？玄奘有這麼一段記錄：曾幾何時，有幾十萬匈奴大軍攻擊于闐，而于闐的軍力非常微薄，完全抵抗不了匈奴的進攻，難有勝利的希望，整個國家驚慌不堪。國王求神無門，急切之中想到了老鼠，人不夠，拿老鼠來湊。於是焚香祈禱，希望于闐的老鼠能夠化身為千百萬雄壯的軍隊，幫忙來抗擊幾十萬強悍的匈奴軍隊。這不是病急亂投醫嗎？誰知道這一香還就燒出結果了，國王在當晚作了一個夢，夢裡來了一隻碩大的老鼠，說我們鼠輩一定奉命幫忙，你放心整頓軍隊，明天主動出擊，我們這些老鼠保證一定贏。國王別無他法，決定姑且一試。第二天他就命令自己人數非常少的軍隊向匈奴的軍隊主動出擊，匈奴匆忙應戰，卻發現自己的馬鞍、衣服、弓弦，只要是繩狀的東西都被老鼠咬斷，於是戰鬥的結果可想而知，于闐的軍隊大獲全勝。從此往後，老鼠在于闐就成了地位非常特殊的居民，牠有專門的廟宇和祠堂，以供人們來向這些老鼠獻祭：

上自君王，下至黎庶，咸修祀祭以求福佑。行次其穴，下乘而趨，拜以致敬，祭以祈福。或衣服、弓矢，或香花、肴膳，亦既輸誠，多蒙福利。若無享祭，則逢災變。

由此看來，那裡的老鼠日子非常好過，既沒有人來傷害牠們，又經常有東西供養牠們。而且，老鼠要是不享用這些供奉，人們還會感到不安，認爲將有災難降臨。

〔古代的于闐是中國通往西方的交通要道。玄奘關於于闐的另一個傳說的記載，更加有力地證明了中華民族古老的文明，對西方世界文明發展有重大影響。〕

玄奘在于闐記載了一座寺廟，叫麻射寺，是一個于闐的王妃建造的。我們知道，古代的于闐是不懂得種植桑樹的，當然也就不知道如何養蠶、如何繅絲，於是于闐的國王就向漢地的帝王請教種桑養蠶繅絲的技術。但這是當時中國最核心的商業機密，絲織業是中國對外貿易的支柱產業，在當時，絲綢是中國最大的出口產品，占有壟斷地位，這個絲綢的祕密當然不能輕易告訴于闐國王。於是于闐國王擺出非常謙卑的姿態，向中國公主求婚。我們知道漢族的帝王是非常願意懷柔遠人，就答應了。于闐國王派人來迎娶的時候，就讓使臣對公主說，你是中國的公主，你穿慣了美麗的絲綢衣服，可是我們于闐沒有，我們于闐根本不知道如何繅絲，請公主想辦法把桑樹的種子帶來。或者是這位公主還沒過門就已經開始為夫家考慮，或者是出於愛美之心，反正這位公主就在出嫁的時候，已偷偷把桑樹的種子和小蠶藏在自己的帽子裡。出關時，關卡上的人搜遍了所有的箱子，但是卻不敢動公主的帽子，於是乎，絲綢的祕密就首先洩漏到了中西交通的重鎮于闐。而這座寺院就建在最早種植桑樹的地方。從此，絲綢的祕密就從新疆于闐傳到了西亞，傳到了歐洲，中國人的專利壟斷權化為泡影。玄奘去參觀這座寺廟時，還在院子裡見到幾株枯桑，據說那就是中國公主帶來的桑樹種子培育出來的。

于闐是當時西域佛教，特別是大乘佛教的中心，玄奘對于闐是非常重視的。當他進入于闐的疆域之內，先在邊境停留了整整七天，等待于闐國王得到消息，親自趕來迎接。而于闐國王，不僅是親自趕到邊境迎接玄奘，而且等見到玄奘以後又趕緊返身再往回跑，回到于闐國都，在國都布置歡迎玄奘的盛大儀式。同時，他留下自己的王子陪伴玄奘，兩天以後國王又從都城派出重臣，迎接於途。這也表明，于闐國王對玄奘的光臨是何等的重視。

然而，也就在這個時候，玄奘從由高昌來到于闐經商的高昌人馬玄志口中，得到了麴文泰的死訊。于闐離吐魯番不遠，玄奘到達這裡的下一站就應該去看望他這位異姓哥哥，而就在這個當口卻得到了麴文泰的死訊，玄奘的心情可想而知。為了和這位王兄的約定，玄奘謝絕了戒日王替他安排的由海路回國這個計畫，專程繞道從陸路返回，為的就是要見麴文泰一面，和他這位王兄分享一下西行求法成功的喜悅，回報當初最困難的時候對他的支持，可惜這一切已經不可能再付諸實現了。所以玄奘選擇了天山南路作爲回來的路，黯然決定從于闐直接回國，不再經過高昌這個傷心地。

在出發離開于闐以前，玄奘還做了兩件非常重要的事情。第一，由於在渡信度河的時候，也就是《西遊記》裡所謂「通天河」的時候，損失了五十夾佛經，玄奘利用在于闐停留的機會派人到龜茲、疏勒一帶補抄。第二，先行委託高昌人馬玄志，利用馬玄志跟隨商隊前往長安經商的機會，上書唐朝有關方面，稟報自己求法歸來的消息。

我想玄奘是經過了深思熟慮的，他在印度那麼多年，無時無刻不在考慮他怎麼來處理回國這件事情，大家別忘了他是偷渡出國的。一來他自己隨身攜帶的經卷數量不小，沒有官方的支持是很難運送的；第二，自己當年是不顧唐王朝的禁令偷渡出境，現在雖然是載譽而歸，也總得探一探官方的態度再決定自己的行動，觀望而行。玄奘上的表文，今天還保留著，辭藻相當華麗，在裡邊玄奘坦然地承認他當初是「冒越憲章，私往天竺」，是違反規定，私自到印度去的，並簡單地敘述了自己西行求法留學的歷程。至於到達了于闐，爲什麼不日夜兼程趕赴長安，玄奘在表裡面也提供了解釋，「爲所將大象溺死，經本眾多，未得鞍乘，以是少停」，所以才「不獲奔馳，早謁軒陛」。玄奘那頭戒日王送給他的大象在西域的崇山峻嶺中，有一次因爲遇見強盜奔逃，失足從懸崖上掉到山谷底下的河裡摔死，玄奘沒有了運載工具，只能在這裡稍作停留，無法日夜兼程趕赴長安。他表明，自己的內心已經迫不及待地渴望回到祖國（無任延仰之至）。他在于闐託人把這道表文帶到了長安，唐朝的官方答覆當然不可能在很短時間到，於是玄奘趁在于闐等待消息的期間，爲成千上萬的人講經說法，弘揚大乘佛法，大約七八個月以後，有使節來了。

根據《大慈恩寺三藏法師傳》，使節帶來的不是一般的文書，而是唐太宗的敕令，也就是官方的正式文書：

聞師訪道殊域，今得歸還，歡喜無量，可即速來與朕相見。其國僧解梵語及經義者，亦任將來。朕已敕于闐等道使諸國送師，人力鞍乘應不少乏，令敦煌官司於流沙迎接，鄯善於沮沫迎接。

這道敕令的意思很清楚：皇帝聽說法師在異國他鄉求法，今天終於回來了，歡喜無比，歡迎法師趕緊來與我相見。如果法師還有域外隨行的通曉梵文和佛教經義的僧人，請法師做主把他們也帶過來。除了給法師這道敕令以外，還下令于闐等這些地方派人護送法師回國，人力和運載工具應該不會缺乏，還命令敦煌的官員在流沙迎接，鄯善方面在沮沫迎接。

這就等於官方正式的表示，不僅不追究當年違禁偷越國境之罪，還表達了一種熱切的、眞誠的企盼與期望。至此，玄奘應該是徹底地放心了，於是玄奘不再停留，馬上啓程趕赴自己闊別多年的祖國。

玄奘到達沙州（今敦煌附近），進入今天的甘肅境內，又一次奉上表文，報告自己的行程。當時唐太宗並不在長安，而是在洛陽，那時候他在準備發兵進攻遼東地區，所以把總指揮部設在洛陽。看到了玄奘的表文，唐太宗便命令當時留守西京長安的左僕射梁國公房玄齡，負責安排迎接玄奘的一切工作。

〔玄奘聽說唐太宗馬上要率兵出征，擔心趕不上見面，就日夜兼程從敦煌趕赴長安，誰知這一趕，卻趕出大麻煩來了。〕

唐太宗貞觀十九年（六四五年），我們後人，我們一千三百多年、將近一千四百年後的後人，請記住這個年份，這年我們的玄奘四十六歲。還有這個特別的日子，正月二十四日，請大家記住，因爲這不是漫長的歷史場合當中簡簡單單的一天，這一天我們的玄奘倍途而進，兼程趕路，到達了長安西郊。終於回來了，在六四五年，離開自己祖國將近二十年，九死一生、歷經磨難後，玄奘終於回來了。

這裡是玄奘當年啓程出發的地方，顯然他比非常具有管理水準的房玄齡預計的時間要早了很多，誰都沒想到玄奘在正月二十四就趕了回來，所以官員不知迎接，又沒有派人在長安的西郊等著玄奘，弄了一個措手不及，計畫中準備的所有迎接儀式都沒有用上。但顯然，玄奘的歸來，在當時長安的百姓看來，是一個屬於唐朝全體人民的節日，所以官員固然是沒有來得及迎接，但是玄奘要歸來的消息，已經在民間不脛而走。玄奘的名字已經傳遍了長安，所以，當百姓們發現一個風塵僕僕的僧人，一路塵埃地出現在自己面前的時候，他們馬上就知道，這就是玄奘。所以記載上有這麼十六個字：

自然奔湊，觀禮盈衢，更相登踐，欲進不得。

長安西郊的老百姓蜂擁趕到那裡，不但把道路都堵塞了，而且發生了踩踏事件。玄奘沒有辦法前進，只能在那裡停留一日，不然的話，玄奘進長安的日子不會是正月二十五，而應該是正月二十四。不過，這個偶然出現的情況，也給房玄齡的迎接工作準備了時間。房玄齡也知道，皇帝的聖旨下令要你準備迎接，自己卻沒有按正規的禮儀迎接，這不是失職嗎？所以二十五日，玄奘正式地進入了長安的城門。

當時人群沸騰的場景我們今天還是不難想像，這有很多的歷史記載。第二天，在房玄齡的安排下，各個寺院準備歡迎玄奘，把玄奘歷經千辛萬苦在印度求得以及失落後在各地補抄的經典，護送到都城的第一大寺——長安的弘福寺。在那一天，當時全世界絕對排名第一的繁華無比的長安，成了歡樂的海洋。這一天，也是中國佛教史上的重要節日，是古代中外文化交流史上的重要一天。在長安最繁華的朱雀街，相當於今天北京的長安街，舉行了全城的歡迎大會，公開展示玄奘西行帶回來的佛經和珍寶，讓長安的官民共同觀賞。

在中國，沒有人不知道唐僧西天取經這回事，這當然歸功於《西遊記》，但是唐僧到底帶回來多少經典呢？這就很少有人知道了。其實，這在歷史上是有明確數字記載的，玄奘不光是帶回自己所信奉派別的佛經，他還帶回來大乘佛經、小乘佛經、因明論、聲明論，講解印度辯論技巧、講解印度邏輯、講解古代印度梵語語言學的書，一共五百二十夾。大家如果現在到雍和宮去看藏文佛經，還是這樣夾著的。五百二十夾，六百五十七部，數字非常精確。同時還有如來佛肉舍利一百五十粒。舍利分各種各樣，有血舍利，有肉舍利，這是不一樣的。他帶回來的是一百五十粒如來佛肉舍利，還有各種佛像七尊，展覽完畢以後，再送回弘福寺，當時全城的百姓奔集而來，「始自朱雀街內，終屆弘福寺門，數十里間，都人士子、內外官僚列道兩旁，瞻仰而立」。萬人空巷，長安街兩邊站滿了人，官民不分，瞻仰這一支隊列。房玄齡看到人那麼多，擔心出事，就下了一道死命令，「各令當處燒香散花無得移動」，全部給我原地站著，你燒香歸燒香，散花歸散花，但你的腳別動，嚴防再次出現踩踏事件。

那麼在這樣的歡樂時刻，我們的主角玄奘他人在哪裡呢？在不在人群當中，在不在這個隊伍裡面呢？我們驚訝地看到，《續高僧傳》又是用十六個字留下一段讓我們非常敬佩的記載：

獨守館宇，坐鎮清閒，恐陷物議，故不臨對。

他靜悄悄地獨坐在一個房間裡，非常清醒。他怕世俗的人對他太過崇拜，所以玄奘根本就沒有出現在任何歡迎的場合裡，也就像他在曲女城大會後根本沒有騎到大象的背上一樣。在這裡，我們感受到玄奘的自我克制和謙虛，同時我們不難領會到，回到自己祖國的玄奘是眞正看透了世俗人情，在這裡面，難道沒有一絲難言的苦澀嗎？

〔接下來，玄奘馬上就要趕赴洛陽，和開創一代偉業的君主唐太宗李世民見面。這兩位歷史上彪炳千秋的著名人物會面，會是怎樣的一種情景呢？請看下一講「會見太宗」。〕

第三十二講 會見太宗

六四五年，玄奘終於回到久別的長安，長安城萬人空巷，爭相一睹這位高僧的風采。唐太宗得到玄奘到達的消息後，傳令玄奘速到洛陽與之相見……

玄奘終於在唐太宗貞觀十九年（六四五年）回到了自己的祖國。二月初一左右，玄奘趕到洛陽，正式拜見中國歷史上最偉大的君主之一唐太宗李世民，這是玄奘第一次跟唐太宗見面。《舊唐書》卷一九一裡有玄奘傳記，篇幅不長，一共四百多字，而且是放在類傳的「方伎」類裡面。我國古代的正史是紀傳體，皇帝的傳記稱爲「紀」或「本紀」，將相大臣等傑出人物的傳記稱爲「列傳」，一般是一人一傳或數人合傳，除了重要的政治人物外，一般性的人物，尤其是民間人物或文化人物則按性質合傳，不以姓名命名，而以性質爲名，這就是所謂的「類傳」。「方伎」是類傳中的一個門類，裡面所收的一般是民間具有特殊技能的能工巧匠和宗教人士。在這篇傳記裡，關於這次見面的記載只有這麼一句話：

太宗見之，大悅，與之談論。

一個人能夠被列入正史，這就已經是一個非常崇高的榮譽了，所以我們似乎不必計較記載的篇幅有多長，用了多少詞句，我想這都不重要。我們要感謝的是，中國豐富多彩的歷史傳統，儘管正史記載上很簡略，但是，我們在近一千四百年以後的今天，還能根據其他的歷史材料加以研究，加以探索，加以總結，可以看到唐太宗和玄奘對話的大致內容，和當時見面的大致場景。根據道宣《續高僧傳》卷四「玄奘傳」的記載，當時的情況是：

及至洛濱特蒙慰問，並獻諸國異物，以馬馱之，別敕引入深宮之內殿。

也就是說，唐太宗那個時候人是在洛陽，並不在長安，他專門派人在宮殿外迎候玄奘，這是很容易安排的，也是很可以理解的。玄奘爲唐太宗專門準備了他從異國他鄉帶來的禮物，而且看來這些禮物數量不小，不然不會用馬馱。這裡也反映出，玄奘絕對不是一個不食人間煙火、不知世上爲何年的迂腐和尙，他是一位眞正的高僧，他對人情世故都非常在意、非常細心，所以他專門爲皇帝帶了特殊的禮物。

那麼，玄奘和唐太宗這次見面的場景，我們後人能夠恢復到什麼程度呢？能夠恢復出來多少具體的事實呢？據《大慈恩寺三藏法師傳》的記載，唐太宗是在洛陽宮殿的儀鑾殿接見玄奘的。唐太宗在相見禮畢坐下之後的第一句話就是：「師去何不相報？」師父您當年離開唐朝，離開長安的時候，您怎麼不向我報告啊？怎麼不告訴我一聲啊？看來啊，當時有關管理部門和官員確實沒有把玄奘要求出關的文件上交給唐太宗，這是很容易理解的。因爲那時候的國策就是禁止人出關，那些當官的明明知道皇帝有禁令，誰還會把這個遞交上去呢？當然，也有可能是唐太宗看到了卻不允許，或者如今假裝忘記的可能性都有，這就不可深究了。而玄奘的回答就非常高明了：

玄奘當去之時，已再三表奏，但誠願微淺，不蒙允許。無任慕道之至，乃輒私行，專擅之罪，唯深慚懼。

意思是說，我當年離開大唐的時候，曾經再三上表陳奏。但是玄奘並不說把表奏文書交給誰了，玄奘也沒有說那時國家不允許人出關，而是「誠願微淺」，是我自己的誠心還不夠大，所以不被允許。

但是「無任慕道之至，乃輒私行」，但是我實在是渴望能夠去追求、能夠去學習最新的佛法，所以我才私自出關，偷渡出境。這完全是自己個人的違法行爲（專擅之罪），我感到非常地慚愧，也感到非常地恐懼（唯深慚懼）。當著唐太宗的面，玄奘把當初不被允許西行歸結爲自己的「誠願微淺」，根本不責怪任何人，只是責怪自己的誠心還不夠。到了這一刻，像唐太宗這樣英明的帝王，難道還會去責備玄奘、追究他偷渡出關的罪過嗎？當然是不可能的。所以唐太宗接下來說：

> 師出家與俗殊隔，然能委命求法，惠利蒼生，朕甚嘉焉，亦不煩爲愧。

唐太宗當然不能贊同玄奘的偷渡行爲是正當的，即使現在玄奘已經載譽歸來，因爲這關係到國家政策的嚴肅性。因此，他對玄奘說，師父您既然已經出家了，就跟俗人不一樣，這意思是變相地說我當年講禁止出關是針對俗人的，沒針對僧人，而您根本就是冒著生命危險去求法，對百姓蒼生是有好處的，我已經非常嘉許，難道還用您去慚愧，還用您擔心什麼？

從這一僧一帝兩個人的對話中，我們今天不難揣測到當時他們兩人的心境。玄奘希望通過這樣一次會見，洗清自己當年偷渡出境的罪名，而唐太宗雖然已經表明了政府對他的歡迎態度，卻又要找出一個藉口，爲不追究玄奘當年的出格行爲作出解釋。顯然，他們彼此都顧及了對方的面子，彼此也都表達清楚了自己的意思。唐太宗對玄奘能夠完成萬里求法充滿了好奇之心，於是就問：

> 但念彼山川阻遠，方俗異心，怪師能達也。

意思是說：我好奇的是，那麼遙遠的路途，當中要經過風俗完全不同的地區，師父您是怎麼到達西天的呢？

〔玄奘西天取經，經歷九死一生，那麼多坎坷的遭遇，那麼多傳奇的經歷，玄奘該從何說起，才能滿足唐太宗的好奇之心呢？〕

換了一般的人會怎麼應對唐太宗的好奇之心呢？我想肯定是將自己如何咬緊牙關排除艱險、不畏艱險的事蹟趕快跟皇帝如實地介紹一番。可是玄奘畢竟是玄奘，他與常人迥異的地方，他高出我們俗人的地方，就在這些細節中顯現無遺。他的回答完全出人意料：

既賴天威，故得往還無難。

意思是說：我是靠了皇上您的天威，所以去和回來都談不上有什麼阻礙。

玄奘絕口不提自己遭遇的苦難，其實他遭遇的艱險比《西遊記》裡的九九八十一難只有多不會少，而在唐太宗面前，他卻把一切歸結爲皇帝的功德、威望。玄奘這種態度大概也出乎唐太宗的意料，所以從記載上來看，唐太宗聽到玄奘的回答以後就說：

此自是師長者之言，朕何敢當也。

意思是說：哎呀，這只不過是師父您的長者厚道之言，我哪裡敢當。

其實唐太宗心裡很明白實際情況，玄奘一路上能克服艱難險阻，與他基本上是沒有什麼關係的。相反，正是由於當初沒有能把玄奘「官派」到印度留學，還給他的西行造成了不少麻煩。

接下來唐太宗詳細地詢問了玄奘西行這沿途一路上的人情風物。玄奘的足跡所及，按照歷史上對他的評語，是「博望之所不傳，班、馬無得而載」。「博望」是指漢代的博望侯張騫，大家知道他是首先涉足西域的官方使節，在歷史上有「鑿空西域」的美譽；「班、馬」是指著名史學家司馬遷和班固。意思是說，玄奘的經歷，是張騫都沒有經過的，司馬遷、班固都沒有記載的。這是史書對玄奘的定論，而玄奘呢，非常有條理地回答了唐太宗的提問，使唐太宗大爲嘆服。於是，唐太宗就當著玄奘的面，對身邊的一些近臣稱讚說：「法師詞論典雅，風節貞峻，非唯不愧古人，亦乃出之更遠。」意思是說，法師您談吐典雅，高風亮節，不僅是面對古人絲毫沒有愧色，實際上要超出古人很多很多。

唐太宗接下來向玄奘提了一個要求：

佛國遐遠，靈跡法教，前史不能委詳。師既親睹，宜修一傳，以示未聞。

意思是說：印度這個佛教勝地，離我們國家十分遙遠，那裡的佛跡、教理，我們已有的記載並不詳盡。法師您既然已經親自都看到過、經歷過，何不把它們一一寫出來，讓沒有去過的人也了解這些情況呢？

玄奘應唐太宗的要求所寫的這部書，就是舉世聞名的《大唐西域記》。所以《大唐西域記》是玄奘回國以後奉唐太宗之命寫的，但恐怕更多是玄奘口授，由他的弟子記錄而成的。這部《大唐西域記》，在十幾年前就有了季羨林先生的校注本，由中華書局出版。季羨林先生為《大唐西域記》寫的前言有一百幾十頁，十幾萬字，所以，大家如果有興趣可以去看，能夠對《大唐西域記》有一個非常權威的、可靠的、全面的了解。

可是，唐太宗對玄奘的欣賞，也給玄奘出了一道不大不小的難題。他發現玄奘這個人了不起，完全可以當自己的重臣，所以明確表示，希望玄奘能還俗，來輔佐自己（帝又察法師堪公輔之寄，因勸罷道，助秉俗務）。

〔玄奘自幼皈依佛門，潛心學習佛法，甚至為求正法冒死西行，當然不是為了當什麼重臣大官。更何況，如今歷經艱險取回來的真經還沒有翻譯，更不可能罷道還俗。但是聖命難違，玄奘又是怎麼來應對這道難題，來解開這個結的呢？〕

面對唐太宗希望他罷道還俗的要求，玄奘的回答著實精采：

玄奘少踐緇門，服膺佛道，玄宗是習，孔教未聞。今遣從俗，無異乘流之舟使棄水而就陸，不唯無功，亦徒令腐敗也。

意思是說：玄奘我從小就出家爲僧，信奉佛法、學習佛法，儒家的學說、管理國家的理論我都沒有學過，今天您希望我還俗，就好比讓我把在河流中所乘坐的船搬到陸地上來，不僅起不到作用，還只會讓這艘船腐爛敗壞掉。

緊接著，玄奘利用這次與皇帝當面對話的機會，表達了自己的心願：

願得單身行道，以報國恩，玄奘之幸甚。

意思是說：我希望以我一個人的力量，來傳播佛法，報答國恩，如此的話，我就覺得很榮幸了。

小說《西遊記》裡講，在玄奘出國之前，唐太宗見到玄奘就非常欣賞，封玄奘爲左僧綱、右僧綱、天下大闡都僧綱。所謂「大闡都僧綱」是類似於我們今天的佛教協會主席，這個《西遊記》也是有點胡來的，這串官名就等於封了你一個左的副主席、一個右的副主席、佛教協會大主席，沒有這麼封官的。當然這也不是空穴來風，因爲歷史的事實當中，唐太宗的確是希望玄奘當官的，《西遊記》的作者肯定注意到了這個記載，只不過把時間挪到前面，然後編了三個僧官一下全都封給了玄奘。

但是玄奘從來沒有把西行求法這偉大的壯舉用來換取任何好處，爲什麼我們這麼說？爲什麼我們能肯定玄奘從一開始就抱定了潔身自好，儘量排除一切俗物這個決心，這麼講有證據嗎？有，就是玄奘在這裡自己講的——「單身行道」。將近九十高齡的著名學者王元化先生，曾經用一個非常恰當的例子，來比喻這種在學術領域裡專心致志、忍受寂寞、探究眞理的態度，就是既不參加合作社，也不參加互助組。我覺得這個比喻完全可以用來形容玄奘。事實上，玄奘不僅沒有參與任何世俗事務，連佛教界的高級領導工作也沒有擔任過。這是有點出乎大家意料的，這樣一位受到皇帝接見的高僧，卻沒有擔任很高的佛教界領導職務。

唐太宗和玄奘談得意猶未盡，但是由於當時唐太宗正調集全國的軍隊彙集在洛陽準備往北方用兵，他還有大量的軍機要務要處理，所以唐太宗希望玄奘能夠陪著自己，和軍隊一起行動，以便隨時可以和玄奘暢談：

匆匆言猶未盡意，欲共師東行，省方觀俗，指麾之外，別更談敘，師意如何？

可見這唐太宗跟玄奘雖然接觸時間不長，卻是非常投緣的，自己忙於指揮一場動用全國力量的大戰役，居然還念念在意可以和玄奘隨時暢談。但是這個盛情相邀卻使玄奘覺得很為難，只能回答說：

玄奘遠來，兼有疾疹，恐不堪陪駕。

意思是說：我剛從長安遠道趕到洛陽，身體還有點小毛病，不堪陪著您皇帝。這樣的回答明擺著玄奘有為難的地方，怎能瞞得過唐太宗，所以唐太宗的回答就很有意思：

師尚能孤遊絕域，今此行蓋同跬步，安足辭焉？

意思是說：師父您單身一人尚且能到那麼遠的地方去，這種荒無人煙、艱險遙遠的路途都不在您的話下，眼下您跟著我的軍隊，有那麼多人一起行動，對您來說幾乎就是動一動腳趾而已，這還值得您推辭嗎？

這下就把這層紙捅破了，那玄奘就不得不講實話了，他說：第一，作為一個僧人，我跟在您的軍隊中，又不能當軍事參謀，我出不了什麼主意，幫不上什麼忙。第二，按照佛教的戒律，僧人是不能觀看戰爭的，這是違背戒律的（玄奘自度，終無裨助行陣之效，虛負途路費損之慚。加以兵戎戰鬥，律制不得觀看。既佛有此言，不敢不奉）。這樣一解釋，唐太宗當然就理解，於是免除了玄奘隨軍行動的要求。

如此說來，唐太宗對玄奘的要求全都答應了嗎？那也未必。玄奘提出希望能夠到嵩山少林寺去譯經，就被唐太宗斷然拒絕了。

〔少林寺是我國一座著名的寺廟，但在唐朝時期，中國佛教非常繁榮，僅長安就有很多大寺廟，洛陽也有很多大寺廟，這些寺廟僧侶眾多，條件也更好，玄奘為什麼會請求去以武僧著名的少林寺譯經呢？〕

我想玄奘無非有三個考慮：

第一，嵩山少林寺在今天依然還是離城市比較遠的地方，在唐朝它更是遠離都市，山清水閑，可以安安靜靜地做自己想做的事情。當然，對玄奘來講，首當其衝的是翻譯自己求得的佛經，同時也可以擺脫一些不必要的、甚至可能帶來麻煩的一些事務糾纏。當時唐朝佛教的派別和情況都是非常複雜的，自己的西行求法會給自己帶來多高的聲譽，玄奘是知道的。但是也正因爲如此，玄奘一開始就非常謹慎、小心，這從他不參加長安慶典這件事情就可以看出來。

第二，大家要知道，嵩山少林寺離玄奘的故鄉偃師不遠，同時離當時唐朝的東都，也就是第二首都洛陽也不遠，既可以略微地滿足一下玄奘的思鄉之情，又不至於離開當時唐朝的中心城市太遠，可以和皇帝保持若即若離的聯繫。

第三，嵩山少林寺在歷史上還是一個非常著名的僧人菩提留支翻譯佛經的地方。這個菩提留支是五到六世紀之間的人，離玄奘所處的年代並不遠，他是北印度人，在北魏的永平元年（五〇八年），他帶了大量的梵文佛經，通過西域到達洛陽，受到當時皇帝的禮遇。

基於以上這些原因，我們當然知道玄奘的考慮是合情合理的，然而正是這一點非常合情合理、非常可以理解、絲毫也不過分的要求，卻被唐太宗斷然拒絕。唐太宗指定玄奘住在弘福寺譯經。

唐太宗是一個非常了不起的帝王，跟玄奘的對話始終是非常融洽，非常合乎情理，非常能夠體諒玄奘，爲什麼這個要求居然不答應呢？這難道不是一件很奇怪的事情嗎？唐太宗的原因有兩個：

第一，這正反映出玄奘在唐太宗的心目當中地位之重要，他不希望玄奘離開首都長安，更不希望玄奘離自己太遠，萬一自己想找他聊天，想向他請教的時候，可以隨傳隨到。所以他規定玄奘必須住在長安的弘福寺。

第二，只有眞正了解弘福寺的歷史，才能理解唐太宗的一番苦心。弘福寺是唐太宗專門爲太后祈福、做功德而修建的一座寺廟，這也就說明在唐太宗的心目當中，玄奘是一個有大功德的高僧，請他住在這個寺院裡面，對已故的太后是一件好事，能夠增加功德。

這樣的安排，玄奘當然沒有辦法不答應，但是玄奘又提了一個要求。玄奘講，弘福寺在都城，我住到這個寺廟裡面難保沒有京城的百姓成群結隊地來看，這樣就擾亂了寺院的清規，不利於我的修行，也不利於寺院其他僧人的修行，所以玄奘要求：「望得守門以防諸過。」您得允許我在我住的那個院落派上門衛，防止前來參觀的民眾干擾寺院的正常秩序。這當然可以理解爲要唐太宗允許他閉門，也可以理解成希望唐太宗派人來守衛。

唐太宗對玄奘的這個表面上很有點過分的要求不僅沒有感覺奇怪，反而大爲欣賞，很是高興。唐太宗說：「法師，您的這個要求才是保身之言，這是保護自己安安靜靜、眞正聰明的打算和說法、想法。」唐太宗也是很厲害，一眼可以看透，實際上是玄奘怕自己在佛教界聲望太高。玄奘的聲望得自於佛教的發源地印度，得自於他西行求法的壯舉，但是大家別忘了，玄奘在這十幾年並不在國內，國內佛教界也有很多地位非常崇高、弟子成千上萬的高僧。唐太宗也是聰明人，非常明白玄奘是爲了保身，馬上答應照辦。並且明確表示，您的一切需要由國家支付，有任何需要找房玄齡解決。

那麼，我們是否能言簡意賅地總結這一次在中國歷史上非常重要的會談呢？可以，而且古人已經做了很好的總結，一共十二個字，見於《續高僧傳》：

面奉天顏，談敘眞俗，無爽帝旨。

意思是說：玄奘見到了唐太宗，談的過程當中不光是談了宗教，也談了世俗，唐太宗覺得非常融洽和高興。

我當然不可能總結得比這十二個字更好，從歷史上看，帝王和高僧相處歡洽的例子確實是不少，但是像唐太宗和玄奘這樣融洽、和諧的例子卻未必多見。唐太宗一直關心、支持著玄奘的翻譯事業，經常召見玄奘，有時還邀請玄奘和自己一同旅行，以帝王之尊，經常派人去提醒玄奘不要心急勞累。甚至在貞觀二十三年（六四九年）唐太宗病危的時候，依然把玄奘留在自己的宮殿內。

〔從貞觀十九年（六四五年）五月，玄奘四十六歲那一年開始，他就這樣開始了在人類歷史上幾乎無人可以相比的、輝煌的翻譯生涯。請看下一講「魂繫真經」。〕

第三十三講　魂繫眞經

玄奘西行求法十幾年，從印度帶回了大量的佛經。玄奘求取真經的最終目的是弘揚佛法，如果說這些真經是佛家教義的種子，那麼只有翻譯成中文，它們才能在中國生根發芽。否則，留學印度所創造的輝煌將變得毫無意義。

唐太宗貞觀十九年（六四五年）三月，玄奘結束和唐太宗李世民的會面，從洛陽回到長安，住進當時非常著名的弘福寺，從此開始了彪炳千秋的翻譯、教育、講學、著述的輝煌生涯。只要是對中國佛教史略有所知的人都知道，就佛經翻譯而論，在中國唐朝是首屈一指的。中國現代著名佛教史學者湯用彤先生，在他的名著《隋唐佛教史稿》裡總結了四點：第一，人才之優美；第二，原本之完備；第三，譯場組織之嚴密；第四，翻譯律例之進步。這是概括得非常全面和到位的。

那就讓我從剛才那四個方面，用儘量非專業的語言、儘量簡單的語言來給大家做一點介紹。

第一，人才之優美。玄奘本人華、梵兼通，他出生在一個官宦世家，從小受到了儒家經典的教育，又長期留學印度，在語言上當然沒問題。同時，由於他在印度留學很長時間，跟從頂級的印度學者在當時全世界絕對排名第一的佛教大學，參加了那麼多高規格的辯論，因此他不僅是語言好，對佛教教理也有非常透徹而全面的了解。至於他信仰虔誠、毅力超群，這些都已經證明了，不必再說。作爲一個翻譯工作的主持者，我們不可能找出比玄奘法師更合適的人選。

如果玄奘譯經的助手和他的差距過大，那當然是會影響翻譯工作品質的，而這一點，非常細心的玄奘早就有所考慮。所以，所有輔助他翻譯工作的人員，都是由他親自挑選、親自推薦的。根據記載，玄奘推薦了全國各地千挑萬選而來的高僧，甚至包括一些居士、非出家士，由於在佛學方面或者漢語方面的造詣特別高，也被玄奘網羅進自己的翻譯班底。玄奘推薦，朝廷當然許可，負責召集這些人的就是我們提到過的，奉唐太宗的旨意專門負責照料玄奘工作的房玄齡。能夠被玄奘選中，加入這支前無古人、後無來者的翻譯隊伍當然是一種莫大的榮耀，同時也是一次千載難逢的學習機會，所以，絕大部分的僧人都應詔加入了。當然，也有得到了玄奘的推薦卻沒有加入而放棄大好機會的，比如當時很著名的慧淨法師，皇帝根據玄奘的推薦下了詔書，請慧淨法師到長安來，但他說自己病了，不能來參加（下詔追赴，謝病乃止）。另外還有法藏大師，他先是應詔參與了，但後來因爲和玄奘見解不同，退出了譯經隊伍。不過無論如何，玄奘的翻譯團隊在當時絕對是集一時之選，這是毫無疑問的。

〔玄奘獨自西行十幾年，他的最終目的就是求取真經，弘揚佛法。那麼，在玄奘的心目中，在唐朝人的心目中，什麼樣的佛經才能稱得上是「真經」呢？〕

第二，原本之完備。這個問題，是跟佛教傳入中國的歷史和途徑密切相關的。佛教在西元前就傳進了中國，這是肯定的，但具體時間無法確定，而看來學術界近期也不可能得出一個非常明確的論斷。研究表明，佛教最初並不是從印度直接傳到中國的，而是通過了今天的新疆，還有中亞無數的小國家、無數民族的仲介傳入的，是間接傳入的。因此，最早傳入中國的佛經原本不叫「梵本」，而叫「胡本」。這些本子使用的語言並不是梵文，而是古代中亞和古代新疆的各種語言，現在這些語言幾乎都已經滅絕。這也就意味著，最早的佛經翻譯是多重翻譯，先要從梵文翻譯成中亞少數民族的語言，再翻譯成漢語，和印度的原本有不少的出入。

此外，「胡本」還有一個特點。正因爲它也不是印度本土的經典，所以顯示出一種保守性，當某部梵文佛經被翻譯成中亞的「胡本」以後，往往一兩百年就用這個版本。而在印度，佛教的發展，佛教學術的激烈論辯，使梵本佛經隨時保持著與時俱進的態勢。所以在佛教徒的心目當中，只有「梵本」即梵文寫成的佛經才是眞經，這也就是爲什麼唐僧西天取的經叫「眞經」。

玄奘在印度遊學的時間特別長，又是在最高學府那爛陀寺跟從戒賢法師學習，所以他帶回來的本子數量大、覆蓋面廣，而且品質特別高。唐朝所譯佛經的梵文原本不少已經亡佚，這就是唐譯佛經特別珍貴的原因。而在唐譯佛經裡，尤以奘譯更爲珍貴。如果我們把唐朝的漢譯佛經比喻成爲漢譯佛經中的皇冠，那麼玄奘翻譯的佛經就是皇冠上最耀眼的那顆明珠。

〔玄奘歷盡艱險帶回大量佛家真經，並且嘔心瀝血翻譯出許多高品質的佛家經典，做到了「真經不失真」，受到了後人的推崇。那麼，玄奘的做法和前人都有什麼不同呢？〕

第三點，譯場組織之嚴密。翻譯工作，尤其是翻譯很多大部頭的著作，必須有很多人合作，這就要求有組織。這很簡單，比如英國學者李約瑟寫的《中國科學技術史》，就有一支很大的中國翻譯隊伍在翻譯。關於中國科學技術史最權威的著作，翻譯尚且如此，更不要說古代佛經的翻譯。這樣的譯經組織，在歷史上最初的組織人非常少，至多三人，一般兩人居多，其中一人通曉胡語或者梵語，一人通曉漢語。但因爲佛經是口口相傳的，難保沒準兒會念錯，於是會另外再增加一人在旁做校正，所以最早的譯經組織一般就是兩三個人。後來人數越來越多，組織越來越複雜，慢慢就有了一個專有名詞叫「譯場」，創始人是釋道安。釋道安大概出生在三一二年或者三一四年，圓寂於三八五年，東晉前秦時人，出生於河北。據記載，當時釋道安的譯場裡經常有幾千個人，當然不可能都是翻譯工作者，其中也有好多是來觀摩學習的。來自龜茲國的僧人鳩摩羅什，是玄奘以前的頂級翻譯大師。鳩摩羅什的翻譯叫「舊譯」，而玄奘的翻譯叫「新譯」。鳩摩羅什也是個非常奇特的人，會好多種語言，是個語言天才，據說鳩摩羅什母親懷他的時候，突然會說三十多種外語，等鳩摩羅什生下來，他母親卻又一句都不會了。鳩摩羅什是譯場發展階段中非常重要的人物，他開闢了一個新的時代，翻譯《大品經》的時候參加者達五百人，翻譯《法華經》的時候參加者有兩千餘人，翻譯《維摩詰經》的時候參加者爲一千二百多人。如果論今天，誰翻譯的佛經最流行？恐怕還是鳩摩羅什。因爲玄奘翻譯的佛經大多是高難度的佛教理論著作，閱讀者比較少。

以人數規模來衡量，玄奘的譯場不算大，但是綜合而論，尤其是譯場機構崗位的設置、分工的嚴密，玄奘的譯場首屈一指。

〔在玄奘以前，佛經翻譯的方法不外乎兩種：直譯和意譯，二者各有利弊。如何才能準確又傳神地翻譯佛經，是多少代人的追求，也是困擾了多少代人的一個大難題。〕

第四，翻譯律例之進步。什麼叫「翻譯律例」呢？就是翻譯的理論和翻譯的方法。在中國，佛經翻譯持續時間長，翻譯數量大，語言跨度複雜，牽涉到很多種語言，懂梵文是必須的，但並不是懂梵文就足夠了。而對翻譯學理論的貢獻，中國的佛經翻譯居功至偉，提供了很多經驗和教訓。在玄奘以前，中國的翻譯主要是直譯，就是直接翻譯，所謂的「棄文存質」，爲了準確的翻譯而放棄文采，保留非常質樸卻比較死板的翻譯，在兼通華、梵人才極度缺乏的時候，這是可以理解的無奈之舉。前面提到的釋道安也不懂梵文，所以他就提倡直譯。

這種翻譯風氣到鳩摩羅什時才開始改變。當時的人普遍認爲，只有鳩摩羅什可以在「野」和「豔」

之間達到一種平衡。據慧皎《高僧傳》記載，過去翻譯《正法華經》，裡邊有這麼一句話，「天見人，人見天」，就是天看見了人，人看見了天。鳩摩羅什看見了以後就說譯得太野了。這個「野」不是狂野，而是說太樸素、太死板了，所以鳩摩羅什就把它翻譯成「人天相接，兩得相見」，這當然就好得多了。鳩摩羅什固然是在中國佛經翻譯歷史上唯一一個可以跟玄奘相比的人物，但是《出三藏記集》說他「於秦語大格」，因爲他是龜茲人，漢語不道地，對譯經工作來講畢竟有一定的局限性。

而玄奘所具備的譯經條件之強是其他人無法比擬的，他華、梵兼通，對印度文化本身也有非常通透的了解。他總結了前人的翻譯經驗，創造了一種新的風格，他手拿梵本，就可以直接念出標準的漢語。以前的譯者經常擅自改動原文的格局，或擅自刪節，這種翻譯風格很不好，玄奘大力反對。《大慈恩寺三藏法師傳》記載說，玄奘在翻譯《大般若經》的時候，因爲梵文本有二十多萬頌，數量很大，於是他的助手建議玄奘刪掉一點，玄奘覺得也有道理，就聽從了大家的意見，「如羅什所翻，除繁去重」。他就像鳩摩羅什翻譯時那樣，刪除了一些相類似的內容，沒想到這一刪，就刪出事來了。

據說玄奘在作出這個決定之後，忽然在晚上作夢，夢到很危險的情況，要麼就爬到高山上，要麼就走在險道上，要麼就夢見自己跟猛獸在搏鬥，費了很大的力氣，甚至汗流浹背，方才得以解脫。玄奘覺得不對勁，再通知這些徒弟，將經文重新恢復（作此念已，於夜夢中即有極怖畏事，以相警誡。或見乘危履險，或見猛獸搏人，流汗戰慄，方得免脫。覺已驚懼，向諸眾說，還依廣翻）。

玄奘翻譯的佛經跟原本的對應程度是很高的，我們現在研究佛教，如果梵本不存在，又沒有別的語言的本子，那玄奘的漢譯本價值就最高，原因就在於他的翻譯忠實於原本。

更加難能可貴的是，玄奘是一切以佛法爲重。大家以爲他忠實於原本，就認爲玄奘非常拘泥是嗎？非也。玄奘偶爾會根據自己有把握的理解來改寫經文，因爲玄奘的佛法造詣即使在印度也是超一流的，當發現某一部佛經裡有些講法不準確的時候，也會加以修改訂正，當然這種情況非常少見。

據贊寧《宋高僧傳》記載，唐高宗顯慶四年（六五九年），玄奘六十歲的時候，譯成《大毗婆沙論》。他有個弟子叫法寶，覺得經文有問題，就去向玄奘請教，玄奘看了覺得是有問題，於是往經文裡加了十六個字。法寶這些弟子平時是在玄奘非常嚴格的教育下成長起來的，耳濡目染玄奘一貫嚴謹的作風，知道玄奘是反對改動原本的，怎麼現在自己往裡加東西呢？於是就直截了當地問玄奘：「此二句四句爲梵本有無？」十六個字，可以看成兩句，也可以看成四句，也就是問玄奘，我不管您十六個字分成兩句還是四句，原文當中有嗎？玄奘回答：「吾以義意酌情作耳。」我是根據佛經的意義酌情處理，自己寫的。法寶又問：「師豈宜以凡語加聖言量乎？」師父您難道可以把凡人的話加到聖人之言裡去嗎？玄奘回答：「斯言不行，我知之矣。」這段經文有錯，我早就知道了。

這個例子在玄奘譯經過程中很少見，但是很生動。玄奘既忠實於原典，又憑藉著自己對印度佛教絕對透徹的理解，碰到原典有錯誤的時候就加以訂正。玄奘把各方面的翻譯工作關係處理得接近完美，所以他的翻譯品質高、水準高。

長久以來，玄奘的翻譯得到了很高的讚譽，我的老師季羨林先生曾經說過：「他的譯風既非直譯，也非意譯，而是融匯直意，自創新風，在中國翻譯史上達到了一個新的高峰，開闢了一個新的時代。」季先生通曉梵文、巴利文、吐火羅文等十幾種語言，而且他自己還把《彌勒會見記》吐火羅文本直接翻譯成了英文，後來又翻譯成中文，所以他是眞正懂得翻譯的甘苦，有資格下這個斷語的。

〔玄奘西行求法歷盡千辛萬苦，只為求取真經，而取到真經才只不過是走了求法之路的一半路程，另一半路程就是翻譯佛經，所以他魂繫真經、迫不及待，也只有這樣，才能弘揚佛法功德圓滿。〕

不僅在翻譯實踐方面如此，在翻譯理論方面玄奘也有重大的建樹。玄奘不僅是一個傑出的翻譯工作者，他還是一個了不起的翻譯學理論家。這一點，我留到後面對玄奘做總結的時候來講。

這一年的五月，一切準備工作就緒，譯場正式建立起來，玄奘迫不及待地正式開始佛經翻譯工作。他三月才從洛陽回到長安，五月已經一切組織完畢，放在今天這都是了不起的速度啊。五月初二，玄奘開始了《大菩薩藏經》的翻譯工作。之所以選擇首先翻譯這部經，是因爲這部經就是講「菩薩行」的，也就是講菩薩應該是怎麼修行的。而「菩薩行」是大乘瑜伽派裡面的重要學說，玄奘本人是信奉大乘瑜伽學說的，所以第一部經他有意地選擇了《大菩薩藏經》。對於大乘瑜伽行派來講，這是一部提綱挈領的綱領性論文。

這一年，玄奘四十六歲，他前面四十六年的生命幾乎都是爲了今天在做準備，他成長，學習佛教，不遠萬里西行求法，取回佛經，這一切不就是爲了今天嗎？

〔在玄奘開始譯經工作的第一年，他翻譯的佛經比起他後來翻譯的佛經而言，重要性是相對較小的，即使像《大菩薩藏經》，其重要性也跟他後面翻譯的佛經不可相比。為什麼會這樣？玄奘又有哪些特殊的考慮呢？請看下一講「彌勒真相」。〕

第三十四講 彌勒眞相

玄奘懷著急切的心情組織起譯場，然而，在譯場開始工作的一年之內，玄奘只翻譯了一些並不重要的佛經。他在積累經驗，磨合隊伍，為翻譯一部最重要的佛經做準備，這部經就是《瑜珈師地論》。

玄奘西行求法主要就是爲了學習並求得《瑜伽師地論》，玄奘怎麼可能不急於把它翻譯過來，怎麼可能不急於把它介紹給東土大唐的信徒和僧人們呢？果然，當玄奘覺得有足夠的把握以後，便開始集中一切力量著手翻譯瑜伽行派最重要的經典《瑜伽師地論》，玄奘把自己最好的年華全部交給了這部經典。人的一生，最好的年華就是在四十歲左右，學術積累足夠，學術準備完成，體力、精力、判斷力各個方面還沒有開始衰退，所以玄奘就在這個時候開始動手翻譯《瑜伽師地論》。爲了翻譯這部經典，幾乎動員了全國最有學問的僧人。至於玄奘本人，當然更是全力以赴。《瑜伽師地論》是一部極其精深的佛典，耗費一生都未必能夠理解。我的片言隻語恐怕最多只能起一個解題的作用，而且似乎也只能僅止於此。有很多朋友希望我能夠開講這部佛經，毫無疑問，我是不敢的，我絕對沒有這個膽量來做這件事情，這是一部太精深的反映人類智慧的佛經。

我想在此還是著重介紹一下傳說中《瑜伽師地論》的口授者——彌勒菩薩。對於中國佛教信徒來講，彌勒和觀音無疑是兩尊最重要的菩薩。按照佛經裡的說法，彌勒是釋迦牟尼的弟子，但是他比釋迦牟尼化滅得更早，他上升到兜率天，那是到一個很高的天上，準備在四千年以後跟著釋迦牟尼降生到人間。但是這四千年是天上的時間，相當於人間五十六億七千萬年。大家也許會說，難道中國人還有誰不知道彌勒，還用你多嘴多舌來介紹嗎？恐怕還是需要的。

〔彌勒佛是中國人非常熟悉的一位菩薩。但是，這個大家都熟悉的笑口常開的大肚子彌勒佛，卻並不是彌勒佛原來的形象，那麼彌勒佛原來是什麼相貌，又是怎麼變成現在這個形象的呢？〕

第一，彌勒佛形象的演變問題。大家現在知道的彌勒佛形象都是胖嘟嘟，肚子大大，整天笑嘻嘻的一個形象，在寺廟裡，有一副楹聯這樣形容他：「大肚能容，容天下難容之事；笑口常開，笑世上可笑之人。」他是一個很可愛的歡樂菩薩，後來似乎還有了送財的功能。但歷史上的彌勒佛卻並不是這樣的。

中國出現彌勒佛造像的時間很早，比如甘肅炳靈寺石窟第一六九號，編號就是彌勒佛像，製作年代是三九九年，也就是東晉時後秦的弘始元年。早期的彌勒像都是菩薩狀，頭戴寶冠，身披瓔珞，面容姣好，身材修長苗條，姿勢基本上是兩個腳交叉坐著，叫交腳坐式。可是爲什麼這樣一位優雅、修長、苗條的彌勒佛，會演變成一個大腹便便的中老年大胖和尚形象呢？原來，這個形象其實是中土僧人布袋和尚。

唐五代後梁時期（九〇七—九二三年），明州（今浙江寧波）有座廟叫岳陵寺，裡面有個僧人叫契此，個子很矮，肚子卻不小，經常用一根棍子挑著一個布袋，他隨身攜帶的東西都裝在布袋裡頭。很多人看見，有十八個小孩經常會在他的周圍嬉笑、玩鬧。因爲他背著一個布袋，所以大家管他叫「布袋和尚」。這個和尚來無影去無蹤，隨地而臥，當時人家就發現這個和尚有點怪，下雪天他穿草鞋，晴天他反而穿木屐。他睡在雪地上，雪水融化了，可他的身上卻是乾的。他經常有些預言，很多都靈驗了。有一次，岳陵寺要造修佛殿，需要很多木材，就派布袋和尚去化緣木頭。他到了福建一個地方，走到一口井邊，從井裡面把木頭一根一根抽出來，取之不竭，於是便有了足夠的木材修建岳陵寺的佛殿。

這個布袋和尚跟彌勒菩薩又有什麼關係呢？問題就出在布袋和尚圓寂的時間——九一六年，布袋和尚端坐在岳陵寺東面走廊旁邊的一塊石頭上，嘴裡念出一首偈子：

彌勒眞彌勒，分身千百億。時時示時人，時人自不識。

念完這首偈子他就圓寂了。而這首偈子就一傳百、百傳千，很快地流傳開來。而且在布袋和尚圓寂以後，還不斷有人在不同的地方看到和他長得幾乎一模一樣的一個背著布袋的和尚，大家認定他就是彌勒的化身。泉州莆田縣令王仁煦就親眼見到這麼一個人，還留下了記載。

從此往後，大家就根據這個布袋和尚的形象來塑造彌勒佛，而眞正的彌勒佛形象卻被徹底忘卻了。這個契此是歷史上的眞實人物，贊寧的《宋高僧傳》裡就有他的傳。大家接受他也是有佛教理論依據的，這就是著名的化身說。就是每一個菩薩，都會有很多化身來到人間開示大家，就看大家有沒有這個機緣去認識他，而契此就是彌勒佛的一個化身。

這個中國化了的彌勒佛，誕生在今天中國依然非常著名的一個城市——寧波。寧波原名明州，是朱元璋把明州改成了寧波，因爲朱元璋是個明教徒，而明教的最高法王正是彌勒佛，所以朱元璋便利用彌勒佛在民間的威望和影響，推翻了元朝，建立了明朝。可當上了皇帝以後，他卻不希望別人也利用彌勒佛來推翻他，由於彌勒佛在中國最重要的化身所在地就在明州，朱元璋於是就自欺欺人，下令改明州爲寧波，意爲風平浪靜，不會再有人興風作浪來推翻他的統治。所以說，沒有這個布袋和尚，就沒有今天我們胖嘟嘟的彌勒佛，也沒有寧波這個地名。而彌勒道場設在寧波奉化雪竇寺，原因也就在這裡。

第二，彌勒和西方。這裡講的「西方」不是指印度，而是指伊朗乃至羅馬。西元前一〇〇〇年左右，包括西亞、北非、小亞細亞、兩河流域和埃及在內的廣大地區，流行著一種未來救世主的信仰，耶穌宗教裡的彌賽亞，就是這種救世主信仰中最有代表性的一種。這種信仰在《聖經．舊約》裡就已經有了，它都是反映了被壓迫的民族對自由和幸福巨大的渴望。而印度的彌勒信仰，在學術界已經確認，和這種全世界範圍的救世主信仰是密切相關、彼此影響的，印度的彌勒信仰就是救世主信仰的一個組成部分。用最簡單的話來說，彌勒之所以是未來佛，是未來的救世主，有印度的根源，也有更廣大範圍的全世界或者古代世界的根源，是當時普遍流行的彌賽亞信仰的一個部分。由此可知，彌勒佛並不是一個簡簡單單的佛教裡的佛。

第三，中國的彌勒信仰。要問最早被中國人所尊奉、所信仰的是哪一位菩薩或佛，大家一定認爲是觀世音或者阿彌陀佛。錯，中國佛教史明確無誤地告訴我們，最早得到的大眾信仰的正是彌勒菩薩。

早在漢代，介紹彌勒菩薩的佛經就被大量地翻成了漢語，而在中國新疆，還有用吐火羅語寫的劇本，叫《彌勒會見記》。這部經被發現以後，就是由我的老師季羨林先生研究，並把它翻譯成漢語和英語，是迄今爲止出土的吐火羅語最大的一部經典，這個劇本是描寫和彌勒會合，所以叫《彌勒會見記》。這個信仰在漢代馬上就得到了中國信徒的接受，很多人一心一意嚮往彌勒淨土，希望能夠在來生和彌勒佛在一起，這就是初期淨土宗的基礎。

在唐朝初年，彌勒信仰依然非常盛行，著名的詩人寒山就有過這樣的詩句：「南無佛陀耶，遠遠求彌勒。」而玄奘更是虔誠的彌勒信徒，非常推崇玄奘的武則天、唐高宗，也都是彌勒信徒，這就能解釋爲什麼玄奘心心念念要去求《瑜伽師地論》。玄奘本人就是信仰彌勒淨土的，而武則天乾脆就通過官方管道宣布，自己是彌勒佛降生，原始資料記載在《資治通鑑》裡。這個中國絕無僅有的女皇帝，就是運用佛教化身、轉生學說，來構建了她取代李氏子孫成爲名正言順的皇帝的理論基礎，她認爲我就是彌勒佛下凡，難道彌勒佛還不能當皇帝嗎？

白居易也是彌勒信徒，他還專門組織了一個學會叫「一時上生」，意思是希望大家共同一時，共同上生到彌勒境界去。白居易爲了往生彌勒淨土，還寫過一份「決心書」：

仰慈氏形，稱慈氏名，願我來世，一時上生。

意思是說：我敬仰的就是彌勒菩薩，我呼喚彌勒菩薩的名字，希望我來世一定要上生在彌勒菩薩的身邊。

實際上我們可以相當有把握地說，在唐朝中期以前，信仰彌勒的人占了佛教徒的主要部分。

〔彌勒信仰在漢代傳入中國，一直到盛唐時期，從皇室到百姓、從僧侶到詩聖，都對彌勒佛極度地尊崇和信仰。那後來是什麼原因，使這種信仰減弱甚至漸漸沒沒無聞了呢？〕

彌勒信仰如何會逐漸走向衰亡，這也是一個複雜的問題。簡單地說，這裡面當然有佛教不同派別和學說之間的競爭問題，可這並不是主要問題。根本的原因是，彌勒佛作爲拯救百姓於水火、拯救人民於苦難、給人帶來一切美好的願望和希望的一個未來佛，很早就成爲民間反抗殘暴統治的精神支柱和凝聚力來源。統治者當然不可能容忍這樣的信仰，於是從唐玄宗時開始下令禁止彌勒信仰的行爲，開元（七一三—七四一年）以後，彌勒佛像在漢族佛教中急劇減少。不過，彌勒信仰與各種不同的變形還是一直在民間存在著，我們前面講到，朱元璋反抗元朝統治的起義軍，打的旗號就是彌勒佛降生，依然是用彌勒作爲號召的。

第四，彌勒的由來。彌勒，在梵文裡面叫 maitreya，巴利文裡面叫 metteya，一聽就跟彌勒沒關係。玄奘毫無疑問地發現了這一點，因此玄奘說譯錯了，應該翻譯成「梅呾利耶」。可惜，像「觀自在」一樣，大家都沒有接受玄奘這位頂尖高僧的意見，還是管他叫彌勒。彌勒是音譯，還有一個意譯，叫「慈氏菩薩」。怎麼會出現這個情況呢？早期佛經的原本大多是「胡本」，是用中亞和古代新疆的語言文字寫就的，並不是規範的梵文。因此，「彌勒」很可能是從吐火羅語的 metrak 翻譯過來的，這個字和梵文的 maitri（慈悲，慈愛）有關，所以「慈氏」乃是意譯，甚至比觀自在菩薩更多地帶有一種慈悲的含義。至於玄奘提倡的「梅呾利耶」，固然是原汁原味，終究抵不過約定俗成的巨大力量，現在幾乎沒有什麼人留意了。這樣的命運，難道不是和「觀自在」有點相似嗎？

〔玄奘的工作不僅僅是翻譯從印度帶回來的佛經，他同時還把一些漢文經典翻譯成了梵文，玄奘翻譯了哪些漢文經典呢？〕

貞觀二十一年（六四七年），玄奘四十八歲，這一年他都在繁忙的翻譯中度過。我們注意的不是由梵譯爲漢，而是反過來，由漢譯爲梵。玄奘譯《老子》和《大乘起信論》爲梵文，是佛教歷史和中外文化交流史上最撲朔迷離、最吸引人的一個問題，從記載的角度看都發生在這一年。

翻譯《老子》爲梵文，是自居爲老子後代的李唐皇帝的旨意。我們知道，李唐皇室要給自己找一個大名鼎鼎的祖先，因爲據說老子姓李，於是便稱自己是老子的後人，所以唐朝官方信奉的宗教是道教，並不是佛教。根據相當多的記載來看，玄奘在內心對皇帝交辦的，把《老子》譯成梵文的工作是很不以爲然的。《佛祖統記》上說：「師曰：『且《老子》含義膚淺，五竺聞之，適足見薄。』」可見，玄奘是不怎麼瞧得上《老子》的，不過，這應該也只是私底下發發牢騷，畢竟不會公開說的。大概由於內心實在是不怎麼願意的緣故，玄奘與道教徒蔡晃、成英往復討論，其間還發生過不愉快的爭論，玄奘強烈反對用佛教的理論比附《老子》。所以這部《老子》翻譯成梵文的過程，本身就是一個玄奘和道教徒不停爭論的過程。這部書看來應該是翻譯成了，至於是否傳到了印度，那是眾說紛紜，起碼有印度學者認爲確實是傳過去了，而且還很有可能與印度密教有一定的關係。我個人認爲，當時中印之間往來頻繁，的確是有很多印度國王請求《老子》這部書的，而且這部書又是奉皇帝之命翻譯的，所以傳過去的可能性應該很大。

玄奘在完成他西行求法的最終目的的時候，印度卻發生了巨大的變故。和玄奘結下了深厚友誼的一代名王戒日王不知何故，居然在恆河裡溺水身亡。從此，一直到十二世紀末，穆斯林進入印度，印度整整戰亂五百五十年。而戒日王溺水身亡的時候，唐朝的使臣王玄策、蔣師仁率領的一個使團正好出使尼泊爾和印度。戒日王死了，不知從哪裡冒出一個叫「阿羅那順」的人自立爲王，發兵拒絕唐朝使團，這可眞是有點不知道天高地厚了。王玄策率領的是一個使團，當然不會有多少兵馬，可是不要忘了，那可是「天可汗」的代表。王玄策隨即以大唐的名義調集吐蕃和尼泊爾的軍隊，一戰而勝，活捉了這個阿羅那順，不久還將這個印度國王押回唐朝，獻俘闕下。王玄策只不過是個使臣，都可以調集吐蕃和尼泊爾的軍隊，當時唐朝的國威強大到如此地步，眞是難以想像啊！

〔那麼，玄奘在接下來的人生旅途中，還在從事哪些工作？而他最終又是怎樣走完他非常輝煌、在俗世間的一生的呢？請看下一講「晚年風波」。〕

第三十五講 晚年風波

玄奘的譯經工作進展很順利，三年之內，玄奘最看重的《瑜伽師地論》的翻譯工作也完成了，這時的玄奘已經年近半百。玄奘的晚年應該可以安靜專心地從事自己的譯經工作了。然而，令人意想不到的是，玄奘在生命最後的十五年裡並不是一帆風順的。

貞觀二十二年（六四八年）五月十五日，玄奘四十九歲，作爲玄奘西行求法成功最主要的象徵之一的《瑜伽師地論》的翻譯工作正式完成。這年六月，唐太宗離開長安，來到坊州宜君縣鳳凰谷玉華宮（今延安附近），玉華宮後改建爲玉華寺（請大家記住這個地方，因爲我們的玄奘法師就是在這座寺廟圓寂的）。唐太宗到達玉華宮後，詔令玄奘前往。玄奘還在路上，唐太宗就多次派人傳令，請玄奘不必趕路，以免勞累。

這次見面，主題依然是唐太宗想請玄奘還俗，來輔佐自己。但玄奘仍然沒有改變初衷，對唐太宗還是以不變應萬變，大力地歌功頌德，稱頌皇上，再一次謝絕了唐太宗的要求。

唐太宗又問起《瑜伽師地論》，玄奘於是把《瑜伽師地論》的翻譯情況介紹了一下，唐太宗馬上派人到長安，把剛剛翻譯完成的卷帙浩繁的《瑜伽師地論》漢譯本拿來。唐太宗仔細閱讀了《瑜伽師地論》後，大加讚歎：

朕觀佛經譬猶瞻天望海，莫測高深。法師能於異域得是深法，朕比以軍國務殷，不及委尋佛教。而今觀之，宗源杳曠，靡知涯際，其儒道九流比之，猶汀瀅之池方溟渤耳。而世云三教齊致，此妄談也。

並當即下令，由國家出錢把《瑜伽師地論》抄寫九份，分發到全國最重要的寺廟保存，供人閱讀傳抄。所以，對於《瑜伽師地論》最早的傳播，唐太宗是功不可沒的。唐太宗還應玄奘的請求，親自撰寫了一篇非常著名的文章，叫《大唐三藏聖教序》，並下旨把這部序放在所有的漢譯佛經之首。

同年，慈恩寺落成，玄奘爲住持，玄奘後來一直有個稱號，叫「大慈恩寺三藏法師」，在此之前玄奘沒有擔任過任何職務，包括佛教界的行政職務他也全部拒絕。十二月，唐太宗專門派高官以九部樂和儀仗，送玄奘和佛經、佛像，還有跟隨玄奘的僧人入住慈恩寺。不僅如此，唐太宗還率領皇太子、文武百官在安福門外，手執香爐，恭恭敬敬地迎送玄奘，觀者數萬人。此後很長的一段時間，慈恩寺就成了玄奘的主要居住地。

這裡提到的「九部樂」，這是隋唐時代的宮廷舞樂，一般用於禮儀大典和招待外國使節的場合。僅就這一點來看，唐太宗送玄奘入住慈恩寺的儀式，在當時是屬於什麼樣的等級，大家也就可以知道了。那麼，爲什麼要叫「九部樂」呢？因爲這組樂舞是由九個節目組成的。大家知道，在隋以前的南北朝時代，中土與周邊少數民族和域外的文化交流非常頻繁，其中當然也包括音樂在內。到了隋朝統一，就把中土傳統的「雅樂」和南北朝時期傳入中原的兄弟民族及外國樂舞，一起整理成一個大型的樂舞節目，用以表示國家的強大和社會的和諧，當時其中包括的節目只有七個，所以叫做「七部樂」。而唐代的「九部樂」，就是在隋代的基礎上再加以增刪改編而成的。在「九部樂」中，有好幾個節目都是玄奘西行沿途經過地方的民族樂舞，如龜茲、高昌、印度等等，玄奘在自己的祖國再一次聽聞到這些音樂和舞蹈，想必別有一番感慨。

〔最重要的佛經《瑜伽師地論》翻譯完成了，玄奘也作為住持，住進了剛剛落成的大慈恩寺。此時已年近半百的玄奘，應該可以專心譯經，平靜安逸地度過自己的晚年了，但意想不到的事情卻接二連三地發生了。〕

貞觀二十三年（六四九年）四月十五日，五十歲的玄奘陪同唐太宗到了翠微宮，在此談論佛法和印度的見聞。五月，在一次談話的時候，唐太宗突然覺得頭疼，但他並不以爲有異，仍然留玄奘在宮中住宿，準備等自己稍微舒服一點的時候，繼續跟玄奘談論。沒有料到，五月二十六日唐太宗就駕崩了，時年五十三歲。而唐太宗駕崩的時候，玄奘就在他身邊。

這對於玄奘來講，無疑是一個重大的打擊，且不說唐太宗對他不遺餘力的支持，對他發自內心的尊重，與他非常融洽的交流，用佛家的話來講，作爲一代帝王的唐太宗和作爲一代高僧的玄奘，他們是眞正的有緣之人。白天陪唐太宗聊天，談論佛法，晚上再趕工譯經，這幾乎已經成了玄奘的一種生活方式。根據《大慈恩寺三藏法師傳》的記載，自從唐太宗駕崩以後，玄奘就一門心思，全心全意投入到譯經工作中去：

> 自此之後，專務翻譯，無棄寸陰。每日自立程課，若晝日有事不充，必兼夜以續之，遇乙之後方乃停筆。

也就是說，玄奘不再放棄每一刻光陰。每天訂好學習工作計畫，如果白天有事情被打斷的話，當夜一定補足，必須完成才肯歇手。玄奘就以這種態度在進行工作。

而這一年，玄奘還遭受到另外一次非常沉重的打擊。從歷史角度上講，這次打擊固然不能和一代帝王駕崩相比，但是在玄奘的內心世界和個人情感上來講，這次打擊的嚴重程度，恐怕不亞於唐太宗的駕崩。

玄奘的得意弟子辯機，是他最重要的助手，這從《大唐西域記》的署名是兩個人——玄奘和辯機，就可以看出。這部書，是玄奘口述，辯機筆錄，師徒兩人共同完成的，可見辯機對玄奘有多麼重要。而就在這一年，這位當時佛教界幾乎都認爲是玄奘最好的衣缽傳人的得意弟子，這位在唐朝佛教界中聲譽正在冉冉升起的僧人，居然因爲和高陽公主私通而被殺。因爲玄奘和皇室接觸密切，所以他的弟子也有很多機會跟著自己的師父直接進入到皇室的生活圈裡，辯機就是這樣認識了高陽公主，並和高陽公主產生了感情。當時辯機年僅三十歲，玄奘不僅失去了一個得意的弟子、一個得力的助手，還對玄奘的譯場產生了很不良的影響。

［一年之內，玄奘失去了理解並支持自己的帝王唐太宗，緊接著又失去了自己最得意的徒弟，玄奘的心情可想而知。然而，更大的風波還在後面。其後發生的兩件事情，給玄奘的晚年，甚至整個生命都帶來了重大的影響。那麼，到底發生了什麼事情呢？］

太宗駕崩後，唐高宗李治繼位，唐高宗對玄奘依然非常尊重，政府對玄奘翻譯工作的支持也沒有因爲唐太宗的駕崩而受到任何影響。玄奘在翻譯之餘，還爲很多刺史一級的高官受戒說法，玄奘的信徒越來越多，這些皈依弟子的俗世地位也越來越高。來自日本、朝鮮半島、西域，甚至來自印度的學生都紛紛拜在玄奘的門下。這些人當中有不少回國後都大有成就，玄奘的影響也由此傳遍了東亞，甚至回饋到佛陀的故鄉，回饋到佛教的發源地印度。

唐高宗永徽六年（六五五年），也就是玄奘五十六歲那一年，玄奘遭遇到兩件很不好的事情。一件是玄奘當時組織翻譯了兩部很重要的講解佛教邏輯學的著作——《因明入正理論》和《因明正理門論》。這兩部經翻譯成漢文以後，玄奘的弟子就這兩部經書撰寫文章，進行熱烈的討論。這本來是一件好事情，但這場討論超出了佛教的範圍，引起了當時唐朝非常重要的一位思想家呂才的注意。呂才寫了一部書，叫《因明注解立破義圖》，針對玄奘門徒的論著，提出了四十多條批判性意見，引發了一場全國範圍的大討論。這部攻擊玄奘的書現在已經不存在了（不過呂才爲自己這部著作所作的序還保留在《大慈恩寺三藏法師傳》中），但在當時呂才的支持者絕不在少數，而且人數眾多，地位也都不低。他主要從傳統儒家的政治、倫理、道德、經濟等角度，公開提出要控制佛教的發展，提出要抑制教權、維護皇權。因爲他看到佛教在唐朝發展太大，僧人的地位太高，帝王對僧人太過尊崇，他從這個角度提出攻擊，於是玄奘和他的弟子們在當時的處境就變得相當的尷尬。爭論到後來，成了一場混戰，把當時唐朝的思想家和學者官員都捲進去了，最後，只能由唐高宗下令：「遣群公學士等往慈恩寺請三藏，與呂公對定。」皇帝讓大家到慈恩寺，恭請玄奘和呂才面對面辯論，決定勝負對錯。從這道詔令來看，皇帝還是很尊重玄奘的，雖然根據佛教史籍的記載，呂才「詞屈，謝而退焉」，事情的眞實情況恐怕未必那麼簡單，場面也不會太好看。

另一件就更不妙了，它甚至成爲玄奘輝煌一生中罕見的被後人詬病、批評的一個汙點。當時中印度有一位僧人，叫布如烏伐邪，翻譯成漢語名字叫福生，他帶了五百多夾、一千五百餘部的佛經來到長安譯經。從現在留下的文字記載來看，也許是由於宗派的分歧，也許還有別的不足爲外人道的原因，福生受到了玄奘的嚴厲壓制，不僅他的翻譯工作無法進行，而且最終還被逼離開了長安，最後死在瘴氣之地，而福生隨身帶來的五百多夾梵文經典卻被玄奘奪走了。

福生的結局很悽慘，所以當時很多人同情這位中印度僧人，對玄奘頗多微辭。然而，也很有一些學者，包括一些相當著名的學者認爲，由於玄奘當時的地位越來越高，引起了一些人的嫉妒，所以他的對立面也越來越多。這件事情也許是確有其事，但玄奘的對立面將此事的負面性有意誇大，也不是沒有這種可能性。但是這件事情在歷史上是存在過的，玄奘可能利用了他當時的崇高威望，和唐朝皇室的密切關係，打壓了一位不同宗派的印度僧人，這在玄奘的一生中是非常罕有的一件可以被人批評的事情。

當然，這些都沒有動搖玄奘崇高的威望，至少在唐朝皇帝的眼裡沒有。唐高宗顯慶元年（六五六年）二月，玄奘還爲唐高宗的婕妤薛夫人落髮受戒。三月，唐高宗親自爲慈恩寺撰寫碑文。四月御書碑落成，玄奘率領慈恩寺和京城的僧人舉行了盛大的迎接儀式，官方也派儀仗恭送，「京都士女觀者百餘萬人」，場面非常熱鬧。十一月初一，武則天施捨一件非常珍貴的袈裟給玄奘。十二月初五，武則天生子滿月，依然請玄奘進宮爲皇子（佛光王）剃度，師父是玄奘。這些都是很高的榮譽。

〔從唐太宗到唐高宗，甚至連驕橫的武則天，都對玄奘法師十分尊崇。唐朝皇室的虔誠與禮遇，使一向謹慎小心的玄奘也錯誤地估計了自己在皇室中的地位。接下來到底發生了什麼事情，成為玄奘人生的轉捩點呢？〕

大概是玄奘覺得自己跟皇室的關係很密切，於是在這一年上了一道奏章，要求廢除兩條法律：一條是「先道後佛」。我們知道，唐朝的皇室爲了掩蓋自己混雜的血統和卑微的出身，將道教的始祖老子作爲自己的祖宗，於是，以道、儒、佛爲三教秩序，在官方的排序中，佛教是最低的。玄奘上了一道奏章，要求把佛教排在道教之前，被唐高宗斷然駁回。

第二條，要求廢除「僧尼犯法依俗科罪」。唐朝的規定，和尚和尼姑如果犯法，是按照俗人一樣定罪，沒有任何特權的。玄奘上表章要求廢除，也被唐高宗駁回了。

由以上兩條可以看出，皇帝雖然非常禮遇玄奘，可玄奘在朝廷上也不是說什麼都行。歷史有其兩面性，帝王其實還是有點打壓玄奘的。

這一年的五月，玄奘因早年西行求法，翻越過多的雪山，而落下的冷病這時突然發作。這個病以前靠藥物控制了好幾年，也許因爲這兩個表章上去以後被駁回，玄奘心情不太好，突然病發了，而且來勢凶猛，幾乎不治。幸好唐高宗派御醫全力救治，玄奘才稍微好轉，唐高宗還把玄奘接到皇宮供養，讓玄奘在宮中譯經，「或經二旬、三旬方乃一出」，照料得非常周到。

顯慶二年（六五七年），玄奘奉命陪唐高宗到洛陽，在翠微宮譯經，唐高宗希望玄奘「無者先翻，有者在後」，也就是說，翻譯的時候希望把漢譯本裡沒有經典的先翻，這個建議未必不合理，卻沒有被玄奘採納。

此時，玄奘利用身在洛陽的機會，提出要回鄉探望姊姊張氏，並且爲父母遷葬。我們知道，玄奘是兄弟姊妹四個人，老大的名字歷史上沒有留下來，二哥就是玄奘進入佛門的領路人——長捷法師，這是玄奘的親哥哥，而玄奘現在要去探望的就是這個三姊，玄奘自己最小，是家裡的老四。玄奘一到洛陽，就希望去探望這個幾十年沒見的姊姊，也是玄奘在這個世界上有世俗血緣關係的還在世的唯一親人。唐高宗非常爽快地批准，並通知地方官員妥爲安排，一切費用儀仗由國家支付。

玄奘以翻譯佛經爲自己的生命，覺得伺候皇帝是一種拖累，於是再次請求到嵩山少林寺去譯經。這個在我們眼裡應該是很應該被批准的請求，居然被唐高宗以非常嚴厲的態度拒絕了，而且這次皇帝還破例親自書寫覆信，其中有這樣幾句話：

道德可居，何必太華疊嶺；空寂可舍，豈獨少室重巒？幸戢來言，勿復陳請。

我們不難從中感覺到絲絲的寒意。

我想，唐高宗拒絕玄奘的要求，無非是這麼幾個原因：第一，玄奘在我們眼裡當然是一代高僧，是在文化上、佛學上、翻譯上有重大貢獻的人，可是在皇帝的眼裡，也就是個文學侍從，和李白差不多。皇帝高興就找你談談，所以希望你不要離我太遠，皇帝都是非常自我中心主義、非常自私的。第二，在歷史上，帝王都不大願意有號召力的高僧居住在自己控制不嚴的偏僻山林，否則萬一信徒眾多，登高一呼，或者有人打著你的旗號謀反呢？所以這一次是乾脆、嚴厲地拒絕，玄奘也就不敢再提出類似的要求了。

十一月，玄奘再次發病，身體日漸虛弱。《舊唐書》記載說：「京城人眾競來禮謁。」京城人流來往眾多，大家都來拜見玄奘，弄得玄奘不勝其擾，玄奘成了當時唐朝的百姓、官員，乃至外國來唐人士心目中一個非常耀眼的亮點。同時，玄奘又是慈恩寺的住持，所以他還要被造佛像、布施、接待外賓等瑣事煩擾，搞得自己體力明顯地下降。他最終下了決心，既然皇帝不允許我去遙遠的少林寺，那我就提出離開長安，去玉華寺。玄奘是動了腦筋的，這個地方相對來講也比較偏僻、冷清，但他跟唐太宗曾經在那裡度過非常融洽的時光，所以這樣提的話，唐高宗是不好拒絕的。這一次唐高宗允許了，從這以後，一直到圓寂，玄奘再也沒有離開過玉華寺，換句話說，玄奘的腳步再也沒有進入過繁華嘈雜的京城。

〔在玄奘接下來將要面臨的生命的最後一兩年時間裡，在離開這個世界之前，他又遇到了哪些事情？他給後人留下哪些話語呢？請看下一講「法師圓寂」。〕

第三十六講 法師圓寂

玄奘的晚年生活並不平靜，他與皇室的微妙關係、繁重的譯經工作，都使他漸漸感到體力不支。也許是冥冥之中的感應，玄奘預感到自己的歸期將至。那麼，他在人世間的最後生命時刻裡，都做了些什麼呢？

唐高宗麟德元年（六六四年），玄奘六十五歲，他依然在玉華寺翻譯佛經。在這一年的歷史記載中，有他對譯場的助手和弟子們說的這麼一句話：

玄奘今年六十有五，必當卒命於此伽藍，經部甚大，每懼不終，人人努力加勤，勿辭勞苦。

意思是說：今年我六十五歲了，一定是會死在這座玉華寺裡，佛經數量巨大，我經常擔心翻不完，你們大家加把勁兒，努力一點，不要怕辛勞。

在玄奘的一生中，他第一次發出了這種不自信的、怕自己的工作無法完成的擔憂之辭。實際上，由於多年的勞累，在翻譯完《大般若經》以後，他自己就覺得體力開始衰竭，甚至覺得自己行將就木。不久，他又對弟子們說了一段話，幾乎可以看作是他的遺言：

若無常後，汝等遣我宜從儉省，可以蘧篨裹送，仍擇山澗僻處安置，勿近宮寺。不淨之身，宜須屏遠。

他在這裡提到了「無常」（僧人講死，多以無常代之），說我無常以後，你們在送我的時候，一定要節儉，不要用很多的禮節，要用最簡單的方式裹送，把我安置在僻靜的地方，不要靠近宮室和寺院。他認為肉身是不淨的，應該遠離這些地方。

同年正月初三，玄奘的弟子懇請玄奘開始《大寶積經》的翻譯，這也是一部很重要的佛經。玄奘在勉強翻譯了開頭的幾行以後，突然停了下來，他猶豫了很長的時間，平靜而凝重地看著他的弟子，神色黯然地對大家說：

此經部軸與《大般若》同，玄奘自量氣力不復辦此，死期已至，勢非賒遠。

他說：這部《大寶積經》的經軸分量不亞於《大般若經》，我自己覺得我的體力和精力已經不足以再翻譯如此大部的佛經了，「死期已至」，不是「將至」，而是我的死期已經到了，不遠了。說完這句話以後，玄奘從此絕筆，停止了翻譯工作。他表示，要把此後可以預見的很少的歲月留給自己去禮拜佛像，爲自己離開這個世俗的世界做好準備。

正月初八，玄奘的弟子之一玄覺法師，因夢見一尊莊嚴高大的浮圖（即佛塔）突然倒塌而驟然驚醒，他擔心這個夢是自己會出什麼事的徵兆，於是趕緊就去找他的師父玄奘解夢。而玄奘非常明確地告訴他：「非汝身事，此是吾滅謝之徵。」意思是說：這跟你沒關係，而是我將要離開這個世界的徵兆。這是對玄覺法師作夢的眞實記載，我們後人沒有資格、也沒有這個道理去揣測、去枉自判斷其中的眞假，因爲高僧是不打誑語的，這是戒律規定的，更何況他們對玄奘又那麼崇敬。

僅僅一天以後，正月初九，曾經翻越過無數崇山峻嶺、曾經跋涉過無數滔滔江河都不在話下的玄奘，居然在屋子後面跨越一道小小的水溝時摔了一跤。雖然只不過是稍微擦破了腳腕處的一點點皮而已，玄奘卻從此倒下，病情急轉直下。

正月十六，玄奘的病情已經十分嚴重，整天迷迷糊糊，口裡喃喃自語：

> 吾眼前有白蓮花，大於盤，鮮淨可愛。

說他見到了很大的白蓮，比盤子還大，非常潔淨，非常可愛。第二天，玄奘又夢見在他住的禪房裡面突然出現了成百上千的人，非常高大，身穿錦繡服裝，在他禪房裡來回地穿行，院子後面的山陵之間突然布滿了鮮豔的金幡、旗幟，林間奏響了各種各樣的音樂，門外停滿了裝飾華麗的車子，車子上裝滿了各種各樣的食物，來供養玄奘。玄奘一面說：「玄奘未階此位，何敢輒受？」一面卻還在不停地進食。其實，這時他已經出現一種很明顯的幻覺。弟子趕緊把玄奘叫醒，玄奘睜開眼睛，把自己剛才看見的事情告訴了隨時等候在他身邊的玉華寺寺主慧德法師，而這個寺主非常恭敬地把玄奘的描述記下來，留給了後人。玄奘同時還對慧德法師說：

> 玄奘一生以來所修福慧，準斯相貌，欲似功不唐捐，信如佛教因果並不虛也。

玄奘的意思是說：我在夢境當中看到的這些現象，好像表明我這一輩子所修的福慧沒有白費。我確信，佛教因果不是虛妄之說。

在生命彌留之際，玄奘作爲一代高僧，還在竭盡自己最後的精力印證佛法，這是一個高僧修行的一部分，是他的功課。當然他清楚地知道，自己留在這個世界上的時間已經不多了，於是他下令自己的弟子，把已經翻譯完成的佛經編一個目錄，看看到底翻譯了多少。統計下來，從西天求回來的佛經還有五百八十二部沒有來得及翻譯。實際上這已經是玄奘在做自我總結。玄奘又吩咐眾僧，爲他造像寫經，廣爲施捨，同時他按照佛教的戒律，把自己用的東西全部施捨給寺裡的僧眾。

〔玄奘做好了充分的準備，從容不迫地等待著自己圓寂時刻的到來。那麼玄奘在人世間的最後時刻，他留下的最後遺言是什麼？玄奘又是以一種什麼樣的姿態圓寂的呢？〕

從記載上來看，這以後玄奘的病情似乎穩定了一段時間，或者也就是我們世俗所謂的「迴光返照」。在正月二十四那天，玄奘好像還很清醒，他讓一個叫宋法智的塑像工人，在玉華寺的嘉壽殿豎起一個菩提像，把骨架搭好。他召集了所有身邊的翻譯佛經的弟子，留下了在人世間最後的話：

玄奘此毒身深可厭患，所做事畢，無宜久住。願以所修福慧回施有情，共諸有情同生覩史多天彌勒內眷屬中奉事慈尊，佛下生時亦願隨下廣作佛事，乃至無上菩提。

玄奘說：我自己的俗身是不淨的，這個俗身我已經厭惡了，我在世間所要做的事情已經做完了，不必要再待著。我不是爲我玄奘個人修福慧，我願意把我修的這一切回報給人世間仍然活著的人。我祈願，我能跟大家一起上生到彌勒菩薩身邊，去奉侍彌勒菩薩。我發願，當彌勒佛下生的時候，我願意跟著他下來「廣作佛事」，去追求無上菩提，去追求最高的智慧。這是玄奘最後成段的話，也是他最後的發願。

在接下來的日子，玄奘幾乎就不說話了，只是不停地在念誦佛經，皈敬彌勒、如來，願往生彌勒淨土。我們一般講「三皈依」，就是皈依佛、皈依法、皈依僧，但玄奘肯定比我們多了一皈依，即皈依彌勒佛。也就是說，他在這個時候不停吟誦的，我們在今天依然可以復原，他一定是不停地在吟頌皈依，他一定是在用佛當年所使用過的語言——神聖的梵語，不停地在複誦著皈依。

二月初四夜開始，玄奘右手支撐著頭部，左手舒放在左腿之上，非常平緩地，右脅而臥，再也不動半分了（以右手而自支頭，次以左手申左髀上，舒足重累右脅而臥，迄至命終竟不回轉）。這是玄奘圓寂前的最後姿態，也就是玄奘肉身的最後姿態，我們看見臥佛就能想到這個姿勢。

二月初五夜半時分，他的弟子問玄奘：

和上決定得生彌勒內眾不？

看見玄奘那麼長時間一直在念誦佛經，準備離開這個世界，他的弟子問玄奘，和上（「和尚」在佛經中是個尊稱，但自己不能稱自己為「和尚」，只能稱「貧僧」或者「小僧」，而最尊敬的寫法應該是作「和上」），您是不是已經決定可以生到彌勒佛淨土呢？

玄奘回答說：

得生。

這是玄奘在這個世界上留下的最後兩個字了。

〔玄奘十三歲皈依佛門，二十八歲隻身一人遠赴西天求法，經歷過無數艱難險阻，終於求得真經返回祖國。十九年的留學生涯，十九年的譯經弘法，玄奘終於求得正果，安然地去了自己一生所嚮往的彌勒佛淨土。當玄奘圓寂的消息傳出之後，唐朝的帝王和百姓們又會有怎樣的反應呢？〕

唐高宗在二月初三得到玄奘因損足得病的消息，初七就派御醫帶著藥物趕往玉華寺。等御醫帶著皇上親賜的藥趕到的時候，玄奘已經停止了呼吸。玄奘圓寂的消息傳到長安，舉國悲悼，唐高宗哀歎：「朕失國寶矣！」甚至為了玄奘而罷朝數日。第二天，唐高宗又對群臣提起這件事：

朕國內失奘法師一人，可謂釋眾梁摧矣，四生無導矣。亦何異於苦海方闊，舟楫遽沉；暗室猶昏，燈炬斯掩！

二月二十六，唐高宗下旨，玄奘所有喪事費用由朝廷負責。三月初六，又下令暫停翻譯工作，已經完成的部分由政府出資傳抄，尚未完成的交慈恩寺保管，不得遺失。可惜的是，後來這些梵文經書幾乎全部遺失。

三月十五，唐高宗又一次下詔：

玄奘葬日，宜聽京城僧尼造幢蓋送至墓所。

皇帝特許玄奘下葬的那一天，京師所有寺廟造的各種旗幟、寶塚、傘蓋等送到玄奘的葬地。玄奘的靈柩運回京城，安置在慈恩寺翻經堂，每天前往哭祭的僧俗人數成百上千。

四月十四，按照玄奘臨終前的心願，將他葬於滻水之濱的白鹿原，這個地方在萬年縣東南二十里，當時五百里之內趕來送葬的人不計其數。唐高宗總章二年（六六九年），遷葬到樊川北原（今西安附近），並在當地營造塔宇寺廟。唐中宗神龍元年（七〇五年），又下令在兩京，也就是長安和洛陽各建造一座佛光寺，追謚玄奘爲「大遍覺法師」。

這些都足以看出玄奘的地位和聲望。在玄奘圓寂後一百八十年後的八四五年（唐武宗會昌五年），發生了中國佛教史上最大的一場法難——會昌法難，由統治者下令，在全國範圍內摧毀一切寺廟，淘汰僧尼。而就在這樣大規模的會昌法難中，長安的慈恩寺則被明令保留了下來。我舉這麼一個例子，就足以說明玄奘的聲望。

〔玄奘法師不僅在佛教界威望甚高，他在中外文化交流史上所做出的重大貢獻，也是不可磨滅的。遺憾的是，很多人對於玄奘的了解，只是來自小說《西遊記》中並不真實的描寫。那麼後人對於玄奘法師，都有哪些重要的評價呢？〕

從貞觀十九年（六四五年）回國開始，一直到圓寂離開這個世界，玄奘的翻譯工作持續了十九年。非常有意思的是，這個年份跟他西行求法留學印度的年份幾乎相當。可以說，譯經就是玄奘後半生的主要生活，當然，翻譯絕對不是玄奘的全部貢獻。討論這個問題，實際上是在討論對玄奘的評價，很多前輩學者發表了非常精采的意見，我在這裡就主要根據季羨林先生和楊廷福教授的論斷，向大家做一個非常簡單的評述。

楊廷福先生做過非常好的總結，他講玄奘的一生分爲兩個時期，四十六歲之前，獨自求學，西行求法；四十六歲以後，以翻譯爲主，兼及著作、教育。他在十九年裡一共翻譯出來四十七部、一千三百三十五卷高難度的佛經。他翻譯的不僅是佛經，還包括勝論派等在內的印度其他學派的經典。他不僅將梵文經典翻譯成漢文，還與其他學者合作，把《老子》、《大乘起信論》這樣的漢文經典翻譯成梵文。在翻譯、撰述、同他人辯論的同時，玄奘發揮著一個傑出的佛教教育家的作用，培養了眾多的弟子，還開創了中國佛教史上的法相宗（也叫「慈恩宗」、「唯識宗」）。一直到上世紀初，法相宗還爲推翻清朝的民主革命發揮過重要的作用，當年的革命者包括章太炎、梁啓超在內，都曾是法相宗的信徒，同時法相宗還極其深刻地影響了朝鮮和日本的古代佛教。

當然，無論如何，我們還是要特別強調玄奘在翻譯佛經方面的貢獻。玄奘翻譯的佛經品質高超、數量巨大、態度嚴謹，可以說全面地超越了他以前的翻譯大師，後來者更是難以企及，用「前無古人，後無來者」來形容玄奘在中國翻譯史上的地位，這絕對是不過分的。玄奘是中國佛經翻譯史上舊譯和新譯的分水嶺，他本人就是新譯的當之無愧的代表和象徵。

就翻譯方法而言，他提出了著名的「五不翻」理論：

「一祕密故，如陀羅尼」，就是說，這段佛經有祕密的含義，像陀羅尼，可以不翻。

「二含多義故，如薄伽梵具六義」，當一個詞或者一個佛經專門術語有多種含義的時候就不翻。

「三此無故，如閻浮樹，中夏實無此木」，中國沒有的東西，找不到對應物的也不翻。比如有一種樹叫閻浮樹，中國沒有這種樹，所以就不翻。

「四順古故，如阿耨菩提，非不可翻，而摩騰以來，常存梵音」，爲了尊重古代的翻譯，約定俗成的就不翻了。

「五生善故，如般若尊重，智慧輕淺」，有一些語句是有利於引發出人的善心的，可以不翻，它能夠使你在心中產生一種由衷的尊重之情。比如「般若」，它的意思是智慧。人生的智慧，佛的智慧，你當然可以翻成「智慧」，但是如果我們把《大般若經》翻成「大智慧經」，好像就分量輕一點。

這就是所謂的「五不翻」理論，至今仍應被奉爲翻譯工作的準則。同時，由於玄奘個人就兼通梵、漢，並且在佛教理論上有極其深厚的修養，因此，他可以自己擔任譯主，不必依靠外來的人員。《續高僧傳》等都明確指出：「今所翻傳，都由奘旨，意思獨斷，出語成章，詞人隨寫。」

玄奘除了提出翻譯理論並且自己有能力身體力行以外，還對譯場的組織和翻譯的程式做出了劃時代的貢獻：

一、**譯主**，也是譯場的總負責人，必須梵、漢兼通，並且對佛教理論有令大家信服的理解，足以擔負最後拍板的責任；

二、**證義**，輔助譯主，審查翻譯的文字與原文是否有出入，交由譯主定奪；

三、**證文**，注意譯主在宣讀梵文本時有無錯誤；

四、**書手**，也叫「度語」，把梵文的讀音字寫成漢字；
五、**筆受**，把梵文的字義翻譯成對應的漢文字義；
六、**綴文**，整理翻譯過來的文字，使其符合漢語的表達習慣；
七、**參譯**，校勘原文是否有錯誤，再將譯文與原文加以對照；
八、**刊定**，刪去梵文裡面經常出現的大量無必要的重複，令譯文簡明扼要；
九、**潤文**，潤色譯文，使其流暢優美；
十、**梵唄**，用梵文念誦方法唱念譯文，修正音節，便於傳誦。

對於玄奘的評價，我的老師季羨林先生已經說得足夠好了：

對玄奘的評價也應該採取實事求是的態度。從中國方面來看，玄奘在中國佛教史上是一個繼往開來承先啓後的關鍵性的人物，他是一個虔誠的宗教家，同時又是一個很有能力的政治活動家。他同唐王朝統治者的關係是一個互相利用又有點互相尊重的關係。由於他的關係，佛教，特別是大乘佛教，得到了一定的發展。

季先生客觀地指出：「一方面，他是一個虔誠的佛教徒、有道的高僧。另一方面，他又周旋於皇帝大臣之間，歌功頌德，有時難免有點庸俗。」玄奘信仰堅定，但是這也使得他有時候不能容納意見和他不一致的人，很有學問、很有道行的印度空宗高僧福生就受到玄奘的排擠，自己帶來的佛經也被玄奘奪走，最終只能離開中國，死於瘴氣之地。這一點，連《續高僧傳》的作者也是大發感慨的。

金無足赤，人無完人。但無論如何，誰都不能否認，玄奘畢竟是一個偉大的人物。只要談到玄奘，誰都會想起魯迅先生在〈中國人失掉自信力了嗎〉這麼一篇著名文章裡一段擲地有聲的話，讓我們共同來重溫魯迅先生的這段話吧。魯迅先生說：

我們從古以來，就有埋頭苦幹的人，就有拚命硬幹的人，有為民請命的人，有捨身求法的人……雖是等於為帝王將相作家譜的所謂「正史」，也往往掩不住他們的光耀，這就是中國的脊樑。

季先生最後講：「捨身求法的人，首先就有玄奘在內，這一點是無可懷疑的。」有這樣精神的玄奘的確算得上是「中國的脊樑」。

《玄奘西遊記》到此就結束了，希望我的講述可以儘量按照歷史事實復原玄奘的一生，使大家感受到玄奘在一千多年前的艱辛、奮鬥、成功和喜悅，更希望今天的我們能夠珍惜玄奘留給我們的偉大精神。謝謝大家。

【參考書目】

《大唐西域記校注》，季羨林等校注，中華書局，二〇〇〇年

《大慈恩寺三藏法師傳》，孫毓棠、謝方校點，中華書局，二〇〇〇年

《玄奘譯撰專集》，金陵刻經處

道宣，《玄奘傳》，見《續高僧傳》卷四

冥祥，《大唐故三藏玄奘法師行狀》，見《金石萃編》

劉軻，《三藏大遍覺法師塔銘》，見《金石萃編》

《舊唐書》卷一九一《方伎・僧玄奘》

《玄奘年譜》，楊廷福，中華書局，一九八八年

《玄奘法師年譜》，張力生，宗教文化出版社，二〇〇〇年

《玄奘論集》，楊廷福，齊魯書社，一九八六年

《玄奘哲學研究》，田光烈，學林出版社，一九八六年

《玄奘大師研究》，張曼濤主編，台北大乘文化出版社，一九七七年

《大唐西域記今譯》，季羨林等，陝西人民出版社，一九八五年

《玄奘評傳》，傅新毅，南京大學出版社，二〇〇六年

《玄奘西遊記》，朱偰，中華書局，二〇〇七年

後記

在後記裡表示我的謝意，絕不意味著，這裡所表達的謝意「最後」、「最小」或者「最不重要」。套用一句英語：「Last, but not the least.」（最後，然非最少），我是滿懷感激之情寫下這篇後記的。

我要感謝《百家講壇》的製片人萬衛先生，他自始自終在百忙中關心《玄奘西遊記》的進程。他曾經將自己所收集、總結的電視講述的要點，裝在標有「百家秘笈」的信封裡交給我，讓我逐步理解電視講述的特殊要求。總策劃解如光先生，最早與我商定《玄奘西遊記》的大致集數，提示講述的要點。

毫無疑問，執行主編王詠琴女士是爲《玄奘西遊記》付出了最多心血的人，她率領迮方樂等年輕的編導，不厭其煩地指點我講述中應該注意、改進的種種問題。她們和我一同擔憂，一同快樂。我們分享了這段美好的時光。我對王詠琴女士的謝意不是蒼白的語言所能夠表達的。

製片吳林先生、總導演高虹先生，他們不僅是各自行業裡的高手，還像兄長一樣的關心我，讓我在緊張的住京拍攝期間感受到很多快樂。他們的關愛和友誼，必將長留在我的記憶裡。

易中天教授、王立群教授是《百家講壇》成功的主講人，作爲前輩，他們從很多方面關心我，給了我很多幫助和指點。于丹教授雖然至今還沒有見過面，卻在繁忙的工作間隙多次用短信關心和鼓勵我。與喬良將軍、康震教授的見面雖然短暫，可是，也使我受益匪淺。著名主持人張越女士對我進行訪談，讓我有機會領略她的智慧和丰采。我深深地感謝他們。

我曾經在北京生活過不短的時間，那裡有我相交十餘年的兄長和朋友。張軍、張會軍、李林、陳浥、扈強、葉衛、王俊、顧青、李小軍、豐志鋼，等等，都在我赴京拍攝期間提供了大量的幫助。

我還要特別感謝尊敬的劉念遠將軍，多年來，他一直關心著我，這次依然關注我的講述。同樣關心著我的還有趙啓正先生和趙啓光教授。所有這些，都是我寶貴的精神財富。

在《玄奘西遊記》書稿的出版過程中，上海世紀出版股份有限公司所屬的上海書店出版社和北京世紀文景文化傳播公司的朋友們付出了巨大的勞動。特別是上海世紀出版股份有限公司總裁、出版家陳昕先生，在百忙中，多次親自過問、關心書稿的編輯、出版乃至宣傳事宜，令我備受感動。對關注過《玄奘西遊記》書稿的出版界的其他朋友們，我也必須表示由衷的謝意。

滬上還有很多朋友關心著《玄奘西遊記》，我無法在這裡一一列舉他們的名字。好在同在浦江之濱，我有足夠的機會向他們當面表示我的謝意。

我還要感謝中央電視台《百家講壇》，使我擁有了一批新的朋友，他們爲自己取名叫「潛艇」，無時無刻不關心著我、支持著我，我因此擁有了純粹的交流的快樂。我只有在拍攝現場見過他們中間很少的幾位，他們中的絕大多數，我所知道的僅僅是網名而已。但是，我可以眞切地感受到他們。他們和上面我所感謝的所有關心我的人一起，豐富了我的生命。

錢文忠

二〇〇七年八月二十一日

從前 1

玄奘西遊記

作　　者	錢文忠
總 編 輯	初安民
責任編輯	丁名慶
視覺設計	蔡南昇　許秋山
校　　對	吳美滿　丁名慶
發 行 人	張書銘
出　　版	INK 印刻文學生活雜誌出版有限公司 台北縣中和市中正路 800 號 13 樓之 3 電話： 02-22281626 傳真： 02-22281598 e-mail : ink.book@msa.hinet.net
網　　址	舒讀網 http://www.sudu.cc
法律顧問	漢廷法律事務所 劉大正律師
總 代 理	展智文化事業股份有限公司 電話： 02-22533362 · 22535856 傳真： 02-22518350
郵政劃撥	19000691 成陽出版股份有限公司
印　　刷	海王印刷事業股份有限公司
出版日期	2007 年 12 月 初版 2008 年 9 月 5 日 再版
ISBN	978-986-6873-48-5

定價　499 元

國家圖書館出版品預行編目資料

玄奘西遊記 ／錢文忠著；- - 初版，
- - 臺北縣中和市： INK 印刻，
2007.12〔民 96〕面 ；　公分（從前；1）
ISBN 978-986-6873-48-5（平裝）
1.（唐）釋玄奘　2. 佛教傳記

229.34　　96022672

魏朝至唐代西行求法高僧名錄

姓名	出發時間	歸國時間	路線	經歷
朱士行	魏甘露五年（二六〇）	未歸	陸路去	史上漢僧西行求法第一人。由長安西行，越沙漠，至于闐。晉太康三年（二八二）弟子法饒攜經返洛陽，士行終身未返國門。
法顯	晉安帝隆安三年（三九九）	晉安帝義熙九年（四一三）	陸路去	偕慧景、道整、慧應、慧嵬諸僧，由長安出發，經張掖、敦煌至鄯善國（納縛波），轉西北往焉夷（阿耆尼），復折西南度荒漠，隆安五年至于闐。經子合國（斫句迦）南行入蔥嶺，在於麾國（揭盤陀）坐夏。元興元年（四〇二）復度蔥嶺，入北印度，至烏萇國（烏仗那）坐夏。後南下經健陀衛（健陀邏）、竺刹尸羅（呾叉始羅），復往那竭國（那揭羅曷）。後入中印度摩頭羅國（秣兔羅）。元興三年至僧伽施國（劫比他），東南行至拘薩羅國舍衛城（室羅伐悉底），復東行迦維羅衛城（劫比羅伐窣堵），經拘夷那揭城（拘尸那揭羅），再到毗舍離（吠舍釐）。往西至迦尸國婆羅痆城（婆羅痆斯），再東返南下多摩梨帝國（耽摩立底）。晉安帝義熙六年（四一〇），由此出海往獅子國（僧伽羅）。義熙七年啓程由海路東返，遇暴風停於耶婆提國（今蘇門答臘），義熙八年再度由此返航，原擬蚌廣州，但偏行至長廣郡（今山東），後南下抵揚州，始完成取經之旅，時義熙九年。前後歷十五年，經三十餘國。
玄照（以下至法朗爲《大唐西域求法高僧傳》所載求法僧）	貞觀十五年（六四一）以後（第一次）	麟德二年	陸路去	背金府，出流沙，踐鐵門，登雪嶺，漱香池，陟蔥阜（蔥嶺），途經速利（窣利），過睹貨國（睹貨邏），遠跨胡疆，到土蕃國（吐蕃）。蒙文成公主送往北天，漸向闍蘭陀國（闍爛達那）。住此經於四載。到中印度。麟德元年取道泥波羅（尼波羅）、土蕃返，麟德二年正月抵洛陽。
	麟德二年（六六五）或乾封元年（六六六）（第二次）	未歸	陸路去	至北印度，復向西印度，過信度國，到羅荼國，安居四載。轉歷南天，旋之大覺寺、那爛陀等地，與義淨相見。因陸路阻隔，遂停留於印度。在中印度菴摩羅跋國遘疾而卒。
道希	永徽（六五〇～六五五）末或慶（六五六～六六〇）年間	未歸	陸路去	經土蕃到印度。在菴摩羅跋遇疾而終。
師鞭	麟德二年或乾封元年	未歸	陸路去	隨玄照從北天到西印度。在菴摩羅割波城卒。
阿離耶跋摩	貞觀（六二七～六四九）年中	未歸	去路不詳，似從陸路去	卒於那爛陀。
慧業	貞觀年中	未歸	去路不詳，似從陸路去	卒於那爛陀。
玄太	永徽年中	未詳	陸路去	經土蕃、泥波羅，到中印度。旋踵東土，行至土峪渾，逢道希，復相引致，還向大覺寺。後歸唐國。
玄恪	貞觀十五年（六四一）以後	未歸	陸路去	隨玄照到印度（指玄照第一次赴印事）。至大覺寺，遇疾而亡。

六四五年	唐太宗貞觀十九年	四十六歲	正月入長安，二月至洛陽謁太宗。返長安弘福寺，奉旨譯經。
六四六年	唐太宗貞觀二十年	四十七歲	進呈已譯完之佛經五部五十八卷，與撰成之《大唐西域記》十二卷。
六四七年	唐太宗貞觀二十一年	四十八歲	奉敕譯《老子》爲梵文，以遺西域。
六四八年	唐太宗貞觀二十二年	四十九歲	太宗勸其還俗輔政，奘以弘法爲志辭拒。十月隨太宗返長安，十二月入住慈恩寺。
六四九年	唐太宗貞觀二十三年	五十歲	於慈恩寺翻經院譯經。太宗病，奘入宮爲其說法。後太宗崩，奘返慈恩寺。
六五〇年	唐高宗永徽元年	五十一歲	於慈恩寺譯經並住持寺務。
六五二年	唐高宗永徽三年	五十三歲	奏請於慈恩寺西院建塔，安置攜回之經本、佛像與舍利。
六五三年	唐高宗永徽四年	五十四歲	法長法師自印度來謁，攜中印度摩訂菩提寺智光、慧天二法師問候信。
六五四年	唐高宗永徽五年	五十五歲	法長歸印，奘託書與智光、慧天，錄寫渡河失落經本名，請二僧代尋。
六五五年	唐高宗永徽六年	五十六歲	奘所譯因明諸論，弟子爭爲作疏，官員呂才著書駁之，引發佛儒論戰。後奘與呂對辯，呂理屈而事終。
六五六年	唐高宗顯慶元年	五十七歲	五月舊疾復發，後稍癒。高宗允其請廢「僧尼犯法依俗科罪」詔令。
六五七年	唐高宗顯慶二年	五十八歲	乘奉敕往洛陽譯經之便歸故里，與姊遷葬祖塋。請往少林寺專事修禪譯經，高宗不許。
六五八年	唐高宗顯慶三年	五十九歲	隨高宗返長安，入住西明寺。與史官編撰《西域圖志》。
六五九年	唐高宗顯慶四年	六十歲	爲專事譯經，堅詞請表往距離長安較近之故玉華宮，高宗遂允。譯成法相宗之代表作《成唯識論》。
六六〇年	唐高宗顯慶五年	六十一歲	居玉華宮肅成院譯經，正月始譯《大般若波羅蜜多經》。
六六一年	唐高宗龍朔元年	六十二歲	譯畢《辨中邊論頌》、《辨中邊論》與《唯識二十論》諸經。
六六二年	唐高宗龍朔二年	六十三歲	譯成《異部宗輪論》。
六六三年	唐高宗龍朔三年	六十四歲	十月譯成《大般若波羅蜜多經》六百卷，令弟子窺基奉表奏聞高宗，並請御製經序。自覺身力衰竭，預囑從簡治喪。
六六四年	唐高宗麟德元年	六十五歲	二月五日夜半圓寂。生平譯經七十五部，一千三百三十五卷，並撰《大唐西域記》十二卷。

（經典雜誌提供）

			國。
六二八年	唐太宗貞觀二年	二十九歲	正月至高昌王城。王誓不放行，法師絕食三日始得西行。抵迦濕彌羅國，從僧勝法師學《俱舍論》、《因明論》與《聲明論》等。
六二九年	唐太宗貞觀三年	三十歲	至磔迦國向婆羅門長者學《經百論》、《廣百論》，到至那僕底國向高僧毗膩多鉢臘婆學《對法論》、《顯宗論》。
六三〇年	唐太宗貞觀四年	三十一歲	抵達窣祿勤那國，從闍耶毱多法師學習《毗婆沙論》。
六三一年	唐太宗貞觀五年	三十二歲	到吠舍厘國濕吠多補羅城，得《菩薩藏經》。約十月初抵摩揭陀國那爛陀寺，拜謁戒賢法師。
六三二年	唐太宗貞觀六年	三十三歲	戒賢法師不顧年老體弱，爲玄奘講《瑜伽論》。
六三三年	唐太宗貞觀七年	三十四歲	於那爛陀寺聽戒賢法師續講《瑜伽論》。
六三四年	唐太宗貞觀八年	三十五歲	於那爛陀寺鑽研佛典。
六三五年	唐太宗貞觀九年	三十六歲	在那爛陀寺五年期間，聽《瑜伽論》、《中論》、《百論》三遍，《因明》、《聲明》、《集量》兩遍，兼學婆羅門書、梵書。
六三六年	唐太宗貞觀十年	三十七歲	春初離那爛陀寺，周遊印度諸國。於伊爛拏鉢伐多國，習《毗婆沙》、《順正理》等。
六三七年	唐太宗貞觀十一年	三十八歲	至院摩栗底國，原擬出海至僧伽羅國聞海象凶險作罷，改陸路西行遊印。
六三八年	唐太宗貞觀十二年	三十九歲	抵狼揭羅國，爲其行印極西之地。東行至鉢伐多國，習正量部諸論。
六三九年	唐太宗貞觀十三年	四十歲	春返那爛陀寺謁戒賢法師。後往低羅擇迦寺、杖林山闍耶斯那（勝軍）論師之處習經。
六四〇年	唐太宗貞觀十四年	四十一歲	返那爛陀寺，爲僧眾講《攝大乘論》等。鳩摩羅王強邀往迦摩縷波國，後至羯若鞠闍國曲女城，戒日王爲其辦大法會。
六四一年	唐太宗貞觀十五年	四十二歲	春初論辯法會歷十八日。轉至鉢羅耶伽國，參加無遮大會。後辭戒日王東歸，年底至僧訶補羅國。
六四二年	唐太宗貞觀十六年	四十三歲	於呾叉始羅國渡河遇浪，失落經像與花種。應迦畢試國王邀至烏鐸迦漢荼城，使人補抄落水經書。
六四三年	唐太宗貞觀十七年	四十四歲	入帕米爾高原。自朅盤陀國往東北，途中遇盜幸脫險。復冒寒履險，約於年底抵達瞿薩旦那國（于闐）。
六四四年	唐太宗貞觀十八年	四十五歲	修表使人代呈唐朝廷，述言當初私行西域今欲反國之意。後奉敕命東歸。

新羅僧二人	未詳	未歸	海路去	至室利佛逝西婆魯師國，遇疾而亡。
佛陀達摩	未詳	未歸	去路不詳	在那爛陀與義淨相見，後乃轉向北印度。
道方	未詳	未詳	陸路去	經泥波羅到印度，數年後還向泥波羅。
道生	貞觀末年	未歸	陸路去	經土蕃到中印度。歸，行至泥波羅，遇疾而亡。
常慜及其弟子	未詳	未歸	海路去	經訶陵到末羅瑜，復從此國欲往中印度，舶沉而亡。
末底僧訶	麟德二年或乾封元年	未歸	陸路去	與師鞭、玄照等同。入北印度，到中印度。思還故里，於泥波羅遇患身亡。
玄會	未詳	未歸	陸路去	從北印度入羯濕彌羅（迦濕彌羅）。後乃南遊，至大覺寺。陸路返，到泥波羅而卒。
質多跋摩	未詳，或在顯慶三年（六五八）	未詳	陸路去	與北道使人相逐至縛渴羅（縛喝國）。取此路而歸，莫知所至。
土蕃公主嬭母之息二人	未詳	未詳		在泥波羅國。初并出家，後一歸俗。
隆法師	貞觀年內	未歸	陸路去	從北道出到北印度，到健陀邏國，遇疾而亡。
明遠	約在麟德年間	未歸	海路去	經交阯、訶陵、師子洲（僧迦羅），到南印度，後無消息。
義朗	未詳	未歸	海路去	經扶南、郎迦戍，到師子洲，後無消息。
智岸	未詳	未歸	同上	在郎迦戍國遇疾而亡。
義玄	未詳	未詳	同上	義朗弟。後無消息。
會寧	麟德年中	未歸	海路去	到訶陵洲，停住三載，共訶陵國僧智譯經。往印度，後無蹤緒。
運期	麟德年中	未歸	海路去	至訶陵，奉會寧命齎經還至交府，馳驛京兆。旋回南海，十有餘年。後歸俗，住室利佛逝國。
木叉提婆	未詳	未歸	從海路	到印度，卒於此。
窺沖	約在麟德年間	未歸	海路去	與明遠同船到師子洲。向西印度，見玄照，共詣中印度，卒於王舍城。
慧琰	未詳	未詳	海路去	隨智行到僧訶羅，遂停彼國，莫辨存亡。
信胄	未詳	未歸	陸路去	取北道到印度，卒於信者寺。
智行	未詳	未歸	海陸去	到僧訶羅至中印度，卒於信者寺。
大乘燈	約在顯慶年間	未歸	海路去	到師子國，過南印度，復届東印度，往耽摩立底（院摩栗底），淹停斯國十二年。與義淨共詣中印度。卒於俱尸城（拘尸那揭羅）。
僧伽跋摩	顯慶年內	未詳	陸路去	奉敕與使人相隨至印度。後還唐國，歸路不詳。又奉敕往交阯，卒於此。
彼岸、智岸	未詳	未歸	海路去	隨漢使泛舶海中，遇疾而亡。
曇閏	麟德年中	未歸	海路去	附舶至訶陵北渤盆國而卒。
義輝	未詳	未歸	海路去	到郎迦戍國而亡。
唐僧三人	未詳	未詳	陸路去	從北道到烏長那國（烏仗那），存亡不詳。烏長僧至，傳說如此。

慧輪	麟德二年或乾封元年	未詳	陸路去	奉敕隨玄照到北印度，復到中印度。
道琳	未詳	未詳	海路去	越銅柱而屆郎迦，歷訶陵而經裸國（裸人國）。到東印度耽摩立底國，住經三載。後觀化中印度，遊南印度，復向西印度羅荼國。轉向北印度，到羯濕彌羅、烏長那，次往迦畢試。與智弘相隨，擬歸國，聞為途賊斯擁，還乃復向北印度。
曇光	未詳	未詳	海路去	至訶利雞羅國，後不委何之。
唐僧一人	未詳	未詳	去路不詳，似為海路	至訶利雞羅國，卒於此。
慧命	未詳	未詳	海路去	泛舶行至占波（摩訶瞻波），屢遘艱難，遂返棹歸唐。
義淨	咸亨二年（六七一）十一月	武周長壽二年(六九三)	海路去	經室利佛逝、末羅瑜、羯荼、裸人國，到耽摩立底。復到那爛陀，並周遊諸聖蹟。在那爛陀留學十年。垂拱元年（六八五）東歸，返程與去時相同。長壽二年（六九三）抵廣州。
善行	同上	未詳	取海路	隨義淨到室利佛逝，染疾而歸國。
靈運	未詳	未詳	海路去	與僧哲同遊。曾到師子國、那爛陀等地。後返國，應是取海路而歸。
僧哲	咸亨二年以後數年	未詳	海路去	歸東印度，到三摩呾吒國。
玄遊	同上	未詳	海路去	為僧哲弟子，隨僧哲到師子國，因住於彼。
智弘	未詳	未詳	海路去	偕無行於合浦昇舶，風便不通，漂居匕景。復向交州，住經一夏。至冬末往海濱神灣附舶，到室利佛逝。自餘經歷與無行同。在中印度近有八年。後向北印度羯濕彌羅，擬返鄉國。聞與道琳為伴，後不知何所。
無行	未詳	未歸	海路去	與智弘為伴，汎舶一月到室利佛逝。後乘王舶。經十五日到末羅瑜洲，又十五日到羯荼國，至冬末轉舶西行，經三十日到那伽缽亶那。從此泛海二日到師子洲。此復東北泛舶一月到訶利雞羅國。停住一年，便之大覺寺等地。擬取北印歸乎故里。卒於北印度。
法振	未詳	未歸	海路去	偕乘悟、乘如經匕景、訶陵，至羯荼。於此遇疾而殞。乘悟、乘如遂附舶東歸。
乘悟	同上	未歸	同上	未至印度而返，卒於瞻波。
乘如	未詳	未詳	同上	未至印度而返。
大津	永淳二年（六八三）	未詳	海路去	與唐使相逐到室利佛逝。於此見義淨，被遣歸唐、以天授二年（六九一）五月十五日附舶而向長安。
貞固	永昌元年（六八九）十一月一日	長壽三年(六九四)	海路去	自廣州附舶至室利佛逝，襄助義淨譯經。長壽二年夏隨義淨返廣州。未經三載而亡。
懷業	同上	未歸	同上	未返廣州，留居佛逝。
道宏	同上	長壽三年		與貞固同，返國後獨在嶺南。
法朗	同上	未歸	同上	未返廣州。往訶陵國。在彼經夏，遇疾而卒。
慧日	武周大足年間（七〇一～七〇四）	開元七年(七一九)	海路去	經昆侖（今康道爾群島）、佛誓（今蘇門答臘）、師子洲（今斯里蘭卡）。三年後至印，歷十三年，翻越雪嶺東歸，開元七年回長安。

（經典雜誌提供）

玄奘法師年表

公元	帝號、年號	年齡	大事記
六〇〇年	隋文帝開皇二十年	一歲	本名禕，俗姓陳，生於洛州緱氏縣陳村（今河南省偃師縣緱氏鎮陳河村）。
六〇四年	隋文帝仁壽四年	五歲	母親宋氏亡故。
六〇五年	隋煬帝大業元年	六歲	父親陳惠辭江陵縣令，隱居以終。
六〇六年	隋煬帝大業二年	七歲	聰穎異乎常人。
六〇七年	隋煬帝大業三年	八歲	父口授《孝經》。自此在家攻讀經史。
六〇九年	隋煬帝大業五年	十歲	父親逝世。隨仲兄長捷法師至洛陽淨土寺。
六一〇年	隋煬帝大業六年	十一歲	開始學習佛教經典，誦讀《維摩詰經》與《法華經》。
六一二年	隋煬帝大業八年	十三歲	於淨土寺正式出家，法名玄奘。聽慧景法師講《涅槃經》，從慧嚴法師學《攝大乘論》。
六一四年	隋煬帝大業十年	十五歲	居洛陽淨土寺研讀佛經，聽受講經。從此受業專門，聲望大增。
六一八年	唐高祖武德元年	十九歲	與兄長捷法師行達長安，寓莊嚴寺。約冬季抵成都。
六一九年	唐高祖武德二年	二十歲	於成都空慧寺隨寶暹法師讀《攝大乘論》，從首基法師習《阿毗曇論》，並且聽道振法師講《迦延論》。
六二〇年	唐高祖武德三年	二十一歲	受具足戒，坐夏學律。
六二二年	唐高祖武德五年	二十三歲	厲精無怠，究通諸部。吳越荊楚，無不欽重。
六二三年	唐高祖武德六年	二十四歲	泛舟三峽，至荊州天皇寺講《攝大乘論》、《阿毗曇論》各三遍。
六二四年	唐高祖武德七年	二十五歲	北上相州，拜謁慧休法師學《雜心論》。至趙州，向道深法師學《成實論》。
六二五年	唐高祖武德八年	二十六歲	返長安，止大覺寺，從道岳法師學《俱舍論》。
六二六年	唐高祖武德九年	二十七歲	各隨法常及僧辯大師學《攝大乘論》與《大乘論》。立志西遊。結侶上表，有詔不許。
六二七年	唐太宗貞觀元年	二十八歲	八月，與僧人孝達結伴西行。經秦州、蘭州、涼州、瓜州，九死一生抵伊吾